Elogios para

NO SOMOS
DE AQUÍ

"Con un ritmo conmovedor y una prosa desgarradora, Jenny Torres Sanchez nos muestra las profundidades de un corazón doliente, palpitante: el espíritu inquebrantable y esperanzado de un migrante. Un libro para las almas hambrientas o perdidas". —Guadalupe García McCall, ganadora del Premio Pura Belpré y autora de *Under the Mesquite*

"Una novela increíblemente poderosa y conmovedora. Importante y necesaria [...] no la podía dejar de leer". —Padma Venkatraman, autora de *The Bridge Home*

"*No somos de aquí* es una de las novelas más relevantes y necesarias del año". —Jennifer Mathieu, autora de *The Liars of Mariposa Island y Moxie*

"Una historia desgarradoramente bella [...] perfectamente bien contada [...]. Jenny Torres Sanchez es una verdadera líder del género de ficción para jóvenes lectores". —Christina Díaz González, autora de *La sombrilla roja*

"*No somos de aquí* es absolutamente impresionante. Es real [...] y está hermosamente contada. Una historia que es dolorosamente relevante hoy, narrada con una precisión y belleza que puedes sentir [...] y que me ha dejado sin aliento".

—Lauren Gibaldi, autora de *This Tiny Perfect World*

"*No somos de aquí* es un libro que marcará tu corazón. Jenny Torres Sanchez nos desafía a sentir, empatizar y entender. Un libro desgarrador, necesario y bello".

—Alexandra Villasante, autora de *The Grief Keeper*

"Una historia brutalmente honesta, que no te puedes perder [...]. Cautivadora, desgarradora e interesante".

—*Kirkus Reviews*

"Una historia realista, franca, que dejará a los lectores pensando sobre los personajes —y sobre nuestro mundo— mucho después de haberla terminado".

—*SLJ*

"Apasionante, conmovedora [...]. Esta historia desgarradora hace recordar los libros de Gabriel García Márquez".

—*Booklist*

"Una lectura devastadora que es difícil dejar de leer; este libro inolvidable ilumina de manera clara las experiencias de aquellos que dejan su hogar en busca de seguridad en Estados Unidos".

—*Publishers Weekly*

JENNY TORRES SANCHEZ

NO SOMOS DE AQUÍ

Jenny Torres Sanchez es escritora a tiempo completo y anteriormente fue maestra de inglés. Nació en Brooklyn, Nueva York, pero ha vivido en la frontera de dos mundos durante toda su vida. Es la autora de *The Fall of Innocence*, *Because of the Sun*, *The Downside of Being Charlie*, y *Death, Dickinson, and the Demented Life of Frenchie Garcia*. Vive en Orlando, Florida, con su esposo y sus hijos.

NO SOMOS DE AQUÍ

NO SOMOS DE AQUÍ

JENNY TORRES SANCHEZ

Traducción de Guillermo Arreola

VINTAGE ESPAÑOL
Una división de Penguin Random House LLC
Nueva York

Para

Mariee Juárez

Jakelin Caal Maquin

Felipe Gómez Alonzo

Juan de León Gutiérrez

Wilmer Josué Ramírez Vásquez

Carlos Gregorio Hernández Vásquez

Darlyn Cristabel Cordova-Valle

Y para todos los niños cuyos nombres desconocemos, cuyas existencias y decesos se han ocultado. Para los niños cuyos nombres surgirán tras la publicación de este libro, quienes también sufrieron y murieron bajo la custodia de Estados Unidos mientras buscaban refugio. Para los niños que se perdieron a lo largo del viaje, los que quedaron atrapados en medio, guiados tan solo por su frágil esperanza, cuyos fantasmas vagan por las fronteras y desiertos de los países que los traicionaron.

Ustedes merecían mucho más. Merecían auxilio.
Merecían soñar. Merecían *vivir*.

Y para *toda* mi gente, que lucha tanto, que son pura vida, esperanza y belleza.

Mexicali
Nogales Arizona
Nogales Sonora
Altar
MÉXICO
Guadalajara
Océano Pacífico

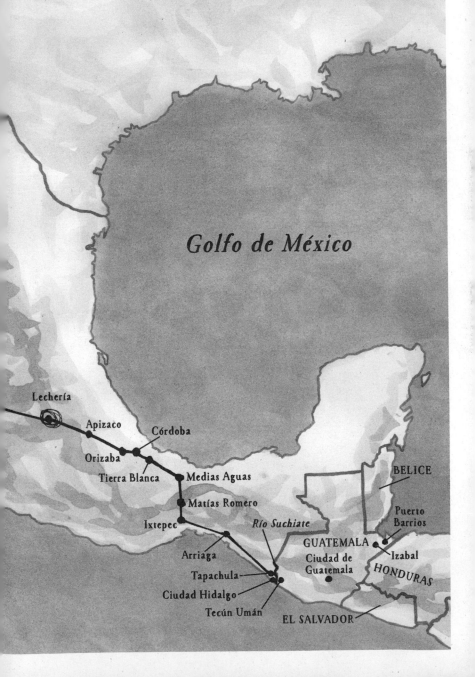

Si no peleamos por los niños, ¿qué será de nosotros?

—Lila Downs

Exilios por Juan Felipe Herrera

y oí un grito interminable que atravesaba la naturaleza.
>   —del diario de Edvard Munch, 1892

En las terminales de autobuses Greyhound,
en los aeropuertos, en los callados muelles,
los cuerpos salen de los embarques.
Mujeres, hombres, niños; expulsados
del nuevo paraíso.

No están en su tierra natal, en Argentina, ni allí
en Santiago, Chile; jamás figuraron en Montevideo,
Uruguay, y no están aquí

en los *Estados Unidos*

Se hayan en exilio: un grito pausado a lo largo de
un puente amarillo;
las mandíbulas caídas, dilatadas, los ojos multiplicados
en órbitas de sangre, desgarrados, girantes,
volcándose entre dos pendientes;
el mar, negro,
tragándose todas las plegarias, sin concesión.
Solo altas figuras de dolor
sin rostro oscilan en el puente. Caminan en trajes
carbonizados,

las manos alzadas, señalan y se conduelen y vuelan en el
crepúsculo como frías y oscuras aves.
Se ciernen sobre los muertos: una familia hecha
pedazos por el ejército, enterrada por el hambre,
dormida ya con los ojos de abrasantes
ecos que claman *Joaquín, María, Andrea, Joaquín,
Joaquín, Andrea*

en exilio

PRÓLOGO

Cuando vives en un lugar como este, siempre estás planeando tu huida. Aunque ni siquiera sepas cuándo te irás. Hasta cuando miras por la ventana de la cocina, buscando motivos para quedarte —fijas la mirada en el anuncio rojo de Coca-Cola en la descolorida pared turquesa de la tienda de don Felicio, que vende las Coca-Colas más heladas que hayas probado. El diáfano color naranja de la tierra (en el suelo y arremolinándose en el aire) que se ha filtrado en cada uno de tus recuerdos más felices. Las verdes palmas del árbol que alguna vez trepaste para cortar y partir el coco ya maduro con el agua más dulce que le diste a tu madre. Y el azul profundo del cielo que, te dices, solo aquí existe.

Puedes ver todo eso y aún así estar planeando tu huida.

Porque también has visto cómo la sangre se vuelve parda cuando penetra en el asfalto. Cuando se mezcla con la basura y los excrementos y con las tripas de chorreantes cadáveres. Has clavado los ojos en esos oscuros lugares con tus amigos rumbo a la escuela, los lugares donde han muerto personas. Los lugares de donde desaparecieron. Los lugares donde reaparecieron una mañana, meses después, a veces vivas, a veces muertas, pero casi siempre en pedazos. Has visto perros mear en esos lugares. Encima de los cuerpos que alguna vez clamaron por la vida.

Planeas tu huida porque, no importa cuánto color haya o cuánto color te obligues a ver, has visto desaparecer todo lo hermoso que hay por aquí. Enturbiado por la noche, la oscuridad y la sombra.

Planeas tu huida porque has visto tu mundo volverse negro.

Planeas tu huida.

Pero nunca estás preparado de veras para marcharte.

PRIMERA PARTE

Mi Tierra

Pulga

Mamá me dice que tengo corazón de artista. Me lo ha dicho desde que me acuerdo, casi siempre sin motivo alguno. Si siento su mirada sobre mí y volteo a verla, me dice: *Tienes corazón de artista, Pulga*. Cuando era más chico no sabía a qué se refería, pero no me importaba porque ella siempre sonreía con esa sonrisa alegre, orgullosa y triste, todo al mismo tiempo, y me hacía sentir como si esto, este corazón de artista del que hablaba, fuera algo grandioso.

Cuando me lo dijo por primera vez, me imaginé con un bigotito y una boina como de Tom y Jerry en las caricaturas cuando improvisan una obra maestra, no te miento, como cinco segundos antes de perseguirse uno al otro, o de que los persiga un *bulldog* o una escoba. Cinco segundos: esa clase de ilusión a lo mejor no es buena para los patojos. Pero pensándolo bien, la vida consiste en que lo persigan a uno, ¿no? Entonces tal vez esas caricaturas sí me enseñaron algo.

De todos modos, la verdad es que ese no es el tipo de artista que quiero ser. Quiero ser la clase de artista que era mi padre: un músico que tocaba música bien chilera y soñaba a lo grande.

A lo mejor eso es lo que significa tener un corazón de artista. Soñar.

O a lo mejor significa ver colores en el mundo, percibirlos y buscarlos por todas partes, en todo, pues el mundo puede ser un lugar muy oscuro.

O quizá significa que sientes cosas que ojalá no sintieras. A lo mejor significa que, cuando ves sangre en el asfalto, no puedes dejar de preguntarte a quién pertenecía. Quizá significa que una parte de ti quiere gritar y correr.

Todo lo que sé es que el corazón de un artista es lo peor que puede uno tener por estos rumbos. Un corazón de artista no te ayuda a sobrevivir. Te hace blando, te destroza de adentro hacia afuera. Poco a poquito.

No quiero que me destrocen. No quiero acabar hecho pedazos. Ya hay mucho de eso cerca de nosotros.

Lo que necesito es un corazón de acero, un corazón frío y duro y que sea insensible a los espinosos piquetes del dolor, a los navajazos de la tragedia.

Chico me avienta algo a la cara, y yo le tiro un pedacito de tortilla, directo al ojo. Él se lo talla y se ríe. Está sentado del otro lado de la mesa frente a mí, trae puesta otra vez su jodida camiseta azul pastel, cuando oímos sonar el celular de Mamá.

—Mano, ¿no tienes otras camisetas? Esa cosita apenas te queda. Parece que vas a hacer *belly dance* o algo.

Me río y le señalo las llantitas de grasa que salen en su cintura.

—Cierra la boca, cerote. Es mi favorita, ¿vale? —contesta—. ¿Ves lo que dice aquí? *American Eagle*, ¿entiendes? Soy un *águila americana*... así que... vete a la mierda —agrega en voz baja.

Me echa un vistazo, esperando ver mi reacción.

—No, así no, mano. Acuérdate de lo que te dije. Tienes que ponerle fuerza a tus palabras. Saca la barbilla. Hazte un poco hacia adelante, como un perro amarrado con una cadena.

Le muestro cómo, pero Chico se encoge de hombros y se jala la camiseta. He tratado de enseñarle cómo decir groserías e insultar debidamente, sobre todo desde que tiene la estatura para quitarse de encima toda amenaza. Pero es muy tímido cuando maltrata. Es demasiado temeroso en todo. Transmite sin querer su debilidad al mundo. Como ahora, que se jala la camiseta tímidamente sobre su redonda barriga, así que sé que mi comentario le da directo a su inseguridad. Si yo fuera la clase de persona que buscara fregarlo, lo seguiría molestando. Pero quiero a Chico, así que no lo hago. Y me digo a mí mismo que tengo que dejarlo en paz.

Me lanza en respuesta una migaja de tortilla gruesa que me cae en el cabello. Me la sacudo cuando el celular de Mamá vuelve a sonar en el cuarto de al lado. Oímos que contesta y enseguida su voz pasa de la calma a la desesperación.

—Lucía, ¡cálmate! Llamaré a doña Agostina pero tú mantén la calma... necesitas tranquilizarte. Estaré ahí en unos minutos. Todo saldrá bien. Te lo aseguro...

Chico me mira, tiene todavía el ojo izquierdo enrojecido y lloroso, su dedo a medio chasquear mientras la preocupación le sube por la cara.

—¿Qué pasó? —susurra.

Voy hacia el arco que separa nuestra pequeña cocina de la sala, que es solo un poco más amplia, abarrotada con los enormes sofás de terciopelo rojo que Mamá compró a buen precio antes de que yo naciera. Mamá se enorgullecía de haberle regateado al vendedor durante una hora preguntándole: *¿Quién va a sentarse en terciopelo con un clima húmedo de cien grados?* Funcionó, Mamá lo consiguió. Porque pensó que esos sofás parecían de la realeza. Y los valoraba a pesar de saber que cada cinco minutos teníamos que levantarnos para airearnos.

Mamá camina alrededor de nuestra vieja televisión, con el celular pegado a la oreja.

—¿Qué sucede? ¿Todo bien? —pregunto. Me preparo para oír la noticia de que alguien ha muerto. O que ha sido asesinado. O secuestrado.

—¡El bebé, Pulga! ¡El bebé viene en camino!

Una gran sonrisa se le dibuja en el rostro y tiene los ojos bien abiertos de felicidad, la preocupación desaparece por un momento. Antes de que pueda hacerle más preguntas, ya está en otra llamada, explicándole a doña Agostina que mi prima, Pequeña, está dando a luz en casa, que la tía Lucía no puede moverla ni llevarla al hospital y que *por favor* vaya cuanto antes.

Pequeña tiene diecisiete años, es dos años mayor que yo y es mi prima, pero no de sangre. Igual que mi tía Lucía es mi tía, pero no de sangre. Y Chico es mi hermano, pero no de sangre. La sangre no nos importa a menos de que se derrame. Somos familia: uno para el otro pase lo que pase. Y un momento después, Mamá nos grita que cerremos con llave la casa, por encima del ruido de su motoneta puesta en marcha y alejándose de nuestro patio de enfrente para ir corriendo a donde tía Lucía y Pequeña.

—¡Vamos! —grita Chico mientras me empuja en la cocina.

Se muere por ver al bebé de Pequeña, siempre se le quedaba viendo a la barriga y le preguntaba cómo se sentía cuando estábamos todos juntos. Al principio creí que lo hacía porque así era Chico en su estado normal, alguien que se preocupa por los demás, que piensa que los bebés, los cachorros y los gatitos son tiernos. Pero luego, una noche en nuestro cuarto, un poco después de que supiéramos que Pequeña estaba embarazada, me contó que él cree que volvemos a la tierra después de que morimos. Que renacemos y encontramos nuestro camino de vuelta con aquellos que dejamos atrás.

Y entonces me di cuenta de que Chico cree que una parte de su Mamita va a regresar con él. Quizá piense que cuando finalmente vea al bebé de Pequeña va a reconocer en él a su mamá un poco y la verá una vez más.

Mamá y yo no creemos realmente en esas cosas. Pero quién sabe. Quizá Chico tenga razón.

Agarro mi llave y cierro la puerta. Corro en dirección de la casa de la tía Lucía, siguiendo el polvo de la motoneta de Mamá por las calles del barrio, y alcanzo a Chico con facilidad porque soy chaparrito y un corredor veloz, algo muy bueno por estos rumbos. Vamos a medio camino cuando Chico recuerda que no es un atleta y disminuye la marcha, primero al trote y luego como caminata.

—Joder —dice inclinándose y agarrándose el estómago—. No puedo respirar. Caminemos. De todos modos, estas cosas tardan, ¿o no?

Supongo que tiene razón y disminuimos la velocidad. Chico resopla con el aire espeso y húmedo, y la cara se le pone roja como una naranja quemada.

—Mano, ¿por qué Pequeña esperó tanto? —dice—. O sea, ¿no debería estar teniendo al bebé en un *hospital*? ¿Crees que esto sea seguro? ¿Que tenga a su bebé así en la casa, como si estuviéramos en el tiempo de las cavernas? ¿Crees que saldrá bien?

Se limpia pequeñas gotas e hilos de sudor que le corren de las entradas de la frente y entrecierra los ojos por la brillante blancura del ardiente sol.

—Sí, claro que saldrá bien. Las mujeres tienen bebés todos los días, ¿sabes? Y ya conoces a Pequeña, mano. Ningún bebecito la va a matar.

Me río, esperando convencer a Chico, pero solo se encoge de hombros.

Me doy cuenta de que su preocupación lo empieza a carcomer. Se está poniendo nervioso como le ocurre siempre, sobre todo cuando se trata de algo que tiene que ver con Pequeña o conmigo o con nuestras madres. Como cuando se preocupa porque Mamá se tarda más en llegar del trabajo, aunque solo sea por unos minutos, temiendo que la alcance la oscuridad. Nadie quisiera quedarse atrapado en la oscuridad por aquí. Y hubo una ocasión cuando la tía Lucía recibió durante una semana amenazantes llamadas telefónicas para pedirle dinero. A Chico se le soltó el estómago, le gruñía y se quejaba por la preocupación como si se lo estuvieran devorando por dentro, hasta que las llamadas cesaron, a pesar de que Mamá y la Tía dijeron que habían sabido que esas llamadas se las estaban haciendo a otras personas también. Eran delincuentes de poca monta haciéndose pasar por tipos *realmente* malos para ver si podían sacar un poco de dinero. Si alguien no mordía el anzuelo simplemente se iban. Tengo que admitirlo: hasta yo estaba un poco sacado de onda. Y me di cuenta de que la tía Lucía se puso también un poco nerviosa. Esa es otra de las cosas de vivir por aquí: nunca se puede estar completamente seguro de cuándo se trata de una amenaza de verdad y cuándo de una falsa.

—Qué loco, ¿verdad? —me dice Chico ya junto a mí—, que Pequeña tenga un *bebé*.

Recojo una piedra del camino y la lanzo lo más lejos que puedo, la veo caer y formar una pequeña nube de polvo. Sí, qué loco. Y, claro, Pequeña debería estar teniendo a su bebé en un hospital. Por supuesto que no debió haber esperado tanto tiempo, hasta el punto de no poder caminar ni moverse y que la tía Lucía entrara en pánico, llamando a Jesús, María, José y a mi Mamá para que la ayudaran.

Más adelante veo a doña Agostina corriendo a casa de la Tía y me siento un poco mejor pues la vieja fue partera cuando era joven. Tal vez todo salga bien. Y Pequeña estará bien. Aunque Pequeña no se ve bien desde hace meses.

La verdad, es que probablemente esperó demasiado tiempo porque no quería tener nada que ver con ese bebé. Se negaba a reconocer su existencia. No hablaba de él. Ni se preparó para tenerlo. Y creo que una parte de ella a lo mejor creyó que podría desaparecerlo si lo ignoraba. Me hizo sentir por ella más pena que nunca, más que cuando su padre se marchó.

Más que cuando él ya no regresó.

No creo que fuera a decirle de su embarazo a la tía Lucía o a Mamá o a Chico o a mí. Y me pregunto si no la hubiéramos descubierto accidentalmente, qué habría hecho cuando finalmente llegara el día. ¿Habría tenido en secreto al bebé una noche en su cuarto? ¿Saldría al día siguiente con él, cargándolo en un brazo, resistiéndose todavía a reconocerlo? ¿Habría dejado de lado todas las preguntas que le harían?

La única razón por la que descubrimos que estaba embarazada fue porque, meses antes, se cayó del autobús blanco que nos llevaba de ida y vuelta al mercado al aire libre en el centro de la ciudad y terminó con moretones, ensangrentada y con lastimaduras en la clínica local. Mamá y yo llegamos justo a tiempo para oír a Pequeña tratando de explicarle al doctor lo qué había ocurrido. Balbuceaba que estaba haciendo mucho calor y que había mucha gente. Que se había mareado y perdió el equilibrio como si alguien la hubiera empujado. *Eso es todo*, insistía. Así es como se resbaló del autobús con la puerta abierta y cayó encima de todas esas piedras cuando el autobús empezó a descender por el cerro más alto de nuestro barrio.

El doctor le explicó a la Tía y a nosotros que a veces estas cosas pasaban, que las mujeres embarazadas tenían episodios de mareos como ese todo el tiempo, sobre todo en espacios abarrotados, pero que no había que preocuparse pues el bebé estaba bien. Lo dijo sin darle la mayor importancia cuando le acomodaba el brazo fracturado a Pequeña y le atendía las heridas.

La Tía y Mamá pegaron un gritito de asombro y Pequeña clavó la vista en el techo.

—¿Un bebé? —cuchicheó la Tía.

Y entonces el consultorio se quedó en silencio, a no ser por el jadeo de un viejo en el cuarto de al lado y una mujer que gemía en algún lugar del pasillo, en donde había más pacientes en fila esperando ver al doctor.

—¿Cinco meses? —siguió diciendo la Tía aquel día, mientras ella y Mamá se sentaban juntas a tomar café en nuestra cocina—. ¿Pero, cómo? Bajo este mismo techo. No entiendo. ¿Y quién es el padre?

Mamá le dio palmaditas en la mano a la Tía y la tranquilizó. Le recordó que ellas no eran viejas anticuadas y a quién le importaba quién era el padre.

—Debe haber sido un amor que le fue mal, Lucía. Un amor con quien le fue tan mal que ella quiso olvidarse del fulano. No le preguntes, deja que te lo diga cuando esté preparada. Ay, pobrecita —dijo Mamá—, pobre Pequeña. Mejor ocupémonos del bebé. Lo criaremos juntas.

Mamá agregó que yo y Chico seríamos los tíos adecuados. Y ella y la tía Lucía, las *dos*, serían las abuelas del bebé. Y al bebé no le faltaría nada. Y siguió y siguió hasta que lo que al principio parecía un desastre para la tía Lucía al final dio paso a la alegría.

Pese a todo, Pequeña no dijo una sola palabra.

Muy pronto, Mamá y la tía Lucía, grandes amigas desde que eran chiquillas, sonreían frente a las ropitas de bebé que compraron. Restauraron un viejo moisés. Se siguieron y siguieron con que el bebé no era otra cosa más que una bendición.

Pero su alegría no fue contagiosa. No se le pegó a Pequeña, que se rehusó a participar en las pláticas de Mamá y la tía Lucía o a contribuir con un solo nombre a la larga lista de opciones que a ellas se les había ocurrido. Con el paso de los meses, de no haber sido por la gran panza de Pequeña que volvía cómico su apodo, cualquiera podía haber jurado que no había bebé en camino. Ella no reconocía la existencia de los antojos o de las agruras o los malestares que Mamá y la tía Lucía insistían que debía sentir. No hizo una sola mueca ante el peso que cargaba o por sus pies hinchados.

Era solo una conversación más sobre bebés entre Tía y Mamá que se escurría por la ventana de la cocina, hacia el patio en donde Pequeña y yo nos sentábamos, cuando vi en Pequeña algo parecido a la aceptación.

—Somos muy pequeños, Pulga —me dijo—. Este mundo quiere que seamos pequeños. Por siempre. No le importamos a este mundo.

Se encorvó hacia adelante y por un momento creí que se iba a caer.

—Nooombre, estamos bien, Pequeña. Y todo va a salir bien, ya verás —le dije dándole codazos en el hombro y ofreciéndole un trago de mi Coca-Cola.

Se sentó con el brazo que se había fracturado, ahora flaco y pálido, apoyándolo en su panza y con la mirada fija en la calle. Tenía los ojos apagados y distantes, y la envolvía un aire de resignada fatalidad. Todos los ánimos que le acababa yo de dar parecían mentiras vacías.

—¿Qué significa tu apodo? —me preguntó de repente.

Miré fijamente la gaseosa que tenía en mi mano, el logotipo rojo y negro de la botella. Ella sabía que mi apodo significaba eso: pulga. Todos lo sabían. Y Pequeña conocía la historia que había detrás de ese apodo como yo sabía la historia que había detrás del suyo.

—Somos gente pequeña —dijo de nuevo—. Con nombres pequeños que significan vivir vidas pequeñas —parecía que estaba en un trance—. Eso es todo lo que se nos permite vivir, eso es todo lo que el mundo quiere que vivamos. Pero a veces, ni *eso*, ni eso van a darnos; por el contrario, el mundo quiere aplastarnos.

Quise decirle que estaba equivocada. Quise decirle que por supuesto que importábamos. Pero la cosa es que, por la forma en que Pequeña hablaba, no creo que me hubiera escuchado.

—No puedo creer que vaya yo a traer a un niño a esto —susurró.

Fue la única vez que la oí reconocer al bebé. Y entonces me impresionó lo trágico que era este bebé para Pequeña. Lo mucho que no lo deseaba por el lugar en donde iba a nacer.

—Va a estar bien —musité.

Se rió.

—¿Qué sabes tú? —dijo. Y al verle su abultado vientre me sentí avergonzado y tonto. Me miró. Su mirada se enterneció—. Ay, Pulga, tienes que irte de aquí algún día. Lo sabes, ¿verdad?

Encogí los hombros. Todos necesitamos irnos de aquí. Pero irse de veras está difícil. Se vio la barriga.

—Esperé demasiado —susurró—. Ahora es demasiado tarde. Para este bebé. Y para mí.

Y por primera vez me pregunté si en realidad se había caído del autobús.

Chico y yo nos sentamos en el patio de la Tía y pienso en aquella conversación cuando los gritos del parto de Pequeña recorren la casa y salen por la puerta, atraviesan el aire estancado hasta alcanzarnos.

Un automóvil retumba a la distancia.

—Pulga —dice Chico—, ¿has pensado en lo raro que debe ser tener un ser humano adentro de ti. Y para que tenga que salir, como... ya sabes... *por ahí?* —Chico se señala entre las piernas, hay una expresión de terror en su rostro—. Mano, yo creo que yo me moriría, de veras me moriría.

—No pienso en esas cosas —le digo, mirando el polvo asentándose en la tierra.

—Debe ser muy extraño, ¿verdad? O sea, ¿cómo puede ser siquiera posible? —se mira el estómago, lo infla de modo que le sobresale de la camisa—. O sea, ¿te imaginas? Santo cielo, me da gusto no ser mujer. ¿Verdad, Pulga? Debe ser horrible ser mujer.

—Sí —le digo.

Mira fijamente la casa mientras Pequeña grita que se va a morir. Que no puede con esto. Que esto no puede estar ocurriendo. La oigo sollozar y a Mamá y a la Tía diciéndole que se tiene que calmar. Nunca antes oí a Pequeña gritar así. Me asusta cómo se oye y me pone nervioso y me hace pensar de nuevo en las mujeres que mueren y dejan pequeños pedazos tras de sí. Chico desprende la pintura amarilla descarapelada del marco de la puerta de la Tía. Chasquea los dientes.

—Vamos por una gaseosa, mano. Ya no puedo seguir oyendo —dice, frotándose los ojos.

—¿Tienes dinero?

Mete una mano en su bolsillo, cuenta lo que trae.

—Nos alcanza para compartir algo.

Me levanto y él me sigue.

Los gruñidos de Pequeña se desvanecen con cada paso que damos. Pateamos guijarros y piedras a medida que avanzamos, sintiéndonos mal por su dolor. Sintiéndonos culpables porque somos hombres y nunca tendremos que padecerlo. Sintiendo que la estamos abandonando.

Pero aliviados, por la distancia que hay entre nosotros y esa desdicha.

Pequeña

La cosa dentro de mí, la cosa que he estado negando, ignorando y deseando que desaparezca, me quiere matar. Es horrible y vengativa. La he encerrado en un saco de resentimiento todos estos meses y ahora me va a hacer pagar.

Otra oleada de dolor inunda mi cuerpo.

—No puedo —le digo a Mami y a tía Consuelo—. No puedo hacerlo.

Cierro los ojos e intento escapar, intento llevar ese dolor a otro mundo, dejarlo que me conduzca a una puerta por donde pueda deslizarme hacia otra existencia. Ahora soy consciente de esto —la forma en que puedo cambiar la realidad, crear otras nuevas, pasar por puertas imaginarias a mundos nuevos—, a pesar de que siempre lo he tenido dentro de mí.

¿Dónde andas? Trato de hacer que La Bruja aparezca, mi ángel, quien me mostró que esas puertas existen, quien me lleva a través de ellas.

Recuerdo la primera vez que se me apareció, cuando Papi aún estaba con nosotras y fuimos a río Dulce juntos en familia cuando cumplí seis años. Mami y Papi peleaban porque Papi miraba a cada mujer que pasaba en traje de baño. No se dieron cuenta cuando fui al acantilado, subí por aquellas rocas y caminé hasta la orilla. No había nadie cerca, y volteé a ver el sol, cerré los ojos y me incliné hacia adelante.

Me dejé caer, una larga caída que hizo que se me revolviera el estómago. Esperaba el roce del agua y llegó, fría, veloz y abrumadora. Luego el mundo se quedó a oscuras y en silencio cuando mi cabeza chocó con algo filoso y duro.

Estuve bajo el agua una eternidad, viendo la superficie y la luz adentrándose cada vez más. Y entonces fue que la vi salir de las profundidades. Sus deslumbrantes ojos. Su ondulado cabello. Sus esqueléticas manos. Se me quedó viendo y no pude apartar la mirada de aquellos ojos. Sentí que nos elevábamos juntas, su mirada me levantaba, me elevaba, hacia arriba desde el fondo del agua, desde aquella oscuridad. Más alto. Más rápido. Las burbujas pasaban raudas delante de nosotras, entre nosotras.

Casi puedo ver en este momento aquellas burbujas. Oigo su gorgoteo. Dentro de un instante, la oscuridad se volverá borrosa y azul y ahí estará *ella*, ascendiendo para llevarme lejos de aquí, también.

—Pequeña —dice Mami—. Solo eso, solo mi nombre. Que se abre paso entre la oscuridad y yo vuelvo al reducido y estrecho dormitorio que ella y yo compartimos: el armario de la esquina en el que alguna vez estuvo la ropa de mi padre, hasta que Mami la vendió. La cómoda enfrente de mí, de modo que puedo ver en el espejo de la parte superior la espalda encorvada de doña Agostina. A la tía Lucía de pie a su lado. Mami al otro lado de la Tía, diciendo mi nombre.

Mi cuerpo se sobrecoge, lo atenaza el dolor. El bebé exige ser reconocido.

—Ahora empuja, Pequeña, un empujoncito, no muy fuerte —me dice doña Agostina.

Hago lo que me dice. Y luego otra vez. Y otra vez. Y otra vez. Empujo, empujo, empujo.

Pasan las horas. El bebé no quiere salir. Lo imagino agarrado de mis costillas, negándose a nacer. Rehusándose a desprenderse de mí. Me imagino como una vieja, mi inmensa barriga, el niño adentro, dando vueltas para siempre, recordándome su presencia. Negándose a soltarme.

—Ya casi —dice doña Agostina—. Ya casi.

Oigo la voz de Mami, quebrada por la emoción, diciendo que ve la cabeza del bebé. Y grito más fuerte porque su voz me suena a traición. No quiero que ella quiera a este niño. Quiero que no lo quiera tanto como yo no lo quiero. ¿Iba a quererlo tanto si supiera?

Ansío que me pregunte de dónde vino. Pero no soporto que me pregunte. Ha estado a punto algunas veces. Le he visto la pregunta en los ojos, se la he visto en la punta de la lengua, pero siempre miro a otro lado. No consigue hablar.

No es que ella no entendería. No es eso. Mami se considera una mujer moderna. Y *es* una mujer moderna, sobre todo comparada con la abuela que la crió. La abuela de Mami había sido tan anticuada, la azotó en la espalda cuando descubrió manchas de sangre seca en su ropa interior a los trece años, dando por hecho que era por la pérdida de su virginidad, no su primera menstruación. *Cómo sufrí, Pequeña*, me ha dicho tantas veces. *No quiero que sufras como yo sufrí.*

Mami había sufrido cuando era una chiquilla, luego como esposa, y después como madre cuando desgarré su cuerpo y fui depositada en este mundo. Y ahora, si la verdad saliera de mis labios, la haría sufrir más. Mis palabras serían como aquellos azotes en su espalda. Mis palabras como la traición de mi padre.

Si Mami supiera, cargaría la pistola que dejó Papi en el armario.

Si se enterara, mataría. Y ese tipo de crimen solo acarrea más crímenes.

Todos estaríamos muertos. Aunque quizá eso sería lo mejor.

—¡Ahora, Pequeña!, ¡empuja con todas tus fuerzas! —me dice doña Agostina—. ¡Sigue empujando, sigue empujando!

—Empuja, Pequeña —repite Mami. Está arrodillada a mi lado,

sus brazos me cubren los hombros. Me alisa el cabello y me besa la frente—. Eres fuerte, Pequeña. Muy fuerte, hija. Y yo estoy aquí contigo, lo haremos juntas. Como todo. No pierdas ahora tus fuerzas.

Me agarra fuerte, como si intentara transferirme su fortaleza.

Pero yo lo único que quiero es fundirme en sus brazos, lo único que quiero es que nos fusionemos en un solo ser y escapar de aquí, salir de esta realidad a una donde las brujas mágicas y los ángeles existen. Quiero llevarla conmigo. Las dos, juntas, a donde emerjamos del agua y bajemos del cielo.

—¡Ya viene! —grita doña Agostina con su voz de vieja—. ¡Ya viene!

Meneo la cabeza y sollozo más fuerte. ¡No! ¡No lo quiero! ¡No quiero que ya casi esté aquí!

Pero oigo la voz de Mami, su voz llorosa, mientras algo sale de entre mis piernas, resbaloso, tibio y húmedo. Y me envuelve un frío cuando Mami me suelta, cuando se precipita hacia el bebé.

El bebé llora, recio y con enojo, y Mami y la tía Consuelo se abrazan y ríen, una alegría demasiado ruidosa en ese pequeño cuarto.

—Mira a tu niño —me dice doña Agostina.

Muevo la cabeza y cierro los ojos cuando me coloca al pequeño y enrojecido bebé en el pecho. Ahí pone esa cosa que se retuerce, y su cuerpecito se siente tan tibio contra el mío, pero no puedo verlo. Cierro los ojos, apretándolos, lloro más fuerte. No lo voy a ver. No lo voy a cargar. No importa todo lo que llore.

Doña Agostina lo levanta de mi pecho.

Un varón. No sé qué es peor: un niño o una niña.

—Un nombre, Pequeña —dice Mami—. ¿Qué nombre le ponemos?

La voz de Mami es más fuerte de lo habitual. El niño suelta

más berridos, tan fuertes, que opacan la voz de Mami y ella ríe, diciendo algo sobre lo fuerte que es él.

La tía Consuelo se pone a mi lado, me acaricia la mano y me la besa.

—Pequeña, mi amor, ¡lo lograste! Y él es hermoso. Tu hijo —dice—. ¿Cómo le pondremos? ¡Míralo!

Sus voces suenan rotundas, estridentes, incontenibles.

Escucho mis propios pensamientos mientras ellas murmuran: *No le pondremos nada. Él no es real.*

Las voces de Mami y de la tía Consuelo se hacen más fuertes, intentando hacer que me quede en ese cuarto, pero yo busco un escape. Miro por la ventana, el brillo del sol. Me le quedo viendo hasta que siento la cabeza llena de luz. Cierro los ojos y la encuentro: la puerta imaginaria, la que me lleva a algún otro lugar, a otro mundo.

Oigo el agua —precipitándose, cayendo en cascada a mi alrededor mientras me paro encima de las rocas y lanzo mi cuerpo al aire, salto hacia el agua preciosa.

Mi cuerpo es libre, y ligero y mío. Solo mío.

Me sumerjo en esa agua, transparente y fría. Que lava todo: todo recuerdo, toda culpa. Todo dolor.

El niño llora. Mis ojos se abren contra mi voluntad, como si su llanto me exigiera *quedarme* aquí, en esta realidad.

—No —respondo e imagino de nuevo el agua, me veo a mí misma sumergida, el sol la atraviesa, el mundo es una mancha hermosa y radiante.

Él llora.

Me concentro en el agua. Solo en el agua.

Cuando vuelvo a abrir los ojos, el agua me ha seguido hasta aquí. Inunda el piso y chorrea como sudor de las paredes. Y tomo un respiro, dulce y lleno de alivio.

Mami tiene al niño y la Tía se para junto a ella y baja la vista y lo mira en los brazos de Mami. Ninguna de las dos advierte el agua que les llega a los tobillos. Cuando abren la boca para hablar, para arrullar al niño, para reír, les sale agua por ahí también, como grifos. En instantes, el agua les llega hasta las rodillas. Luego, hasta su cintura. Sus faldas se les ondulan alrededor, como muñequitas.

Siento que mi cama se despega del piso. La siento elevarse y flotar mientras el agua sigue llenando el cuarto.

Ves, este también es un sueño. Este niño. Tú. Todo. No es real, susurra mi mente.

—Qué precioso —dice la tía Consuelo.

—Hermoso —dice Mami.

Una ola entra por la puerta del dormitorio y golpea el buró donde Mami guarda sus pertenencias. Botellas de perfume y talco, agujas e hilo, un dedal, brillantes pinzas para el cabello y broches que ella se pone en ocasiones especiales. Miro esas cosas mientras las arrastra el agua, flotan y dan vueltas a nuestro alrededor.

El agua rodea a Mami y a la Tía y al bebé, como un manso remolino. Los alza y los saca a todos del cuarto.

Alguien me acaricia tiernamente la cabeza, una voz lejana se hace más fuerte en mis oídos. *No te preocupes, Pequeña*, escucho. Y pienso que quizá sea ella, mi ángel, pero enseguida reconozco la voz de doña Agostina. Cuando miro hacia ella, el agua no la perturba, ni la repentina desaparición de Mami, de la Tía y de ese bebé. Sonríe antes de que otra ola llegue y también la saque a ella por la puerta.

Floto en la cama como alguien perdido en el mar. El ruido del agua se hace más fuerte a medida que cae más rápido de las paredes, gotea del techo como si viniera de los cielos. Mi mente comienza a girar, rápido, como el agua, como la cama, y me mareo y me da náusea el olor de ese cuarto: el olor del nacimiento, de la sangre tibia, de mi cuerpo y de mis entrañas.

Estoy atrapada en medio de todo esto y tengo que salir.

Me fijo en una grieta del techo y ahí me concentro. Veo cómo se abre, llenando el cuarto con luz solar como la reluciente yema de un huevo.

El agua me lanza entonces hacia arriba y a través del tejado abierto. Y entonces yo también me dejo llevar por una ola mientras el agua brota de la casa hacia el camino de tierra. Me alejo en mi cama flotante.

Me río mientras las calles se llenan de agua. Volteo hacia atrás y veo a Mami en nuestro patio de enfrente, haciéndome señas con las manos, llamándome ansiosamente para que regrese, el bebé en sus brazos.

—¡Pequeña, Pequeña!

Algo me sobresalta y me lleva de nuevo hasta el cuarto.

Cuando mis ojos se abren, doña Agostina está de pie junto a mí, pasándome sales aromáticas por la nariz.

—Te desmayaste, mi amor. Bebe un poco de agua.

Me acerca una taza a los labios y tomo un sorbito. El líquido está terriblemente frío y me siento de nuevo atada a la realidad cuando ella me pone la taza en la mano y comienza a masajearme el estómago, todo el tiempo diciéndome que todo estará bien, que todo va a salir bien.

Sus largas manos me remuelen el estómago como si estuviera amasando masa. Duele, pero no me importa. Solo quiero sentirme normal de nuevo, no vacía ni ahuecada. Quiero olvidar que mi cuerpo alojó algo.

Me concentro en las grietas del techo, imagino que me levantan y me llevan lejos. Las imágenes del agua y el sol y la corriente por las calles relampaguean en mi mente.

Pero me quedo donde estoy.

Atrapada.

Pulga

Vamos rumbo a la tienda más cercana de la casa de Pequeña. Pero hay varios carros estacionados en frente y un alboroto. Chico y yo nos miramos y giramos en dirección contraria. A pesar de que es una caminata de veinte minutos, vamos hacia la tienda de don Felicio, en donde Chico y yo acostumbramos a sentarnos en la banqueta, a beber Coca-Cola y Gatorade, a veces hasta prendemos pequeños cohetes para divertirnos. Me pregunto si podré hablar con don Felicio para que nos dé algunos cohetes y celebrar el nacimiento del bebé de Pequeña.

Quizá porque estoy pensando en esto, y porque Chico sigue hablando de lo horrible que debe ser para Pequeña, y porque mis pensamientos siguen vagando sobre aquel día en el patio, ninguno de los dos nos damos cuenta ni oímos el carro que viene de atrás, hasta que prácticamente amenaza con atropellarnos. Echo un vistazo al conductor. Néstor Villa. En el asiento del copiloto va su hermano, Rey.

—¡Mierda!—, le susurró a Chico.

Fue por Néstor Villa que Chico y yo nos conocimos hace tres años. Ese chamaco era tan pequeño como yo hasta que un día parecía que había crecido de la noche a la mañana y empezó a buscar pleito con todos. El día que llegó a la escuela con zapatos nuevos, blancos y relucientes, dijo que yo había levantado polvo y se los había ensuciado cuando pasé cerca de él. El cerote me obligó a que me agachara, diciéndome que le limpiara los zapatos con la lengua.

Mi corazón se aceleró, pero yo sabía que tenía que ser fuerte.

Así que le dije a Néstor que se los lamiera su madre y él me aventó al suelo.

Aquel día, cuando vi a Chico por el rabillo del ojo, un muchacho grande que me imaginé era bastante bravo, le grité que me ayudara.

Levanté la vista de los lindos zapatos de Néstor, con su mano él me apretaba la nuca empujándome fuerte y cada vez más fuerte hacia ellos, y le sostuve la mirada a Chico.

—¡Golpéalo, patojo! —dije—. ¡Mándalo al suelo!

Escupí los zapatos de Néstor, negándome a lamérselos y él me restregó la cara en la tierra.

—¡Comemierda! —gritó Néstor mientras la arena y el polvo se me metían en la boca y se hacían lodo con mi saliva. Escupí encima de sus zapatos.

—¡Friégalo! —le grité a Chico, suplicante. Pero Chico parecía asustado. La voz le temblaba cuando le dijo a Néstor que ya le parara y yo perdí toda esperanza. Néstor iba a matarme y después mataría al patojo que había yo metido en esto.

Aunque no fue así como ocurrió. Justo cuando Néstor encajó uno de sus pies calzados con sus tenis nuevos en mi cabeza y comenzó a pisármela, a aplastármela contra el suelo, inesperadamente oí un *chingadazo*. Y de repente quedé libre del apretón de Néstor en mi nuca. Me alejé de él lo suficientemente rápido para verlo caer al suelo y vi a Chico de pie encima de él, casi como con pena, como si no hubiera querido hacerlo. Le había dado un puñetazo a Néstor. Y Néstor, alto pero delgado, había caído como un improvisado pino de bolos. Juro que oí que le castañeteaban los dientes mientras caía, como esos juguetes con dientes de cuerda y me hizo reír, como loco de alivio.

Chico y yo nos echamos a correr, yo ululando y gritando y dándole palmadas en la espalda. Así fue que nos hicimos amigos.

—¡Acabas de noquear a Néstor Villa! —le levanté el brazo como si fuera el famoso boxeador Julio César Chávez—. ¡Lo lograste! ¡Me salvaste! —me sentí rudo, como si los dos fuéramos campeones. Me sentía más fuerte teniendo a Chico cerca. Y cuando sonrió, me di cuenta de que él también lo sentía.

Resultó que ninguno de los dos tenía hermanos o muchos amigos, y ese día fue como si dos piezas sueltas de un rompecabezas finalmente se encontraran y tomaran su lugar. Así que cuando su mamita murió al año siguiente, Chico vino a vivir con nosotros. El día que vencimos a Néstor fue lo mejor que nos pasó a Chico y a mí.

Fue también uno de los peores errores que cometimos.

Vean si no: la persona que le dio a Néstor esos tenis nuevos que le escupí fue su hermano mayor Rey. Rey, que había pasado unos años en una cárcel de Estados Unidos por un asunto de robo. Rey, que se había enredado con unos pandilleros en aquella prisión. Rey, quien, tras su liberación, fue deportado de vuelta a Guatemala, en donde se mantuvo fiel a su nueva familia de pandilleros y trabajó con ellos en la ciudad de Guatemala. Rey, a quien Néstor había llamado aquella noche, dándole un informe detallado de mí y de Chico. Rey, que tomó el autobús de la ciudad de Guatemala a Puerto Barrios, listo para pelear.

El sonido de un claxon, prolongado y ruidoso, me espabila y me hace volver al presente. Chico y yo nos apresuramos a un lado de la carretera para que el carro nos rebase.

Néstor trae el cabello más largo de como acostumbraba traerlo y se mira de más edad. No lo había visto desde hacía tiempo, desde que dejó de ir a la escuela unos meses después de que supimos que Rey se había mudado otra vez acá.

—Baja la vista y haz como si no te dieras cuenta de qué son ellos —le digo a Chico y él hace lo que le digo.

Pero siento la mirada fija de Néstor y soy yo quien levanta los ojos en el último momento y nos sostenemos la vista. Una leve sonrisa se le extiende en el rostro como si supiera que yo levantaría los ojos, como si lo supiera todo. Él y Rey se ríen, y antes de darme cuenta el carro se pierde de vista, dejándonos en medio de una nube de polvo.

Chico voltea a verme.

—Regresémonos, ya ni siquiera tengo sed.

Estoy a punto de decirle que sí, pero me contengo. Primero, porque ya casi estamos en la tienda de don Felicio. Desde aquí puedo ver el techo de lámina oxidada. Segundo: porque Néstor y Rey se han ido. Tercero: porque Chico es mal mentiroso. Tiene los labios agrietados y pequeñas gotas de sudor le cuelgan de la oscura pelusa de durazno que le ha empezado a salir encima de su labio superior. No hay nada que él quiera más en este momento que la Coca-Cola más fría de la tienda de don Felicio o el topoyiyo de plátano que hace su esposa, esas pequeñas bolsas de plástico congeladas de helada dulzura. Y cuarto: porque me siento como un imbécil por haber buleado a Chico esta mañana por su camiseta y burlarme de él porque se parece a Cantinflas con su infantil bigote. Lo menos que se merece es una jodida gaseosa si tiene sed. Además, me niego a que una mirada de Néstor y Rey nos obligue a cambiar nuestros planes.

—Ya casi llegamos —le digo. Pero Chico se ha detenido en medio del camino y mira hacia adelante y hacia atrás de la tienda de don Felicio hacia la casa de la tía Lucía—. Vamos —le pido—. Ya viste que se peló. Además, compraré un par de cohetes también. Para cuando nazca el bebé.

Él se ríe, luego de mala gana empieza a caminar rumbo a la tienda.

—Bueno, pero apurémonos.

Me siento un poco culpable. Odio hacer que Chico haga lo que no quiere hacer. O sea, yo soy siempre el que le dice que se tiene que defender, pero luego cuando lo hace, todavía lo convenzo para que haga lo que quiero.

—Diablo, mano, ¿qué onda con este calor? —le digo mientras caminamos.

No sé si es por habernos topado con Rey o es el sol encima de nosotros, pero de repente parece el día más caluroso del año. Intento respirar profundamente, pero siento el aire espeso y húmedo y sofocante. Tomo respiraciones cortas y me jalo la camiseta de mi pegajoso cuerpo, pensando en el sabor y la sensación de una Coca-Cola bien fría.

—¿Por qué crees que haya regresado a Barrios? —pregunta Chico mientras el sol nos acribilla.

—¿Quién? ¿Rey?

Encojo los hombros. Todos habíamos oído rumores de que Rey echaba de menos ser un pez gordo por lo que había dejado la ciudad de Guatemala. Pero, en realidad, quién lo sabía.

—Olvídalo —le digo a Chico, no queriendo pensar o hablar más de Rey.

Pero no puedo olvidar lo ocurrido.

Rey nos esperó a Chico y a mí afuera de la escuela al día siguiente de nuestra pelea con Néstor. Caminó hacia nosotros, y mi corazón, a cada latido, parecía que ya no iba a resistir. Cada lenta pisada de Rey hacia nosotros parecía mi último suspiro.

Pero no mostré mi temor.

Cuando finalmente se detuvo frente a nosotros, lo que hizo fue mirarnos fijamente por largo rato. El tiempo suficiente como para que yo notara que sus ojos eran tan negros que no se le veían las pupilas. El suficiente para que yo viera la cicatriz que le corría desde el pómulo hasta la barbilla en el lado derecho de su cara. Y la forma en que sus dos dientes frontales se le encimaban ligeramente.

La intensidad de aquella mirada, la forma en que sostuvo la mía, me recordó a un encantador de serpientes. Nos rodeó, sus ojos sin despegarse de los nuestros, acechando, como lo hace un animal con su presa.

Y entonces sentí una explosión en mi cabeza, un oscurecimiento y una luminosidad a la vez en mi mente. Una luz intermitente y pulsante contra una oscura, negra noche.

Pensé que Rey me había disparado en la cabeza, así de duro me abofeteó. Me tambaleé hacia atrás, caí con fuerza sobre el asfalto. Y luego oí a Chico, aullando como un animal herido.

—Los madreo, porque son ustedes dos cabrones —dijo Rey alzándose sobre nosotros.

—Esta es una advertencia, porque soy una buena persona —dijo—. Y porque *este cabrón* —señalando a Néstor— debió habérselos madreado en lugar de llamarme. Néstor y sus amigos, que habían atestiguado todo y que habían estado ululando y gritando todo el tiempo, se detuvieron de repente. Nunca olvidaré la fría y enérgica mirada que Rey le dirigió a Néstor. O el gesto de vergüenza que cruzó la cara de Néstor antes de bajar la vista.

En ese momento casi sentí lástima por Néstor. Pero no me fue fácil con la cara ardiéndome y punzándome. De todos modos, creo que fue el momento preciso en que Néstor decidió que vendería su alma y haría lo que fuera para impresionar a Rey, para demostrarle a su hermano, desde aquel día, que era valiente.

Chico y yo nos fuimos a casa con nuestro dolor a cuestas. Teníamos moretones en la cara. Mamá lo notó y nos preguntó sin parar, cambiamos nuestra versión constantemente hasta que al final admitimos que habíamos tenido una pelea. Una jodida pelea en el patio trasero de la escuela porque alguien se había burlado de la mamá de Chico, dijimos.

No le contamos de Rey. Y Chico y yo nos mantuvimos alejados de Néstor desde entonces. Cuando Rey repentinamente regresó a Puerto Barrios el año pasado, también nos mantuvimos lejos de él. Porque nunca olvidé aquella bofetada. O las noches siguientes en que me la pasé presionándome la magullada mejilla, mirando la oscuridad en mi cuarto, enojado conmigo mismo y preguntándome qué clase de individuo hace un viaje en autobús de seis horas a Puerto Barrios y un viaje de seis horas de regreso a la ciudad de Guatemala solo para soltarle un manotazo a un patojo de doce años y a otro de diez.

—Un lobo. Es lo que es.

Don Felicio sonríe y nos llama tan pronto como nos ve llegar por el camino. Siempre está de pie en el mostrador, esperando a alguien que quiera una gaseosa o hielo o baterías o chicle. El viejo casi no sube los precios, aunque podría hacerlo. Muchos de los dueños de tiendas del vecindario lo hacen, ya que le ahorran a la gente un viaje en autobús ida y vuelta hasta el mercado. Sin embargo, don Felicio es demasiado amable. No tiene corazón de comerciante.

—¡Patojos! —dice, llamándonos cariñosamente y mostrando su sonrisa de dientes amarillentos—. ¡Vengan, vengan, acompañen a este viejo! El negocio va lento.

Miro alrededor y me doy cuenta de que no hay tantos hombres por aquí como antes, cuando los escuchaba atentamente mientras contaban cómo planeaban irse a los *States*. O cómo ya habían hecho el viaje una vez y habían regresado allá de nuevo. Cómo cruzaron un río. Cómo se subían a la Bestia o le pagaban a un pollero.

Cómo seguían a un coyote por el desierto. A veces hasta les hacía algunas preguntas antes de que don Feli me viera con una sonrisa triste y me dijera: *Ni se te ocurra romperle así el corazón a tu mamá, Pulga.*

Ahora veo al viejo.

—Bueno —dice—, ¿cómo están?

—Andamos bien, don Feli, pero pobres —responde Chico al acercarnos al mostrador. Saca su dinero y pide una Coca-Cola.

—¿Solo una? —pregunta don Felicio, volteando a verme. Yo me encojo de hombros.

—¿Saben qué?, me llegó un gran cargamento de bebidas después de la Semana Santa, la semana pasada. Las celebraciones por aquí me dejaron hecho polvo y quedaron algunas gaseosas en la trastienda que necesito poner en el refrigerador. Acomoden todos esos cajones que tengo allá atrás y les doy dos gaseosas por el precio de una.

Chico sonríe de oreja a oreja.

—¿O... mejor un paquete de cohetes? —pregunto. Me siento culpable de aprovecharme del buen corazón del viejo, pero también quiero que Pequeña un día le diga a su hijo: *Tu tío Pulga y el tío Chico prendieron cohetes el día que tú naciste.* Quiero que el niño sepa que lo celebramos y poderle contar a él o a ella. Para entonces, quizá ya no me acuerde de que Pequeña no quería a ese bebé.

—Pequeña está teniendo a su bebé —le explico a don Felicio.

—¿De veras? ¡Qué maravilla! —los ojos se le iluminan—. Bueno, claro, claro —dice, agarrando varios paquetes de cohetes y empujándolos encima del mostrador hacia mí.

—Estos y dos Coca-Colas por el precio de una a cambio de que me echen la mano me parece justo —guiña un ojo.

—Gracias, don Feli —digo.

Rechaza mi agradecimiento con un movimiento de mano.

—Ustedes me recuerdan mucho a Gallo —dice como para justificarse.

No es solamente uno de los viejos más agradables del barrio. Es también uno de esos tipos que dice lo mismo cada vez que te ve. Gallo era su hijo, que dejó Puerto Barrios hace diez años cuando tenía dieciocho y no ha vuelto desde entonces pues no tiene papeles. El viejo habla de Gallo cada vez que pasamos por aquí. Nos muestra también fotografías de un nieto que tiene en Colorado, o en otro lugar.

—Acabo de recibir una nueva foto de mi nieto. Se las enseño cuando terminen — sonríe melancólicamente.

—Claro, don Feli —le digo, a pesar de que no quiero ver fotos por enésima vez del pequeño cuyo cabello es tan rebelde como el de Gallo. A pesar de que es aburrido y desgarrador ver la cara de don Feli pasar del entusiasmo a la tristeza cuando aparta su celular y saca el pañuelo para secarse las lágrimas, es lo menos que puedo hacer por el viejo—. Y no se preocupe, volverá a verlos.

Desestima lo que le digo haciendo un movimiento con la mano pero mueve la cabeza afirmativamente, como si una parte de él supiera que no es cierto pero otra parte de él tuviera que creer que sí.

Chico y yo nos saltamos el mostrador y cruzamos la puerta al estrecho cuarto trasero donde nos reciben los olores de leche agria y productos ya caducados. Chico empieza a cantar una tonta tonada que inventamos cuando vimos a un perro en la calle con una pata coja que lo hacía ver como si estuviera bailando. Siempre andamos inventando canciones para cuando yo finalmente pueda comprar una guitarra y ponerle música a las letras. Para cuando pueda formar una banda y ser músico. Como mi padre, el genial bajista de California. El chicano que conducía un elegante El Camino negro con interiores de cuero rojo. El tipo que iba a triunfar a lo grande, el que le prometió el mundo a Mamá pero no se lo entregó porque una noche un borracho lo chocó, se estrelló contra él, ese carro, y aplastó todos sus sueños antes que ni papá ni mamá supieran que yo estaba oculto en la panza de ella.

Chico me pasa las últimas dos Fantas de uva. Ya casi hemos terminado cuando oímos el ruido de un carro que se estaciona afuera de la tienda. Voces que suben de volumen y llegan hasta la trastienda. Nos quedamos paralizados cuando oímos la voz de don Felicio decir: *¡Denme más tiempo! Tienen que entender, yo...* Su voz se corta abruptamente, tan de repente, que me provoca un escalofrío. Incluso antes del sonido por el fuerte golpe que le sigue.

Chico me mira, sus ojos bien abiertos como nunca se los había visto, su pecho se infla y se desinfla a medida que su respiración se acelera. Sacudo la cabeza.

Le digo que *no se mueva*.

Le digo que *no haga ruido*.

Nos quedamos ahí por quién sabe cuánto tiempo, Chico acuclillado en el suelo desde donde me pasaba las gaseosas, yo con las dos Fantas de uva todavía entre las manos. Oigo el torrente de mi sangre, el latido de mi corazón y la respiración de Chico. Oigo el ruido de la caja registradora abriéndose, dos portezuelas de carro cerrándose, neumáticos en marcha.

Y enseguida un silencio estremecedor y el eco afantasmado de la voz de don Felicio antes de que se apague abruptamente.

—Pulga... ¿qué?... ¿qué ha pasado? —dice Chico, con la voz temblorosa.

—No lo sé.

Lo que haya ocurrido, sabemos que fue malo. De veras, muy malo.

Necesitamos salir de aquí. Pero primero tengo que ver qué pasó con don Felicio.

Le doy a Chico las dos botellas y corro hacia la puerta, la entreabro para ver si hay alguien, luego la abro por completo cuando me aseguro de que no hay nadie.

—Ten cuidado —susurra Chico.

Digo que sí moviendo la cabeza.

—¿Don Feli? —llamo. Pero no lo veo. Volteo a todos lados, mi cerebro trata de darle sentido a lo que ha ocurrido cuando oigo un borboteo.

Y es entonces cuando lo veo en el suelo. Primero veo sus pies, sus zapatos viejos pero recién boleados, los calcetines negros y sus frágiles piernas de viejo entre la parte superior de sus calcetines y la bastilla de sus pantalones. Mi cuerpo tiembla a medida que el extraño borboteo continúa y satura el aire. Me acerco y observo la sangre sobre el mostrador, en el piso, la sangre haciéndose un charco alrededor de su torso.

Y luego veo la cara de don Felicio.

Tiene las manos juntas alrededor de la garganta, trata de detener el chorro de sangre que le sale de ahí y que se le filtra por entre los dedos. Me mira con ojos saltones, tan aterrados, que parece que se le van a salir de la cara.

Se me seca la boca, y me abalanzo hacia él, llamándolo por su nombre, resbalando con su sangre.

—Está usted bien —digo a duras penas, aunque mi voz se quiebra y adentro de mí siento algo suelto y revuelto. Se me atora un grito en alguna parte de la garganta—. ¡Iremos por alguien! —le digo, y él balbucea y resuella agarrándose la garganta.

Oigo a Chico llorar y decir algo, y sé que tengo que correr y buscar ayuda. *Corre*, me digo a mí mismo, pero no me puedo mover. No puedo dejar así al viejo, no cuando la sangre le sale de esa manera, ay dios, le sale muy rápido, le brota como agua, cercándonos a los dos.

Nunca había visto tanta sangre.

Sus labios se juntan, como si tratara de decir algo, como si estuviera tratando a duras penas de decir algo.

Kkkkkk... Su cuerpo se sacude hacia adelante, como si intentara levantarse. Cada esfuerzo provoca que le brote más sangre.

—No— le digo mientras él se esfuerza. Mi mente se acelera tratando de saber qué hacer—. ¡No se preocupe, ya viene la ayuda, don Feli! ¡Se lo aseguro! Le digo que se va a recuperar, mientras sus ojos van de mi cara al techo. Le digo que su hijo también llegará muy pronto, que encontró la forma de venir desde los *States* y que esta vez le traerá a su nieto.

—¿Los ve, don Feli?, ¡los ve! —grito.

Dice que sí con un movimiento de cabeza.

Le digo que su esposa ya viene también en camino. Y que muy pronto él va a verles los rostros. Que muy pronto todos estarán juntos.

Puras mentiras.

Los ojos del viejo se llenan de lágrimas. Le corren por los rabillos, más sangre le sale del cuello, mientras que la vida lo abandona. Sus ojos le giran hacia atrás de manera que solo se le ven las partes blancas y enseguida vuelven a movérsele hacia adelante, tratando de enfocarme. Quiero mirar hacia otro lado, pero no lo hago, y entonces de repente el extraño resuello y el balbuceo cesan. La cabeza se le afloja hasta quedar en dirección hacia mí. Y sus ojos se encuentran con los míos. Y veo el momento preciso en que muere. Lo veo, justo cuando sus ojos se le vacían.

Las palabras de Chico llegan desde algún lugar distante. Grita mi nombre, creo, pero aún no me puedo mover. Lloro. Y a pesar de que sé lo que ocurrió, sigo escuchando mi voz como si viniera de algún otro lugar, como si ni siquiera fuera la mía, preguntándole a Chico *¿qué pasó?*, *¿qué pasó?*, una y otra vez.

Chico sigue diciendo: *¡Tenemos que ir por alguien! ¡Tenemos que ir por alguien!*, mientras se aferra a mi camiseta y me jala para que me ponga de pie.

El tiempo no tiene sentido. Estamos estancados para siempre en ese momento, aunque parezca que estamos en una película en cámara rápida.

Salimos tambaleándonos a la calle. Y se ve tan extraña y vacía. El mundo está borroso con rayas de color marrón anaranjado y azul y blanco que hacen que los ojos me pulsen.

Estoy soñando, pienso. Hasta cuando me alcanzo a ver las manos y los zapatos cubiertos de sangre. Hasta cuando oigo el extraño gemido de Chico a mi lado y su incomprensible enredijo de palabras.

Creo que me pregunta a dónde debemos ir. Veo su rostro y trato de entender sus palabras, pero difícilmente puedo darle sentido a algo.

Solo sé que tenemos que correr, recio y rápido, y sin mirar atrás. Tan lejos como sea posible. Tan lejos que uno no pueda ser testigo. Para no ser parte de nada. Para que nadie haga preguntas. Para que nadie sepa que estuvimos ahí.

Corremos.

Es la forma en que se aprende a vivir por aquí.

Pequeña

— ¡Doña Agostina! —se oye la voz de un hombre llamando ansiosamente desde la calle, alguien que busca a la anciana.

—Aquí está —oigo que responde la tía Consuelo—. Se encuentra aquí. Espere.

Pero él no se espera y oigo las voces de la tía Consuelo y de Mami más cerca, llamando al hombre, cuando de repente él aparece en la puerta del dormitorio. Las manos de doña Agostina me siguen masajeando el estómago. El hombre se nos queda viendo, la tía Consuelo y Mami detrás de él, exigiéndole que diga qué hace cuando...

—Doña Agostina —dice el hombre, sin aliento. Tiene la cara sudada, el cabello alborotado—. Le tengo muy malas noticias.

—¿Qué pasó? —pregunta ella. Deja de mover las manos. Las deja quietas sobre mi panza mientras espera a que el hombre le diga qué sucedió.

—Su esposo... —dice el hombre, pero titubea. Lo intenta de nuevo—. Doña Agostina, le tengo una noticia horrible.

La anciana se hace hacia atrás para alcanzar una silla cerca de la cama. Las manos le tiemblan, pero agarra la silla y se reclina para sentarse. Oigo que la respiración se le acorta mientras se prepara para lo que viene.

Quizás en otros lugares las malas noticias sean inesperadas. Pero aquí no. Aquí las esperamos siempre. Y siempre llegan.

Por eso es que le agarro las manos a doña Agostina, las que acaban de asistir en el nacimiento del niño no deseado, las que han intentado moldear el hueco, el espacio vacío adentro de mí. Me aferro a esas manos y veo los ojos cansados de doña Agostina, en este momento alertas y muy abiertos por el miedo de saber, y no miro a otro lado.

—Lo mataron —dice el hombre—. En la tienda. Lo lamento... Don Felicio está muerto.

Ella deja escapar un largo y trémulo gemido. Me agarro fuerte a sus temblorosas manos. Mami y la tía Consuelo corren hacia ella.

El bebé empieza a llorar.

Pulga

Me apresuro a sacar la bolsa de la basura con nuestra ropa y zapatos ensangrentados escondida debajo de mi cama justo cuando se abre la puerta de entrada a la casa.

Mierda. Olvidamos poner la tranca.

—Pulga, Chico —la voz de Mamá suena agitada. Llora—. ¿Dónde están? Dios, ¿dónde andan? —casi grita, la desesperación le araña y sofoca la voz.

—¡Aquí! —grito, mientras Chico y yo nos apresuramos hacia la sala—. ¡Aquí estamos!

Mamá tiene los ojos muy abiertos y se le ven desolados, la cara enrojecida. Tan pronto como nos acercamos nos estrecha con un fuerte abrazo, sus uñas se me entierran en un costado cuando me aprieta con fuerza.

—Ay, Diosito, gracias, gracias —dice. El corazón le late intensamente, tan recio y rápido que parece que podría explotarle en mi pecho. Su cuerpo emite calor y tiembla demasiado, creo que Mamá no se da cuenta de cómo también nosotros temblamos. Cuando se aparta, su cara está surcada de sudor, lágrimas y rímel—. No sabía dónde andaban..., ¿por qué están aquí? ¿Por qué se fueron de la casa de su tía? Ay, Dios..., muchachos..., ¿cuánto tiempo llevan aquí? —sus preguntas salen en ráfaga.

—No queríamos oír a Pequeña gritar así por eso nos venimos a la casa hasta que naciera el bebé..., discúlpanos por no haberte dicho desde el principio. No queríamos molestar.

El alivio se apodera del cuerpo de Mamá, por completo, que

parece perder toda fuerza. Se sienta en el sofá y ahí se queda un momento, aturdida, antes de cubrirse la cara y llorar quedamente.

—Mamá —digo.

Chico se sienta a su lado, le toma la mano. Más lágrimas le corren por el rostro.

—No llore, doña —dice Chico, limpiándole delicadamente las lágrimas.

Ella mueve la cabeza.

—No sabía en dónde estaban ustedes dos —susurra. Cuando vuelve a levantar la vista, se me queda mirando, respira hondo—. Algo terrible ha ocurrido.

Al principio, pienso que ella ya debe saber de don Felicio. Pero antes de que yo pueda hablar un nuevo temor me atenaza el corazón.

—¿Se trata de Pequeña? —digo. Qué tal si Pequeña o el bebé, o *los dos*, murieron durante el parto.

—¿Está ella bien? Hizo algo... —empieza Chico a decir.

Mamá levanta la mano.

—Ella está bien, Pequeña está bien. Es don Felicio. Está muerto. Lo mataron en su tienda.

Hago como si no lo supiera. Pienso en don Felicio en el piso y me trabo con cualquier tipo de respuesta. Pero Mamá ha apoyado la cabeza en el respaldo del sofá. Su mirada se ha posado en el techo y dice muy despacio: *Ay, Dios..., ayúdanos*.

Las súplicas de Mamá a Dios suenan a premonición en la quieta y silenciosa habitación. Respira hondo.

—Tengo que ir con doña Agostina —se pone de pie—. Quédense aquí, ¿de acuerdo?

Digo que sí con un movimiento de la cabeza y Mamá nos abraza y nos besa sin fuerza antes de ir de nuevo hacia afuera.

Desde el patio vemos cómo se dirige a paso lento a la tienda, para estar al lado de doña Agostina.

—¿Crees que sospeche algo? —pregunta Chico a mi lado cuando veo a Mamá poner su brazo alrededor de la anciana.

—No lo sé.

Nos sentamos en el patio mirando a lo lejos a los vecinos que han salido para estar con doña Agostina y consolarla, y a aquellos que solo observan desde sus portales a pesar de que la policía no ha llegado. Tampoco el forense. Y todo en lo que puedo pensar es en el cuerpo de don Felicio ahí tirado en el piso. Empapado en su propia sangre.

Chico restriega su zapato contra el suelo. Cuando volteo a verlo, trae el cabello enmarañado sobre la frente y hay ansiedad en su rostro. Se agarra la cabeza con las manos. —¿Qué fregados ocurrió? —pregunta—. ¿Qué pasó?

Mi cuerpo sigue inquieto, en mi mente aparece el cuerpo de don Felicio en el piso, nosotros corriendo, apurándonos a limpiar. Limpiando toda esa sangre. Viendo la cara de Mamá desesperada y llorando. Tratando de parecer normales frente a ella.

La adrenalina empieza a disolverse y yo me siento como de hule.

Chico empieza a llorar despacito. Luego más fuerte. Quiero decirle que le pare, que sea fuerte. Quiero recordarle que esto no es nada nuevo.

Pero no confío en mis palabras. No confío en poder espantarme mis propias lágrimas. Así que no digo nada y sigo viendo en dirección a la tienda.

Pronto aparece la policía y la gente se escabulle a sus casas.

—Vamos —le digo a Chico—. Lo único que falta es que uno de esos uniformados nos reconozca y nos haga preguntas.

Nos vamos a mi cuarto y mientras Chico se sienta en la cama

me asomo por la ventana. A cada momento espero un toquido a la puerta, a un policía diciendo que alguien nos vio salir corriendo de la escena del crimen y a mí cubierto de sangre. Pero nadie nos vio. O si nos vieron, nadie dijo nada. Quizá dedujeron la verdad y nos protegieron. Porque todo el mundo conoce el carro de Rey. Y todos saben de lo que Rey es capaz. Y de todos modos, todo el mundo sabe para quién trabaja la policía. Así que nadie viene. Nadie hace preguntas.

Por ahora.

Poco después, Mamá regresa y dice que esta noche tiene que quedarse con doña Agostina pues la señora está desconsolada. Significa que nos hará menos preguntas. Significa tiempo para deshacernos de nuestra ropas ensangrentadas.

—¿Van a estar bien sin mí? —dice—. Pueden recalentar los frijoles que quedaron en el refrigerador para cenar.

—Vamos a estar bien —le digo.

Corre por la casa, taconeando, tintineando sus llaves, hablando para sí sobre lo que hay que hacer por doña Agostina, preguntando de nuevo si vamos a estar bien sin ella y *asegurándose* de que vamos a poner la tranca en cuanto ella salga.

Se va. Cierro la puerta tras ella.

—¿Está puesta la tranca? —grita desde el patio.

—Sí, mamá —le aseguro, poniendo la tranca. Cuando retumba de nuevo su motoneta, la casa se queda tranquila y en silencio.

Como si esperara algo o a alguien.

Chico se deja caer en el sofá de terciopelo y yo me siento a su lado. Pero mi cabeza se llena de preocupaciones.

La ropa. Tenemos que quemarla. Lavar los zapatos porque Mamá notará si desaparecen.

Nadie nos vio.

Quizá alguien nos vio.

Cualquiera pudo habernos visto.

¿Qué tal si nos vieron?

Nos sentamos durante no sé cuánto tiempo y yo no puedo apagar mi mente; sigue pensando e imaginando las mismas cosas una y otra vez, gritando en mi cabeza entre todo ese silencio, interrumpido solo por los murmullos de Chico, que pregunta una y otra vez qué ocurrió.

La noche empieza a caer.

—Vamos —finalmente le digo. Cogemos la bolsa de debajo de mi cama y sacamos los zapatos, los lavamos en el enorme lavadero de zinc en donde Mamá lava la ropa. El agua y la espuma se ponen color rosa. Se me retuerce el estómago.

—Trae los cerillos —le digo a Chico.

Y cuando regresa con los cerillos en las manos, salimos al patio trasero y hacemos una pequeña fogata. Brilla y truena un extraño color naranja mientras consume la bolsa de plástico y la ropa que hay en su interior. La vemos arder.

Más tarde, con el olor del humo pegado todavía en el cuerpo, entramos a la casa. Nos escondemos en nuestro cuarto.

No hablamos. Tratamos de ya no imaginarnos a don Felicio, la forma en que la sangre le brotaba del cuerpo.

Intento evitar que esa sangre se derrame en mi mente.

Lo intento.

Y lo intento.

Pero mis pensamientos están cubiertos de rojo.

Pequeña

Esa noche el croar de los sapos es más fuerte que nunca. Se oye como si las calles estuvieran llenas de sapos. Como si hubieran invadido nuestras calles, todo nuestro barrio. Me pregunto si yo los he traído hasta aquí.

He dormido todo el día. O me he deslizado a otros mundos el día entero. No estoy segura de cuál es cuál. Pero ahora es de noche y no puedo dormir. Todo lo que puedo hacer es quedarme aquí bajo las delgadas sábanas, sintiendo el torrente de mi sangre en el cuerpo con cada movimiento, con cada giro.

No sé qué le ocurrió a doña Agostina. Estaba junto a mí y en un momento ya no estaba. Me pregunto si no habré caído en otro mundo cuando le estaba agarrando la mano. Me pregunto si me la llevé conmigo. Me pregunto si la abandoné en algún lugar, un sitio donde don Felicio aún vive.

La casa está siniestramente en calma.

Mami duerme en el sofá. Movió hasta ahí el pequeño moisés, junto a ella, *para que duermas mejor*, dice. *Necesitas descansar, Pequeña*. Creo que le preocupa que yo no cargue al bebé. Que yo no quiera oírlo, o ponerle nombre.

Me alegra que se lo haya llevado a otro cuarto.

Las cortinas en la ventana ondean muy despacio. Mami dejó la ventana entreabierta, porque me quejé del fuerte olor agrio. *No*, le dije, *ciérrala*. Hizo lo que le pedí pero debió abrirla de nuevo mientras yo dormía.

No soporto que esté abierta.

Poco a poquito me incorporo. Cada movimiento me duele y me dan ganas de gritar.

No, me digo. *Esto no te va a destruir. Puedes manejarlo.* Respiro hondo mientras bajo las piernas por un lado de la cama, mientras me empujo hacia arriba y siento una corriente de calorcito entre mis piernas. Me hace sentir enferma, pero de todos modos me obligo a levantarme.

Doy pasitos, con cuidado, hacia la ventana. Hago a un lado las cortinas y entra una mano y me agarra la mía.

—Pequeña.

Alguien susurra mi nombre.

En alguna otra parte, alguien más podría dar un salto hacia atrás. O gritar. Porque uno no esperaría a que la noche entre por la ventana y te sujete. No esperaría oírla decir tu nombre. Pero no estoy en otro lugar; no soy alguien más. Así que me quedo exactamente en donde estoy.

—Perdón —dice él riéndose quedito—. Parece que viste un fantasma. No quise asustarte.

Quiero decirle que no estoy asustada, pero lo estoy. Más que si la muerte misma hubiera venido para llevarme a mi sepulcro. Sacudo la cabeza.

—Estoy bien.

—Te ves enferma —dice él.

—Tuve... tuve al bebé —le digo. Pero verlo aquí, así, es lo que me repugna.

Me echa una ojeada, mira más de cerca mi estómago.

—No te creo. Pareces la misma —dice, pero enseguida escruta mi cara. Me niego a parpadear—. Espera, ¿de veras?

Asiento con la cabeza.

Sonríe.

—Un niño, ¿verdad? Dime que es un niño...

—Es un varón —digo.

—¡Lo sabía! Un varón. Tengo un hijo.

No es que yo quiera a este bebé, pero la forma en que dice que es suyo me molesta. Rey no se merece tener *nada*.

—O sea que pudo haber sido una niña, pero también sabía que sería un varón. Me diste lo que quería, Pequeña —me acaricia delicadamente los dedos y lucho contra el impulso de alejarme—. ¿Dónde está?

—Con mi madre, en el otro cuarto, para que yo pueda descansar.

Asiente con la cabeza.

—Bueno, tendré que verlo. Y tú finalmente tienes que contarle a tu madre de nosotros, de nuestros planes.

Me quedo callada, pero él se ríe de nuevo.

—No tengas tanto miedo. Te lo dije, que me iba a hacer cargo de nosotros. Lo sabes, ¿no? ¿Cuándo le vas a decir?

—Pronto —le digo.

Se me queda viendo largo rato y enseguida aparece en su rostro esa extraña mirada. —Pronto —repite—. Sí, pronto.

Cuando me mira de ese modo, no puedo apartar la vista. Hay algo en su aspecto que revela que está destruido por dentro, algo que te hace saber que no tiene alma y que te hace sentir miedo si volteas a otro lado.

—¿O sabes qué? Mejor..., mejor se lo decimos ahora mismo.

Me obligo a tomarle la mano. Se la acaricio mientras un escalofrío me recorre el cuerpo. Me siento pegajosa y débil.

—Deja recuperarme, verme mejor. Luego se lo diremos. Quiero que sea... perfecto.

La frialdad de sus ojos se entibia. Luego se queda viendo mi cuerpo, y me siento muy aliviada de estar tan hinchada y con semblante de enferma.

—Sí, quizá sea una buena idea... —dice—. Iba a dejar que fuera una sorpresa, pero te voy a comprar un anillo. Es el anillo más caro que pude encontrar, y pronto te lo vas a poner. Te apuesto a que nunca pensaste que ibas a traer el anillo más lujoso de todo el barrio.

Me trago el sabor amargo que tengo en la boca.

—No, nunca me imaginé para mí nada de eso.

Sonríe como si le hubiera dicho el mayor cumplido.

—Tienes mucha suerte. De que yo te haya escogido. Pequeña.

Me mira fijamente a los labios y se lame los suyos.

Quiero decirle que me repugna. Me repugna todo lo que tenga que ver con él: el modo en que me mira, la forma en que pronuncia mi nombre, su roce, su cara, de la que cada detalle se ha quedado grabado en mi mente. Su disparejo vello facial, sus dientes enci- mados, el brillo de su saliva, su mirada mortal y su *olor*, un aroma que le sale por los poros, por el negro agujero de su boca. Es el rastro del podrido corazón que tiene adentro.

—Ven aquí —dice, jalándome el brazo por la ventana abierta, forzándome para que me acerque a él. Me brota sangre nueva. Y enseguida ya me está besando, sujetándome la cara mientras introduce su lengua en mi boca.

—Acuérdate de que yo te escogí *a ti*—dice en voz baja—. Pude haber tenido a *cualquiera*, Pequeña, pero te quiero a *ti*. Te nece- sito. Y tú me necesitas —me besa la mano—. Cuida a nuestro hijo —dice, esbozando su terrible sonrisa.

Lo veo desaparecer en la noche.

Me imagino a la noche extendiéndose como una garra terri- ble, triturándolo con su puño. O a la tierra abriéndose bajo sus pies, tragándoselo y cerrándose encima de él para siempre. O que una bala perdida se mete en su podrido corazón mientras camina por las calles, esbozando su terrible sonrisa, su engaño acerca de nosotros aún en su mente.

Su sabor sigue en mi lengua, su roce, todo me acecha. Un vómito amargo me llena la boca y se me escapa antes de que pueda alcanzar la toalla que está cerca de la cama. Me limpio la boca y arrojo la toalla encima del vómito.

Sé que debo ir al baño, que necesito cambiarme la toalla sanitaria. Sé que debo limpiar el vómito. Sé que probablemente deba llamar a mi madre cuando el sudor me cubra el cuerpo y tiemble.

Pero solo me vuelvo a acostar en la cama, agradecida de que el amargo sabor de mi propia enfermedad ha borrado cualquier sabor de él.

E intento no llorar cuando la sangre, la leche y la vida salen de mí.

Deja que salga todo, pienso. *Y déjame morir esta noche.*

Pulga

Chico y yo nos quedamos en nuestro cuarto como si fuera a ser para siempre. Pero nunca será el tiempo suficiente para que podamos borrar lo que hemos visto.

—¿Así es como se veía mi Mamita el día que la mataron? —susurra en la oscuridad de nuestro cuarto casi vacío. El ventilador de pie oscila entre mi cama y su aguado colchón en el piso de baldosas.

Respiro hondo, concentrado en las sombras de las cajas en un rincón, donde guardamos nuestra ropa desde que Chico se vino a vivir con nosotros y tuvimos que vender el ropero para comprarle un colchón. Se suponía que sería provisional. Han pasado dos años.

El ventilador echa aire caliente en la sofocante habitación.

—¿Pulga? —oigo su voz hinchada de lágrimas.

—No —respondo finalmente—. De veras. Tu mamita se veía tranquila. Como si durmiera.

El ventilador zumba distante de mí. Esa parte es mentira. Pero es una mentira que tengo que decir.

—Creí que..., me dijiste que había mucha sangre —susurra— alrededor de mi Mamita.

—Sí —le digo—, pero no así, Chico. Ella no se veía así.

Lo escucho respirar hondo y expirar. Y en silencio, termino de decirle la verdad.

Se veía peor, Chico. Se veía como los monstruos que aparecen en tus peores pesadillas y te persiguen por el resto de tu vida. Si los has visto no podrás olvidarlos nunca. Y tal vez se te olvide la forma en que se veía real-

mente tu mamita. Y cómo en el autobús aquel día, antes de que llegáramos al mercado, te miró con tanto amor, en esa hora final de su vida.

Yo tenía trece años y Chico tenía once y habíamos cumplido un año de ser amigos el día que tomamos el camioncito blanco rumbo al mercado. Su Mamita nos había dado dinero para comprar horchata y fuimos corriendo con la mujer que la vendía. El día estaba muy caluroso, y recuerdo que yo parpadeaba frente al resplandor anaranjado del sol mientras me empinaba el vaso y tomaba la helada bebida de arroz con leche. Mi boca se llenó de dulzor. Y luego escuchamos tres fuertes estallidos.

Alguien gritó y alguien pegó un alarido y una motoneta pasó de lado. Chico y yo nos la quedamos viendo en la dirección por donde había llegado.

Aquel día el mercado estaba atiborrado, y tuvimos que meternos entre la gente. Con trece años de edad yo seguía siendo tan bajito como cuando tenía diez y podía desplazarme con mayor facilidad entre la multitud. Por eso es que la vi primero.

La mamá de Chico yacía a mitad del camino, la blusa blanca con rosas rojas y rosadas bordadas que llevaba puesta estaba empapada de sangre. Una cebolla blanca se había salido de la bolsa de malla que traía y que estaba tirada a un lado de la larga falda de rayas que ahora tenía levantada al nivel de su cintura. Se le asomaban sus morenas piernas, salpicadas de sangre. Sus sandalias habían quedado junto a su otro costado, dejando ver sus pies descalzos y empolvados.

—¡Pulga! —Chico me gritó y me di la vuelta y salí corriendo. Intenté obstaculizarle la horrible imagen de su madre.

—¡No mires! —grité. Fue lo único que pensé en decirle—. ¡No mires no mires no mires!

—¿Qué pasa? —dijo él, tratando de esquivarme y pasar entre la gente.

—¡No! —le grité, llorando. Pero él no se detuvo. Y yo no pude impedir que alguien más le dijera: *Es tu mamita, Chico*.

Se puso pálido. Y enseguida alguien, no recuerdo quién, me ayudó a retenerlo.

Chico intentó ir hacia ella, me pateó y le gritaba a su mamá, su boca estaba muy cerca de mi oído que creí que me reventaría un tímpano. Pero lo contuvimos. Y le dije: *No, no mires*.

En los últimos años, la única ocasión en que Chico dejó de hablarme fue durante la semana posterior a aquel día.

—No me dejaste que me despidiera de mi Mamita —fue lo que dijo cuando finalmente volvió a hablarme—. Se lo pude haber susurrado al oído. Ella pudo haberme escuchado decirle que la quería. Pude haberle dicho adiós.

Las palabras le salían entrecortadas, entre sollozos.

—Perdón —es todo lo que pude decirle.

Cómo iba a decirle que su Mamita no oiría sus palabras. Que aquellas palabras no habrían salido de sus labios si él hubiera visto lo que yo vi. Que solo gritos hubieran salido de él. Y *eso* es lo que su madre hubiera oído. Chico. Gritos.

No. Yo no podía dejar que la viera así. No podía permitir que aquella imagen persiguiera a Chico por el resto de su vida: los ojos de ella con la mirada vacía hacia el cielo, el blanco de los ojos más emblanquecidos por la sangre que le cubría el rostro como un velo húmedo y resbaladizo. A veces me despierta esa imagen y los ecos de la dolorosa voz de Chico de aquel día, hasta cuando está dormido a unos centímetros de mí.

Casi se lo dije en aquel entonces, cuando pasaron las semanas y la policía no hizo nada y no hubo respuestas sobre quién mató a la Mamita de Chico y ella se convirtió solo en otro cuerpo; fue entonces que casi le dije: *Vámonos. Dejemos este lugar*.

Ya casi estaba listo para sacar de debajo del colchón todos

mis apuntes, las rutas y los mapas que había buscado en internet y había imprimido en las computadoras de la escuela. Ya casi estaba listo para decirle que debíamos largarnos juntos, irnos a Estados Unidos. Pero yo sabía que no llegaríamos lejos. Sabía que necesitaba reunir más información. Y la verdad es que yo era muy egoísta. Con Chico llorando todas las noches por su Mamita, quedándose dormido entre sollozos, no podría soportar dejar a la mía. Así que esperé. Para otra ocasión.

—¿Crees que sepan lo que vimos? —susurra Chico. El ventilador zumba.

—Nosotros no vimos nada —le recuerdo.

—Sí, lo sé..., pero crees que...

—Nada. No vimos nada, Chico, ¿entiendes?

—Pulga...

El silencio invade el cuarto.

—Duérmete —le digo y miro a través de las delgadas cortinas y hacia la negrura de la noche.

Intento sacudirme la imagen de la madre muerta de Chico, la del cuerpo sin vida de don Felicio. Me obligo a imaginar otras cosas: la explosión de cohetes en el cielo nocturno cuando celebramos Noche Buena. O a una multitud esperando oírme a mí y a mi grupo musical. Pero no puedo.

—¿Pulga? —susurra Chico.

—¿Sí?

—Fue Rey, ¿verdad? —dice—. Rey y Néstor.

—Cállate, mano. No digas esas cosas en voz alta —mantengo la vista en las delgadas cortinas que nos separan de la noche. Parece que la oscuridad lo absorberá todo. Que oirá todo. Y va a cuchichear nuestros secretos en los oídos de la gente—. Ni siquiera pienses en esas cosas.

—Pero... —susurra Chico.

—Ya duérmete —necesito que se calle.

Le ordeno a mi cuerpo que también duerma, pero mi corazón no me lo permitirá. Mi mente se sigue llenando con imágenes de gente muerta. Con la de Rey y Néstor. Imágenes de mucha oscuridad. No me gusta cómo se percibe la noche, como si no pudiéramos confiar en este cuarto, en estas paredes que siempre han resguardado nuestros secretos, nuestros sueños, a nosotros, que nos han mantenido a salvo.

Sueños como el de que quizá algún día yo pueda ir a los Estados Unidos, comprar una guitarra y convertirme en músico como mi padre. Sueños de cómo Chico se iría conmigo y sería el representante de mi banda. Sueños en los que cada quien encuentra a una chica a quien amar, una muchacha con quien retratarse delante de un carro chilero, una muchacha que me miraría como Mamá miraba a mi padre en mi foto favorita de ellos, tan vieja que tenía las esquinas rasgadas. Ellos, de pie, delante de El Camino, el brazo de él envolviéndola a ella; el de ella alrededor de la cintura de él, y los dos viéndose entre sí como si miraran algún futuro dorado.

Mami nunca quiso malgastar dinero en una guitarra. No le gustaba la idea de que yo siguiera los pasos de mi padre. Pero si llego a los Estados Unidos, me prometo hacerlo. Y le hice también una promesa a Mamá: que nunca la abandonaría. Así que me la llevaría a Estados Unidos y le compraría una casa. Y algún día, Chico y yo recibiríamos un premio en un gran escenario, y le diríamos a todo el mundo que éramos tan solo dos patojos de Barrios. Y nos pondríamos frente a las cámaras y les hablaríamos a todos los patojos de Barrios y les diríamos que soñaran —porque los sueños se hacen realidad— antes de abrazarnos y bajar del escenario.

Nos hemos contado ese sueño miles de veces.

Pero esta noche parece que los sueños no existen. Y mi cuerpo está crispado y me hormiguea de miedo.

—¿Pulga?

—¿Sí?

—Tengo miedo —dice Chico.

Me parece escuchar un murmullo que viene de afuera. Y momentos después un leve silbido. Me digo que estoy paranoico. Me digo que estoy imaginando cosas. Pero veo que Chico se incorpora y se pone a mirar por la ventana.

—¿Oíste? —dice.

Siento la garganta y la lengua como si las tuviera hinchadas. Tengo la boca seca.

—No —le digo—. Duérmete.

—Pulga —susurra, tiene la voz llena de miedo.

—Todo saldrá bien —le digo. Pero toda la noche me quedo viendo la ventana.

Aguardo.

Aguardo.

Por la mañana, a través de la humedad y la niebla de una noche sin dormir, Chico y yo arrastramos una olla grande a casa de doña Agostina como nos pidió Mamá.

Varias mujeres están en la cocina haciendo los tamales que siempre se ofrecen en los velorios. Cada vecina ha traído ingredientes distintos —masa, carne, chiles, aceitunas, hojas de plátano— y juntas cocinan y envuelven los tamales, hablando bajito de lo sucedido.

Doña Agostina se sienta afuera. A solas.

Chico y yo nos sentamos en el sofá, rodeados de las paredes verde lima de la sala de doña Agostina, vemos la televisión y nos adormecemos con el barullo de las mujeres en la cocina y el traqueteo que hacen al cocinar.

La habitación se pone más y más calurosa, desguanzándonos.

Y entonces llega una camioneta, con el ataúd de don Felicio.

Todos se le acercan cuando lo introducen en la casa, cuando lo acomodan a la mitad de la sala. Los vecinos observan, dan sus condolencias, regresan a ayudar.

—Vamos —le digo a Chico, pero él sacude la cabeza y se niega a moverse del sillón.

Así que voy yo solo, veo un rostro que ya no es el de don Felicio. Una cara lívida y cenicienta, inflamada y grave. Un cuerpo en un elegante traje negro, una corbata roja alrededor del rígido cuello blanco de una camisa. Me recuerda la roja sangre que ayer brotaba del cogote de don Felicio. Levanto la vista, hacia las paredes. Pienso en la dulce limonada que hace Mamá, en las verdes plumas de un perico. Las paredes lucen deterioradas, siento náuseas y con cada respiro siento que respiro muerte. Salgo y me siento en el piso al otro lado de la puerta de entrada.

Doña Agostina no se ha movido. Todavía está en la silla, se le ve agotada y conmocionada. Entonces voltea y me observa.

—¿Cómo está, doña? —le pregunto antes de darme cuenta de lo estúpido de mi pregunta—. ¿Le traigo un vaso de agua?, ¿algo para comer?

Mueve la cabeza.

—No, gracias, hijo, escúchame —dice. Y lo hago, me siento y escucho.

—¿Sabes qué soñé anoche, Pulga?

Todo en torno a doña Agostina parece aflicción. La cara se le ve caída, la ropa le cuelga, el cuerpo hundido en la silla. Y cuando posa sus ojos grises en mí, se le ven embotados y sin vida.

—¿Qué soñó? —le pregunto.

Vuelve la vista hacia la calle.

—Soñé que veía a Pequeña, yéndose lejos de aquí en un colchón ensangrentado. Solo la pude ver de espaldas, pero sé que era ella.

Veo fijamente a doña Agostina, confundida, pero prosigue.

—Y luego te vi a ti. Y a Chico. Los dos iban corriendo y tú te veías muy asustado.

El corazón se me va al estómago; se me seca la boca. Sé que me está contando una de sus clarividencias, las clarividencias que le han dado a doña Agostina la reputación de bruja, lo que hace que sus palabras sean difíciles de ignorar. Siempre hubo historias de cosas que ella sabía. Algunas mujeres hasta la consultaban para que les predijera el futuro.

—Lo supe... —dice lentamente— cuando me casé con él. En el momento en que lo conocí, una sombra negra parecía envolverlo y supe lo que aquello significaba: que lo perdería de un modo horrible. Esperé año tras año. Por eso es que tuvimos a Gallo demasiado tarde. Yo no iba a tener hijos. Pero él quería uno. Y estuve de acuerdo: solo uno. Conforme los años pasaban, me convencí de que yo estaba equivocada. Pero... nunca me equivoco con esas cosas —respira hondo—. Por eso debes escuchar.

Se me hiela la sangre cuando la mujer mira hacia mí.

—Me visitó anoche —susurra—. Fue horrible —de nuevo respira hondo—. Apenas podía hablar, pero alcanzó a decir: *Que corran*. Corran, Pulga. Él quiere que tú y Chico *huyan*. También Pequeña.

El corazón se me acelera en el pecho. Y miro hacia el pasillo, hacia la sala donde don Felicio está en su ataúd.

El terror se apodera de mi cuerpo, corre por mis venas. Mamá se asoma por la puerta y ve a doña Agostina y a mí, hay un extraño gesto en su rostro. Intento sonreírle, pero mi cara no me obedece.

Nunca me he permitido creer en clarividencias. Una vez Mamá me dijo que doña Agostina le había advertido de ir a Estados Unidos. *Y qué tal si no me hubiera ido, Pulga*, decía Mamá, *no habría vivido el año más feliz de mi vida. No te habría tenido. No, no puedes vivir tu vida por las clarividencias de otras personas.*

Hasta cierto punto, pensé en que tenía sentido lo que Mamá decía. Pero hay algo más, también, algo sobre las clarividencias —la revelación de una verdad inmutable— que me asustó. Así que es más fácil no creer en ellas. Hacerlas a un lado como dice Mamá que deberíamos hacer.

¿Y si doña Agostina le hubiera contado a Mamá su sueño sobre mí? ¿Qué habría hecho Mamá? ¿Habría creído en ellas entonces?

No sé cómo responder a la revelación de la anciana. Pero no importa. Vuelve la vista a la calle y suelta un quejido fuerte y doloroso, como si hubiera estado a orillas del dolor por solo un momento y ahora el mar hubiera vuelto para llevársela hasta el fondo, de nuevo.

A veces parece que el mar no descansará hasta que se lleve al último de nosotros.

Pequeña

Esta vez él llega a la puerta mientras todo el mundo está en el velorio de don Felicio.

Lo veo desde la ventana; sus toquidos son fuertes, huecos, incesantes. El sonido que producen impregna toda la casa y me hace sentir frío y vacío. Quiero ignorarlo, pero enseguida la imagen de él escalando por la ventana, dando conmigo sea como sea, ocupa mi pensamiento. Así que giro la perilla y abro la puerta, justo cuando él dice: *Sé que estás en casa.*

Se me olvida que lo sabe todo.

—Hola, lo lamento —digo, encontrándome con su feroz mirada que espera una explicación—. Me cuesta ponerme de pie.

—Sí, claro —su expresión cambia casi de inmediato—. Perdón —se inclina y me besa los labios. Contengo el aliento para no respirar del suyo, tratando de no hacerme para atrás.

—Sé que tu mami no está en casa —dice con voz cantarina, moviendo su dedo frente a mí. Entra en la sala sin que yo lo invite, mira todo a su alrededor—. Ven para acá, vamos a divertirnos un poco... —sonríe y el brillo de su saliva me repugna. Mi cuerpo se tensa. Una pequeña cantidad de vómito me llena la boca. Me lo trago.

—Estoy... en mi periodo —le digo—. Acabo de dar a luz..., no puedo...

Tuerce los labios y me ausculta con la mirada.

—Por supuesto. Pero pronto —y enseguida, como si se acordara de algo, camina hacia el moisés y se asoma.

—Mira nomás. No puedo creer que realmente sea mío.

—Claro que lo es —le respondo. Pero algo en la forma en que lo digo le provoca un extraño gesto en el rostro.

—No te pregunté. Dije que no podía creerlo. ¿Qué? ¿Te remuerde la conciencia? —sonríe pero sus ojos me están auscultando. Siempre ausculta todo. Lo observa todo. Es alguien que puede olfatear todo lo que uno intenta esconder. Pero en esto no tengo nada que ocultar. Y solo más que perder.

—Por supuesto que no, me refiero a... ni siquiera puedo verlo sin que te vea a ti.

Clava su mirada en el moisés y observa al bebé. Por largo rato, se queda parado buscando algo, y de repente sonríe.

—Sí, ese cerotito se parece a mí —se ríe—. Sí..., hay un parecido. Pero también se parece a ti. Tú también eres cerota —se da la vuelta y me mira—. Lo sabes, yo conozco a las muchachas de por aquí, ¿verdad? Sé cuáles no sueltan prenda. Quién es difícil de conquistar —me mira a los ojos—. Lo supe en cuanto te vi.

Viene hacia mí, se inclina, me besa la nuca. Acerca su mano a mi cintura y me jala más cerca de él.

—Supe que tú y yo seríamos la pareja perfecta —susurra—. Yo sabía que me ibas a querer. Di que me quieres.

Bajo la mirada, advierto la funda de cuero del cuchillo que trae en la pretina del pantalón.

—Te quiero —le miento.

—Dilo, di que me amas —me obligo a abrazarlo.

—Te amo —le digo. A la fuerza me mete su lengua en la boca. Y lucho contra las náuseas. Intento no respirar. Intento ocupar mi pensamiento en lo oscuro de la noche, busco una puerta en la oscuridad.

Un llanto invade la estancia.

Se aparta. Se ríe. Camina hacia el moisés, se acerca y retira el bultito.

Una sensación eléctrica me recorre el cuerpo, me dan ganas de arrebatarle al bebé de sus sucias manos. No me lo puedo explicar. Lucho contra ese impulso. Contra ese sentimiento, sea el que sea.

—Sé buen chico —dice, y enseguida a mí— ven, cárgalo.

Lo cargo, aunque no quiero hacerlo. No quiero sentir a este bebé, o conocerlo. No quiero odiarlo. O amarlo. Lucho en mi interior mientras cargo a este bebé al que nunca deseé.

—Siempre soñé con mejores cosas, ¿ves? Sabía que un día progresaría. Aunque iba por el camino equivocado. Pero ahora... —sonríe, se golpetea la sien—. Ahora ya aprendí. Tú y yo en una casa grande, con sirvientas, carros lujosos. Viviremos en algún lugar mucho mejor que este. Y tomaremos todo lo que encontremos en el camino, porque *así* es como tiene que ser. Me estoy ocupando de todo eso. Vas a vivir mejor que la esposa del presidente. ¿Y sabes qué? Seguiré siendo más honesto que todos esos políticos sucios. Sucios y corruptos. Todos ellos.

No sé en qué mundo demente vive.

—Pronto va a llegar mi madre.

Se ríe de nuevo.

—Sí..., ya sé que eres una buena chica. La niña de Mamá —se endereza y camina hacia la puerta. Me empuja. Me obliga a que lo bese—. Seguiré algunas de tus reglas por ahora. Pero no lo olvides, que de veras eres *mi* chica. Y tendrás que seguir las mías.

Cierro la puerta tras de él y pongo el cerrojo, aún sabiendo que cerrar con llave la puerta no significa gran cosa por aquí.

Pongo al bebé de vuelta en el moisés.

Y me recuesto en el sofá, tratando de olvidar esta realidad. Intento perderme en otros mundos, en los sueños.

Me deslizo hacia un medio sueño. Caigo en el negro colchón de la realidad, y enseguida oigo un llanto distante. *El bebé*, dice una parte de mí. Pero otra parte de mí dice: *¡No! No existe ningún bebé. Es solo el canto de un gallo.* Y veo la imagen del gallo de un vecino cacareando contra la noche azul negra. Pienso en el hijo de doña Agostina y de don Felicio, al que le decíamos Gallo. Al que alguna vez amé.

Se hace visible el luminoso contorno blanco de una puerta. Camino hacia ahí. La empujo.

Conduce a una pequeña habitación con paredes de color anaranjado-amarillo. A mi derecha hay un armario con una pequeña televisión empotrada en la parte superior. Frente a mí, una ventana rectangular se encuentra en lo alto de una pared encima de una cama.

En esa cama se encuentra Gallo, envuelto en una cobija. Está llorando.

No lo había visto desde que se fue hace cinco años. Yo tenía doce años de edad. Me enamoré de él desde que yo tenía ocho. Iba a la tienda de don Felicio donde Gallo trabajaba y me aseguraba de rozar con mi mano la suya cada vez que me pasaba las pequeñas compras que yo hacía. Él sabía que yo iba solo para estar frente a él; los dos lo sabíamos.

Un día, después de terminar de ver una telenovela, fui a la tienda y le dije que quería casarme con alguien como él. De hecho, dije que me quería casar *con él*. No se rió. Me miró tiernamente como nadie me había mirado y sonrió. Puso su mano encima de la mía y ahí la dejó. Creí que me moriría de felicidad. Pero enseguida dijo con delicadeza:

—Soy mucho mayor que tú, Pequeña. Y a ti te irá mejor sin mí. No soy un tipo con suerte. Algún día encontrarás uno con suerte. Uno con la bastante suerte para conquistar tu amor, y a quien tú ames, ya verás.

—No, no lo creo.

No podía imaginarme a nadie mejor que Gallo, que siempre ayudaba a sus padres en la tienda. Y que solo hablaba acerca de cómo un día se iría a los *States* para ganar dinero y que sus viejos no tuvieran que trabajar tan duro y pudieran tener una mejor vida. No quise llorar, pero sentí que se me salían las lágrimas.

—No llores.

Pero lloré, no podía dejar de hacerlo. Finalmente soltó:

—De acuerdo, está bien. Escucha. Si cuando tengas veinticinco años todavía me quieres, nos casaremos.

—Falta mucho —dije.

—Sí, pero lo prometo. Si para entonces todavía me quieres, nos casaremos.

—Te seguiré queriendo —le dije.

—Está bien, entonces —sonrió y se acercó a uno de los tarros de caramelos en el mostrador y me dio un anillo de dulce—, toma tu anillo.

Lo desenvolví inmediatamente y me lo puse. Le sonreí y me fui a la casa, y me comí el dulce en el camino. Me maravilló su vivo color rojo, resplandeciendo como un rubí bajo el sol. Y ya cuando me lo terminé, después de comerme todo su dulzor y entré en mi casa, supe que nunca ocurriría. Fue la primera vez que tuve una visión clara y firme: vi a Gallo corriendo en la oscuridad y supe que nunca más volvería a verlo. Me senté en mi cuarto, lo pegajoso de aquella promesa seguía en mi boca, y lloré mucho, Mamá creyó que yo estaba poseída.

Me sentí feliz de que se hubiera ido, pero me dio tristeza por doña Agostina y don Felicio afligidos porque él no pudiera regresar a visitarlos. O para darle ahora el último adiós a su padre.

Ahora veo a Gallo, en esa habitación, sobre esa cama, solo y lejos de sus padres.

—Gallo —le digo.

Me mira como si intentara recordar: *¿Pequeña?*

Le ofrezco mi mano. Él se levanta de la cama y me la toma.

Inmediatamente, nos transportamos a una especie de jardín. Cuando miro hacia abajo, mis pies están descalzos y veo huellas de margaritas en el suelo. Cuando volteo a mi lado, Gallo ha desaparecido.

—Don Felicio —susurro.

Y de repente él anciano emerge, como si saliera del aire, y se queda de pie junto a mí. No habla. Miro por todos lados buscando a Gallo pero no lo encuentro. Entonces, de súbito, un gallo aparece en los brazos de don Felicio.

Don Felicio se mira los brazos, como si por primera vez se diera cuenta de lo que carga. Y cuando lo hace, las plumas y las patas del gallo se transforman en los brazos y pies de un bebé humano, que luego se convierte en un muchacho, y enseguida se baja de los brazos de don Felicio, es Gallo tal como lo conocí.

Abraza a su padre, y los dos hombres lloran y se recargan el uno en el otro. Gallo susurra al oído de don Felicio y don Felicio lo abraza más fuerte. Después de un rato, don Felicio le hace a Gallo la señal de la cruz en la frente. Se la besa. Y acaricia el rostro del hijo con las manos temblorosas.

Gallo se enjuga las lágrimas. Ve a su padre y respira hondo, antes de desaparecer súbitamente.

Pero don Felicio y yo nos quedamos. Y enseguida el viejo alarga su mano hacia mí y yo la tomo.

Caminamos despacio y en silencio por las calles vacías del barrio, don Felicio lleva la delantera. Me veo los pies, cubiertos de polvo. El lugar se percibe extraño, como si el tiempo se hubiera detenido. Como si no existiera nadie más. Busco a mis vecinos pero no veo a ninguno. Don Felicio voltea a verme de vez en cuando. Me doy cuenta de a dónde nos dirigimos. Pero solo cuando estamos cerca, veo finalmente a la gente. Los dolientes entran en la casa de doña Agostina y de don Felicio.

El viejo me vuelve a mirar, veo tristeza en su rostro. Yo ya no quiero seguirlo, pero sé que tengo que hacerlo.

Caminamos entre los dolientes como los fantasmas que somos. Y nos abrimos paso entre ellos, hacia la sala donde la gente se reúne alrededor de un ataúd. El ataúd de don Felicio. Mami y la tía Consuelo acomodan velas alrededor y arreglan las flores.

Don Felicio me acerca hasta el ataúd y enseguida nos quedamos mirando su rostro. A través de la cubierta de cristal, vemos su rostro, como una flor aplastada que ha sido puesta en conserva. Veo por encima de él a su fantasma junto a mí y veo cómo empieza a respirar más fuerte.

Me aterrorizo.

Está bien, intento decirle, pero mi boca no pronunciará palabras y lo único que puedo hacer es pensar una y otra vez en ellas, con la esperanza de que él me entienda. Pero su respiración se vuelve más difícil, conforme sigue mirándose a sí mismo debajo del cristal. Me suelta la mano, y las suyas se las pone alrededor del cuello. Respira más fuerte, y un *gorjeo* horrible invade la estancia. Miro a mi alrededor pero nadie más puede escucharlo. La gente come los tamales que las vecinas han preparado. El pan que han horneado. Dan sorbos a sus cafés y hablan en tono bajito mientras don Felicio se esfuerza por decir algo. No le sale nada más que gruñidos y balbuceos. Hay desesperación en su cara pero no dice nada. Y yo trato una y otra vez de calmarlo, pero no lo consigo.

Luego le brota la sangre, como si hubieran abierto una llave. Se le desborda por entre los dedos. Sangre y más sangre.

Grito o creo que grito, pero nadie me oye.

¡No sé lo qué trata de decirme! ¡Por favor, basta!, ¡por favor!, le digo,

pero solo puedo pensar las palabras. Tiene los ojos saltones y fijos en algo detrás de mí. Una de sus manos se aparta de su cuello y apunta hacia algo detrás de mí. Volteo y miro en dirección de su ensangrentado dedo. Y ahí, entre la multitud, están Pulga y Chico.

Hablan en voz baja. Chico se ve triste y asustado. Pulga se ve preocupado.

No entiendo nada de nada. Trato de atar cabos, pero nada tiene sentido. Por un instante, creo que don Felicio los está acusando, pero no puede ser cierto.

Los gruñidos de don Felicio me saturan los oídos, haciéndose cada vez más y más fuertes.

¡No entiendo!

Vuelvo a ver a Pulga y a Chico y es cuando comienzan a moverse, sus cuerpos empiezan a temblar. Y luego veo como cada uno se lleva las manos al cuello, igual que don Felicio. Sus ojos se abren por completo y se ven asustados y desesperados. Y la sangre les empieza a correr por entre los dedos.

¡No!, grito, volteando a ver a don Felicio, pero él se agarra el cuello, la vista puesta en el techo. *¡No quiero ver esto! Por favor, ¡basta!*

Intento despertarme. Busco de nuevo la puerta, para escapar de la realidad que ha invadido mis mundos imaginarios.

Pero no puedo respirar. Y me es difícil pasar saliva. Me alcanzo a tocar el cuello. Está húmedo y tibio.

Cuando me veo los dedos, brillan de rojo sangre.

Muevo la cabeza. *¡No!* Intento gritar, pero nadie me oye. Miro a don Felicio para pedirle ayuda. Pero él se queda de pie balbuceando y jadeante, hasta que me ve. Y finalmente —con los ojos desesperados y desolados— se le escapa una palabra de los labios.

Solo una palabra, pero que se apodera de mi mente.

Corre.

—Pequeña —oigo la voz de Mami. Tiemblo. Estoy llorando. La saliva se me amontona y me llena la boca. Me ahogo.

Mami susurra mi nombre otra vez y abro los ojos al llanto del bebé y a Mami vestida de negro parada encima de mí. La leche gotea de mis pechos.

Detrás de Mami están la tía Consuelo, Pulga, Chico y doña Agostina, que han vuelto del velorio de don Felicio.

—¿Estás bien? —pregunta Mami—. No tienes buen aspecto. Parece que viste a un fantasma.

Sudo y siento la piel viscosa. Mami me pone la mano en la frente y hace una mueca.

—Creo que tienes fiebre.

—Me siento bien —le digo.

Por un momento se le ve preocupada pero enseguida pregunta:

—¿Le cambiaste el pañal? —no le contesto. Mami y la Tía intercambian miradas.

El bebé llora más fuerte.

—¿Lo amamantaste? —pregunta Mami.

Otra vez no le contesto y luego todo lo que oigo son los taconazos de Mami que se marcha.

Me siento en el sofá y me pongo a ver la telenovela. Un hombre besa a la fuerza a una mujer. Cierro los ojos y cuando los abro de nuevo están transmitiendo el noticiario. El locutor nos informa de más muertes. De más cadáveres. No de personas. Las personas no le importan a nadie. Solo los cuerpos.

Se acerca la tía Consuelo y me da un beso en la cabeza, me mesa el cabello. Mami regresa cargando al bebé, que tiene hambre y llora. Me lo entrega, lo acurruca junto a mis pechos.

—Ya no quedan botellitas de fórmula, Pequeña. Y él necesita comer —dice.

Sacudo la cabeza.

—Lo lamento..., sé que no es esto lo que quieres, corazón —la voz de Mami se reblandece—. Pero no podemos dejar morir de hambre a este bebé.

—No lo voy a amamantar.

—¡Pequeña! —Mamá habla con tono seco y firme—. He tratado de darte tiempo para que te adaptes a esto. Pero no nos podemos dar el lujo de comprar fórmula cada semana. Y si no empiezas a amamantarlo, se te va a secar la leche. *Tienes* que hacerlo, hija. Lo lamento, lo siento mucho.

Sé que es verdad. Pero él no deja de jalarme la blusa. El bebé busca con su boca, busca, busca. Cierro los ojos, muevo la cabeza y comienzo a llorar.

—Muchachos, sálganse —oigo a la tía Consuelo ordenarles a Pulga y a Chico.

Mami me pone al bebé en el pecho, mientras trata de explicarme cómo alimentarlo. Pero no la escucho. Mantengo los ojos cerrados mientras el bebé me extrae vida. Ese bebé que es como su padre. Ese bebé que es como este barrio, esta tierra, como todo lo que me rodea. Así que me da por pensar en morirme.

Pienso en cómo, cuando yo tenía diez años, Mami fue con una bruja a las afueras del pueblo cuando quiso saber sobre el engaño de papá. Pero cuando la mujer me vio, cogió un huevo de gallina y lo rompió en un vaso con agua. Se quedó viendo a la yema y luego levantó la vista hacia Mami y dijo que me había visto consumida por un fuego, ardiente, infernal.

—Mira —me dijo, señalando el vaso—. Sé que tú también ves cosas. Mira más de cerca.

Y cuando lo hice, vi unas flamas color naranja alrededor de la yema. Y ahí estaba yo, rodeada de aquellas llamas. Sentí calor en mis pulmones, y el fuego ardiendo, ardiendo. Demasiado caliente en mi piel. Creí que me estaba quemando ahí en la cocina de la mujer antes de que ella retirara el vaso.

Quizá mi destino era morir entre llamas, pensé luego.

Quizá sea la forma en que Rey me matará, pienso ahora.

Cuando él se dé cuenta de lo mucho que lo detesto, me va a aventar gasolina, prenderá un cerillo y me verá arder.

Pero lo cierto es que quiero *vivir*.

Siento que me quitan de los brazos al bebé, y yo los cruzo por encima de mi pecho. La tía Consuelo me pone una cobija en los hombros, con la que me envuelvo. Y enseguida Mami le pasa el bebé a la Tía, ese bebé que nunca debió haber existido, que no tenía derecho a invadir mi cuerpo, igual que como hizo su padre.

Mami regresa con una taza de chocolate caliente.

—No —le digo.

—Te ayudará a que la leche no se te seque.

—¡Ya! —le digo, el solo pensarlo me hace temblar. Esa leche que me sale del cuerpo me repugna. Como si yo fuera un animal. Me pongo de pie y me voy hacia el dormitorio.

—¡Pequeña! —me grita Mami. Pero no le hago caso y cierro la puerta.

El cuarto que comparto con Mami es pequeño y está abarrotado con la cama, el ropero, el tocador y el espejo. Huele a naftalina, a Mami y a mí. Ahora también huele al bebé. Y a parto. Puedo percibirlo a pesar de que Mami ha lavado las sábanas y las almohadas. A pesar de que ha trapeado el piso y limpiado las paredes después de mis quejas. Pero la acritud de mi sangre, de mi interior, del agua que sale a borbotones, persisten. Igual que la leche aceda que emana de mi blusa y mi piel. Ya no puedo dormir en este cuarto, no desde que nació el bebé. Ahora duermo en la sala en donde no hay malla para alejar a los mosquitos que zumban en mis oídos y se alimentan de mi piel.

Me incorporo, me quedo viendo mi imagen en el espejo de pie frente a la cama. Mi cabello, largo y sucio, que me llega por debajo de los hombros. Miro fijamente mi cara, irreconocible para mí misma.

Un toquido me aparta de mis pensamientos.

—¿Pequeña? —dice Pulga desde la puerta. La abre poco a poco y se asoma.

—¿Quieres jugar?

Trae una baraja y cuando no le digo nada, entran despacio él y Chico.

Se sientan con las piernas cruzadas en la cama de Mami y mía. Pulga empieza a barajear las cartas y su chasquido llena la habitación. Revuelve las cartas y yo me concentro en el *flic flic* que hacen cuando él las entresaca del mazo.

—¿Te sientes bien, Pequeña? —pregunta Chico.

Tomo mis cartas y veo fijamente el tres de corazones en mis manos. Veo los corazoncitos rojos ponerse negros. Los veo rezumar y marchitarse hasta convertirse en nada.

—¿Pequeña?

—Me voy a poner bien —le digo a Chico.

Bajo las cartas. Esos corazones somos nosotros, Pulga, Chico y yo.

Ellos me miran.

—Algo malo ha ocurrido. Algo malo va a ocurrir.

Se miran uno al otro, y enseguida voltean a verme. Los dos tienen el mismo semblante, un semblante que intenta enmascarar el terror.

—No podemos estar aquí..., no podemos *seguir* aquí —digo.

Lo que digo no debería tener sentido para ellos, pero me doy cuenta de que lo tiene. Deberían decirme que son tonterías. Que soy una ridícula. Deberían estarse riendo de mí, y Pulga debería decirme que no cree en mis pensamientos de bruja. Pero no dicen nada.

Lo que hacen es sentarse en silencio, esperando a que diga algo más.

—¿Qué se supone que debemos hacer? —susurra Pulga.

La imagen de ellos agarrándose el cuello me viene a la cabeza.

Así que digo lo único que puedo decir: deberíamos huir.

Pulga

Deberíamos huir.

Las palabras me pasan por la cabeza cuando el cura arroja agua bendita en el ataúd de don Felicio. Los vecinos se asoman a la caja. Doña Agostina sostiene un rosario y gime.

Ayer durante el velorio, me dijo que nos marcháramos. Ayer Pequeña también nos dijo que nos fuéramos. Hoy recorro el cementerio con la mirada, buscando a Rey y a Néstor y solo puedo pensar en salir corriendo.

La multitud se dispersa.

Otro día.

Otra muerte.

Otro cadáver.

Cuando llegamos a casa, Mamá se hunde en el sofá, agotada. Mi mente ve los cojines de terciopelo rojo. Rojo sangre. *Demasiada sangre.*

Deberíamos huir.

—Tú y Chico vayan a descansar —dice, levantando las piernas y recostándose sin tomarse la molestia de cambiarse su vestido negro—. Aquí me voy a quedar un rato. Cierra y ponle llave a la puerta.

Chico se levanta de donde estaba sentado en el portal y yo también, al momento que Mamá habla. Se dirige a nuestro cuarto y yo lo sigo. Hay una pesadez en el aire, que nos oprime. El golpe sordo de mis pisadas suena horrible. Y cuando paso cerca de Mamá, ella se acerca y me agarra del brazo.

—Pulga —la fuerza de su mano y su voz me sobrecogen. Miro su rostro cansado y ella dice—: Te quiero mucho, Pulguita.

—Lo sé, Mamá, yo también —hay algo más que quiere decir, pero no lo hace. Lo veo en su cara. Solo mueve la cabeza, me suelta el brazo y cierra los ojos.

Me quedo de pie por un momento, preguntándome si doña Agostina le contó el sueño que tuvo. O tal vez Pequeña dijo algo. Quizá Mamá ha empezado a creer en brujas y supersticiones. Quizá yo también debería empezar a creer.

Quizá hasta Mamá me dirá que debo huir, pues es la única salida. Que tengo su bendición. Que ella entiende las promesas rotas.

En cambio, da un largo respiro y lo suelta.

Y yo me voy a mi cuarto.

Chico tiene el ventilador a la velocidad más alta y el aparato se mueve ruidosamente.

Cierro la puerta, a pesar de que el cuarto se pone más caluroso.

—¿Y entonces? —pregunta Chico cuando entro. Está nervioso y agitado. Las rayas cafés de su camiseta van muy bien con el color de su piel. Me asomo por la ventana.

—No sé —no le he contado lo que me dijo doña Agostina. Pero las cosas extrañas que Pequeña dijo le pusieron los nervios de punta. No ha podido quedarse quieto desde entonces, e incluso aquí parece estar mirando de soslayo.

—Dijo que algo malo iba a pasar. A nosotros, Pulga. Algo malo nos va a pasar.

Yo no digo nada y trato de estar en calma.

—Puta madre —susurra Chico, haciendo que se me acelere el corazón. Miro por la ventana, esperando ver a Rey parado apuntándonos con una pistola.

No hay nadie afuera.

Cuando volteo hacia Chico, él me está viendo de un modo raro.

—Sí le creíste, ¿verdad?

Pienso en la libreta que guardo bajo el colchón: información que he recopilado en los últimos años de cómo llegar a los *States*. Notas. Hojas impresas. El tren. La Bestia. Pienso en que sé el lugar exacto donde Mamá guarda el dinero que le manda cada año mi tía desde Estados Unidos y que ha estado ahorrando para mí. Pienso en que me sé el número de teléfono y la dirección de mi tía. Los he memorizado. Pienso en que sé en dónde cambiar quetzales por pesos.

Por si acaso.

Pero no me gusta el semblante aterrado de Chico. Que confirma lo que nos da miedo creer.

Sacudo la cabeza. Mi corazón se acelera y se me dificulta respirar, pero me digo que es solo el calor.

—¿Sabes qué? El bebé de Pequeña lo ha arruinado todo —le digo a Chico—. Es por eso. Ella no es la misma. Lo único que tenemos que hacer es actuar como si nada.

Las mentiras me brotan de la boca. Pero saben mejor que la verdad.

Él cierra los ojos y las lágrimas le corren por la cara.

—Da igual si Rey cree que vimos algo —prosigo— o solo que sabemos algo, nos va a mandar a vigilar. Y cuando nos vea que actuamos normalmente, que no le hemos contado nada a nadie, nos dejará en paz.

Chico abre los ojos. Los tiene enrojecidos y llorosos, y se muestra poco convencido. Se los enjuga toscamente, pero las lágrimas siguen rodando por su cara. Me siento en el colchón a su lado, y le paso un brazo por el hombro.

—Todo saldrá bien, Chico, te lo prometo.

—Pero Pulga...

—Todo va a salir bien...

Me mira fijamente por un momento. Me obligaré a creer lo que digo para que él también lo crea. Quizá pueda yo creerlo. Quizá si lo creo, se vuelva realidad.

—Vamos, confías en mí, ¿no? Te aseguro que todo saldrá bien.

Después de un rato, dice:

—Bueno —la culpa me abruma, pero logro espantármela—. Si tú lo dices, Pulga, está bien.

—Lo que tenemos que hacer es actuar como si nada, ¿entiendes?

Él vuelve a asentir.

—Está bien.

—Nosotros no vimos nada, Chico. Acuérdate de eso. Estuvimos ahí, agarramos una gaseosa y nos regresamos a la casa. Cuando sucedió lo que sucedió, estábamos muy lejos de ahí. No estuvimos ahí. No vimos nada.

Respira hondo.

—No vimos nada.

—Muy bien —le digo—. No vimos nada —me aferro a esas palabras para que acaben con la idea de huir. Tal vez pueda poner mi fe en esas palabras. Tal vez pueda hacer que estas palabras nos salven.

El ventilador zumba y atrapa nuestras palabras.

No vimos nada.

No vimos nada.

No vimos nada.

Estas palabras nos persiguen el día posterior al funeral de don Felicio. Y al siguiente. Y al siguiente también. Durante una semana Chico y yo andamos como si nada. Vamos a la escuela a pesar de que yo me la paso viendo la puerta, a la espera, casi sin poder distinguir un día del otro.

No vimos nada.

No nos desviamos. Nos miramos por encima del hombro cada cinco minutos.

No vimos nada.

Repetimos tanto esas palabras en nuestras cabezas que las oímos en el golpe sordo de nuestros pasos camino de la escuela a la casa. Las oímos cuando pasamos por la tienda de don Felicio —que ya no existe—, tapiada como está.

No vimos nada.

Las repetimos tanto que casi las creemos. Y comenzamos a pensar, *tal vez, tal vez* nos hemos librado. Quizás estaremos bien.

Pero una mañana yendo camino a la escuela. Se me corta el aliento.

Veo ese carro.

A toda velocidad hacia nosotros.

Frena de golpe, levantando tierra y polvo alrededor nuestro. El mismo carro que el otro día Néstor y Rey conducían.

—Súbanse —grita Néstor cuando intentamos sacudirnos el polvo de la cara, que se me ha pegado a las pestañas y se me mete a la boca. Néstor viene solo, pero ha detenido el carro para obstaculizarnos el paso.

—No, iremos caminando. Gracias —digo, agarrándome al hombro de Chico y empezando a caminar dando la vuelta al carro.

—¿Creen que les estoy ofreciendo un aventón? Dije: *súbanse* —pone la mano en una pistola que trae en el asiento del copiloto.

Miro a Chico y él me mira. Hay terror en sus ojos y creo que podría echarse a correr. Siento que mis piernas también quieren correr, pero hay algo más en mi cerebro que me detiene, que no me permite moverme.

Quizás sea porque recuerdo cómo Néstor nos empezó a molestar apenas creció unos centímetros. Quizá sea por la forma en que vio a Rey cuando este dijo años atrás que debía ocuparse de mí y de Chico. Quizá es por saber lo enojado que se puede poner Néstor cuando quiere mostrar su hombría.

Miro hacia atrás por si alguien nos ve a Chico y a mí subir al carro. La gente murmura de cómo Néstor sigue los pasos de su hermano, y lo mismo se piensa de cualquiera que esté cerca de uno de los dos.

—Vete adelante —le digo en voz baja a Chico. Le veo el miedo que amenaza con asfixiarlo. Siento cómo me trepa por la garganta, como bilis. Pero nos subimos al carro.

Y en ese momento me doy cuenta de que las cosas no van a terminar aquí. De alguna manera, Rey y Néstor se enteraron. Ellos saben que nosotros sabemos que fueron ellos los que estuvieron en la tienda de don Felicio. Y ahora han venido por nosotros.

El destino es el destino. Y resulta que este... ha sido siempre nuestro destino.

La cosa es que... creo que siempre lo supe. Y sin embargo, me mentí a mí mismo.

Aunque Mamá crea que tengo un corazón de artista, aunque yo trate de ver el mundo a colores, aunque me atreva a soñar... todo eso no importa cuando tu mundo se sigue oscureciendo.

Pequeña

Hace nueve días que ese bebé salió de mi cuerpo. Nueve días de oírlo llorar y de tener que cargarlo y alimentarlo y de cuidarlo mientras Mamá trabaja. Nueve días de susurrarle mentiras a Rey, que entra a la fuerza a la casa y me obliga a que le haga de comer. Nueve días de estarme diciendo que así será nuestra vida: una familia, *juntos, para siempre*, mientras se lame sus grasientos labios y sonríe.

Nueve días que lo invaden todo: mis pensamientos, mi cuerpo, mi casa. Oigo al bebé llorar hasta cuando no llora. Siento a Rey cerca de mí hasta cuando no está.

Me quedo de pie en la ducha deseando poder deslizarme por el drenaje.

—Déjame ir al mercado en tu lugar, Mami. Por favor, por favor —le ruego el día de su descanso. Tomo la mano de Mami y me la llevo a mi mejilla. Le ruego como un niño pequeño y desesperado. Le ruego hasta que a ella se le llenan los ojos de lágrimas.

—Está bien —dice finalmente, acariciándome el cabello. Así se queda por un momento y casi puedo oír cómo su corazón llora por mí. Pero enseguida me entrega una lista de lo que necesita y dice:

—Primero amamanta al bebé.

Un montón de agujas de rencor me picotean el corazón.

—¿Puedes darle un biberón, *por favor*? —le pregunto.

Ella deja escapar un suspiro. Exasperada. Irritada.

—Pequeña, ¿de veras quieres cargarle eso a tu tía?

Una culpa nueva cae sobre la culpa anterior. La tía Consuelo llegó con un frasco de fórmula al día siguiente al del funeral y le dijo a Mami que se haría cargo de comprársela al bebé. Casi lloro de alivio. Pero Mami no quiso que la Tía tuviera más preocupaciones. Así que me hizo amamantar al bebé durante el día y utilizó la fórmula solo de noche, para que yo pudiera dormir.

—Si tan solo te acostumbraras, no habría necesidad de que tu tía comprara la fórmula —dice Mami—. Y sé que lo hace de buena intención. ¿Pero qué tal si no puede seguir ayudándonos después de unos meses? No tenemos dinero para andar tirándolo y te quedarás sin leche y... Ya es difícil con lo que gastamos en pañales.

Quiero decirle que tengo dinero. Que en mi cómoda tengo los billetes que Rey saca en rollos cada vez que viene. Que incluso me obliga a aceptarlos, a pesar de que al principio me rehusaba porque sentía como si me estuviera comprando. Pero él insiste, *porque no soy como la mayoría de los hombres, Pequeña. Voy a mantener a este bebé.* Así que los acepto.

Pero no puedo darle el dinero a Mami sin explicaciones.

Y no puedo explicarle.

—Toma —Mami me entrega al bebé. Lo tomo en brazos y me lo pongo en el pecho.

Cierro los ojos cuando se me prende porque no soporto verlo. Cuando lo hago, veo que necesita que lo quiera. Y no creo que pueda yo querer a este bebé. Así que crecerá sin amor, se volverá como Rey. Y eso me llena de vergüenza. Y temor.

Mejor me pongo a pensar en cómo me *marcharé* de aquí: con el dinero de Rey. La gente hablará cuando yo me vaya. Que qué muchacha tan mala soy. Que qué madre tan espantosa. Que qué mala hija. Pero no me importa. Porque de noche, cuando rezo para que todo esto termine, para que se me seque la leche, y para que de alguna manera el bebé desaparezca y Rey muera, nadie me oye. Así que... ¡que hable todo el mundo! No voy a escucharlos.

Estaré muy lejos.

Los labios del bebé se desprenden de mi pecho y lo aparto, se lo entrego a Mami.

—No te tardes mucho —grita cuando entrecruzo de prisa la puerta—. ¿Me oyes, Pequeña? —pero yo ya voy corriendo.

Rápido. Luego más rápido. Y sus palabras se pierden en la distancia y con el viento.

No la oigo.

No oigo a nadie más que a mí.

Corre, digo, *huye de aquí.*

Corre tan rápido como puedas.

Pulga

Néstor conduce rápido y sin ningún cuidado, entrando y saliendo del tráfico, metiéndosele a las motonetas y sacándolas del camino. Caemos en infinidad de baches, parece que los huesos y los dientes se nos quebrarán con cada violenta caída. Tengo la mente toda en blanco. Imagino mi esqueleto debajo de mi carne, mi cráneo desteñido por el sol dentro de años si algún día me encuentran.

—¿Adónde vamos? —le pregunto a Néstor. No responde y en cambio le sube el volumen a la música.

Terminamos en un pequeño edificio abandonado no muy lejos de la escuela.

Veo a algunos de mis compañeros de clases a lo lejos con sus planchadas camisas blancas y sus pantalones o faldas a cuadros azules cuando cruzan el portón de la entrada. Algunos ríen.

Néstor sale del carro. Me paralizo en el asiento. Chico está pálido.

—Vamos —dice Néstor señalando una amplia puerta de madera, trae la pistola en la mano como si nada.

Chico y yo salimos del carro y lo seguimos.

La puerta está desprendida ligeramente a la mitad, por lo que no se cierra completamente. Mis ojos se fijan de inmediato en una solitaria y diminuta flor amarilla que ha crecido en la grieta que hay en un muro del edificio. En realidad es una hierba. Pero brillante e irreal, y por una fracción de segundo me maravilla que exista, mientras mi mente especula sobre la forma en que voy a morir.

Ya he estado cerca de la muerte, cuerpos y sangre y balbuceo de los últimos suspiros. Pero en esta ocasión parece que está del otro lado de la puerta, inquietantemente tranquila. Aguardando. Dispuesta.

Néstor nos hace que pasemos por la puerta. Chico empieza a llorar y yo comienzo a oler a orín. Cuando volteo a verlo, veo el oscuro y húmedo tiro de su pantalón. Néstor ríe.

—Vamos —dice y da un portazo. Chico y yo entramos despacio tratando de adaptarnos a la oscuridad.

Espero una ráfaga de metralleta. Me pregunto si oiré las balas antes de sentirlas.

Pero entramos y solo hay silencio. Un sitio oscuro, húmedo y frío, un sitio que huele a sangre, una mezcla dulce y avinagrada. Un sitio que huele a seres humanos muy conscientes de que van a morir.

O quizá soy yo quien huele así.

Luego de repente, una voz.

—¿Qué pasó, muchachos? —habla Rey antes de que yo lo vea. Pero enseguida se hace visible, está sentado en una silla en un rincón, con los pies alzados sobre una mesa, fuma un cigarro. Otros dos tipos que no conozco o no reconozco están sentados cada uno a los costados de Rey. Uno de ellos trae una gran argolla de oro en la nariz.

Néstor nos empuja hacia la mesa. Rey le da una larga fumada a su cigarro cuando nos acercamos. Suelta el humo cuando nos tiene frente a él.

—Mira a este —dice uno de los tipos que está cerca de Rey—. Se meó el cabrón.

Rey mira a Chico, de la cabeza a los pies. Enseguida voltea a verme.

—¿Te acuerdas de mí, no?

No sé si decir sí o no. Pero por la forma en que me mira, la única alternativa parece ser decirle la verdad. Espera con desconcertante paciencia. Y yo asiento.

Sonríe y le da otra fumada a su cigarro.

—Ha pasado mucho tiempo desde aquel día en la escuela, ¿cierto?

De nuevo digo que sí con la cabeza. Pone su cigarro en la mesa y después dice en voz muy baja:

—Pero no tanto desde ese día en la tienda del viejo —sonríe, entrecerrando los ojos.

Me paralizo. Él aguarda.

No puedo pasar saliva. Parece que una pelota de hule me obstruyera la garganta. Trato y trato de tragar saliva, pero he olvidado por completo cómo, mi cuerpo no me responde. Se me vuelve imposible respirar. Llega el pánico y siento como si me asfixiara, justo enfrente de Rey, mientras él me mira fijamente con esa horrible sonrisa en su rostro.

El ruidoso lloriqueo de Chico me hace reaccionar.

—No, no hace mucho tiempo —digo finalmente.

—¡Ah, bueno! —dice entonces Rey con una gran sonrisa en la cara—. No *pensé* que intentaras mentirme pero pues uno nunca sabe —observa mi rostro—. ¿Qué? ¿Te sorprende que lo sepa? ¿Que no haya ido tras de ustedes de inmediato?

Veo sus ojos iluminarse como si disfrutara diciendo lo que dice.

—Si hubiera matado al viejo *y* a ustedes dos aquel día me hubiera metido en muchos problemas. Las autoridades que quieren mordida hubieran andado husmeando. Es algo que haría un delincuente descerebrado. Pero yo no. Soy cuidadoso. Sensato. Estoy *armando* algo, aquí mismo. Y necesito cuerpos jóvenes y vivaces para eso.

Se frota la barbilla y luego me señala con el dedo.

—Mira. Yo *sabía* que tenía razón sobre ti. Lo que me impresiona más incluso que tu habilidad para quedarte callado, es que sé que tú y tu mamá ayudaron a la esposa del viejo —analiza mi reacción y yo mantengo el rostro inexpresivo hasta donde puedo—. Lo apreciabas... —hace una pausa.

La imagen de don Felicio, de pie en el mostrador de la tienda, al calor del mediodía, viendo a la distancia y sonriendo cuando nos vio acercarnos, me pasa por la mente. La aparto de mí, y asiento firmemente con la cabeza.

—Y *aún así* supiste quedarte callado. Te sorprendería cuántos tipos todavía intentan hacer lo correcto. Como si eso hubiera llevado a cualquiera a otro lugar que no fuera a la tumba —Rey levanta las cejas y mueve la cabeza—. Bueno, ya —baja los pies de la mesa y se incorpora—. Si los traje hasta aquí es porque han demostrado que me pueden ser útiles. Lo que van a hacer es servirme de mandaderos por un rato.

Es en este momento que Chico hace lo peor que puede hacer, peor todavía que llorar y orinarse. Vomita.

—¡Puta! —grita el otro tipo que está al lado de Rey, al tiempo que empuja su silla hacia atrás y mira el vómito que le ha salpicado los pies—. ¡Este repisado, mano! —insulta a Chico—. ¡Lo que merece son unos vergazos!

Cierra el puño como si estuviera listo para darle a Chico la paliza que él cree que se merece.

¡Mantente firme!, quisiera decirle a Chico: *¡Sé fuerte!* Pero Chico solo se limpia la boca y se contrae. Rey fija sus ojos en él. Mueve la boca de un lado a otro, como si estuviera sopesando los pros y contras de Chico.

Luego voltea a verme de nuevo.

—¿Qué tenemos aquí? —dice en voz alta—. Son el jefe y el

guardaespaldas. Tú —dice señalándome con el dedo—, tú tienes astucia callejera que yo podría usar. Y tú —dice apuntando a Chico—, tú haces todo lo que él te dice —nos sigue evaluando—. ¿Él haría todo lo que tú le dices? —me pregunta.

Yo asiento con la cabeza.

—Por supuesto. Somos hermanos. Él hará todo lo que yo le diga, cualquier cosa.

Sé que Rey necesita ver la utilidad de Chico para mantenerlo cerca. No sé con exactitud qué significaría que a Chico no lo elijan para quedarse, pero puedo imaginarlo.

Los ojos de Rey se le iluminan.

—Veamos. Madréalo. Pártele la cara —Néstor y los otros tipos empiezan a reírse—. ¿Puedes, gordo? —dice Rey, volteando a ver a Chico—. ¿Puedes probar que tú eres el guardaespaldas y que harás *todo* lo que este te diga?

Chico no levanta la vista. Se queda mirando fijamente al piso y yo alcanzo a verle moco y lágrimas corriéndole por la cara.

—No tengo todo el día —dice Rey.

Me volteo a ver a Chico.

—Vamos. Solo unos cuantos golpes. Sabes que aguanto, vamos.

Pero él no va a moverse. Es como si no pudiera oírme.

—Chico —le digo de nuevo—. ¡Pégame! —pero él está congelado como una estatua y no se mueve.

De todas las ocasiones que necesito que me oiga, él escoge la más importante, cuando su vida y la mía dependen de ello, para hacer esto. El terror me atraviesa el cuerpo, las venas, se duplica, como una descarga de adrenalina mientras me percato de que si no actuamos para Rey, se *deshará* de nosotros. De una u otra forma.

—¡Carajo, Chico, te digo que me pegues! —me lanzo sobre él—. ¡Vamos!

Mi voz se quiebra y los tipos junto a Rey se ríen más fuerte, pero Rey no se ríe. Nos mira a Chico y a mí como si estuviera re-evaluando si de veras podemos serle de alguna utilidad.

—¡Carajo, Chico! —mi corazón late más de prisa y sudo al empezar a darle puñetazos—. Devuélvemelos, te dije que me los devuelvas, ¡pinche puerco! —lo golpeo con todo mi cuerpo.

Cuando lo llamo puerco, como si no fuera más que un despreciable animal, un marrano, me mira con mucho sufrimiento en la cara. Y me doy cuenta que son solo este tipo de palabras, hirientes y horribles, las que pueden llegar hasta el centro del miedo en que está. Así que otra vez le digo pinche puerco, a pesar de que siento que algo se rompe en mí cuando vuelve a mirarme, los ojos llenos de reproche como si no pudiera creer que digo lo que estoy diciendo.

—Eso —le digo—, suéltalo.

Me le acerco y le doy una cachetada. Él me aparta la mano bruscamente. Y yo lo abofeteo una y otra vez.

—¡Ya! —dice él con los dientes apretados.

—Anda—le digo, rodeándolo.

Lo conozco bien. Conozco cada uno de sus lados flacos. Sé cómo se siente por su peso. Conozco el amor sagrado que le tiene a su madre asesinada. Conozco el pasado de ella y cómo se vendía para sobrevivir y mantenerse a ella misma y a Chico cuando era pequeño y a veces cuando ya no lo era. Y porque lo quiero, y porque necesito lastimarlo para que él me lastime, recurro a todo. A todo eso. Me burlo y me burlo de él, hasta que veo el enojo brotándole por encima del dolor en sus ojos. Hasta que, finalmente, lo deja salir todo.

Los puños de Chico son más fuertes de lo que creí. Y él es más fuerte de lo que yo o cualquiera pudo haber imaginado. Ni siquiera sé ya lo que estoy diciendo, cuando grito e intento desatar tanta rabia en él como pueda. Solo escucho sus chillidos, como un cerdo siendo descuartizado, cuando me llueven sus puñetazos y a él se le salen las lágrimas.

Y a pesar de que duelen, me da alegría. Me alegra que responda a cada una de mis palabras con otro golpe, en mi vientre, en mi pecho, en mi cara, en mi cabeza. Me alegra el ensordecedor dolor, el sabor metálico en mi boca. Me alegra lo borroso de mi vista y la sensación de caer en un profundo hoyo negro, el resto del mundo apartándose cada vez más, el alboroto de Rey, de Néstor y de los otros tipos apagándose en la penumbra de aquel almacén.

—Eso es, Chico, así... —susurro—. Bien hecho.

Está encaramado sobre mi pecho. Tiene sus manos alrededor de mi cuello. Y aún así, enrabiado, veo en Chico una ternura que me dan ganas de llorar al instante.

—Bien hecho —digo.

Su mirada se encuentra con la mía por un momento; es lo que faltaba. Sonrío y de pronto él se detiene. Se me quita de encima. Y yo me quedo acostado mirando el techo, respirando con dificultad.

La risa y los aplausos llenan el lugar.

—¡Guau! —grita Rey.

Suena un largo y agudo silbido que me hace sentir como si mi cabeza fuera a partirse por la mitad.

—¡Fue espectacular! —más silbidos.

Rey se acerca y queda frente a mí.

—Sí, sí, ustedes lo harán muy bien —la vista se me nubla mientras él separa las piernas y vuelve a juntarlas—. Levántate —dice agarrándome de un brazo y jalándomelo—. Los veo mañana a los dos. Néstor los recogerá, igual que hoy. Les tiene algunos encarguitos.

—No diremos nada, por favor, por favor —digo, esperando que él entienda lo que no tengo el valor de decir claramente. *Por favor, no nos metas en esto. Por favor, déjanos ir.*

Rey sabe exactamente a qué me refiero. Y me mira, mueve la cabeza.

—Quiero que sepan un par de cosas. Estos dos —mira por encima a los otros tipos que han estado cerca de él todo este tiempo— los han visto *dormir*. Ellos han visto *todo* lo que han hecho. Esa fogatita en la que quemaron sus ropas, listillos. El colchoncito donde duermes como un pinche perro callejero —le dice a Chico—. Lo sé todo. Así que, muchachos, tienen dos opciones, ser mis amigos o ser mis enemigos. Creo que saben cuál les conviene más, ¿verdad?

Uno de los tipos sonríe, luego silba una tonadilla. La misma que oímos afuera de la ventana aquella noche.

Y yo sé que es inútil. Sé que solo tenemos una opción.

Digo que sí con un movimiento de la cabeza. Rey sonríe.

—Qué bien, tengo grandes planes. Estoy *armando* algo especial. Y necesito mi ejército —los ojos le brillan—. Bienvenidos, mis soldaditos.

Luego se vuelve hacia Néstor, quien nos conduce hacia afuera y nos lleva a la casa, la radio suena a todo volumen durante todo el camino.

El trayecto parece irreal y con cada bache me duele más y más la cabeza. Pero antes de darme cuenta, ya me estoy bajando del carro enfrente de mi casa. El sol me enceguece. Oigo a Néstor alejarse, la música desvanecerse con el carro. Huelo el polvo, mezclado con el almizclado olor del aromatizante del vehículo todavía en mi nariz. Todo eso me hace sentir mareado.

Chico está junto a mí, me sostiene mientras me balanceo de un lado a otro en medio del calor. Se supone que Mamá debe estar en su trabajo, mesereando en uno de los restaurantes de Amatique —el balneario más cercano—. Aun así, me aseguro de que en el patio no esté su motoneta antes de que entremos.

Me lavo con cuidado la cara, me enjuago la boca, compruebo que no perdí ningún diente. Chico corre hacia la tienda y consigue un poco de hielo. Parece que se ha ido para siempre. Parece que se ha ido solo por un segundo; parpadeo y de repente ya está de vuelta, de pie cerca de mí en el sofá que está que quema, con unas bolsitas de hielo en una toalla. Me la pongo sobre la cara, esperando que la hinchazón y los moretones no sean graves.

Ninguno de los dos dice nada.

Nos faltan las palabras.

Y aunque las tuviéramos, ni siquiera sé si las necesitaríamos.

Los dos sabíamos que esto pasaría algún día. Vivir en este país es como construir un futuro en arena movediza. Sabes que te vencerá. Sabes que te tragará. Solo que no estás seguro de cómo ni cuándo.

Ahora por fin lo sabemos.

No, no existen palabras, solo sentimientos. Y yo siento algo filoso en mi pecho. Intento seguir respirando a través de eso, esperando que el dolor se desplace y fluya. Me pregunto si tengo rota una costilla y si se ha encajado en mi corazón. Pero no creo que sea así.

La pelea con Chico, las palabras que salieron de mi boca y le llegaron hasta la médula también tasajearon el tejido y las fibras de mi corazón. Aquí todo tiene un precio.

He intentado luchar contra mi corazón de artista, hacerlo de acero. Pero no puedo. El darme cuenta de ello me provoca una nueva oleada de pánico. Todo lo que me queda es dejar que mi corazón se rasgue. Que se haga pedazos. En mi mente relampaguea el rojo, el azul y el rosa del diagrama de un corazón que dibujamos en la escuela a principios de año, los estriados músculos y tejidos. Y entonces recuerdo algo que mi maestro me contó sobre el tejido rasgado. Cómo se convierte en cicatriz y cómo esa cicatriz del tejido puede afectar el sentido del tacto.

Quizá sea eso lo que necesito: envolver mi corazón, a mí mismo, en cicatrices. Pienso en la sangre que se coagula, el tejido que se fusiona. Pienso en una cicatriz gruesa formándose encima de esa herida. Una y otra vez. Una y otra vez. Hasta que el dolor sea solo una cosa pequeña y pasajera.

Quizá de esa manera no se hará añicos. Quizá de esa forma no se pudrirá.

Pienso en el corazón de Rey, negro y corrompido.

Pienso en el corazón de Mamá, cómo rebosará de dolor rojo vivo.

Siento que me hundo más en el sofá, que caigo en la negrura, así que me concentro en el color rosa y azul. En el color rosa tenue de las válvulas del corazón, en la profunda palpitación azul de las venas.

En algo, cualquier cosa que me mantenga lejos de la oscuridad total.

Pequeña

En el supermercado, lo oigo una y otra vez: *¡Felicidades!, ¡Felicidades, Pequeña!* Desde el vendedor y los vecinos, hasta los amigos de Mami. Todos saben que he dado a luz, todos preguntan por el bebé, están muy felices por mí y por él.

Quiero reír sin parar. Quiero que las lágrimas me salgan de los ojos, como agua que se abre paso a través de una represa y que arrastra todo en torrente. Quiero susurrar mis horribles oraciones de noche en sus oídos, preguntarles si conocen a muchachas que rezan cosas parecidas, ver lo que dicen. ¿Tendrán entonces el valor para felicitarme?

Pero sé que si pronuncio una sola palabra al respecto, no podré parar nunca. Y me quedaré susurrando esas oraciones para siempre.

Así que mejor digo gracias y sigo mi camino hacia la farmacia.

Leticia me saluda cuando me acerco al mostrador de vidrio de la farmacia donde trabaja.

—Ey, Pequeña. ¿Qué haces por aquí?

Se levanta del pequeño equipal en donde estaba sentada, abanicándose, y se ajusta sus jeans. Camina hacia mí arrastrando los pies, con sus huaraches rozando el polvoso piso, y me ofrece una sonrisa.

Alguna vez Leticia fue hermosa. Usaba en los ojos sombra color azul eléctrico que destellaba incluso en los interiores. Y se los delineaba perfectamente con un espeso delineador negro. Me recordaba a una actriz de telenovelas, y cuando yo era una chiquilla y venía con mi madre, siempre me quedaba asombrada por los ojos perfectos de Leticia y la hermosa y pequeña marca encima de

la comisura de su labio izquierdo. Me daban celos cómo el novio la
miraba, a sus labios, a toda ella. Él siempre estaba allí, apoyándose
al final del mostrador, esperando a que Leticia terminara de aten-
der a algún cliente para volver a tenerla toda para él. Era como si
no soportara estar sin verla; y como él era guapo, incluso más que
Gallo, yo llegaba a pensar que ella era la muchacha más suertuda
del mundo.

—Solo vine a comprar algunas cosas —le digo. Ella asiente y
mueve el abanico enfrente de sí. Leticia se pone todavía la misma
sombra azul eléctrico en los ojos, los delinea con el mismo color
negro. Aún conserva la marca de la belleza en el mismo lugar.

Pero no es la muchacha que era hace diez años.

Hace diez años, Leticia tenía dieciséis. Conozco su historia del
mismo modo que todos conocemos nuestras historias por aquí.
Su padre se fue a Estados Unidos años atrás y nunca volvió. Su
madre, como la mía, crió a Leticia por su cuenta y con la amistad
y el apoyo de otras mujeres. Leticia también tuvo un bebé cuando
tenía mi edad, una niña a la que le puso por nombre California.
Y su guapo novio se fue a los *States*, prometiéndole el mundo.
Durante años, de lo único que hablaba Leticia con quien la escuchara era de cómo ella y su niña se irían con él un día, y de que vivi-
rían en una linda casita por allá y que ella iba a ser una americana.

Su novio nunca regresó.

California tiene ahora nueve años, sigue esperando algún
día vivir en una linda casita que no existe. Su nombre es un
recordatorio de los sueños rotos, el lugar al que Leticia nunca
llegó. A veces oigo a Leticia gritar calle abajo: *California, ven
aquí. California, espérame.* Y siempre suena tan triste. Y ahora Leticia se ve como muchas otras mujeres que viven por aquí, que se

volvieron esposas y madres por puras mentiras, o forzadas malamente. Con apariencia mayor a la de su edad. Cansada. Un poco muerta.

La miro fijamente pensando en cuánto tiempo pasará antes de que yo también me vea así. Ella me regresa la mirada.

—¿Necesitas algo para el bebé? ¿Cómo está? Felicidades —eso dice, pero sus ojos me miran con lástima.

—Leticia..., necesito tu ayuda.

—Por supuesto, mi amor, ¿qué necesitas?

—Necesito algo para que... se me seque la leche —me mira raro, pero yo sigo hablando—. Y necesito anticonceptivos.

Baja el abanico, mira la pared de pastillas y medicinas detrás de ella. Saca unos paquetes.

—No tengo nada especial para dejar de producir leche —dice—. Pero esto podría servir. Por supuesto, no está científicamente aprobado ni nada de eso —entorna los ojos y me acerca los paquetes—. Y aquí tienes una caja de pastillas anticonceptivas.

Se apoya sobre el mostrador, empieza a darme instrucciones. Pero todo en lo que me puedo concentrar es en la gente que llega. Qué tal si entra Rey. O uno de los tipos que tiene para seguir el rastro de quien sea que Rey quiera vigilar. O uno de los amigos de Mami. O qué tal si la tía Consuelo sale del trabajo y se detiene por aquí y me ve.

Digo que sí a cualquier cosa que Leticia dice, alerta de quienes nos rodean. Enseguida me mira de nuevo.

—Pero ya sabes, estas tampoco tienen garantía.

—Lo sé.

Puedo sentir su mirada en mí, pero no levanto la vista. Se acerca de nuevo al muro de pastillas detrás de ella, agarra otro paquete, y lo pone en el mostrador frente a mí. Entra un hombre y parece mirarme directamente. No lo identifico como uno de los tipos de Rey, aunque no los conozco a todos. Miro hacia otro lado mientras él se va por un pasillo.

—Si algo ocurriera... Si crees que podrías haber quedado embarazada, puedes tomarte esta pastilla —susurra Leticia—. Pero te la tienes que tomar en el lapso de veinticuatro horas.

Me tiembla la mano cuando cojo las pastillas y leo la información. Pienso en que ojalá hubiera sabido de esto diez meses atrás. Ojalá hubiera sabido de todo esto. Pienso en que ojalá nunca hubiera admirado la belleza, y ojalá que no me hubiera visto ningún hombre como el novio de Leticia la veía a ella.

—¿Necesitas algo más? —me pregunta amablemente.

Estoy a punto de negar con la cabeza, pero entonces veo los rastrillos bajo el mostrador de vidrio.

—De esos —le digo—. Y eso otro —y señalo la navaja junto a los rastrillos.

Me vuelve a ver, pero retira los objetos de debajo del mostrador, los echa en una bolsita de plástico azul.

—Y necesito que me hagas un favor —le digo mientras hace la cuenta de los productos en la libreta que tiene frente a ella.

—¿Qué cosa?

—Necesito que me dejes fiado todo esto. Mami te lo pagará, sabes que lo hará. Pero no debe saber que compré estos productos. No todavía. Necesito que se los cargues a su cuenta para el siguiente mes.

Yo podría pagar con el dinero que Rey me dio. Podría. Pero no puedo. Aunque Mami me odie. Pues necesito ese dinero para después.

—Ay, Pequeña —dice, moviendo la cabeza y viéndome con una mirada de compasión—. Ya *sabes* que no fiamos.

—Lo sé, Leticia, pero no puedo pagar estas cosas, así que quizás por esta ocasión...

—Dios, Pequeña, ¿en qué tanto problema andas? —sus ojos se muestran comprensivos pero no hay sorpresa en ellos. Muevo la cabeza—. Habla con tu mami. Ella entiende estas cosas. Te ayudará.

—No, no puedo, no le puedo decir a nadie —digo—. Algo malo pasaría.

La cara de Leticia se estremece de miedo. Las emociones que he mantenido a raya empiezan a emerger. Pero no hay espacio para las emociones ahora. No voy a empezar a chillar aquí frente a Leticia. No voy a derramar lágrimas, anegar esta tienda, ahogarme en su charco. La veo y me imagino despojándome de todas mis emociones, como los carrizos de una caña de azúcar. Pero al final lo que queda es solo el dulce azucarado de mi palpitante corazón.

Mi mano tiembla sobre el mostrador.

Leticia ve cómo se me mueve. Parece que la mano tuviera una mente propia, como si ni siquiera fuera una parte de mi cuerpo. Trato de controlarla pero no puedo. Observo cómo oscila encima de ese mostrador, como una polilla enloquecida y oscura.

Veo cómo se transforma frente a mis ojos.

Sus descomunales alas se abren y se cierran, hipnotizándome. Su larga antena y sus enormes ojos negros fijan su vista en mí. Desde alguna parte de esos ojos, desde dentro de su moteado cuerpo escucho un agudo sonido.

Cuidado.

Miro a Leticia, preguntándome si también ella oye la advertencia de la polilla, que me dice que tenga cuidado. Si ella ve lo que yo veo. Si es por eso que de repente pone la mano sobre esa profecía de muerte, apretándole las alas, la mantiene muy muy quieta y me dice que me calme.

—Tranquila —dice—. Tranquila. Lo haré. Se lo diré a tu mami

el mes entrante —me mira—, ¿quieres que le cuente algo más ese día? ¿Que le dé algún otro recado?

Cierro los ojos e imagino a Mami viniendo a la tienda algún día del próximo mes. La veo llegando con el bebé. Su rostro un poco más muerto y cansado. La veo pidiéndole a Leticia un bote de fórmula para bebé. Veo a Leticia cargándoselo a la cuenta, y contándole sobre las cosas que compré hace un mes y mantuve en secreto. Veo el rostro de Mami preguntándole a Leticia: *¿Qué más? ¿Qué más hizo? ¿Alguna otra cosa? Dímelo.*

—Dile... que lo lamento, que por favor me perdone. Que la quiero. Mucho. Y que la veré de nuevo un día.

Leticia asiente con la cabeza.

—Se lo diré, Pequeña. Pero, oye, mírame —tiene su mano todavía sobre la mía, y miro fijamente sus hermosos ojos cansados—. Que te vaya bien, amiguita.

Y la ternura con que me expresa sus buenos deseos, la forma en que me mira cuando lo dice (como si le estuviera hablando a mi alma) me desgarra y me fortalece. La miro y asiento con la cabeza. Alza su mano para despedirse, y veo que mi mano vuelve a ser mía.

Cuando cojo mi bolsa y me doy la vuelta para irme, me pregunto cuántas muchachas antes que yo han venido con Leticia para pedirle las mismas cosas. Me pregunto si será coincidencia que los rastrillos y las navajas estén cerca de los anticonceptivos y de las pastillas del día siguiente.

De noche, me voy a dormir pensando en las maneras de ser letal. Cómo cubrir mi cuerpo con navajas. Me imagino que las navajas me cubren el cuerpo como escamas. Me imagino que todo aquel que me toca se corta, se rebana, se traspasa.

Una advertencia.

Que nadie se me acerque.

Pulga

Cuando tu mamá grita, y te despiertas con su cara encima de ti, ves destellos de color amarillo y naranja.

—¡Mijo!, Dios, Pulga ¿qué te pasó? —se arrodilla junto a mí en el sofá donde me quedé dormido. Sus ojos se le llenan al instante de lágrimas. Y de pánico—. ¿Qué pasó? ¿Qué pasó? —yo tengo que hacer una pausa y pensar.

Rey.

El almacén.

La pelea con Chico.

—Solo un pleito —digo tranquilamente. Es de noche. Mamá acaba de llegar del trabajo.

—¿Con quién...?

—Con unos muchachos de la escuela... —Chico está de pie, muy mansito, en el pasillo entre la cocina y la sala.

—¿Pero quién? —me exige ella—. ¿Quién te hizo esto?

Muevo la cabeza.

—No te preocupes.

—¿Que no me preocupe? —llegas a la casa en este estado, ¿y crees que no voy a preocuparme? —voltea a ver a Chico—, cuéntame.

—Es que unos muchachos estaban hablando otra vez de mi Mamita —dice Chico en voz baja—. Pulga se metió y ellos... —su voz se apaga mientras mueve la cabeza y empieza a llorar.

—¿Otra vez? —pregunta Mamá y percibo duda en su voz. Voltea a verme y busca en mi cara la verdad. Mantengo la mirada fija.

—Sí —le digo.

—¿Cómo se llaman? Debo hablar con el director.

—No, Mamá. Olvídalo. Ya pasó —digo. Si sigue escarbando en nuestra versión, si se asoma al hormiguero y lo espanta, todo se derrumbará encima de nosotros.

Me mira fijamente.

—Fue una estúpida pelea, Mamá. Por favor, déjame dormir otro rato —le digo.

Sonrío para mostrarle que no es para tanto, pero Mamá se queda muy callada. Se sienta al borde del sofá y pone su suave mano en mi cabeza. Me hace respingar, pero se siente rico.

—Ya no peleen —susurra.

—Está bien —le digo—. Lo prometo.

Me vuelvo a dormir. Y cuando abro los ojos está oscuro. La puerta de la entrada está cerrada con la tranca. Por primera vez en mucho tiempo, no estoy en el mismo cuarto que Chico. Un ventilador zumba y veo que Mamá lo ha movido de su cuarto a la sala y lo ha colocado en dirección a mí. Siento el cuerpo como si un camión me hubiera pasado encima.

Me hace pensar en la vez en que vi a un muchacho viajando en la parte trasera de un camión muy grande lleno de melones. Mami y yo íbamos detrás del camión en la motoneta de ella; yo tenía alrededor de ocho años. El muchacho iba encaramado en la parte superior como un pájaro, cuando el camión cayó en un bache y él se desplomó, desde aquella altura a la calle. Mamá había estado manejando con suficiente distancia y pudo detener su motoneta.

—Quédate aquí —dijo mientras ella y otros bajaban de sus motos y corrían para ayudar al muchacho, alguien tenía que hacerle una seña al conductor para que se detuviera: ¡Alto!, ¡Alto!

Pero yo no me quedé quieto. Tenía miedo y quería estar con mi madre, así que la seguí y vi al muchacho.

Por la sangre que había alrededor de su cabeza, la forma en que tenía extendidos los brazos y los ojos que solo mostraban la parte blanca, me recordó la crucifixión de Jesús. Solo que una de las piernas del muchacho estaba torcida de un modo raro.

También se habían caído unos melones, con cáscaras verdes y blancuzcas y se habían partido dejando ver la carnosa pulpa. Me acuerdo del color rojo, el rosa y el púrpura que salpicaban alrededor del muchacho en aquella calle sucia.

Cada vez que encajo los dientes en una rebanada de melón pienso en él. El sabor a acero que me queda después de morderla —sin importar qué tan dulce esté la fruta—, es como si me estuviera comiendo el melón que se cayó a la calle y se embarró de sangre aquel día. Como si lo dulce que me corre por las comisuras fuera la sangre del muchacho.

No me acuerdo a dónde íbamos, pero recuerdo que nunca llegamos porque lloré tanto que Mamá me tuvo que llevar de regreso a la casa. Yo pensaba en aquel muchacho día y noche. Soñaba con él. Y le preguntaba a Mamá si creía que había sobrevivido.

Ella decía: *Sí, hijo, sí sobrevivió.*

Pero no creo que haya sobrevivido. Supongo que a veces mentirle a la gente que queremos es una manera de impedir que se derrumbe.

Me pongo de pie, sin hacer caso del dolor de mi cuerpo. Desconecto el ventilador y sin hacer ruido lo llevo al cuarto de Mamá. La puerta está abierta y la veo dormir en su cama. Conecto el ventilador, lo prendo y me voy a mi cuarto.

Antes de que llegue a la puerta, oigo a Chico lloriquear, quizá está soñando con su mamita. O con don Felicio. O con las tumbas del cementerio. O con Rey. O con nuestra pelea.

Me acerco a él y trato de despertarlo con tanto cuidado como puedo. Aún así, se sobresalta y gime.

—Soy yo —le digo—, Pulga.

—¿Qué pasa? ¿Están aquí?

—No, tenías una pesadilla.

Lo oigo tomar respiraciones profundas, intentar calmarse. Me acerco a la ventana, muevo las cortinas solo un poco, buscando alguna silueta. Buscando a Rey, pero no hay nadie. Cuando vuelvo al lado de Chico, que está completamente despierto, hablo casi en susurros, por si acaso hay alguien afuera escuchando.

—Tenemos que irnos. Pequeña tiene razón. Algo malo está por ocurrir. Si no nos vamos, algo muy malo va a ocurrir.

Oigo a Chico tomar otra respiración profunda. Sabe que ha llegado la hora de llevar a cabo los planes que hemos estado haciendo desde hace mucho. Es tiempo de utilizar toda la información que reunimos afuera de la tienda de don Felicio. Desde los tiempos en que nos sentábamos sin decir palabra en la cocina mientras alguna madre del barrio pasaba por nuestro patio y se detenía para lamentarse con Mamá por la partida de otro hijo al que no volvería a ver.

Prestábamos atención.

Hacíamos un resumen de cómo tomaban primero un camión a la capital, después más camiones hasta la frontera con México antes de cruzar el río Suchiate. Guardábamos esa información, esperando el día en que la necesitáramos. Para el día en que tuviéramos que hacer lo mismo.

—*Tenemos* que irnos —susurro.

—Lo sé —dice Chico.

Es todo lo que decimos. Me meto en mi cama. Mañana resolveremos el cuándo. Esta noche solo nos quedamos con la decisión.

Vuelvo de nuevo a la oscuridad, pensando en melones, en sangre, en mí y en Chico peleando como perros, en Rey y sus compinches viéndonos como jugadores que hacían apuestas con nosotros.

Pero no van a ganar.

Pequeña

Una semana después de que visité a Leticia, Rey nos hace entrar a mí y al bebé al carro junto a él.

—Hoy vamos a dar un paseo. En familia. Te tengo una sorpresa —dice.

—No, Rey, por favor, todavía no le hemos dicho a Mamá y...

Pero es como si no me oyera. Camina alrededor del moisés y recoge al bebé, bruscamente agarrándolo con un solo brazo mientras con el otro me sujeta a mí. Sus dedos se me clavan en la piel y me conduce hacia el carro estacionado desafiantemente enfrente de nuestra casa.

Me empuja hacia el asiento del copiloto, azota la portezuela tras de mí. Él se sienta en el asiento del conductor. Mi corazón es una cosa temblorosa y explosiva en mi pecho.

—Rey...

—Cállate —dice cuando prende el carro, aún tiene al bebé sujeto en uno de sus brazos. Me quedo viendo como le cuelgan los piececitos; el impulso de cogerlo, para salvarlo de Rey, me avasalla—. Deja de preocuparte tanto de tu mami. Ya no le perteneces, ¿entiendes? Me perteneces a mí —me toma la mano, la acerca a él rápidamente, me besa los dedos y sonríe. Está a punto de entregarme al bebé cuando cambia su sonrisa por un gesto burlón en su rostro—. Dios, Pequeña, ¿qué te pasó? —sus ojos se clavan en mi camiseta, en mis shorts manchados de cloro, en mis chanclas—, no, esto no está bien. Entra a la casa y ponte un vestido bonito. Arréglate.

La piel se me eriza, pero estoy muy asustada como para no hacerle caso. Así que asiento con la cabeza, abro la portezuela del carro y enseguida me detengo. Mi cuerpo no se moverá mientras yo piense en que dejo aquí al bebé, a solas, con él. No lo voy a coger. Pero una parte de mí sí quiere hacerlo. Y ahí me quedo por un rato.

—¡Ve! —me grita. El bebé llora. Me preocupa que Rey se enoje, así que voy hacia la puerta de entrada de mi casa.

Cuando le doy la espalda al monstruo, levanto la vista al cielo y veo un millón de posibilidades.

Me veo a mí misma caminando mientras él abre la portezuela del carro, levanta un arma y con ella me apunta a la espalda.

Lo veo jalar el gatillo y veo la bala, ardiente y silbante, que sale del cañón.

La veo incrustarse en mi espalda, mi cuerpo arqueándose antes de caer en la tierra y que la bala explote adentro de mí.

Lo veo acercárseme, tirarme encima al bebé.

Veo a Mami corriendo hacia la casa, encontrándonos así. Oigo sus gritos y sollozos y cómo cae encima de nosotros.

—¡Oye! —grita Rey.

Y pienso que quizá quiere ver mi cara mientras contemplo la bala que viene hacia mí.

—¡Pequeña!

Me doy la vuelta poco a poco, esperando que él no vea las lágrimas en mis ojos. Está a medio camino del carro, el bebé balanceándose todavía de uno de sus brazos. No hay arma apuntando hacia mí.

—No te tardes, ¿eh? —dice.

Digo que no moviendo la cabeza.

Si no me mata, tal vez se vaya llevándose al bebé. Y parte

de mis horribles oraciones habrán sido escuchadas, de la forma más atroz. Y será el castigo de Dios por pedirle algo tan espantoso.

O tal vez me lleve junto con el bebé a un lugar desértico en donde nos matará a los dos. Y pensará que hay otra mujer que lo merece más.

Camino por el patio de enfrente y entro en la casa. Hago lo que Rey me indica.

Elijo un vestido de flores rojas, por si Mami me encuentra muerta, las flores rojas disimulen mi sangre. Me lo pongo, me aliso el cabello, me aplico brillo labial. Meto los pies en zapatos de piso negros.

Porque Dios me ayuda, de repente deseo que él *esté* enamorado de mí. Quizá entonces, no me matará. Porque me doy cuenta de que cuando la muerte se vuelve inminente, cuando parece segura, todo lo que quiero es vivir. Haré cualquier cosa para vivir.

Pienso en dejarle una nota a Mami, pero no encuentro papel o pluma y ni siquiera sé lo que escribiría. Así que me *apuro*, me *apuro*, porque no quiero que él se enoje.

Pero antes de abrir la puerta, lo observo por un instante desde la ventana. Cargando ese bebé. Revisando su teléfono.

Y por un momento, pienso en tomar el dinero y salir corriendo por la puerta trasera, correr muy lejos y hasta donde el dinero me lleve. Podría correr *ahora mismo*. Podría dejarlos a los dos ahora mismo.

Pero por mucho que no pueda amar a ese bebé, tampoco puedo dejarlo en brazos de Rey así. Y por mucho que quiero correr ahora mismo, sé que no llegaré muy lejos sin un plan; él me encontraría en un rato.

Así que abro la puerta y salgo al exterior.

Él me mira y sonríe.

Y me prometo que si salgo viva de esto, me armaré de valor para marcharme. El próximo día libre del trabajo de Mamá, ella se quedará con el bebé. Le pediré que me deje ir al mercado.

Y no regresaré nunca.

Pulga

■ ¡Oye, pon atención, pendejo! —grita Néstor. Sujeta su revólver—. Cargas el cartucho así, ¿ves? —un fuerte clic me hace saltar—. Entonces lo amartillas así —el sonido del ondulado metal resuena en mis oídos—. Y ya está listo para usarse. ¿Te acuerdas, verdad?

Siento débiles las rodillas y la mano me tiembla cuando Néstor me pone un arma idéntica en las manos.

—Oye, cerote, agárrala fuerte, no seas gallina —dice cuando se da cuenta.

Hace un ruido como de gallina y se ríe, pero me da un codazo como si fuéramos amigos. Así. Se supone que ahora somos familia. Toro, el tipo con la argolla en la nariz, el que silbaba afuera de nuestra ventana aquel día, nos ve y se ríe también.

Desde hace tres días, Néstor nos ha recogido a Chico y a mí cuando vamos camino a la escuela y nos ha traído al mismo almacén. Ayer nos aventó unos sándwiches para desayunar en el trayecto y nos llevó a un lugar para disparar, donde gritó y pegó de alaridos cuando empezamos a capear. Hoy me da un arma al marcharnos. Chico parece aterrado.

—Van a llevar esto a esta dirección —le entrega a Chico una mochila y me pone un papel en la mano—. Y recogen el dinero. No regresen sin él, ¿entienden?

Tengo tanto miedo como para siquiera ver adentro de la mochila. No pregunto qué contiene. No quiero saber. Y aunque me despierto cada mañana sudando de miedo, hoy con esta arma en mis pantalones siento que el cuerpo no me responderá. Como si el esqueleto se me hubiera desmoronado adentro de mí.

—¿Crees que estos tipos no pagarán? —le pregunto a Néstor.

Tuerce los labios.

—Digo... hemos tenido algunos problemillas con ellos en el pasado. Pero Rey se les puso al brinco, así que no *creo* que les den problema a ustedes. Pero —encoge los hombros— solo asegúrense de traer el dinero. ¿Quieren demostrarle a Rey lo que valen, cierto? Quédense de su lado amable.

—Sí, claro —digo mientras el corazón se me acelera.

—Bien —me avienta las llaves de una de las motonetas de Rey que ahora usamos—. ¡A trabajar, muchachos!

Y yo y Chico le hacemos caso.

Nos ponemos a trabajar.

Salimos disparados entre los carros. Zigzagueamos esquivando el tráfico.

Nuestros cascos son negros y sofocantes, pero Rey insiste en que los usemos. No por seguridad, sino para conservar el anonimato. Es el único motivo por el que no me aterra que alguien nos vea y le diga a Mamá. Y porque en el almacén nos cambiamos los uniformes de la escuela y nos pusimos ropa de calle.

Ahora andamos por las calles, Chico y yo, como compinches de Rey. Así como así.

Si nos negamos, si le contamos a alguien, si no actuamos con agradecimiento, el sonido de ese clic y esa detonación me despertarán una noche en mi cuarto.

Chico no va a aguantar. Me doy cuenta. Salta por cualquier ruido en la casa, por cualquier motocicleta que truene. No come. Yo aguantaré más tiempo, sé que puedo. Pero no sé cuánto. *Tene-*

mos que irnos. Tenemos que irnos. Ese pensamiento berrea adentro de mí cada vez que nos subimos al carro de Néstor. Cada vez que miro a Mamá, esperando el momento en que nos exija saber por qué no fuimos a la escuela la semana pasada. Pero cada vez que pienso en marcharme, en comprar el boleto para salir de aquí, en dar ese primer paso, no puedo hacerlo.

Creo que Mamá se ha dado cuenta de que algo anda mal. *Actúa como si nada*, le digo a Chico. *Actúa como si nada*, me digo a mí mismo. Pero no sé cuánto tiempo tenemos antes de que ella descubra lo mal que están las cosas.

Paso por el mercado. Pienso en los dos tipos en motocicleta que mataron a la Mamita de Chico.

Pienso en que algún día nos volveremos como ellos y acelero, haciendo a un lado los recuerdos y lo que pienso. Veo de nuevo el domicilio. Es el de una tienda al otro lado del pueblo, tapiada como la de don Felicio.

Estaciono la motoneta, y Chico y yo nos dirigimos poco a poco hasta la puerta trasera.

—¡Alto! —un tipo al que no habíamos visto sale de entre las ramas de frondosos árboles detrás de la tienda. Tiene entre las manos un arma automática con la que nos apunta—. Arriba las manos.

Hacemos lo que nos dice inmediatamente.

Es alto y escuálido, el arma es casi más grande que él. Su cara no delata mayor edad que la mía.

—¿Son gente de Rey?

Digo que sí con un movimiento de la cabeza.

—Sí, hermano..., disculpa, sí, mira —señalo la mochila que trae colgada Chico.

El tipo se nos acerca más. Mira mi bolsillo distinguiendo fácilmente el contorno del arma que Néstor me hizo tomar.

—Ni siquiera se te ocurra utilizar eso, *hermano* —dice—. Mantengan las manos en alto y acompáñenme. Señala la puerta trasera y nos hace caminar delante de él.

Adentro, un tipo está sentado en una mesa plegable contando dinero.

—Aquí están los hombres de Rey —le dice el tipo del arma al de la mesa.

Levanta la vista de los billetes. Cuando posa sus ojos en nosotros se ríe.

—¿Hablas en serio? —Chico y yo nos miramos—. Ustedes dos son unos nenes.

Mueve la cabeza y se ríe más fuerte.

—Mierda, Rey me está poniendo a prueba —le dice al tipo del arma. Se miran entre ellos, y se puede oír casi toda la conversación que tienen entre mirada y mirada.

Podemos sacarlos. No pagues esa mierda.

Sé en dónde nos podemos deshacer de los cuerpos.

Sería muy fácil.

Pero Rey... está creciendo.

Sí...

Es mejor tenerlo de nuestro lado.

Está bien.

Quítale al gordito la mochila.

Entendido.

El tipo del arma le quita a Chico la mochila de la espalda y llevándola consigo se dirige a un cuarto trasero. El tipo de la mesa se me queda viendo, hasta que el tipo que se fue al cuarto abre la puerta otra vez, le hace una señal con los pulgares hacia arriba y le entrega la mochila vacía.

—Está bien. Parece que está todo bien —dice, pero no se mueve. Me da la mochila abierta y vacía.

Percibo el miedo de Chico. El modo en que cada parte de él quiere correr. *Actúa como si nada, actúa como si nada.*

—¿Es eso lo que debo decirle a Rey? —le pregunto al tipo, viendo la mochila vacía. Trato de mantener la voz firme, pero escucho la forma en que se me estresa, la forma en que me tiembla—. ¿Que dijiste que todo bien? —el tipo chasquea los dientes y se ríe. Me arrebata la mochila y arroja adentro billetes enrollados antes de aventármela de vuelta.

—Lárguense de aquí.

El tipo del arma reaparece desde la parte trasera y nos empuja hacia adelante.

Chico tiembla mientras vuelve a colocarse la mochila en la espalda.

Casi nos estrellamos cuando viro la motoneta tan rápido como puedo.

Tenemos que largarnos de aquí, pienso mientras un autobús suena el claxon por largo rato y ruidosamente.

Tenemos que largarnos de aquí, mientras pasamos de nuevo por el mercado.

Mientras vamos de regreso en dirección al almacén.

Mientras Néstor nos aplaude al llegar y Toro llena el espacio con un silbido desgarrador.

—Rey se va a impresionar —dice Néstor.

Tenemos que largarnos de aquí.

Mientras cumplimos otro encargo.

Mientras nos detenemos en la terminal de autobuses.

Mientras saco el dinero que tomé del lugar secreto donde lo esconde Mamá y se lo entrego a la chica en la ventanilla, las manos me tiemblan tanto que apenas puedo contar los billetes para pagar los boletos.

Tenemos que largarnos de aquí.

Pequeña

Toma la autopista a la salida de la ciudad, hacia Honduras. Y miro por esas ventanillas polarizadas y me doy cuenta de que no me tengo que preocupar de que alguien me vea con Rey. Podría golpear esas ventanillas, pedir auxilio y nadie me vería.

Cuando llegamos al cruce fronterizo, se me acelera el corazón. Y cuando un fulano desde una camioneta le otorga el paso siento que el corazón se me saldrá por la boca.

—¿Ves? —dice—. ¿Los contactos que he hecho, Pequeña? La gente está aprendiendo a tratarme bien.

—Sí, por supuesto. Mereces que te traten bien—miro por la ventanilla, ahora cargo al bebé.

Rey se sale de la carretera bruscamente y pienso que todo acabó. Aquí es donde voy a morir. Nos metemos y recorremos caminos aledaños y sé, yo sé que aquí nadie encontrará mi cuerpo.

—Te quiero mostrar un lugar que significa para mí, Pequeña.

Bajamos por otros caminos, hasta que finalmente puedo ver arena y agua.

Quizá me ahogará.

—Vamos —dice, se estaciona y baja del carro. Siento débiles las piernas, pero lo sigo—. Aquí es donde decidí que no sería un don nadie, Pequeña. Vine aquí una noche y decidí que tomaría las riendas. Que me haría cargo de mi propio destino. Tomar lo que quería y no dar explicaciones a nadie. Y deshacerme de cualquiera que se interpusiera en mi camino.

Toma mi mano entre las suyas.

—Dios, mira cómo tiemblas. Yo quería que fuera una sorpresa, pero quizá ya lo sabes —se mete la mano en el bolsillo—. Cierra los ojos, Pequeña.

Hago lo que me dice. En mi cabeza rezo un *padrenuestro*.

Siento que me desliza un anillo en mi mano izquierda.

—Ábrelos —dice.

Cuando los abro, veo un diamante tan grande, que no tiene sentido que lo traiga en mi esquelético dedo. Lo besa.

—Tranquila —dice—. Quiero que sepas que lo pagué. No me robé ese anillo. Es importante que sepas que lo compré.

Respondo que sí con un movimiento de la cabeza mientras, en esa playa desierta, donde nadie puede oír un grito, él me dice que seremos felices.

Miro el anillo y veo mi futuro con Rey.

Mis pulmones se aferran a mi pecho. Un horrible grito sale de mí mientras las piernas se me doblan y caigo de rodillas, con el bebé en brazos. La oscura figura de Rey permanece de pie encima de nosotros.

Apenas puedo distinguir su rostro.

—Sabía que te haría feliz —su voz desde algún lugar lejano. Lo siento levantarme bruscamente y guiarme hacia el carro. El bebé chilla cuando volvemos a la carretera y fijo la vista en el camino sin ver nada más que los años, *años y años* delante de mí.

Miro la manija de la puerta mientras Rey presiona el acelerador.

Pero no quiero morir.

Afuera de mi casa, me besa, allí mismo en el carro para que cualquiera que pase pueda vernos.

—Ya no somos un secreto, entiende —me susurra al oído—. Regresaré mañana. Y para entonces, será mejor que le hayas contado a tu mamá porque mañana por la noche vendrás a casa conmigo.

El día está cargado de calor y humedad. Pero el cuerpo se me congela de asombro.

—¿Mañana en la noche? —susurro.

Él sonríe.

—No me importa si a tu mami no le agrada —toma mi mano, la levanta—. Mira ese anillo —pero el mundo se desvanece de nuevo, sigo sin entender—. Dije: mira ese anillo. —Me sujeta la mano con más fuerza.

Algo dentro de mí se rompe cuando digo que sí con un movimiento de cabeza, mientras miro el anillo.

—Es... hermoso...

Lo besa, me besa.

—Mañana por la noche —grita mientras se da la vuelta y sube a su carro.

Se aleja y yo me quedo allí, entumecida. Todo es irreal. Miro a mi vecinita al otro lado de la calle, observándome desde la puerta principal de su casa. Y me pregunto si ella es real. Miro el camino, esperando que el agua invada las calles. Para llevarme lejos.

Porque esto no puede ser real.

No puede ser.

El ruido de una motoneta irrumpe en mi mar de confusiones y la veo dirigirse directamente hacia mí, acercándose a nuestro patio.

Sé que son Pulga y Chico antes de que se quiten los cascos, y me dicen algo, pero me cuesta mucho entenderles. Pulga me sacude hasta que sus palabras, su voz, se vuelven cada vez más claras.

—¿Qué sucede contigo? —pregunta—. ¿Por qué tiemblas así?

Los miro, miro a los dos, tratando de entender qué hacen aquí cuando se supone que deberían estar en la escuela. Por qué andan en una motoneta que no reconozco. Por qué sus caras se ven tan preocupadas. Tal vez me lo estoy imaginando. Todo esto.

—¿Eres real? —le pregunto a Pulga.

—¡Escucha! No tengo tiempo para explicarlo todo... —dice Pulga. Sigue mirando de soslayo como si esperara que alguien apareciera en cualquier momento—. Tenías razón. Algo malo, algo realmente malo está sucediendo, Pequeña.

El bebé llora. Mi corazón se acelera. Todo se vuelve nítido.

—¿Qué? Pulga, ¿qué pasa? ¿Qué pasó?

—¡Escucha! Tenemos que largarnos de aquí, Pequeña. Tenemos que irnos esta *noche* —habla más fuerte y los ojos se le llenan de lágrimas—. ¿Recuerdas lo que dijiste? Recuerdas que dijiste que teníamos que *huir*. Tenías razón. Tenemos que huir, los tres, ¿de acuerdo?

—Al norte en la Bestia. A Estados Unidos —susurra Chico.

—¿Qué?, ¿qué dicen?

—Estoy diciendo que tenemos que *irnos* —dice Pulga. Veo cómo roza una pistola que trae en su cintura cuando se mete la mano en el bolsillo trasero y saca un boleto de autobús que me pone en la mano.

—Ahí nos vemos, ¿de acuerdo? ¿Te parece? Esta noche. Es el autobús de las tres de la madrugada, ¿entendido? Debes estar ahí, Pequeña.

El bebé llora, pero yo digo que sí con la cabeza y veo el boleto.

—Está bien —le digo.

—Aún no es demasiado tarde —dice Pulga mientras saltan a la motoneta. Veo cómo se alejan de prisa. Ahí me quedo de pie escuchando el eco que zumba detrás de ellos, hasta que desaparecen. Hasta que todo vuelve a estar en silencio.

La niña todavía me está observando desde la puerta de su casa.

¿Es esto real? Me pregunto.

Bajo la vista y veo el boleto en mi mano.

Sí. Es real.

Pulga

El cuarto está insoportablemente silencioso y solo oigo el sonido de mi corazón latiendo fuertemente en mis oídos. *No, no lo hagas. No, no lo hagas. No, no*, dice.

No dejes a Mamá. Se extiende y se estrecha debajo de la carne y el hueso, se desgarra y se rompe y se contrae. Amenaza con rendirse si no me quedo.

Volteo a ver a Chico.

—¿Listo?

—No lo sé.

La voz de Chico suena nerviosa y toda titubeante. Pero estamos listos como nunca lo estaremos. Hemos guardado nuestras vidas en mochilas. La mía contiene la foto de mis padres frente al carro de mi padre, un casete con su voz y sus canciones favoritas, un walkman que Mamá me regaló cuando cumplí diez años, el dinero que mi tía enviaba y que Mamá dijo que era para mí, pero que aún siento que me lo robé, ropa adicional, un cepillo de dientes, agua, pan, dulces.

—Todo lo que tenemos que hacer es salir por esa ventana —le digo.

Mantengo la vista en el marco de vidrio en la pared. No miro hacia otro lado. Si lo hago, podría escuchar a mi corazón. Podría yo creer que podemos quedarnos. Podría dejarme convencer para no irme. Si miro hacia otro lado, aunque sea por un minuto, podría perder de vista nuestra huida.

Cuando le di las buenas noches a Mamá, lo que realmente quería decirle era cuánto la amo y lo buena mamá que ha sido y que la extrañaré y que no se preocupe, lo lograré. Y pedirle perdón, por mentirle y dejarla sola. Quería pedirle que rezara por mí, que rezara conmigo, como lo hacíamos cuando yo era pequeño. Y quería que me cargara, una última vez, en la comodidad de sus brazos. Eso es lo que quería decir en lugar de escribírselo en la carta que encontrará mañana.

Pero todo lo que le dije fue: *Buenas noches*.

Ella sonrió y dijo: *Hasta mañana, hijo. Si Dios quiere*.

Me pregunto si recordará esas palabras cuando se dé cuenta de que me fui. Y si culpará a Dios o a mí.

—¿Pulga?

—Eso es todo lo que tenemos que hacer —le digo a Chico—. Salir por esa ventana y pedalear desde aquí hasta la terminal de autobuses lo más rápido posible.

—Eso no es todo lo que tenemos que hacer —dice. Se ve que está tratando de contener las lágrimas.

—¿Quieres ir al almacén mañana? ¿Reunirte con más tipos que nos apuntan a la cabeza con sus pistolas? ¿Quieres quedarte aquí y descubrir qué nos ocurrirá? ¿Qué ha planeado Rey para nosotros?

Se queda callado.

—No —dice finalmente. El dolor en mi pecho y el retumbar de mis oídos amainan.

Lo oigo respirar profundamente. Sé que tiene miedo. Pero tengo que empujarlo. Tengo que hacerlo. Es la única forma.

Nunca volverás a ver este cuarto, me recuerda mi corazón.

Nunca volverás a ver a Mamá.

Por favor, por favor, cállate, le digo. No necesito que me recuerden lo que siempre he sabido pero que no quería admitir.

No, no lo hagas. No, no, me dice mi corazón, pero mi mente me recuerda que si me quedo terminaré muerto o como Rey.

Cargo las mochilas en la mano. Todo lo que tengo que hacer es arrojarlas por la ventana.

Esta es nuestra *única* oportunidad.

Así que lo hago. Aviento las mochilas por la ventana. Pongo una pierna sobre el antepecho y salgo de la única casa que he conocido. Oigo la respiración agitada de Chico mientras corremos hacia nuestras bicicletas y mi mente se llena con imágenes de alguien que acecha en la oscuridad. De alguien que nos mira a Chico y a mí tratando de escapar. Pienso en Rey en alguna trastienda, diciéndole a uno de sus muchachos que nos dispare si nos pasamos de la raya.

Espero la bala.

Espero el cuchillo.

Espero un rápido y ardiente corte en mi cuello, cuando saltamos a nuestras bicicletas y nos vamos tan rápido como podemos.

Vamos hacia la carrera por las calles de nuestro barrio, pasamos por algunas cantinas con música a todo volumen y gente entreteniéndose afuera. De vez en cuando, nos topamos con un carro y me preocupa que uno de los muchachos de Rey esté adentro, nos vea y venga por nosotros. Cada vez que nos acercamos a un vehículo, pedaleo más rápido. Y luego me quedo escuchando, por si se oye que se detiene de manera abrupta, que da vueltas o el motor ruge, por si viene a toda prisa detrás de nosotros. Pero eso no sucede.

Las luces fluorescentes verdes y blancas de la terminal de autobuses Litegua aparecen más adelante, y colocamos nuestras bicicletas cerca de un costado del edificio. Rezo para que todavía estén aquí mañana por la mañana cuando Mamá, sin duda, venga a buscarnos, esperando que la nota que dejamos sea una mentira, y que no nos marchamos realmente.

La terminal no está abierta, así que tenemos que esperar afuera, como patitos de feria, a que aparezca el autobús que nos llevará de Puerto Barrios a la ciudad de Guatemala.

Chico y yo somos los primeros en llegar. Está oscuro y yo estoy cubierto de sudor por el miedo y por pedalear tan recio y tan rápido.

Llega más gente, todo el mundo se echa sus ojeadas. Nos sentamos en el asfalto lejos de los demás, en las sombras, tratando de pasar desapercibidos, tratando de mimetizarnos con la pared detrás de nosotros. Ahí es cuando me doy cuenta de que Chico trae puesta su camiseta azul claro de American Eagle, la que parece casi brillar.

—¿Por qué te pusiste esa camiseta? —le pregunto en voz baja.

Me mira como si yo fuera un tonto.

—Para la buena suerte. Es de buena suerte.

Sonríe con su tonta sonrisa. Me le quedo viendo y me pregunto si realmente no recuerda que la llevaba puesta el día en que asesinaron a don Felicio. Me pregunto por qué no la quemó con el resto de nuestra ropa manchada de sangre. Veo la camiseta y me pregunto por qué Chico pensará que es de buena suerte. Chico, que nunca se ha dado un respiro en la vida desde el día en que le cortaron el cordón umbilical.

Casi le digo que se la cambie por la que trae en su mochila, pero no quiero meterle cosas en la cabeza. Si necesita creer en esa camiseta, no lo voy a hacer cambiar.

—Bueno —le digo—, suerte.

—¿Crees que Pequeña haya cambiado de opinión? —pregunta de repente.

—No sé.

Pero estoy al pendiente, espero que no haya cambiado de parecer.

Se detiene una camioneta y de ella se bajan tres adultos. Al principio me fastidia ver salir a un grandulón, pero luego veo a dos ancianas bajar por la portezuela del lado del copiloto. Una de ellas lleva una pulsera de oro en la muñeca y sé que debe ser de los Estados Unidos. Hasta por la forma de sentarse. Es fácil identificarlas, a las personas que son de aquí, pero que ya no son de aquí.

Más gente se reúne justo en frente de la estación, con maletas y mochilas. Hablan en voz baja, mirando a su alrededor, esperando que llegue el autobús. Miro hacia la oscuridad, buscando a Pequeña y lo que veo es la figura de un sujeto.

Pestañeo, tratando de enfocar. Pestañeo otra vez tratando de ver si tiene la complexión o camina como Rey o Néstor.

El fulano trae puesta una chaqueta grande y abultada.

Una gorra de béisbol, hacia abajo para ocultar su rostro.

Jeans.

Tenis viejos.

Una mochila.

Nos echa un vistazo y comienza a caminar más rápido hacia nosotros. Lo veo pasar, medio esperando ver el carro de Néstor doblar una esquina donde se estacionará y aguardará. Esperando a que este tipo haga lo suyo, corra, suba al carro y salga a toda velocidad mientras Chico y yo nos desangramos en el suelo de la terminal.

Me imagino mi muerte. Siempre estoy imaginando mi muerte.

El tipo acorta el espacio entre nosotros tan rápido, como si el tiempo se hubiera distorsionado y me pongo en pie de un salto justo cuando se acerca al lado de Chico.

A Chico se le llena la cara de miedo. Se le escapa un sonido, como un perro que gime, y su cuerpo se tensa como si esperara una bala o un martillazo.

—Pulga, Pulga, ¡relájate! —dice el sujeto—. Mi cerebro trata de relacionar la familiaridad de la voz con la extrañeza de la imagen frente a mí.

—Soy yo, ¡mira! Relájate —dice.

Poco a poco, todo encaja.

—¿Pequeña?

—Sí. *Cállate* —dice, echando un vistazo a su alrededor.

Su cuerpo es voluminoso con tanta ropa encima. Se ha cortado el cabello. Le toco las puntas que se le asoman por debajo de la gorra de béisbol que le oculta el rostro. Me aparta la mano bruscamente, luego se precipita hacia Chico, que todavía está en el piso, asustado y confundido.

—Soy yo —dice ella—. No te preocupes.

Él sacude la cabeza, sin poder hablar.

—¿Qué demonios estás haciendo? ¿Por qué vienes así? —le digo a Pequeña.

Ella se pone de pie, me encara.

—*Sabías* que iba a venir.

—Sí, pero... —por supuesto que parece un muchacho. Todos sabemos lo que les pasa a las muchachas en este viaje—. Lo dije sin pensar.

Un estruendo remoto y el olor a diesel llenan el aire. Un autobús llega desde la parte trasera de la terminal y sisea hasta detenerse frente a nosotros.

La multitud se apresura a poner su equipaje en el compartimento lateral por fuera del autobús, pero nosotros no. Subimos y nos sentamos, miramos por la ventanilla. Y mi corazón, como en un último y desesperado intento por hacer que me quede, tiene calambres fuertes, como si acabara de recibir un puñetazo, y se le dificultara respirar.

Puedes esquivar el peligro, me dice. *Pero no puedes huir del dolor.*

Tomo un respiro hondo, trago saliva mientras el autobús lentamente entra en la carretera.

SEGUNDA PARTE

Donde vive la bestia

Pequeña

Por la ventanilla del autobús, Barrios se desdibuja. El restaurante al que Mami y yo siempre íbamos con la Tía y con Pulga. La iglesia donde se casaron Mami y Papi. La clínica a la que Mami llegó corriendo donde el doctor pronunció esa horrible verdad que yo ya sabía.

Esa verdad que palpitaba en mi vientre, que comenzó el día en que alcé la cabeza y miré de frente, a pesar de que Mami me había advertido tantas y tantas veces que no lo hiciera.

Tienes que caminar con la cabeza baja, Pequeña. No mires a los lados, me había dicho desde que los senos me empezaron a crecer y las caderas a engrosar. *Y sé más consciente. De todo y de todos.*

Nunca me explicó cómo era posible ser más consciente de todo, prestar atención a todo cuando se mantiene la mirada gacha.

Le hice caso. Siempre le hacía caso a Mami. No quería causarle problemas después de que Papi se fue, cuando tuvo que tomar el trabajo de afanadora en el complejo turístico donde la Tía era mesera.

Pero aquel día, cuando me dolía el cuello por tenerlo curvado hacia abajo todo el tiempo, desde la perspectiva de pies, polvo y rocas, aquel día levanté la vista y dejé que el sol me besara el rostro y soñé con un futuro lejos de aquí.

Fue un momento equivocado para soñar.

Pero era como si estuviera destinada, como si una mano invisible me hubiera obligado a alzar la cara aunque no hubiera pensado levantarla en ese preciso momento. Allí estaba él, apoyado en el mostrador de la tienda de don Felicio, con otros tipos, bebiendo gaseosa, riéndose, fumando un cigarro. Exhaló una larga bocanada de humo en el momento exacto en que levanté la vista. Y su mirada se fijó en la mía a través del humo.

Oí en ese momento la voz de mi madre: ¡*Pequeña!* Y bajé la vista de inmediato. Aceleré el paso, pero los gritos de sus amigos y el sonido de sus pisadas de todos modos me alcanzaron.

¡Oye! —caminé más rápido—. Vamos, no me hagas quedar como un pendejo delante de mis amigos.

Quise correr, pero no pude.

¡Oye! —dijo otra vez, y enseguida estaba justo detrás de mí—. Vamos, bájale. —Luego a mi lado—: Ey, dije que le bajaras.

Me agarró la muñeca, me apretó fuerte y me detuvo.

—Te acompaño.

Así sucede cuando tienes miedo. Tu corazón se apodera de todo tu cuerpo. Retumba en tu pecho, late tan rápido que lo sientes en la garganta, los oídos, los ojos y la cabeza. Lo oyes y lo sientes a punto de explotar.

Y luego ocurre, *explota*.

Ves que salpica. Te preguntas cómo se puede seguir viva cuando tu corazón ha explotado. Te preguntas cómo puedes hablar.

—¿Cómo te llamas? —su voz dulce y llena de peligro.

—María —le mentí.

Se rió.

—No, eso no es cierto. Te llamas... Bonita —asintió y me miró de arriba abajo—. Sí, Bonita —repitió, luego alargó la mano y me tocó la barbilla, me levantó la cara hacia la suya.

A eso se parece el peligro: una sonrisa en una cara larga, que revela la ligera superposición de dos dientes frontales. El cabello que le cubre los ojos, pero no completamente. Así que alcanzas a ver un extraño vacío en ellos. Y una sonrisa fácil y rápidamente reemplazada por un gesto desdeñoso.

—No te me pierdas —dijo, moviendo un dedo—. Te estaré buscando.

Se calló. Se rió. Y seguí adelante.

Después de eso, él me encontraba en donde quiera que fuera. No le importaba que yo no tuviera interés en él. Creo que al principio le gustó: la idea de *obligarme* a hacer algo, de *hacerme* quererlo. Me compró regalos e insistió en que los aceptara. Me dijo que me amaba, aunque me agarró la cara con sus manos sucias, hundió sus dedos en mis mejillas y me obligó a mirarlo. Me dijo que se llamaba Rey y que yo era su bonita; él era un rey y yo era su niña bonita.

Yo era suya. Eso es lo que decía. Y una noche, mientras Mami dormía en el sofá de la sala como lo hacía a veces cuando llegaba a casa demasiado cansada del trabajo, él se encargó de que yo entendiera lo que aquello significaba.

—Ssshhhh —dijo, mientras trepaba por la ventana del dormitorio. Me acababa de bañar, me había puesto el camisón. Él había estado ahí afuera quién sabe cuánto tiempo, vigilándome—. Ssshhhh.

Mientras, me ponía su dedo en los labios y se reía de la expresión de mi rostro. De cómo me paralicé.

Pude haber gritado. Mi madre habría venido corriendo. Hasta aquella habitación, donde estaba Rey, contemplándome, con sus ojos vacíos.

—Mi madre está en el cuarto de al lado —le dije.

—No importa —dijo—. Ve, invítala a ella también.

Se rió y yo me aterré, pensando que Mami aparecería, sin saber con lo que se iba a encontrar. Así que cuando se acercó a mí y me sujetó por la nuca, y me besó y me llevó a la cama, no opuse resistencia. Nada con tal de mantenerlo callado. Nada con tal de mantener a Mami lejos.

Me dijo que no hiciera ruido, que no me atreviera a hacer un solo ruido, o que me mataría, y tan pronto como Mami entrara a mi cuarto, también la mataría a ella. Y por si acaso lo dudaba, me mostró el arma que llevaba en la cintura.

Rey me susurraba al oído, pero cerré los ojos con fuerza, pidiendo auxilio en silencio mientras él se apretaba contra mí, mientras sus manos se deslizaban por mis piernas, debajo de mi camisón.

Me quedé quieta. Muy quieta. Y tan callada, que apenas respiraba. Y por un momento, morí.

Así es morir.

Miras fijamente el techo y lo ves curvarse. Como si el aire mismo no cupiera en la habitación y empujara el techo. Ves que aparecen grietas y el techo se abre a un oscuro cielo negro y una luna brillante. Y te elevas. Flotas hasta el techo, a través del tejado y hacia la noche.

Fue entonces cuando la volví a ver, a La Bruja. El horrible ángel del río, de mi infancia, que me salvó.

Me había olvidado de ella, después de tantos años. Olvidé cómo había ido por mí en el agua y cómo cuando les conté de ella a Mami y a Papi, dijeron que me acababa de golpear en la cabeza, que estaba viendo cosas. Aquí estaba de nuevo ella, con el pelo largo y plateado, y los ojos brillantes en suspenso, esperándome. Miré de vuelta hacia la tierra, hacia mi casa, que desde donde yo estaba parecía pequeña e insignificante. Y por un momento, nos vi a todos. Mami en el sofá, pequeña y hecha un ovillo. Yo en esa cama, debajo de Rey.

La Bruja se metió en mi casa, tirando de mí como un imán.

Sentí que mi carne se rasguñaba con los bordes oxidados del tejado. Y luego me metí por el techo y volví a mi cama. Otra vez debajo de Rey.

Pero poco después él se me quitó de encima, se paró a un lado de la cama como si estuviera en trance. Y allí ella apareció detrás de él. Vi como le rozaba el brazo. Vi como le comenzó a temblar. Ella se llevó un dedo a los labios y lo rodeó, lo observó y le pasó los dedos largos y delgados por la espalda y los hombros. Se inclinó hacia su oído, le susurró algo que lo hizo tambalearse de nuevo, y luego dio la vuelta al frente y se inclinó hacia su estómago. Le besó el ombligo con los labios arrugados, que un momento después se le pegaron a él como una sanguijuela.

Vi cómo se le debilitaban las rodillas, una mirada escurridiza apareció en su rostro. Vi como escapaba por la ventana, me dijo que me encontraría de nuevo.

Me levanté despacio y cerré la ventana, lo vi tropezar en la oscuridad.

Cuando volví la vista al interior del cuarto, la anciana se había ido. Me pregunté si lo perseguiría en la negra noche. Me pregunté si lo había hecho irse para siempre, si amanecería muerto.

Esperaba no volver a verlo nunca más.

Pero él siguió encontrándome.

¿Pequeña? Oigo que alguien dice mi nombre, pero ya no quiero ser Pequeña.

¿Pequeña?

Mis ojos se abren ante la tenue luz del amanecer. Estoy en el autobús. Pulga está a mi lado, llamándome.

—¿Qué pasa? —le pregunto.

—Ya lo saben —dice, mirando por la ventanilla como si pudiera ver a nuestras madres allí, desesperadas y desconsoladas, enojadas y asustadas.

—Se tienen la una a la otra —susurro—. Y son fuertes. Pueden cuidarse solas. Me trago las emociones que amenazan con dominarme mientras pienso en Mami. Pienso en ella cuando se despierta, con el bebé en brazos mientras se dirige al sofá para despertarme. Cuando mira con horror las cosas que le dejé.

Los aretes de oro que he usado desde que era niña. La larga cola de caballo que le dejé para que la vendiera. Y la nota con las últimas palabras que Pequeña escribiera, explicándole que me he ido.

Me despojaré de la mujer que fui, de la mujer que vivía aquí, hasta ser otra.

Pulga suspira.

—Crees que...

—No —le digo—. No podemos volver... Ya lo decidimos y ahora solo tenemos que seguir adelante.

—Nos perdonarán —dice Chico, con una expresión de esperanza en su rostro cuando ve a Pulga dudar por un segundo—. Todavía podemos volver.

Un gesto contrariado aparece en la cara de Pulga.

Sacudo la cabeza.

—No —le digo—. No *podemos* regresar. Jamás.

Pulga me mira y mueve la cabeza afirmativamente. Sus ojos café oscuro están asustados pero confían, y por un momento, recuerdo cuando éramos chiquillos. Cuando jugábamos juntos mientras Mami y la tía Consuelo tomaban café y cuchicheaban y se reían en el patio y nos veían perseguir lagartijas e iguanas a la mitad del día.

—No te preocupes —le digo.

Me ofrece una débil sonrisa y nos quedamos callados. No hay

nada más que decir. Así que cierro los ojos mientras el autobús se balancea hacia adelante y hacia atrás, desciende y vira. Cierro los ojos y los abro de nuevo, sin estar segura de haberme quedado dormida. Esto sucede una y otra vez cuando me imagino que nos alejamos cada vez más de Barrios, de Rey, de lo que queda de mí en los brazos de mi madre y en el sofá que dejo atrás.

De cómo habría sido el futuro si no nos hubiéramos marchado.

Pulga

Seis horas después de salir de Barrios, el autobús sisea y se detiene en la terminal Litegua de la Ciudad de Guatemala.

Susurro una rápida oración de agradecimiento y espero que Él no se haya olvidado de mí.

Chico, Pequeña y yo salimos a trompicones del autobús, aturdidos por el viaje, y nos adentramos en el brillante mediodía de la Ciudad de Guatemala.

—¿Ahora a dónde vamos? —pregunta Pequeña.

—A otro autobús, a Tecun Uman. Esa otra terminal está a un par de cuadras de aquí—. Le muestro el mapa que imprimí en la escuela, esperando que aún sea fiable.

—Pensé que la Ciudad de Guatemala tenía edificios del tamaño de un palacio —dice Chico, viendo los grafitis y los deteriorados escaparates mientras nos dirigimos a la otra terminal.

—Los tenía, recuerdo cuando venía con Mamá para tratar de conseguir visas y visitar a la familia de mi padre en Estados Unidos —le digo—. No deben estar por estos rumbos.

Casi todo se parece a Barrios.

La terminal está más adelante y cuando vamos hacia allá, sentimos de inmediato que nos recibe y nos tienta el olor a comida. Mi estómago suelta un gruñido. Pero primero nos ocupamos en encontrar los itinerarios y salir en el próximo autobús a Tecun Uman.

—Se va en una hora. Llegaríamos alrededor de las seis —les digo—. Luego cruzamos el río Suchiate y llegamos a México a las siete. Y todavía será de día.

—Pero no por mucho tiempo —dice Pequeña—. ¿Qué hacemos después de eso? ¿Dónde nos quedamos esta noche?

—Creo que deberíamos tomar un taxi o un minibús justo al otro lado, que nos lleve a un albergue en Tapachula. Allí dormiremos esta noche.

Trato de parecer convincente, pero ahora que estamos aquí, ahora que esto realmente sucede, no estoy muy seguro de nada.

Chico nos mira a los dos con una expresión nerviosa en su rostro.

—Sé que tenemos que hacer esto, pero no sé... si pueda.

—Puedes —digo, agarrándolo por los hombros, tratando de convencerlo, tratando de convencernos.

—Escúchame, Chiquito —dice Pequeña, girándolo hacia ella—. *Nunca* podremos regresar. Nuestras madres lo saben. Todos lo saben. Rey lo sabe.

Al mencionar el nombre de Rey, volteo a ver a Pequeña, preguntándome si Chico soltó la lengua sobre las cosas que Rey nos obligó hacer. Pero la expresión de su rostro me deja saber que no lo hizo.

—¿Cómo supiste que estamos huyendo de él? —le pregunta Chico. Nos ve a los dos.

Pequeña nos mira y menea la cabeza.

—No importa. Todo lo que digo es que no podemos regresar. Yo no volveré.

Ella tiene razón, por supuesto. Él nos *matará* si volvemos. Pero las palabras de Pequeña quedan suspendidas ominosamente en el aire, mezclándose con el olor a comida de hace unos momentos. Esta vez las palabras, la comida y el olor a gases de escape y diésel me revuelven el estómago.

Pero necesitamos comer porque quién sabe cuándo volveremos a hacerlo.

—Vamos por algo de comida —digo, rompiendo el silencio entre nosotros e intentando olvidar el peligro que dejamos atrás, el peligro que nos espera. Señalo un puesto donde hay una mujer abanicándose y esperando clientes.

Le compramos tortillas calientes y algunos chicharrones que se ven muy ricos y crujientes, algunas bolsas de papas fritas, tres gaseosas de uva y dos bolsas de dulces que Chico elige. Pronto llega la hora de subir al autobús y nos acomodamos para el viaje de casi cinco horas. El autobús arranca y yo desenvuelvo la comida para que la compartamos.

Muerdo un trozo de cerdo tibio y salado, envuelto en un pedazo de tortilla suave. Sabe tan rico que, por un momento, todo parece estar bien. Miro a Chico, que me sonríe con labios grasientos y toma un trago de su gaseosa. Pequeña come frituras de plátano y, por un momento, todo parece una aventura. Por un momento, mi estómago se agita por la impaciencia, creo. Pero tal vez es solo miedo.

Por un instante, siento que sucede. Que lo estamos logrando. Y parece tan factible.

Los neumáticos zumban. Rebotamos por algún esporádico bache. Y con el estómago lleno, nos adormece una apacible tranquilidad.

Chico se queda dormido. Pequeña mira por la ventanilla. La veo, tan diferente así con su cabello corto. A simple vista, se ve como una extraña. Pero enseguida es Pequeña otra vez, la Pequeña que siempre he conocido, el mismo contorno de su rostro. La misma pendiente de su nariz y las pestañas cortas; la misma mirada en sus ojos que me recuerda ese día en el patio cuando me dijo que teníamos que irnos.

La misma de la clínica el día que se cayó del autobús.

La misma del día en que Chico y yo llegamos a su casa con los boletos de autobús.

Algo quiere filtrarse en mis pensamientos, pero de repente Pequeña se vuelve hacia mí y sus ojos café oscuro buscan los míos.

—Lo lograremos, ¿verdad, Pulga?

La grasa de los chicharrones se espesa en mi lengua.

—Por supuesto —le digo, buscando algo que sé que está ahí, pero ella mira hacia otro lado. Abro la gaseosa de uva y le doy un largo trago.

Se me llena la boca y recuerdo estar en la trastienda de don Felicio con Chico, de las gaseosas de uva que traía yo en la mano cuando lo mataron.

Me trago la comida que rebulle en mi garganta y me apuro a terminar el resto de la gaseosa porque no podemos darnos el lujo de desperdiciarla. Y me quedo dormido, con el sabor artificial a uva, a animal y a muerte en la boca.

Me despierto con el mismo sabor, ahora rancio, cuando el autobús se estaciona en la terminal y nos bajamos. Una sensación de que ya he vivido esto se apodera de mí cuando entramos en el intenso calor del día en las calles de Tecun Uman, donde la gente va de prisa de un lado a otro a nuestro alrededor.

—Necesitamos ir al río Suchiate —le digo a Chico y a Pequeña.

Un anciano, frágil y correoso, está recargado contra un muro de cemento en un pequeño parque cerca de la plaza del pueblo. Se sobresalta cuando nos acercamos a él y me mira atentamente mientras le pregunto cómo llegar al río. Señala en la dirección hacia la que todos parecen ir y venir, y mueve la cabeza.

—Sí, sí. El río —dice mientras la gente camina, anda en bicicleta y pasa veloz a nuestro lado. Las mujeres con grandes canastas y gente en bicitaxis también pasan de prisa. Veo hacia el cielo, la forma en que el sol se ha ido apagando en solo unos minutos.

—Vengan —apuro a Chico y a Pequeña—. Necesitamos cruzar el río y encontrar el camino al albergue del otro lado antes del anochecer.

Vamos en la dirección que señaló el anciano y yo sigo viendo al cielo, preguntándome con cuánto tiempo contamos.

—¿Qué crees que están haciendo en este momento? —dice Chico.

—¿Quiénes? —pregunto, caminando más de prisa. Nos falta al menos una hora. Pero todavía no estoy seguro de que podamos cruzar el río tan fácilmente como todos lo hacen creer. ¿Qué pasa si nos lleva más tiempo?

—Nuestras madres —susurra Pequeña.

Tengo que concentrarme, pero con la pregunta de Chico mi mente vuelve a Puerto Barrios, a Mamá en nuestro sofá de terciopelo rojo, a la Tía junto a ella llorando y abrazando al bebé de Pequeña. Mamá probablemente piense en las promesas que le hice, todas esas promesas, y se preguntará cómo pude romperlas.

Quizá doña Agostina y las mujeres del vecindario también estén allí para consolarlas. Tal vez doña Agostina les está contando sobre su premonición. ¿O seguirá callada, guardando nuestro secreto? Una bicicleta toca la bocina fuertemente y nos apartamos de su camino.

—¿Crees que vendrán a buscarnos? —pregunta Chico, viendo hacia la terminal de autobuses. Como si Mamá y la Tía pudieran salir corriendo de allí, abrirse paso entre la multitud y dar con nosotros justo en ese momento.

Muevo la cabeza.

—No lo sé, Chico. No podemos pensar en eso ahora. Concentrémonos en llegar al albergue, ¿sí?

—Es que me siento... terrible —dice—. Tu mamá nunca me perdonará.

Se agarra a los tirantes de su mochila y mira al suelo. No le contesto. Solo quiero que se calle, que deje de recordarme a Mamá.

Seguimos a la multitud hacia un embarcadero más arriba, donde se ven las balsas de las que tanto había oído yo hablar a los hombres en la tienda de don Felicio. Tablones atados a enormes neumáticos negros, que transportan personas y bultos de una a otra orilla del agua, guiados por hombres o niños.

Nos acercamos de prisa a uno de los guías, un muchacho que no parece ni mayor ni más alto que yo, y le pedimos que nos lleve del otro lado. Nos dice que nos subamos, y luego comienza a alejarse de la rocosa orilla usando una vara larga.

—Tienen suerte —dice el muchacho, mientras nos empuja lentamente por adelante de unas balsas vacías—. No hay tanta gente ahora como había en la tarde. Por lo general, llevo al menos veinte personas en esta cosa. Ustedes no están de visita por un día... —dice, mirando hacia el cielo, luego a nuestras mochilas.

—No —responde Chico—. Vamos hacia la Bestia.

Lo dice en voz alta, demasiado alta. Y luego respira hondo, como si tuviera que estabilizarse. O como si decirlo en voz alta fuera la única forma en que puede hacerlo. Pequeña me mira y hago un comentario rápido a Chico para que no ande contando nuestros planes a nadie.

—¿La Bestia? ¿De verdad? Guau... —dice mientras empuja el agua con la larga vara—. Mi primo intentó llegar así a Estados Unidos —mueve la cabeza—. Pero le fue muy mal. Si les contara lo mal que le fue, se regresarían en este momento.

Se ríe y yo siento un nudo en la boca del estómago.

—¿Ven? —dice Chico, su voz otra vez llena de preocupación—. Deberíamos regresarnos.

—No nos cuentes, entonces —le digo al muchacho—. Porque nosotros vamos a llegar —por un momento aparto los ojos de la orilla del otro lado y miro a Chico—. Vamos a llegar.

Él asiente mientras sopla una brisa caliente. México. Estamos casi a un paso. Todo lo que tengo que hacer es concentrarme en lo que hay más adelante. Cómo llegar ahí de un momento a otro.

—Por supuesto, por supuesto que sí —dice el muchacho, empujando la vara en el agua.

—¿Vive? ¿Tu primo? —pregunta Chico.

El muchacho se queda callado por un momento mientras levanta la vara y da otro largo empujón.

—Oh, sí, está vivo —dice—. Está vivo.

Mantengo mis ojos en la orilla. No lo miraré para ver si está mintiendo. Aunque mienta, no importa.

—Escuchen. Dicen que cuando corres para subirte a la Bestia, primero se debe poner la pierna lo más cerca a la parte de arriba del tren. De esa manera no te quedarás debajo. Porque esa cosa es poderosa, ¿saben? Si no te come vivo, te quita el alma. En fin, eso es lo que he sabido...

Las palabras de los hombres afuera de la tienda de don Feli resuenan en mi memoria. *Mano, es infernal. Como si el diablo mismo te estuviera chupando los pies, tratando de aventarte hacia ese infierno.* Veo a Chico tan ansioso, que espero que el muchacho deje de hablar.

A medida que nos acercamos a las riberas de México, a la quietud del río la reemplaza el barullo del comercio.

—Hemos llegado —dice el muchacho y con cuidado nos guía.

—Gracias, mi cuate —dice Chico y el muchacho le extiende su mano y Chico y él las entrechocan como viejos amigos.

—Oye, parece que sabes bastante de eso. ¿Por qué no te vienes con nosotros? Puedes conducir autos en Estados Unidos en lugar de balsas aquí.

Sé que está bromeando, pero sé que una parte de él no bromea.

El muchacho se ríe. Y por un momento, sus ojos se iluminan. Voltea hacia el río y menea la cabeza.

—No, hermano. Esos sueños no son para mí. Pero buena suerte. A todos. Que Dios los guarde —dice, saludándonos con honores como si fuéramos soldados.

Algunas personas abordan su balsa y vemos cómo se aleja, flota otra vez hacia el otro lado. Chico parece sentirse mal cuando lo ve irse.

—¿Dónde están los taxis y los minibuses? —me pregunta Pequeña.

—Probablemente camino abajo —le digo cuando vamos por las calles de Ciudad Hidalgo. Pero a medida que caminamos por la terracería, hacia la carretera principal, no veo nada más que a unas cuantas personas en motonetas.

—Sigamos caminando —les digo— estoy seguro de que pronto encontraremos uno.

—¿Estás seguro de que por aquí pasan? —pregunta Chico.

La incertidumbre que antes sentí crece. Reuní toda la información que pude, pero ahora que esos lugares —alguna vez solo puntos en un mapa— son reales es difícil darle un sentido a todo. Hago a un lado mi preocupación, me trago el pánico que me sube por la garganta.

—Sí, por supuesto... —digo mientras sigo caminando hacia lo desconocido.

Veo una mujer en una bicicleta y le grito, pero ella se da la vuelta y pasa delante de mí sin voltear a verme.

—Estoy bien seguro... —le digo a Chico. Trato de no pensar en cómo nos veremos vagando de un lado a otro, ni en quien ya podría andar tras de nosotros.

—¿Estamos yendo por el camino correcto? —pregunta Chico.

—No sé —digo—. Solo necesitamos encontrar un taxi.

—Se está haciendo tarde... —dice Chico.

—Vamos bien —le digo, pero hasta en mi propia voz puedo sentir el pánico.

El cielo se está oscureciendo y la noche cae más rápido de lo que esperaba. Y empieza a aparecer un silencio siniestro, al igual que en Barrios cuando todos vuelven a casa. Cuando las puertas se cierran y se colocan las trancas. Seguimos bajando por un camino casi vacío buscando un autobús, un taxi, alguien que no pase de largo junto a nosotros cuando lo llamamos. Pero no hay vehículos, y cada vez menos y menos gente.

—Esto no me da buena espina —susurra Chico, acercándose a Pequeña y a mí.

—Chico tiene razón. Esto no es seguro, Pulga —susurra Pequeña—. No podemos andar dando vueltas.

—Ya sé, ya sé —le digo—. Yo solo... sigamos por este camino.

—¿Pero sabes a dónde vamos? ¿A dónde nos dirigimos? —pregunta Pequeña con un tono mordaz en su voz que acrecienta mi miedo y mi irritación.

—Solo sigamos caminando —les digo a los dos, con ganas de que aparezca un autobús o un taxi. Hay zonas en este viaje que uno no se imagina. Con tramos sobre los que no se puede prever.

Que se recorren solo con esperanza.

Pero, ¿cómo podemos estar *ya* en ese lugar? ¿Cómo podemos estar *ya* tan perdidos?

Oscurece muy pronto y la noche parece peligrosa. Y Pequeña y Chico esperan que yo les dé respuestas.

Pero yo no sé.

No sé a dónde ir.

No sé qué hacer.

No sé por qué pensé que podría con esto.

No lo sé.

Pequeña

A veces la noche parece una cosa sin rostro, horrible y con garras, una cosa salvaje con un corazón negro y palpitante.

Cabalga en nuestra espalda, mientras nuestro miedo crece con cada paso.

—Estoy asustado —dice Chico en voz baja.

—Relájate —le dice Pulga. Pero no creo que Chico le estuviera hablando a Pulga. O a mí. Creo que le decía a la noche que estaba asustado, para ver si ella se apiada. Tal vez ella nos deje en paz en lugar de acercarse, sujetarnos, tragarnos enteros.

Avanzamos un poco alejados de la acera, temerosos esta vez de cualquier automóvil que pueda pasar cerca. No podemos confiar en nadie. Sobre todo en estos momentos, no de noche cuando se despierta todo tipo de oscuridades.

—Pulga... —finalmente digo, cuando es evidente que no hay taxis, ni casas, ni gente, ni edificios cerca—. Está bien... si no sabes a dónde vamos. Hay que decidir que haremos, ¿te parece? Busquemos un lugar para escondernos, acampar, hasta que salga el sol.

—¿Aquí afuera? —dice Chico, al instante su voz se le tiñe de terror.

—Pensé... Me refiero a... No sé lo que pensé —dice Pulga, mirando a su alrededor. Su voz suena entrecortada y sé que si pudiera verle los ojos, los tendría anegados de lágrimas. Pero se aclara la garganta.

—Sí, nos esconderemos afuera en alguna parte —dice, con decisión en la voz, vuelve a su tono callejero.

—De ninguna manera —dice Chico.

El estómago se me cierra como un puño ante la idea de pasar aquí la noche.

—Ya veremos qué hacer mañana temprano. Por ahora, busquemos un lugar donde...

—Pero pensé que lo tenías resuelto, Pulga —dice Chico—. Creí que *sabías*.

—Cállate —dice Pulga—. Dime qué has hecho tú para llegar hasta aquí. Dime a dónde tenemos que ir después. ¿*Tú* sabes?

A Chico se le ve la mortificación y el coraje en el rostro y trato de alcanzar su mano, pero de repente dice:

—¡Esperen! Miren, ¿es eso una casa? ¿La ven? ¿Por ahí?

Trato de divisar adónde señala en la distancia.

—¡Sí es! —dice y creo que tiene razón. *Hay* una casa pequeña, toda cercada—. Toquemos a la puerta, pidámosles que nos dejen pasar la noche —dice Chico.

—¿Estás loco? Puede que hasta sea de alguien con quien no queremos tener nada que ver... —dice Pulga—. Quién sabe quién vive allí...

—O podría estar abandonada —digo.

—Si es así, no será por mucho tiempo. Alguien podría llegar a medianoche y no quiero estar allí cuando eso suceda.

—No, miren, creo que hay algunos juguetes en el patio. Eso tiene que pertenecer a una familia. Vamos.

—No, Chico, espera —dice Pulga, pero Chico corre hacia la casa, y de prisa vamos tras de él, Pulga diciéndole en voz baja que se detenga, que espere. Pero él no lo hace. Y a medida que nos acercamos, noto una luz tenue proveniente de la parte trasera de la casa.

—Espera... —le advierte Pulga de nuevo cuando Chico corre hacia la alta valla de alambre con púas en la parte superior.

Pero Chico ya está pegando de gritos:

—¡Bueno! ¿Hay alguien en casa? ¡Por favor...!

Pulga aparta a Chico de la cerca, y me parece ver que la cortina se mueve ligeramente en la ventana de enfrente, pero está tan oscuro que es difícil saberlo.

—¡Bueno! —grita de nuevo Chico, y de golpe se enciende un luminoso reflector blanco, tan brillante que casi nos ciega y levanto el brazo, protegiéndome los ojos. Oigo que se abre una puerta y la voz áspera de un hombre que nos grita.

—¿Quién anda ahí? ¿Quién anda ahí afuera? ¿Qué desea?

—Perdón —grita Chico—. Nosotros solo... Cruzamos el río... y no encontramos el camino al pueblo. Por favor, señor, ¿puede ayudarnos? No tenemos dónde quedarnos.

El hombre da unos pasos hacia afuera y veo su oscura figura contra las brillantes luces. Veo la escopeta que lleva en las manos, apuntándonos.

—Tiene un arma —le susurro a Pulga y a Chico.

Pero Pulga ya tiene las manos en alto.

—¡Por favor, señor! —grita—. Solo somos tres niños. No dispare, por favor. Nos iremos. Discúlpenos.

—¡Por favor, no dispare! —grita Chico—. ¡Por favor, necesitamos ayuda!

—Vamos —dice Pulga, agarrando a Chico—. Vámonos.

—¡Mantengan las manos en alto! Aléjense de aquí con las manos en alto.

—Señor, por favor —ruega Chico.

—Lo siento, pero esto no es albergue. Y no me importa quiénes dicen que son. Tienen que irse. Ahora mismo.

—Pero señor, por favor... —Chico llora—. No tiene que dejarnos entrar a su casa. Dormiremos aquí, en su patio... Por favor.

—Lárguense de aquí. No puedo ayudarlos. Hay un cementerio más adelante donde duermen los inmigrantes. Vayan allí.

—Pero, Señor... —Chico implora, con voz desesperada.

El viejo amartilla el arma.

—Te lo advierto, muchacho.

—Por favor —le dice Pulga—. Chico, ¡por favor! ¡Vas a hacer que nos maten!

Pulga retrocede un paso, tirando de Chico con una mano mientras mantiene la otra en el aire. Chico se aferra a la cerca como a una balsa salvavidas y Pulga le grita de nuevo.

—¡Hablo en serio, Chico! —dice tirando de él con fuerza.

—¡Déjame! —grita Chico, agarrándose más fuerte a la cerca—. ¡No quiero dormir en un cementerio! ¡Por favor!

Chico es más grande, más fuerte que Pulga. Nada de lo que Pulga hace o dice lo hace soltarse.

—¡Dije que se fueran! —grita el hombre.

—Vamos, Chiquito —le susurro—. Vamos, estaremos juntos, ¿sí? Te prometo que estarás bien. Yo te cuidaré —le digo, con dulzura—. ¿Por favor? ¿Sí? —él comienza a llorar, pero finalmente accede. Finalmente, suelta la cerca.

—El cementerio está a unos diez minutos por ahí —dice el viejo, apuntando con su arma—. Van a ver las tumbas. Eso es en todo lo que les puedo ayudar. Y no vuelvan por aquí.

Nos retiramos, lejos de la casa. Después de unos minutos, el brillante reflector se apaga y una vez más nos envuelve la noche.

El llanto de Chico rompe el silencio mientras caminamos.

—Todo está bien —susurra Pulga, su voz teñida de irritación, pero sobre todo de compasión.

Jalo a Chico hacia mí, lo abrazo más fuerte para que no tenga tanto miedo. Pero siento cómo le tiembla el cuerpo.

—Quiero irme a mi casa —dice—. No podemos seguir con esto. *No* puedo con esto.

—Sí, puedes —dice Pulga—. Vean, vean hacia allá. Creo que es el cementerio.

—¿Crees que sea cómodo allí? Me dan miedo los muertos —dice Chico.

—Hay espíritus buenos, Chiquito. Que nos van a ayudar —le digo, alcanzando a ver unas sombras más adelante, tumbas surgiendo entre la oscuridad.

—También hay espíritus malos —dice, y pienso en los cuentos de espíritus que Mami me contaba. Cómo pueden estar enojados por dejar este mundo y hacerles cosas malas a los vivos. Cómo vagan por las calles y el cementerio, de noche, a la espera.

—No tenemos otra opción —dice Pulga.

Chico chasquea los dientes, pero sabe que Pulga tiene razón. Volver atrás ahora es imposible.

Caminamos despacio hacia el cementerio, cantan los grillos ruidosamente mientras nos acercamos con cautela a las tumbas. Intento abrir más los ojos, tratar de estar al pendiente de todo, detectar cualquier movimiento. Intentamos no hacer ruido cuando nos acercamos a las tumbas.

Avanzamos, pero no demasiado lejos. Siento que nos vigilan. Fuerzo la vista, buscando a otros, creo ver figuras en el suelo. Creo escuchar susurros en el estancado aire nocturno. Pero no puedo estar del todo segura. Y no sé quiénes son.

¿Son como nosotros? ¿O somos de los que a ellos les gusta cazar?

—Por aquí —le susurro a Pulga y a Chico, agachándome detrás de una tumba—. Vamos a quedarnos aquí.

—Está bien —dice de inmediato Pulga. Chico respira con mucha dificultad, pero no llora. Se aferra a mí con más fuerza, hasta cuando nos acomodamos, él se sujeta a mí y acurruca su cuerpo en el mío.

Se me viene a la mente el bebé y me deja sin aliento. Un toque eléctrico me recorre los senos y siento que se humedece el vendaje con que me he envuelto el pecho. Solo me ha salido una pequeña cantidad de leche.

Pero juraría que oigo el latido de un corazón, y no sé si es el mío, el de Chico o el de ese bebé. Una sensación de malestar me invade y las lágrimas brotan de mis ojos, pero me las limpio rápidamente. No lloraré por algo que nunca quise y a lo que no puedo amar.

Nos recostamos en la losa de concreto y miro al cielo. Me pregunto si vendrá mi ángel bruja si la llamo. Si nos alejará de aquí y nos llevará a la frontera si lo deseo fervientemente.

Miro al cielo, buscándola entre las estrellas. Parece increíble que un cielo pueda estar tan lleno de ellas. Parece imposible que algo hermoso pueda existir.

Oigo a Chico tomar pequeñas y agitadas respiraciones, tratando de no llorar.

—Mira las estrellas, Chiquito —le susurro—. Mira las estrellas y escucha los grillos y no dejes que nada más entre en tu mente. Estaré despierta para que puedas descansar —le agarro la mano y se la sostengo. Él me aprieta la mía y mira hacia lo alto.

Escucho un rumor entre la hierba, y me digo que solo son insectos y roedores. Y trato de no pensar en Rey, una cucaracha que se escabulle por las rendijas y desafía a las puertas, a las cerraduras y a las ventanas.

Me imagino sus patas de cucaracha correteando por las calles de Barrios, subiendo al autobús que nos condujo hasta aquí, hasta la balsa en la que cruzamos hacia México. Lo imagino ganando tiempo, esperando subirse por mi pierna mientras estoy aquí acostada, correr por mi torso, mis senos, mi cuello. Susurrarme al oído: *Estoy aquí. Te encontré. No puedes huir de mí.*

Aguardo. A él. A los fantasmas. A los gritos de los muertos. A la Bruja.

Los grillos cantan más fuerte. *Cuidado, cuidado, cuidado*, dicen.

Chico está hecho bolita hasta donde puede, encajado en uno de mis costados, Pulga en el otro. Y juntos, esperamos a que pase la noche. Siento que me brota un poco de sangre entre las piernas y espero que no sea tanta que me empape las toallas sanitarias que me coloqué allí.

—Llegará el día —susurro—. Y así será. Porque al mundo no le importa cuánto dolor sufres o qué cosa terrible te ha pasado. Continúa. Llega un nuevo día, lo quieras o no.

Los insectos reptan encima de mí mientras esperamos, los mosquitos y las hormigas me pican. No los aplasto; cualquier movimiento podría despertar a Chico y Pulga. En cambio, cuando siento el piquete, pienso en Rey y dejo que el insecto me recuerde por qué estoy huyendo.

Cierro los ojos y sueño con insectos entrando por mis oídos, por mi nariz. Sueño con que se arrastran por mi garganta. Me despierto con el zumbido de una mosca en el oído, y mis ojos se abren de golpe a una brillante blancura y una voz demasiado cerca.

Pequeña.

Agarro la navaja que traigo en el bolsillo, y con solo presionarle un botón y hacer clic rápidamente, la hoja se dispara, a centímetros de la cara de Chico. Él retrocede, repentinamente despierto por completo, y él y Pulga me miran fijamente, miran la navaja.

—Perdón —le digo a Chico, mi mano todavía aferrando fuertemente el mango del arma mientras otros en el cementerio (hombres, mujeres, niños) emergen de detrás de las tumbas y comienzan a andar por el camino.

—Vámonos —dice Pulga, clavándome la mirada, viendo la navaja. La guardo y nos apuramos, siguiendo a la gente que sale tambaleándose del cementerio.

El calor del sol arrecia con cada paso; la humedad se vuelve más espesa. La piel se me pone resbalosa de sudor al pasar por algunas casitas. Pasamos delante de vendedores de frutas. Y luego delante de tienditas. Y de un ruinoso restaurante.

Y poco a poco, el mundo parece bullir a nuestro alrededor cuando entramos al pueblo. Y pasan a toda prisa más autos y motonetas y comerciantes.

—Miren —dice Pulga, señalando a un conductor que se apoya contra su carro, fumando un cigarro—. Creo que es un taxi. Vamos a ver si nos lleva al albergue.

El hombre, alto y desgarbado, nos mira mientras nos acercamos.

—Disculpe, señor. ¿Puede llevarnos al albergue Belén en Tapachula? —le dice Pulga.

El hombre nos echa un vistazo, ve nuestra ropa, nuestras mochilas.

—Tienen que pagar por adelantado.

Pulga hurga en su mochila y saca un sobre con dinero. El tipo lo observa, luego se ríe y menea la cabeza mientras le da otra fumada a su cigarro. Miro a mi alrededor preguntándome si alguien nos vio.

—Tienen suerte de que no le robe a los niños. Les doy un consejo, no saquen todo ese dinero delante de nadie. No van a llegar lejos cometiendo errores como ese.

Pulga dice que sí con la cabeza, se ve avergonzado. Y como un niñito. Respiro hondo y me espanto el miedo y la preocupación que he mantenido a raya. A cambio, pienso en dónde habría dormido anoche si no me hubiera escapado.

El hombre nos indica que subamos al carro, cuyo interior está más caliente que afuera y huele a calor, a sudor y a talco para bebés. Nos alejamos de la acera y mientras vamos por las calles, más gente parece surgir de la nada.

Gente a pie, aferrada a sus mochilas.

Gente que parece perdida y aturdida.

Gente que despertó de la muerte.

Gente que se parece a nosotros.

Pulga

Nos detenemos en el albergue, un edificio bajo pintado de un vivo color naranja. Una imagen de la cara de Chico, brillando ante la lumbre la noche en que quemamos mi ropa, relampaguea en mi mente.

Hay gente sentada afuera del albergue. Una mujer con una blusa rosa brillante cerca de la puerta mira a la calle, parada sobre un pie; me recuerda inmediatamente a un flamenco. Un hombre con una camisa de rayas azules y blancas se sienta en un cubo de pintura volcado. Sus ojos se fijan en nosotros cuando salimos del taxi, pero luego vuelve su mirada a la calle cuando caminamos hacia la entrada.

Un cura con una larga sotana blanca nos ve mientras atisbamos al interior, nerviosos e inseguros de a dónde ir, qué hacer. Nos hace una seña para que entremos.

—Bienvenidos, hijos —dice—. Bienvenidos a Belén.

La cosa en mi pecho, mi corazón, se agita por la forma en que nos recibe, por cómo nos llama hijos. Miro las paredes azules, que me transmiten paz. Exhalo un suspiro que creo he estado conteniendo desde que partimos. El alivio me envuelve.

Lo hice. Hice que llegáramos hasta aquí.

Me enjugo las lágrimas y me digo que no debo ponerme sentimental. Veo a Chico, que sonríe con su tonta sonrisa y dice: *Llegamos.* Muevo la cabeza frente a él. Pero no puedo evitar devolverle la sonrisa, cuando mi corazón palpita en mi pecho como si le hubieran salido alas. Aún no llegamos. Aún no. Nos falta mucho camino por recorrer. Pero llegamos *hasta aquí*. Y ya es algo.

El albergue huele a hogar, a café, a tortillas calientes, a azúcar, a chiles verdes, a cebollas y frijoles en hervor.

Huele a que hay alguien al cuidado.

—Voy a usar el baño —me susurra Pequeña, mirando a su alrededor. Asiento y veo que le pregunta a alguien y luego desaparece.

Una de las mujeres me sonríe, un destello plateado entre dos de sus dientes. Veo cómo un patojo más joven que yo, más joven que Chico, le extiende su plato.

—¿Sabes qué? —le pregunta ella, hablándole cariñosamente—. Cuando hago esta comida, yo canto. Y rezo a Papá Dios. Para que nutra tu alma y tu cuerpo.

Él sonríe cuando ella pone huevos y frijoles en su plato, coloca dos tortillas encima y le entrega un pastelito de chocolate en un envoltorio.

Mi corazón se colma con una emoción que me pedí no sentir. Es peligroso sentir demasiado, sea esperanza o desesperación. Ojalá pudiera meterme la mano en el pecho, envolver esa cosa vibrante y tranquilizarla.

—Siéntense —dice el cura, señalando la larga mesa en el centro de la estancia—. Estaré con ustedes en un momento.

Vuelve para hablar con un hombre que tiene el aspecto de un perro apaleado. Nos sentamos cerca del patojo que está comiendo solo, y miro al hombre, a otros que pasan junto a nosotros con esa misma expresión.

No parecen ser personas que sueñan. Parecen gentes demasiado cansadas, demasiado asustadas para soñar. Me pregunto cuánto tiempo pasará antes de que yo también me vea así.

Quizás ya me veo así.

En un rincón hay una pequeña televisión, pero está apagada. Mis ojos escudriñan la pared de donde cuelgan mapas en los que aparecen diferentes rutas hacia la frontera junto a dibujos de niños: figuras de familias hechas de palitos. Algunas tienen caras felices y otras, tristes. Algunos de los dibujos tienen arco iris y otros muestran figuritas de palo caídas en el suelo, sus ojos son diminutas equis negras. Un calendario marca los días.

—Hola —de repente se oye una voz junto a nosotros—. Soy el padre Gilberto —cuando abro los ojos, el cura está ahí. Una mujer con gafas se para a su lado con un portapapeles en la mano, el cabello canoso recogido en una coleta rizada—. Esta es Marlena, la codirectora que trabaja en este albergue. ¿De dónde vienen?

Chico voltea a verme y yo respondo en voz baja.

—De Guatemala.

El cura asiente.

—¿Van a Estados Unidos?

Digo que sí moviendo la cabeza.

—Bueno, Marlena los llevará a que respondan algunas preguntas y a que se instalen. No se preocupen, hijos. Están a salvo por ahora —toma mi mano y la sostiene por un momento antes de soltarla y hacer lo mismo con Chico. Por un instante, espero que la gracia de Dios se transfiera a mí en ese roce, que me mantenga a salvo por más tiempo.

—Vengan conmigo —dice Marlena.

—Espere, falta alguien... —le digo, buscando a Pequeña, quien en ese momento ya viene hacia nosotros.

Marlena ve a Pequeña y hace una inclinación con la cabeza, nos lleva a una habitación donde hay un pequeño escritorio y dos sillas. Hay cajas por todos lados, algunas llenas de papeles, otras con cosas sin ordenar, una caja de cartón llena de cereales, mantas y calcetines.

Marlena cierra la puerta detrás de nosotros, a pesar de que la habitación está mal ventilada y calurosa.

Nos pregunta nuestros nombres completos. Cuando le llega el turno a Pequeña, ella duda antes de dar su nombre verdadero. Marlena mira por encima de sus gafas y asiente cuando se da cuenta de que Pequeña no es varón.

—No te preocupes —le dice—. Entiendo.

Vuelve a preguntar de dónde somos. Y exactamente por qué partimos. Chico y yo le contamos de Rey y ella escucha atentamente, en silencio.

—Así que fueron ustedes dos los que presenciaron el asesinato.

—No exactamente, pero sí.

—Y luego, ¿los presionó a trabajar para él, a ser parte de su pandilla?

Chico y yo asentimos y ella se vuelve hacia Pequeña.

—¿Tú también?

Pequeña vacila.

—¿Por qué nos pregunta eso? No va a impedir que nos vayamos, ¿verdad?

—No. Es un viaje peligroso. Es un viaje casi imposible. Pero no los detendré porque sé que están huyendo de algo peor. Pero tengo que asegurarme de que este albergue sea lo más seguro posible. Que los sinvergüenzas y los delincuentes no vengan aquí *fingiendo* ser migrantes que luego se dan la vuelta y se aprovechan de los verdaderos migrantes. Algunas personas hacen eso ¿saben? Les dicen: Oh, ven conmigo, conozco a alguien que puede ayudarte. O sé cómo puedes ganar algo de dinero. Y luego... —Marlena niega con la cabeza—. ¿Quién sabe con quién o dónde terminarán? Bueno, sé que suena cruel, pero tengo que asegurarme de que realmente ustedes están en apuros.

A Pequeña los ojos se le llenan de lágrimas y se las limpia bruscamente antes de que le corran por las mejillas.

—Nuestras historias son ciertas —dice, clavando su mirada en Marlena. A Pequeña el rostro se le pone rojo oscuro mientras intenta contener las lágrimas, contener la ira.

—Lo siento... —dice Marlena, mirando a Pequeña detenidamente—. No me refería...

—Estoy huyendo... del mismo tipo también —espeta Pequeña—. ¿Necesita que le cuente más?

Si las palabras de Pequeña fueran visibles, serían negras, teñidas de rojo y anaranjadas como brasas ardientes.

Cuando mira a Marlena, algo pasa entre ellas que hace que Marlena niegue con la cabeza.

—No, ya es suficiente —dice, antes de pasar a la siguiente pregunta.

Entonces algo me golpea; de repente siento como si me hubieran sacudido. La verdad es plateada y blanca, y destella como un rayo. Proviene de algún lugar de arriba, se rompe en tu cerebro, se dispara hacia tu corazón. Te desintegra.

Rey.

Pequeña está huyendo de Rey.

Porque ese bebé, ese bebé que ella no quería, que no podía mirar y que apenas podía cargar, ese bebé es de Rey.

La miro, pero ella no me ve a los ojos. Voltea a ver sus pies, se enjuga las lágrimas que no puedo ver pero sé que están ahí.

—Pequeña —susurro, pero ella mueve la cabeza.

Marlena me hace más preguntas a mí y yo respondo. Nos explica las reglas para quedarnos en el albergue; una estadía aquí está limitada a no más de tres días; las revisiones de mochilas son obligatorias para garantizar que no portamos armas (miro a Pequeña, que se lleva la mano al bolsillo); los hombres y las mujeres duermen en cuartos separados a menos que no queden literas y entonces se utiliza el piso de una sala común; se sirven dos comidas al día, desayuno y cena, y solo a horas específicas; se nos permite una ducha durante nuestra estadía, y debemos hacer fila y esperar nuestro turno; las duchas deben hacerse individualmente, excepto para las madres que auxilian a sus hijos; no se permite el comportamiento agresivo; ni la amenaza ni el acoso a otros migrantes; no se permite el alcohol ni las drogas. Romper cualquiera de estas reglas hará que lo echen a uno de vuelta a las calles.

Cuando Marlena termina, nos mira y pregunta si entendemos.

—Sí —decimos al unísono.

—Bien —dice mientras hurga en cada una de nuestras mochilas. Enseguida nos lleva al área del comedor donde agrega las mochilas a un estante repleto de otras mochilas y pasa junto a un voluntario que les echa un vistazo y se asegura de que nadie tome la mochila de otra persona. Y luego, finalmente, nos dice que a pesar de que el desayuno ya se ha servido, todavía podemos tomar un poco de comida si queda algo.

Las mujeres que ponen lo último de la comida del desayuno en nuestros platos, nos miran cordialmente. Nos hablan. Nos ven a los ojos. Nos dicen que comamos.

Chico mira furtivamente a Pequeña mientras nos sentamos a la mesa, ahora vacía de no ser por nosotros. No le preguntamos a Pequeña nada más sobre Rey.

Comemos nuestras raciones en minutos. A nuestro alrededor, la gente juega a las cartas o habla en voz baja. De vez en cuando hay risas, y su sonido es extraño y fuera de lugar. Ahora la televisión está encendida y suena ruidosamente en un rincón, un programa de chismes que Mamá solía ver, a pesar de que decía que era basura de último momento en la pantalla. Gente de televisión con ropa brillosa, impecable y cara.

Una mujer se sienta a centímetros de la televisión, mira fijamente los rostros maquillados de las mujeres, escucha atentamente las anécdotas de las celebridades.

Vemos desde la mesa un programa tras otro.

Salimos y vemos a unos muchachos pateando una pelota de fútbol.

Vemos a la gente lavar la ropa en un lavadero de cemento.

Las horas pasan.

Marlena se encuentra con nosotros antes de irse a dormir y nos dice que mañana podremos bañarnos. Que no hay más camas disponibles, pero hay otra habitación grande en la parte trasera donde podemos dormir en el piso.

—No tenemos esteras y los pisos son de cemento, pero aquí tienen algunas mantas —nos las entrega y nos muestra dónde está la habitación—. Las luces se apagan en una hora.

Pienso en pedirle a Marlena mi mochila por el walkman que traigo allí, con las cintas que Mamá me regaló hace unos años. Cosas que le pertenecían a mi padre y que su hermana nos había enviado.

Pero me acuerdo de la promesa que me hice. Que solo las escucharía cuando estuviera en el tren.

—Gracias —le digo a Marlena, que de todo se ocupa y es muy eficiente, que nos regala una pequeña sonrisa, y asiente. Pero sus ojos parpadean con compasión.

—Nos vemos mañana —dice—. Buenas noches.

Y luego se va, y solo nos quedamos nosotros, y la mujer en una esquina jugando algún juego con una adolescente y una niñita. Otras dos mujeres están cerca de ella. Hay un anciano con una niña de la edad de Chico. Y nosotros.

Chico, Pequeña y yo nos instalamos en el rincón más alejado de la habitación, enfrente de una pared con un enorme mural de La Virgen.

Vemos cómo una de las mujeres se hinca, a unos centímetros de La Virgen, se raspa las rodillas en el piso de cemento.

Sé que hay personas que viajan kilómetros de esta manera, sobre un camino de tierra y guijarros y grava, de rodillas para suplicar ante el altar de un santo o una figura sagrada. Es una forma de mostrar sacrificio, sufrimiento y respeto. Una forma de hacerse merecedor de que sus oraciones sean escuchadas.

Como si las acciones de ella fueran una señal, uno tras otro los demás migrantes hacen lo mismo. Hasta el anciano, que se viene abajo y tiene que estabilizarse con las manos cada pocos centímetros, pero no se rinde hasta que está justo en frente del mural.

Chico voltea a vernos y es el primero en seguirlos. Luego Pequeña. Después yo.

Mis jeans me protegen la piel, pero me duele el hueso de las rodillas.

Miro por encima a Chico y a Pequeña, cómo cierran los ojos. Chico arruga la cara y casi puedo escuchar la súplica que imagino repite en su cabeza. *Por favor, por favor, protégenos*. A Pequeña el rostro se le ve imperturbable, casi inexpresivo, pero sus labios se mueven ligeramente.

Trato de rezar, pero todo lo que puedo hacer es preguntarme por qué tenemos que sufrir para ser dignos de la gracia de Dios. Y luego me preocupa que sea una blasfemia. Y entonces me preocupa que me condenen.

Así que me concentro en el mural. Cómo los colores parecen brillar incluso en este espacio solo parcialmente iluminado por una débil luz nocturna conectada al único tomacorriente de la habitación. Rojo como la sangre. Turquesa como el agua en río

Dulce. Azul como el cielo que yo veía desde la parte posterior de la motoneta de Mamá. Verde como las paredes de la casa de don Felicio. Amarillo como la flor afuera del almacén.

Pienso en Mamá.

No quiero pensar en ella. Hasta ahora, me la he sacado de la mente cada vez que aparece.

Pero no hay más paisaje adonde mirar y no hay sonido de viento o neumáticos o pitidos de autobús. No hay televisión ni gente que me distraiga.

Solo Mamá existe.

Se me llenan los ojos de lágrimas, que fluyen sin importar cuánto me resista. No quiero pensar en ella, en casa, mirando al techo, pensando en mí. Preguntándose cómo pude dejarla. Cómo pude mentirle y decirle que todo estaba bien. Cómo pude esconderme tanto de ella. No quiero que se pregunte en qué tipo de problemas andaba yo y cómo pudo haberme protegido.

No quiero que se pregunte si estoy bien ahora.

O dónde estoy durmiendo esta noche.

Escucho un crujido y me pregunto si se me está rompiendo el corazón.

Tal vez no está hecho de músculo y cavidades. Ventrículos y arterias.

Quizás está hecho de vidrio. Tal vez esos dolores agudos en mi pecho son astillas que me cortan de adentro hacia afuera.

Y tal vez nunca se pueda componer.

Levanto la vista para ver a la Virgen.

Aprieto los ojos.

Aunque no esté seguro de que Dios me escuchará, rezo. Oro como lo hace Chico.

Por favor, protégenos.

A la mañana siguiente, nos sentamos afuera para desayunar.

El albergue está en una calle lateral a la carretera principal, por lo que oigo el bullicio ensordecedor del tráfico, los ruidos de claxon y de los vendedores, a través de los árboles de los alrededores y por debajo del barullo del albergue. De ollas y sartenes en la cocina, de gente que se despierta y conversa, del agua corriendo y la televisión a todo volumen con caricaturas matutinas y niños pequeños riendo.

Un par de muchachos se sientan cerca, se aproximan a nosotros.

—¿A dónde van ustedes? —uno de ellos pregunta.

El corazón se me acelera ante la pregunta. Recuerdo los comentarios que ayer hizo Marlena sobre personas en los albergues que fingen ser inmigrantes.

Pero Chico, con la boca llena de huevo y frijoles, responde rápidamente: *Arriaga*, dice al mismo tiempo que yo contesto: *Al norte*. Me doy cuenta de que me había olvidado de decirle que deje de responder las preguntas que hacen los desconocidos.

—Arriaga —dice uno de los muchachos— para subirse a la Bestia, ¿verdad? ¡Nosotros también! ¿Se van hoy? Podemos viajar juntos. He hecho el viaje antes. Conozco el camino.

—¡Ahhh! —exclama Chico—, eso sería... —su voz se detiene y veo que Pequeña se ha vuelto hacia él y lo obstruye de la vista del muchacho.

—Neta —continúa el muchacho—, la última vez me atraparon cruzando el río Grande. Pero eso a lo mejor fue algo bueno porque, sinceramente, casi me ahogo —mueve la cabeza y me mira.

Se ve bastante honesto, pero no puedo saber si está siendo sincero. No puedo saber si convenció a Marlena, si en realidad es alguien que intenta engatusarnos para salir de aquí. Llevarnos a quién sabe dónde. Tal vez sea otro lobo, como Rey.

No puedo arriesgarme.

—No, mano. Acabamos de llegar —le digo—. Estaremos aquí un par de días.

Pequeña habla con Chico en voz baja y cuando se quita de enmedio, veo que él evita mirarme.

—A lo mejor también nos quedamos ese tiempo —dice el muchacho—. Quizás nos veamos en el otro lado un día.

Pero no respondo y me mira raro. Asiento y veo hacia otra parte, fijo la mirada en mi plato para que no nos siga hablando.

Lo cierto es que podría ser perfectamente inofensivo. Pude haberme equivocado y tal vez él podría habernos ayudado.

Pero no hay forma de saberlo con certeza.

Trato de imaginar cómo nos verán los demás.

Como víctimas.

Sigo comiendo, pero los frijoles se me atoran en la garganta. Es difícil tragarse el miedo de esperar no habernos topado ya con tipos como Rey por aquí. Los tres nos quedamos callados y finalmente los dos muchachos terminan su comida y se van.

Me vuelvo hacia Chico.

—*No* le cuentes a nadie más cuáles son nuestros planes. Ahora tenemos que estar alertas de esas personas y asegurarnos de que no *nos* sigan mirando.

—Perdón —dice, viéndose los pies.

Muevo la cabeza, sintiéndome mal porque lo hice sentir mal, además de toda la preocupación por el viaje.

—Está bien, Chico —dice Pequeña, cariñosamente—. Pero Pulga tiene razón. Solo podemos confiar en nosotros.

—No pasa nada —le murmuro a Chico—. Solo... por fa, ten más cuidado, ¿de acuerdo?

Él dice que sí con la cabeza.

Pequeña me mira.

—¿Cuándo te quieres ir?

—Esta noche. Tomamos una de esas minivans blancas desde aquí hasta Arriaga. El viaje es de unas horas, pero nos llevará mucho más tiempo porque hay retenes. Tendremos que bajarnos antes de llegar a los retenes y caminar por el campo, luego regresar a la autopista, pasar el retén y tomar otra minivan.

Chico parece preocupado.

—¿De noche?

Me encojo de hombros.

—Por lo que he sabido, los retenes no tienen tanta actividad de noche y hay menos. Así que cubriremos una mayor distancia más rápido.

Pequeña asiente.

—Si salimos a las siete de esta noche, tendremos doce horas de oscuridad para hacer el viaje. Después del amanecer, hay más oficiales afuera —prosigo—. Dirijo la vista hacia mi plato. Tengo el estómago hecho un nudo, pero también sé que necesito energía para hacer el viaje.

Pienso en lo que nos espera. Pienso en las mujeres que nos hicieron esta comida. Y a pesar de que me cae de peso, me la como toda. Chico y Pequeña hacen lo mismo.

Sale de repente el padre Gilberto y comienza a hablar con quienes nos hemos reunido allí. Marlena distribuye folletos con información sobre otros albergues para migrantes en el camino, números telefónicos a los que los migrantes pueden pedir ayuda, organizaciones que ayudan a migrantes, y al mismo tiempo nos recuerda que siempre debemos estar alertas y no ser demasiado confiados. Advertencias sobre los peligros en el camino y luego una sección completa sobre los riesgos de viajar en la Bestia.

Escuchamos atentamente y un silencio grave se apodera de nosotros cuando el padre nos ruega que estemos atentos y alertas. Echo un vistazo a Chico. Parece que va a vomitar. Echo un vistazo a Pequeña. Su rostro es casi inexpresivo, pero hay una especie de ira serena en sus ojos. El padre Gilberto nos dice que estamos junto a los que morirán durante la travesía. La gente voltea despacio, se miran unos a otros. Y aquellos de nosotros que tengamos la suerte de sobrevivir cargaremos heridas y traumas que durarán toda la vida. El padre reflexiona al respecto un rato, antes de recordarnos que confiemos en Dios. Para Dios nada es imposible.

Pienso en todas las personas que han pasado por aquí, como nosotros, solo para morir horas o días después.

Siento que se me inflama el estómago.

El padre Gilberto reza por nosotros, y luego el grupo se dispersa, callado ante las palabras del padre sobre la triste realidad.

Entendemos el peligro. Crecimos con peligro. Pero este peligro parece distinto.

Este peligro parece más demoledor, pero tal vez porque está muy cerca de donde vive la esperanza.

El padre Gilberto tiene razón. Pero el problema es que si pensamos en todo lo que puede salir mal, no continuaremos. Pero si *no* pensamos en ello, probablemente moriremos.

Intento no pensar en ello. Por ahora.

—Nos bañaremos antes de irnos —le digo a Chico y a Pequeña—. Puede que pase un tiempo antes de que tengamos otra oportunidad de hacerlo. Y cuanto más limpios nos veamos, menos llamaremos la atención.

Cuando vamos con Marlena por nuestras mochilas, ella nos las entrega y nos muestra la larga fila de los que están esperando su turno.

—Solo hay una ducha, así que va a llevar tiempo. No hay agua caliente y cuentan con cinco minutos. Pero ya es algo.

Digo que sí con un movimiento de la cabeza: *Gracias*.

Nos sentamos a esperar en el suelo, nos arrimamos cada tantos minutos cuando alguien entra a la ducha y luego vuelve a salir al pasillo. Si alguien tarda demasiado, la siguiente persona golpea la puerta, nos vamos recorriendo, más y más. Estamos cerca de la cocina desde donde puedo ver otra fila. Es para quienes pueden comprar una tarjeta telefónica. A uno tras otro se les entrega un teléfono celular en préstamo.

Veo a un joven marcar el teléfono. Espera, y luego lo oigo saludar a quien está del otro lado de la línea. Les dice que llegó a México, que está en un albergue, que se encuentra bien, pero cada palabra le sale más entrecortada que la anterior. Luego mira al techo, las lágrimas le corren por el rostro. Se queda así unos minutos, tratando de recuperar la compostura. Asiente con la cabeza ante lo que sea que le estén diciendo, pero parece que no puede seguir hablando.

Veo a Pequeña.

—Vamos a llamarles —le digo—. Avisarles que estamos bien.

Ella me mira.

—Deberíamos. Pero... —mira en la dirección del joven, que ahora está encorvado—, ¿realmente quieres?

Sé a qué se refiere. Sé que piensa que me voy a deshacer en un charco de mis propias lágrimas si oigo la voz de Mamá.

Y tiene razón. Lo pienso. Pienso en su voz. En cómo se le sofocará en cuanto oiga la mía. De la forma en que querrá reptar a través del teléfono, para abrazarme, para atraerme hacia ella. De la forma en que tendré que colgar. Sin saber si alguna vez volveré a oír su voz.

—Si les llamamos, ya no seguiremos adelante. No podremos hacerlo. Y nos convencerán de que no lo hagamos —dice Pequeña—. Antes de que te des cuenta, estaremos de vuelta en Puerto Barrios, de regreso a las cosas que nos hicieron huir.

Bajo la vista, esperando que no me vea las lágrimas que me anegan los ojos de solo pensar en lo que me dice.

Ahora otra persona está hablando por teléfono. Más lágrimas que corren en otro rostro. Otra persona atragantándose con sus palabras. Tragándose su dolor. Oigo de nuevo en mi cabeza la voz de mi madre. Y una parte de mí se desmorona.

—Llamaremos cuando estemos más cerca —dice Pequeña.

Asiento. *Cuando. De ser así. Porque llegaremos,* me digo a mí mismo.

Veo a Chico jugando a las cartas con los pequeños que estaban viendo caricaturas. Se ríen mientras él actúa como un payaso y les hace gestos. Y aunque alguien podría enfadarse porque le estoy guardando su lugar en la fila, vale la pena. Solo por verlo ser él mismo. Aunque solo sea por un ratito.

Esa noche, cuando ya van a ser las siete en punto, mi corazón comienza a latir más rápido. El ritmo se me acelera con cada segundo que pasa.

Tomo mi mochila y me aseguro de que el walkman sigue ahí. Muy pronto estaré en ese tren y podré escuchar las grabaciones de mi padre. Me concentro en eso. Ese momento. Mi padre.

Y me pregunto si él va a estar conmigo en ese tren. Si su espíritu me acompañará, incluso ahora.

Veo el reloj: cinco minutos más. Miro a Pequeña y Chico que también ven el reloj.

—¿Se siente bien, abuelo? —oigo a una niña decir. Es el mismo anciano que anoche rengueaba rumbo al mural de La Virgen.

Él le dice que sí con la cabeza y le sonríe, tratando de tranquilizarla.

Ambos cargan sus mochilas y se dirigen a la puerta principal. También ellos deben ir a tomar los minibuses. Una parte de mí quiere preguntar, pero no quiero realmente saber. Me siento mal por el anciano. De hecho, me preocupo por él, por su nieta. Y no tengo espacio para más preocupaciones o dolor en mi corazón del que ya tengo.

Veo sus siluetas en la puerta, la luz del atardecer detrás de ellos. El anciano lleva un sombrero de vaquero y un par de tenis que vi que Marlena le dio. Comienza a toser, tan violentamente que tiene que dejar de caminar.

Y luego se agarra el pecho. Y entonces la niña grita.

Así como así.

La gente corre hacia él. El padre Gilberto ya está en el suelo a su lado, a gritos pide que alguien llame a una ambulancia.

La niña grita.

Grita. Y grita. Y grita.

Le ruega al anciano que no la deje. Le ruega a Dios que no lo deje morir. Ruega a todos los que están a su alrededor.

Y todos estamos ahí parados, incapaces de movernos, sin poder hacer nada. Y pienso en que ella ha de creer que no podemos oírla. Una mujer se arrodilla tratando de abrazarla, tratando de apartarla cuando el sacerdote dice que el anciano necesita espacio. Pero ella se aferra a la mano de su abuelo con firmeza. Y grita.

—¡Hemos llegado tan lejos, abuelito! ¡Por favor! ¡Por favor! ¡Quédese conmigo!

Me alejo. Pero antes de hacerlo, veo que me mira. Y veo el relámpago de la desesperación.

—No se vaya —grita, con voz tan estridente, tan recio, que no sé cómo Dios no podría escucharla.

Sé que le habla a su abuelo. Sé que es a él a quien se refiere.

Pero por la forma en que lo dice, por la forma en que mira, apenas puedo moverme.

—Lo siento —susurro, aunque le es imposible oírme. Y nos vamos, hacia ese anochecer, lejos de ella.

Lejos de los moribundos.

Pequeña

Ya afuera no pronunciamos palabra. Oímos la sirena de una ambulancia.

Pulga echa una ojeada a su alrededor, sus intensos ojos echan chispas cuando intenta averiguar dónde estamos y hacia dónde debemos ir. Sé que una parte de él quiere llorar. Sé que le duele el corazón por la niña y su abuelo. El mío también me duele.

¡Hemos llegado tan lejos!

Su grito fue tan primitivo. Tan temeroso.

A pesar de la avalancha de voces de todos los que se apresuraron a ayudar, de las voces que gritaban para que alguien le diera los primeros auxilios, las que pedían que alguien llamara a una ambulancia, las que decían que retrocediéramos, hasta con todo ese barullo, es el grito de ella, y cómo repercutió en todo el albergue, lo que siempre recordaré.

Yo también siento ese grito dentro de mí.

—Creo que es por aquí —dice Pulga. Sus palabras me espabilan. Pulga lee sus apuntes, mira la libreta donde antes lo vi garabateando, mientras repasaba con la vista los mapas en la pared del albergue. Adelante de nosotros hay más gente que ha abandonado el albergue y van en la misma dirección, y otros más que surgen en la calle. Todos parecemos extraviados.

Caminamos más de prisa y un olor agrio y picante impregna el aire, mezclado con el olor a carne asada. La ambulancia se oye más fuerte, sus luces parpadean en el crepúsculo hasta que sus aullidos pasan junto a nosotros como una criatura adolorida. Como la niña que grita en el albergue.

Tal vez todavía sea ella a quien oigo.

Agarro los tirantes de mi mochila con más fuerza.

Doblamos por una calle.

—Muchachos... —una mujer con una niña pequeña que se dirige por el mismo camino que nosotros nos hace señas tratando de llamar nuestra atención—. ¿Es este el camino a la autopista?

Trae una mochila. Su pequeña también carga una con un unicornio de peluche que asoma la cabeza por la cremallera.

Pulga mira en dirección a la mujer y solo asiente rápidamente. Chico mira a la niña y le sonríe y apenas la saluda. Ella le devuelve el saludo tímidamente.

—Creo que sí —le digo a la mujer.

—Ah, bien —dice ella, suspirando de alivio—. No estaba segura pero vi a muchas personas con mochilas caminando por aquí...

Batalla por caminar aprisa y hablar, para ir a nuestro ritmo. Pero Pulga se ha adelantado y ahora camina tan rápido que es difícil para mí y para Chico alcanzarlo. En cuestión de minutos, hay una distancia considerable entre nosotros y la mujer. Miro hacia atrás y veo una expresión de derrota en su rostro mientras jala a su pequeña junto con ella.

Chico me mira y luego mira a Pulga.

—¿Por qué hiciste eso? —balbucea Chico.

—¿Hacer qué? —dice Pulga, rascándose la cabeza y con semblante irritado.

—Dejarlas así. Ella solo preguntaba...

—Y yo respondí.

—Sí, pero...

—¿Pero qué? —dice Pulga, que ahora se mueve aún más rápido,

manteniendo la vista hacia el frente. No se molesta en voltear a vernos ni a mí ni a Chico mientras nos esforzamos por seguirle el paso. Tenemos que trotar para alcanzarlo.

—¿Quieres que también viajen en los autobuses con nosotros? ¿Quieres saber qué le pasa a esa pequeña, Chico? ¿A su madre? ¿Quieres estar cerca cuando una de ellas caiga muerta como el anciano del albergue? ¿O peor?

No decimos nada. Y fingimos no darnos cuenta cuando Pulga se enjuga los ojos rápidamente. Las palabras de Pulga me golpean como cuchillitos.

—Tiene razón —le digo a Chico.

Chico me mira y luego sacude la cabeza.

—Aunque no deberíamos ser así.

—Lo sé —le digo a Chico. Él también tiene razón.

Las calles huelen a orina. Lo pegajoso de la noche y de la sangre que sigue brotando de mi cuerpo me hacen sentir que no me he bañado en días. Mi chaqueta es pesada y calurosa, pero la sigo trayendo puesta.

Pienso otra vez en el anciano del albergue. Había estado detrás de mí en la fila para la ducha, así que alcancé a oír cuando Marlena le dio un par de tenis para reemplazar los que se le habían deshecho en el viaje desde Honduras.

¡Hemos llegado tan lejos!

Él sonrió y le agradeció a Marlena y me mostró sus zapatos con orgullo. *Estos me llevarán hasta los Estados Unidos*, dijo, mirando los tenis como si fueran mágicos. Él y su nieta iban a salir esta noche, igual que nosotros. Se había bañado y preparado para la muerte.

Veo mis tenis, sucios y viejos. Me pregunto si me llevarán hasta Estados Unidos o si terminaré como el anciano. Muerto antes de que pusiera un pie fuera de la puerta.

Y su nieta. ¿Qué pasará con ella? ¿La enviarán de regreso, de vuelta a aquello de lo que estaba tan desesperada por escapar?

Me obligo a dejar de repasar escenarios en mi cabeza, a dejar de pensar en ellos sin importar cuán terrible me hagan sentir.

Solo sigo caminando.

Pronto el crujido de la grava bajo los pies da paso a un sonido más fuerte. Estamos cerca de una autopista, creo; hay carros que pasan delante de nosotros, algunos pitan y algunas personas nos gritan por aquí y por allá.

—¿Por qué nos gritan así? —le pregunto a Pulga. Ve hacia todos lados.

—Algunos no nos quieren aquí —dice Pulga, encogiéndose de hombros—. Somos para México lo que México es para Estados Unidos.

Caminamos por ese tramo de la carretera por un tiempo, hasta que finalmente uno de los minibuses se detuvo frente a nosotros. Pulga comienza a correr y lo seguimos.

Lleva una cantidad lista para pagar el pasaje de los tres, esta vez separada del resto de su dinero. Se sienta justo detrás del conductor, y nos apretujamos a su lado. Se sube más gente.

—¡Rápido! —pide el conductor. La fila de personas se mueve más de prisa, pagan su boleto e intentan acomodarse rápidamente. La camioneta arranca antes de que todos hayan encontrado un asiento.

Vemos la carretera, los vehículos que pasan cerca, las furgonetas, la gente caminando todavía por la orilla tratando de coger una minivan.

—Perdón, ¿cuánto tiempo falta para el primer retén? —pregunta Pulga.

—Depende —dice el conductor—. Andan dando vueltas. A veces llevas diez minutos de viaje y de repente aparece un retén.

El conductor mantiene sus ojos en el camino. Tiene un celular en el tablero.

—Avísenos, por favor, en cuanto vea un retén.

—Tranquilo, tranquilo —le dice el conductor a Pulga—. No te conviene que te atrapen y te arresten. Pero tampoco a mí. Necesito ganarme la vida. No te preocupes. Te diré cuando vea un retén.

Pone música norteña y le sube todo el volumen.

Pero Pulga se sienta erguido en su asiento, mira por la ventanilla de enfrente como un águila. Mantengo la vista al costado de la carretera, oscura y tupida de árboles. Una imagen de la niña con el unicornio en su mochila relampaguea en mi mente y la imagino caminando esta noche, entre toda esa espesa oscuridad.

Se me forma un nudo en la garganta. Una pesadez en el pecho. Se veía cansada. Y sus ojos parecían tristes hasta cuando sonreía.

Me alegro de que Pulga no nos dejara esperar. Me alegro de que ella no venga en esta minivan. No quiero saber su destino.

Más adelante, faros traseros rojos a medida que el tráfico se hace más lento. El cuerpo se me tensa. La música a todo volumen suena rara, las trompetas y el acordeón resuenan en la minivan mientras vamos aquí sentados como amortiguadores a punto de reventar. Veo qué hora es en el tablero, que se ilumina conforme pasan los minutos.

Pasa demasiado tiempo mientras seguimos estancados, inmóviles.

De repente, el celular del conductor parpadea. Él baja la vista e inmediatamente vira hacia el carril derecho de la carretera. Suena el claxon de un carro.

—Aquí es, váyanse. Que Dios los guarde —grita el conductor, mientras baja el volumen a la música—. ¡Salgan, Salgan!

La puerta se abre y se arma una desbandada cuando todos recogen sus cosas, se apuran unos a otros, y nos desparramamos al borde de la carretera. Alcanzo a ver a una mujer corriendo con un rosario entre las manos antes de perderse entre los árboles y la maleza.

—¡Chico, Pequeña! —grita Pulga. Agarro de la mano a Chico y lo jalo, tratando de no perder de vista a Pulga que se dirige hacia lo boscoso. Voltea, buscándonos y se precipita hacia los campos.

—Aquí estamos—lo alcanzo y lo agarro de la camiseta.

Corremos, la hierba cruje bajo nuestros pies, tropezamos con las raíces de los árboles, sin detenernos incluso cuando las ramas nos golpetean la cara y el crujir de los arbustos y las hojas rozan nuestra ropa. Se me acalambra el abdomen, mi corazón late con fuerza. Mi mochila se columpia de lado a lado por el peso de las botellas de agua que traemos del albergue. Chico se agarra a mi sudorosa mano con más fuerza cuando comienza a resbalársele la suya.

—No te preocupes, Chiquito —alcanzo a decir—. No te dejaré.

Pero se le escapan unos ruiditos, terribles como de animal herido o asustado y me pone aún más nerviosa. Le aprieto la mano.

—¡No te preocupes! —digo mientras nos escondemos entre los árboles.

Pulga va delante de nosotros y corre muy rápido, como una cabra montés, por el accidentado terreno. Es imposible seguirle el ritmo cuando nos grita: ¡*Apúrense, apúrense!* Corremos más rápido, bajo esa oscuridad, *hacia* esa oscuridad. Hacia alguien que quiera asaltarnos, o hacia policías que están a la espera, sabiendo que los conductores dejan a los migrantes antes de pasar por los retenes. O peor todavía: hacia narcos que nos secuestrarán y retendrán hasta que les saquen dinero a nuestras familias.

Siento que las entrañas se me van a salir en cualquier momento, con cada una de mis pisadas. Por un momento, horrible, creo que ya no puedo más. *Mi cuerpo ya no puede con esto.*

Pero luego recuerdo lo que mi cuerpo ya ha hecho, por lo que ha pasado. Por lo que pasará si no corro.

El miedo y la adrenalina me traspasan.

Entonces corro. Sigo adelante, hasta que finalmente Pulga empieza a ir más despacio. Disminuimos la marcha hasta solo trotar.

—Paren —dice Chico—. Paren... solo... por... un... minuto.

Disminuimos la velocidad hasta detenernos, finalmente, y Chico cae al suelo.

—Tenemos... que... seguir —logra decir Pulga. Pero ahora se dobla, intentando tomar aire. Caigo al lado de Chico. Y nos quedamos callados por un minuto.

Chico comienza a toser, tratando de recuperar el aliento. Y luego su tos se convierte en llanto.

Mi cuerpo zumba, zumba. Tengo comezón en el cuero cabelludo. Siento que estoy hecha de millones de abejas zumbantes. Y las lágrimas me arden en los ojos.

—Está bien —susurra Pulga—. Es solo porque es el primer obstáculo, eso es todo. Va a ser más fácil después—. Pero su voz suena alterada, forzada. Con miedo.

—Sí —gime Chico.

—Estaremos bien —digo, poniendo mi brazo alrededor de Chico.

Y cuando finalmente podemos recuperar el aliento y espantarnos el miedo, nos ponemos de nuevo de pie. Me tiemblan las piernas, no sé si por temor o por la adrenalina.

—Bueno, bueno —dice Pulga, respirando hondo—. Escuchen, vamos a caminar por aquí unas dos horas. Vamos a caminar hacia afuera y hacia arriba, al noreste, imagínense un arco que nos llevará alrededor del retén. Eso es lo que estamos haciendo. Hay muchos árboles y dónde guarecerse por aquí, pero caminaremos lo necesario, para cerciorarnos. Creo que eso será suficiente.

Nuestros pies crujen entre la maleza y mis ojos intentan adaptarse a esa oscuridad infinita. La luna parece inexistente, aunque de cuando en cuando veo sus tenues rayos a través de los árboles.

—Hacia fuera y arriba una hora, y luego otra hora hacia adentro para volver a la carretera —dice Pulga mientras caminamos.

Alargo mi mano y me agarro a su mochila porque apenas puedo verlo. Tomo de una mano a Chico y hago que con la otra él se agarre a mi mochila.

—Sin embargo, tenemos que estar calmados —susurra Pulga—. Entonces tomaremos otra minivan. Vemos hasta dónde nos lleva.

—¿Antes de que tengamos que salir corriendo así otra vez? —dice Chico.

—Sí —responde Pulga.

—¿Cuántas veces? —pregunto.

No puedo saber si la mancha entre mis piernas es sangre, o sudor o mis vísceras. Me digo a mí misma que me puse suficientes toallas sanitarias; que todo estará bien. Mi cuerpo puede lidiar con esto. Espero tener razón.

—No lo sé… —dice Pulga—. Tantos retenes haya.

Su voz suena tan tranquila. Y luego caminamos los tres en silencio, sosteniéndonos uno a otro.

La noche también está en silencio, se turba solo con el sonido de nuestros murmullos, y de vez en cuando, con el de algo más distante. Quizá solo sea un animal, o quizás otros de los que estaban en la minivan. O tal vez sean quienes ya estaban aquí antes de que llegáramos.

No vemos a nadie más, pero sentimos el miedo, palpable en el aire, como si los árboles y las matas hubieran absorbido el peso del viaje de todos los que alguna vez han andado por aquí.

Y a cada paso se siente como si estuviéramos cada vez más y más en lo profundo de algún laberinto oscuro, algún laberinto o una trampa de la que tal vez nunca podremos salir.

Pulga

Seguimos caminando en silencio, atentos al peligro. Yo guío, manteniendo en la cabeza la imagen del rumbo que debemos tomar, un resplandeciente arco blanco.

Mi mente divaga, de vuelta a la tienda de don Felicio, al tiempo en que un señor del barrio, de nombre Félix, acababa de regresar de intentar ir al Norte. Él hablaba de las rutas por México en la Bestia. Sus anécdotas son el motivo por el que busqué en Google artículos, mapas e información en las computadoras de la escuela. Son el motivo por el que guardé una libreta con notas debajo de mi colchón para cuando tuviera que huir. Para este momento, cuando tendría que caminar entre matorrales, árboles y labrantíos.

Félix había hablado de andar así. Casi puedo oír su voz. *Nos llaman animales, don Feli. Roedores y bestias. Pero que nos llamen como quieran.* Tomaba un largo trago de una de las Coca-Colas más frías de Puerto Barrios. *Voy a correr por matorrales y prados, cruzar fronteras, ir a donde me detestan y comeré sobras si tengo que hacerlo. Lo que sea necesario para sobrevivir.*

Félix fue asesinado cinco meses después. Chico y yo íbamos caminando a la escuela cuando vimos a las patrullas y a la camioneta de la morgue que llegó a recoger su cuerpo. Lo aventaron a una camilla. Lo que quedaba de él eran destrozos. Y lo primero que pensé fue que se veía como un animal descuartizado, tirado en la calle. Cuánta carnicería, cuánta sangre. Como un animal al matadero.

Eso fue antes de lo de la Mamita de Chico. Y justo antes de que Gallo se fuera y nunca volviera.

Oigo la respiración de Pequeña detrás de mí y recuerdo el flechazo que había tenido con Gallo. Cómo él pasaba y la saludaba cuando estábamos afuera jugando y él iba a trabajar a la tienda de sus padres. Pequeña me cuchicheaba: *Algún día nos vamos a casar.* Me reía de ella y le decía que estaba loca. Gallo era mayor y, además, yo ya lo había visto pegado a la mejor amiga de Leticia, besándola, una tarde a un costado de la tienda de don Felicio. Pero nunca se lo dije a Pequeña.

Ella quedó desconsolada cuando los padres de Gallo finalmente nos dijeron a algunos de nosotros que se había marchado a Estados Unidos, días después de que se fuera en silencio a la medianoche.

Pero lo logró.

Me imagino a Gallo, caminando como nosotros, sin mirar atrás.

Me imagino a Felix, caminando como nosotros, solo para ser enviado de vuelta en un avión y viajar en unas pocas horas lo que le llevó semanas atravesar. Solo para regresar y ser asesinado.

Me imagino que soy un animal. Merodeando en la oscuridad.

Ansioso.

Instintivo.

Alerta.

Vivo.

Algunos no lo logran. Pero algunos *sí.*

¿Por qué yo no?

¿Por qué nosotros no?

Me aferro a este pensamiento al ir caminando.

¿Por qué yo no?, dicen mis pies a cada paso.

¿Por qué nosotros no?

No hay nada más que silencio y el sonido de nuestras pisadas y de nuestra respiración.

La voz de Chico interrumpe mis pensamientos.

—Tengo sed —dice—. Y comezón, como si trajera insectos en todo el cuerpo.

Se pasa las manos por los brazos, se rasca la cabeza. Yo también siento comezón, y tan pronto como él lo menciona, no puedo evitar comenzar a rascarme.

—Tomaremos agua en cuanto regresemos cerca de la carretera, cuando tomemos otra minivan.

—No será tan fácil —dice Pequeña.

—Suben y bajan por esa carretera todo el tiempo... —le digo, esperando que sea verdad.

Rumbo a la carretera, pienso otra vez en que estoy sentado en la minivan bebiendo agua. Por ahora, eso me mantiene en marcha. Cuando oigo de nuevo el ruido de los carros, pienso en agua. A medida que avanzamos poco a poco fuera de la maleza, hacia la carretera, busco una minivan blanca. Y pienso en agua.

De repente, luces.

—Esperen aquí.

Salgo corriendo y agito las manos en dirección a los faros, que me ciegan después de tanta oscuridad, y cierro los ojos cuando se acerca la camioneta.

Ruge al pasar delante de mí.

Destellos de puntos brillantes me colman la vista. Parpadeo, tratando de ver, cuando oigo el pitido de un claxon, y veo más faros. Luego, Chico y Pequeña corren hacia una camioneta que se ha detenido a recogernos, nos subimos y le pagamos a este conductor como al último, y seguimos, antes de que tengamos que hacerlo todo de nuevo.

A cada momento parece como si nunca hubiéramos logrado

salir de entre esos árboles y labrantíos. A cada momento me pregunto si realmente salimos de ahí. El mismo silencio. El mismo crujidero. La misma oscuridad.

La misma ceguera cuando logramos volver a la carretera.

Otra camioneta blanca. Otro conductor.

El mismo intercambio de dinero.

Los mismos sorbos de agua.

Y así sucesivamente.

Pero a la tercera vez, siento que mis pies se me queman. Y mi cabeza se me ladea de atrás para adelante, agotada, como a Pequeña y a Chico, mientras el zumbido de los neumáticos de la camioneta nos adormecen.

No sé cuánto tiempo pasa antes de quedarme dormido. En el sueño estoy en el asiento trasero de El Camino de mi padre y allí está él, conduciendo con Mamá, a su lado en el asiento del copiloto. No puedo verle el rostro, solo la parte posterior de la cabeza, pero sé que es él. Viajamos: de arriba a abajo, el viento sopla, el contrabajo retumba. El aire huele a mar y a arena, a algas y a sal. Mi padre mantiene la mirada hacia el frente. Sigo deseando que voltee. Hay muchas cosas que quiero preguntarle. Muchas cosas que quiero decirle. Pero no digo nada. Y sigue conduciendo, con la cara al frente.

Mamá se acurruca junto a él y él la rodea con el brazo. Ella voltea a verme, sonríe y abre la boca para decirme algo.

Un fuerte chillido me llena los oídos.

Entonces alguien grita.

Otros gritan.

Un hombre maldice.

—¡Hijo de su pinche madre!

—¡Cuidado, cuidado!

—¡Dios!

Abro los ojos justo a tiempo para ver algo borroso frente a los faros delanteros, me parece.

Siento que me arrojan violentamente contra Chico, que está medio salido de su asiento. Pequeña está en el suelo. El conductor tira del volante y el movimiento nos lanza en la dirección opuesta. Chico se agarra a mí, Pequeña se agarra al asiento. El chirriar de neumáticos. Espero el impacto, que algo nos golpee, pero solo nos llega su ruido. Un estruendo de metal golpeando metal.

El conductor mira ansioso por el espejo retrovisor, mientras recupera el control.

—¡Qué pasó! —grita Chico.

—¿Lo atropellamos? —grita un hombre desde los asientos detrás de nosotros. Hay otras cuatro personas en la camioneta. Un hombre, una mujer y dos chicas adolescentes. No sé si van juntos o no. Las chicas se abrazan. La mujer va sentada, se cubre el rostro con sus temblorosas manos.

—Salió de pronto, de la nada —dice el conductor, todavía en estado de conmoción, aunque la camioneta está estable y ahora bajo su control. Miramos hacia atrás y vemos carros detenidos desordenadamente al otro lado de la carretera. Gente afuera de los vehículos, gritando, señalando algo en el suelo.

—Oh, Dios mío —susurra Pequeña. Los ojos de Chico bien abiertos.

—¿Alguien intentaba detener la camioneta? ¿Como si fuéramos qué?

Miro hacia el conductor, que se limpia la cara con una mano como si tratara de volver en sí después del susto.

Por los nervios me da comezón en todo el cuerpo. Respiro hondo.

Pequeña me mira, tiene el rostro cansado y atemorizado.

—¿De veras está pasando esto? —dice.

—Estaremos bien —le digo. Vuelvo a mi asiento, trato de no pensar en qué hay detrás de nosotros.

La camioneta prosigue la marcha. Respiro hondo.

—¿Qué hora es? —me vuelvo y pregunto al hombre que está a nuestras espaldas. Él mira su reloj.

—Las cuatro treinta.

¿Las cuatro y media? Ha pasado más tiempo del que creí. Me vuelvo hacia el conductor.

—¿Qué tan lejos estamos de Arriaga? —le pregunto.

—Estamos en Arriaga —dice.

—¿De veras?

Asiente.

—De veras, joven. Tuvieron suerte, a veces esos cabrones son demasiado flojos para instalar los retenes de noche.

—Sí, mucha suerte —el hombre detrás de mí murmura a la mujer—. Casi nos mata.

Pero Chico, Pequeña y yo volteamos a vernos. *Estamos aquí, en Arriaga. Donde vive la Bestia. Donde nos espera.*

—Algunos lo logran. ¿Por qué nosotros no? —les susurro. Chico sonríe con su tonta sonrisa, Pequeña suspira con alivio y siento que se me hincha el corazón. *No demasiado*, le digo. *No sientas tanto.*

Momentos después, el conductor se estaciona en una zona ruinosa llena de tiendas y vendedores. El hombre, la mujer y las dos adolescentes salen de prisa tan pronto como la camioneta se detiene. Pero yo no tengo idea de dónde estamos.

—¿Nos llevaría a las vías férreas, de donde sale la Bestia? —le pregunto al conductor. Él se encoge de hombros.

—Les costará más, pero sí... Los puedo llevar ahí.

Contemplo el mundo exterior, personas en otros carros, dirigiéndose a quién sabe dónde.

Mientras nosotros vamos hacia la Bestia. La Bestia que liberará nuestros sueños.

Pequeña

Vamos en la camioneta y pienso en los campos por donde corrimos, donde enterré toallas sanitarias ensangrentadas en un pequeño agujero mientras Chico y Pulga me dieron privacidad y se mantuvieron alertas. Mientras yo me colocaba capas de nuevas toallas.

Ahora sangro menos que antes y haré que mi cuerpo deje de sangrar. Para dejar de vaciarme. Para reservar mi energía hasta donde pueda mientras huyo de Rey. Mientras corro hacia mi seguridad y tal vez... *¿hacia mis sueños?*

Pero últimamente, me he olvidado de soñar. No, mejor dicho: me obligué a dejar de soñar.

El día después de que Papi se fue, cuando Mami regresó de ir con la Tía a buscar trabajo de afanadora en el complejo turístico, me miró con una sonrisa en el rostro que no era realmente una sonrisa.

—Pues, mírame, una sirvienta —dijo, con el uniforme de camarera en la mano—. Ay, Pequeña, lo intenté. Le aguanté cosas a tu Papi porque pensé que sería lo mejor para nosotras, para ti, para que estuviéramos juntas. Pero ahora tienes que verme ir a cambiar las sábanas de los ricos y los americanos. Limpiar la mierda que dejan cuando se van.

Mami es hermosa. A lo mejor pudo haberse casado con cualquier hombre que quisiera. Pero amaba a Papi, cuyo amor se acabó, y luego se alejó de nosotras.

—Es un trabajo honesto —le dijo la tía Consuelo—. Recibirás propinas. Algunas veces.

A Mami se le llenaron los ojos de lágrimas y a mí también. La forma en que se encogió en sí misma, como si estuviera muy avergonzada, me dolió más incluso que cuando Papi se fue. La Tía la abrazó.

—Lo siento, Lucía. Te ayudaré a aprender un poco de inglés básico y quizás puedas ser mesera —le dijo la tía Consuelo. Había aprendido suficiente inglés hablado el año que vivió en Estados Unidos.

—Lo sé, Consuelo..., y estoy agradecida, como debe ser. ¿De qué otra manera podría hacerle para subsistir? Simplemente no es algo que *soñé* hacer.

—Los sueños y los hombres son para las pendejas —dijo la tía Consuelo, estrechando a Mami.

Mami dejó escapar un medio sollozo y una risa a medias, y acordó que sí, que solo las idiotas creían en los sueños o en los hombres. Y luego nos dijeron a mí y a Pulga que íbamos a celebrar el nuevo trabajo de Mami, un nuevo futuro. Así que subimos a la motoneta de la Tía y fuimos al Miramar, donde Pulga y yo comimos, y Mami y Tía bebieron cerveza y dijeron, riéndose: *¡Los sueños y los hombres son para las pendejas!*

Ahí decidí que tenían razón. Y me dije a mí misma que soñar con un futuro no valía la pena por el dolor que vendría cuando, a la larga e inevitablemente, se resquebrajara.

—¡Mira, ahí está! —grita Chico y tiene razón—. ¡Ay, Dios mío, ya está aquí!

Ya podemos ver el tren. Acero polvoriento que parece haber atravesado el infierno. Oigo a Pulga jadear a mi lado mientras nos acercamos a las vías férreas, y mi corazón se acelera cuando siento que algo parecido a un sueño nace dentro de mí.

—Escuchen —dice el conductor. Se da vuelta para mirarnos a los tres directamente—. ¿Ven eso? —hace señas hacia una cerca alambrada—. Pueden subir la cerca o encontrar un hueco. Hay huecos a todo lo largo para entrar a la estación de trenes de Ferromex.

A través de la manchada y sucia ventanilla de la camioneta, la estación parece casi desierta. Pero ahí se encuentra la Bestia. Nos está esperando. El estómago se me agita de emoción.

Pulga también parece emocionado.

—Bueno... —dice, buscándose en el bolsillo el dinero que le debemos al hombre.

—Escuchen —dice otra vez el conductor—. ¿Cuántos años tienen, muchachos?

Una sensación de temor me invade cuando le miro la cara. Me alivia que piense que soy un muchacho, pero ¿por qué quiere saber nuestras edades? ¿Por qué no ha recogido su dinero y nos ha echado de la camioneta y se va?

Pulga se aclara la garganta.

—Diecisiete.

Su voz suena más gruesa cuando suelta esa mentira, y puedo ver que quiere parecer de más edad, más fuerte. Me doy cuenta de que el conductor no le cree. Hay vacilación en la voz de Pulga que me recuerda que es tan solo un chamaquillo como Chico.

El conductor nos mira uno a uno.

—Tengo tres hijos, con un par de años de diferencia, pero de la misma edad que ustedes. Oigan..., tengan cuidado.

Pulga dice que sí con la cabeza.

—¿Cuánto más le debemos? ¿Por el viaje hasta acá?

El conductor menea la cabeza.

—Olvídalo.

Pero su voz está teñida de arrepentimiento, como si no quisiera otra cosa que sacarnos más dinero y seguir su camino. Como si no quisiera nada más que tirarnos donde sea y olvidarse de nosotros. Pero algo no se lo permite.

—Solo tengan cuidado, ¿entienden? Ustedes no tienen por qué hacer un viaje como este. ¿Saben lo peligroso que es esto?

—Sí —dice Pulga—. Pero...

Pero si solo supiera lo que nos espera si regresamos, tal vez nos llevaría hasta la frontera. Hasta Estados Unidos.

El conductor asiente.

—Lo sé, lo sé —duda por un momento, y de la nada dice— ese tipo que nos salió anoche en la carretera... no puede haber sido mucho mayor que ustedes, muchachos —deja escapar un profundo suspiro. Me pregunto si traernos aquí, sin cobrarnos un solo peso, fue una especie de penitencia—. Bueno —dice finalmente mientras se quita el sombrero de vaquero y se pasa la mano por el cabello antes de volver a ponérselo—, que Dios vaya con ustedes.

Pulga asiente y bajamos de la camioneta, uno detrás del otro, al caluroso y polvoriento día y nos dirigimos hacia la cerca. Caminamos a lo largo de ella hasta que encontramos un hueco, tal como dijo el conductor.

—¿Crees que era sincero? —pregunta Pulga, mientras vemos hacia atrás y advertimos que el conductor todavía está allí, mirando hacia nosotros—. Para mí que está llamando a alguien para hacerle saber que tiene a tres tontos aquí —mira a todos lados, pero nadie viene.

—Quién sabe —le digo, y pienso en cómo no podemos confiar en nadie, pero en cómo la única forma de hacer este viaje es a veces poniendo tu vida en las manos de un extraño.

Minutos después, la blanca camioneta se aleja y caminamos solos por las vías férreas, un trabajador con un chaleco de neón camina a un lado del tren.

JENNY TORRES SANCHEZ

—Vamos —dice Pulga. Esquivamos al hombre y nos apresuramos hacia unos árboles en la distancia, donde podemos sentarnos en el suelo y tratar de pasar desapercibidos.

Miro los vagones del tren, algunos están cubiertos de grafiti, otros son de acero liso gris y oxidado. Desde más cerca puedo ver a un lado, con pintura descolorida, el nombre Ferromex. Veo a algunas personas en la distancia, saliendo de un edificio, acercándose al trabajador. Ver sus mochilas me infunde alivio. Aquí hay otros como nosotros.

—Esa gente también se subirá al tren —dice Pulga, mirándolos—. Apuesto a que le están preguntando a ese trabajador cuándo saldrá el tren.

—¿A qué hora saldrá? —pregunta Chico.

—No lo sé —dice Pulga—. O sea, a veces tarda uno o dos días, tal vez más. La gente simplemente acampa y espera.

—¿Por días? —pregunta Chico.

—Algunas veces. Pero el tren ya llegó, así que no creo que estemos aquí durante días. Y el trabajador lo está inspeccionando, así que apuesto a que saldrá pronto —dice Pulga, con los ojos fijos en el trabajador, la estación, el tren.

Miro los ruinosos edificios a lo largo de la vía. Todos parecen abandonados, con ventanas rotas y polvosas. Pero enseguida veo algunas figuras moviéndose detrás de los cristales. Por un momento, me pregunto si la Bruja está aquí, cuidándome. Me quedo viendo, tratando de conjurarla, tratando de hacer que salga volando por una de esas ventanas. Bajaría por mí y me llevaría lejos, me dejaría aferrarme a su cabello mientras me lleva por el cielo a un lugar seguro. A algún lugar donde no tendré miedo de soñar.

También se llevará a Pulga y a Chico.

Y va a la casa y recoge a Mami y a la Tía, y se las trae con ella.

Incluso a ese pequeño bebé.

Un dolor me atraviesa el pecho y por un momento siento que la boca del bebé me chupa los pechos. Sigue de exigente entre más y más me alejo.

Cruzo los brazos por delante y dejo de sentir. Miro de vuelta hacia las ventanas. No hay nada ahí. Nadie viene.

Es solo mi mente, jugando trucos.

—Tengo mucha hambre —dice Chico. Comimos ayer, pero a mí también me ruge el estómago.

—Toma —le digo, sacando unas galletas de mi mochila que he traído desde mi casa, las galletas que Mami y yo comíamos en el desayuno. Están quebradas y casi se han pulverizado, pero así las deposito en las manos de cada quien.

—¿Sabes por lo que yo iría en este momento? —Chico relame las migajas—. Por tamales, frijoles volteados, ponche y chocolate caliente del que tomamos en Nochebuena.

Se me hace agua la boca al pensar en la comida que Mami y la Tía preparan en la víspera de Navidad, especialmente los tamales, con ese rico y terroso recado hecho de semillas de calabaza tostadas, una tira de chile rojo o verde, una aceituna, algunos garbanzos, un trozo de cerdo, todo junto en una masa bien condimentada, envuelta en una resbaladiza hoja de plátano, esperando que se le abra como un regalo.

Me trago la saliva que se me ha acumulado en la boca.

—Y el chirmol que hace tu mamá —le dice a Pulga—. Con una tortilla frita, esa sal que le pone encima al sacarla del aceite. Mano... o ¡Pequeña! El arroz de tu mami —me dice. A mi estómago y mi corazón los golpean nuevas punzadas de dolor—. O la sopa mein de El Miramar. Ese lugar tiene la mejor sopa mein.

—Es cierto —dice Pulga.

—Lo sé... —digo, cerrando los ojos y perdiéndome en el olor de la comida que se cocina en El Miramar, ese olor que te golpea en la calle, antes de entrar al pequeño restaurante. En el que Mami celebró con la Tía su nuevo trabajo de afanadora, y adonde comenzamos a ir todos los jueves y el dueño llenaba nuestros platos de sopa mein con fideos de más porque estaba enamorado de Mami. Nos sentábamos y hacíamos ruido al sorberlos, y competíamos sobre quién podría sorberlos más rápido mientras Mami y la Tía bebían sus cervezas y hablaban de la vida.

La vida esto y *la vida aquello*, decían nuestras madres. Y se veían *agotadas* por la vida, antes de mirarnos y sonreír.

—Ya —le dice Pulga a Chico cuando este sigue diciendo más nombres de comidas.

—Podría comerme una montaña de chuchitos. Dios, me podría comer mil. Uno tras otro. Me sentaría en una esquina con un montón de chuchitos y nomás les quitaría el envoltorio y me los metería en la boca. Toda esa masa deshaciéndose en mi lengua...

—¡Ya, mano! No hables más de comida —dice Pulga, pero se ríe y me doy cuenta de que no lo dice en serio. Hasta cuando nuestros estómagos se quejan y resuenan por el vacío, los recuerdos alimentan nuestras almas.

—Cierra los ojos —le digo a Pulga.

—Quiero seguir viendo...

—Solo por un segundo, cierren los ojos. Los dos.

Les digo que se imaginen que están en la cocina de mi casa y les explico cómo hace el arroz mi madre. Los cientos de veces que la he visto lavarlo y sofreírlo. Les digo que también imaginen a la Mamá de Pulga en la cocina. Cocinando ese pollo que prepara con crema. Y también está allí la Mamita de Chico, haciendo tortillas de maíz recién molido.

—¿Pueden verlas cocinar para nosotros? ¿Pueden vernos, sentados con ellas, compartiendo la comida?

Las lágrimas me corren por la cara antes de darme cuenta, y me las limpio, al tener que trasladarme desde la mesa en la cocina a la iluminada y polvorienta estación del tren.

Miro a Pulga y él se incorpora, mira hacia la estación, trata de parecer rudo, se niega a llorar.

—No seas un macho, Pulga —le digo.

Me mira de mala forma.

—No lo soy. Es solo que... no podemos ponernos sentimentales o nos perderemos en el pasado, ¿entiendes?

Pero se equivoca.

—Quizás pensar en el pasado es precisamente lo que nos hará seguir adelante... —le digo. Necesito lograrlo por mí, pero también por Mami. Así ella no verá lo que me hubiera pasado si me hubiera quedado.

Menea la cabeza.

—No. Eso es lo que nos retendrá.

Lo miro fijamente, sin saber si la ferocidad que veo en sus ojos es algo bueno o malo. Parece diferente a la necedad del chiquillo que acostumbraba ocultar sus sentimientos. Esto es más complejo. Más frío.

Me preocupa.

Un ruido metálico y un estruendo llenan la estación, y al instante, Pulga se pone de pie, mira hacia las vías férreas. Uno de los vagones se mueve, luego otro. El trabajador del chaleco camina a un costado de ellos, los inspecciona. Pero el tren solo se mueve unos centímetros antes de detenerse y se queda inactivo de nuevo.

—Pronto va a salir —susurra Pulga—. Pero si nos subimos ahora, nos vamos a asar con ese sol.

—La mera verdad, no quiero subir hasta que tengamos que hacerlo —dice Chico—. Oí decir que el acero está ardiendo.

—¿No nos echará ese trabajador si nos subimos? —pregunto.

Pulga niega con la cabeza.

—Nel, no pueden con todos. A lo mucho pedirán un pisto —Pulga restriega los dedos y yo asiento. A todos se les puede comprar.

—De todas formas, deberíamos estar listos —dice Pulga.

A lo lejos, veo gente salir de los edificios cercanos y de entre la maleza. Trepan al tren, algunos con bolsas de provisiones, frazadas y almohadas.

Otros cargan solo una mochila. Algunos usan botas; otros, tenis; otros, chanclas. Noto que en las pequeñas plataformas, entre los vagones, ya hay gente escondida.

Pulga sigue mi mirada.

—Es más fácil viajar en esas áreas que en la parte de arriba. Pero esas personas probablemente han estado aquí durante horas, tal vez desde ayer. Y a veces, cuando el tren se detiene o de pronto disminuye la velocidad, estas partes de los vagones chocan entre sí. Aplastan a quien esté enmedio —Pulga se golpea una mano con la otra—. Así es como todo el tiempo la gente pierde los pies.

Respiro hondo, impresionada y un poco sorprendida de todo lo que Pulga sabe, a pesar de lo mucho que no sabe.

Vemos a las mujeres agarrar a sus hijos, mientras los hombres levantan en brazos a los más pequeños y a los bebés. Hay parejas y tríos de jóvenes que viajan juntos, y hombres que parecen mucho mayores que nosotros, caminando arriba y abajo del tren y viendo donde podría ser el mejor lugar para sentarse.

Los que están a bordo se sientan en la parte trasera de la Bestia bajo el implacable sol. Se cubren la cara, la nuca y el cuello. Otros usan pedazos de cartón como protectores solares. Los vemos sudar y quedar empapados, y a medida que pasa el tiempo, algunos bajan y buscan sombra cerca de las vías.

Todos esperamos a que la Bestia se despierte de nuevo. La contemplamos mientras duerme, quitada de la pena, sin prisas. No le importa que mi corazón se acelere. Que sienta la cabeza mareada por el calor y el hambre. Que mi cuerpo esté crispado por el sudor y la presteza. No le importa que estemos muriendo, literalmente *muriendo*, para alejarnos lo más posible de los lugares que amamos pero que se han vuelto contra nosotros.

No le importa lo desesperados que estemos por seguir.

Esperamos. Hasta que la Bestia esté lista.

Finalmente, bufa al despertarse de nuevo. Hace un ruido metálico y traquetea. Retumba. Por un momento, nadie se mueve. Esperamos a ver si esta vez es de verdad. Y luego oímos la llamada: *¡Vámonos! ¡Vámonos!*, y vemos a la gente haciéndose señas entre sí para avanzar, *¡Vamos!, ¡Apúrense!*, conforme las ruedas comienzan a moverse. La gente corre desde todas las direcciones.

—Vámonos —dice Pulga—. Creo que ahora sí ya se va.

Tomamos nuestras mochilas y corremos hacia el tren, abarrotado por otros que también corren.

Está agarrando velocidad, y pronto más personas corren a lo largo de las vías, buscan el lugar ideal de donde sujetarse, sacan a otros de su camino. El techo ya está lleno de gente, la que resistió el calor durante horas, la que nos mira a los que corremos. Otros se agarran de un costado, apurándose y dándoles instrucciones a los que corren debajo.

Se padece de una u otra forma.

La Bestia. Llegó la hora. Hace un rato, era solo fragmentos de vagones, ahora es un enorme ciempiés de acero que gime y sisea para revivir, su poder cimbra el suelo.

—¡Apúrense! ¡Apúrense! —grita Pulga—. ¡Antes de que comience a moverse demasiado rápido! —corre delante de Chico y de mí.

Echamos una carrera hacia las vías y por la grava, como todos los demás. Caras y brazos morenos, acercándose.

Corro más rápido, moviendo con fuerza las piernas, con el corazón en la garganta. Mis pies son un bólido y siento que estoy dentro y fuera de mi cuerpo.

Oigo la voz de Pulga a lo lejos, grita algo, pero ya ni siquiera sé lo que está diciendo, el mundo parece girar más rápido mientras corro, mientras otros corren delante de mí, a mi lado y detrás. Mientras esa bestia retumba y ruge en mis oídos.

Veo a Pulga agarrarse a uno de los travesaños de metal, al costado de una escalera que conduce a la parte superior del tren. Unos pasos más y enseguida se empuja hacia arriba y sube por la escalera hasta el techo, ya abarrotado de gente. Veo su cara de terror cuando mira hacia abajo y le dice a Chico que corra más rápido. Veo a Chico agarrarse al mismo travesaño, y fallar una vez. Dos veces.

El abdomen se me tensa y se me hace nudo, vibra de dolor. El sol brilla detrás de Pulga como una corona dorada alrededor de su cabeza y en ese instante me recuerda a Jesús. El destino de Jesús estaba escrito.

Pero el nuestro no, todavía no.

Corro más rápido y tengo una posibilidad de subir. Entonces veo la cara de Chico, su angustia mientras corre, cuando se da cuenta de que se está quedando atrás.

No lo abandonaré. No puedo. He abandonado ya tantas cosas. Si él no sube, yo tampoco lo haré. Y veremos a Pulga continuar sin nosotros.

Retrocedo, le señalo de dónde necesita agarrarse y lo veo correr más rápido.

Me quedo justo detrás de él. Esas ruedas de acero acelerándose a nuestro lado.

Siento al tren respirar, como si quisiera absorberme por debajo de su cuerpo, debajo de sus ruedas. Casi puedo sentir cómo me corta los tobillos, me separa los pies del resto de mi cuerpo.

Me tambaleo.

—¡Vamos, vamos! —grita Pulga. Por fin, Chico se sujeta, y está siendo arrastrado, sus pies se acercan, demasiado, a las ruedas. Pulga le grita, pero no oigo nada más que la pesada respiración de esa bestia.

Chico consigue finalmente poner un pie en el travesaño inferior, y se empuja hacia arriba, sube hasta el techo como Pulga.

El tren gana velocidad. Mi mochila se balancea de un lado a otro, haciéndome perder el equilibrio. Ahora ambos me miran, sus caras se enfocan y se desenfocan, sus bocas bien abiertas cuando me gritan. Corro más rápido, mientras el tren me succiona los pies.

Levanto la mano, el travesaño está fuera de mi alcance.

Corro cada vez más rápido, alcanzo nuevamente el travesaño metálico. Esta vez me aferro a él, y todo el poder de la Bestia viaja repentinamente por mi cuerpo, sacudiéndome con violencia.

Batallo para levantar un pie, sintiendo que tan pronto como lo haga, la Bestia me roerá el otro y luego tirará de mi cuerpo hacia abajo.

Por favor, por favor, Dios, por favor, Dios, por favor, por favor...

Cierro los ojos y pongo el otro pie sobre el travesaño inferior, levanto mi peso con todas mis fuerzas. Luego subo uno, dos, tres, cuatro travesaños, a apretujones entre la gente al alcanzar la parte más alta del tren.

Chico y Pulga gritan de alivio y gusto, agarrándose uno al otro y luego a mí también. Me río y sus caras se les iluminan aún más de felicidad. Las mejillas de Chico tan redondas, resaltadas por la luz del sol. La cara más seria de Pulga y sus ojos alicaídos ahora relucen por la hazaña.

El tren gana velocidad y el suelo se vuelve una mancha. Una por una, la gente a la distancia deja de correr mientras el tren y toda esperanza los abandonan, se detienen, derrotados, cuando se dan cuenta de que ya no podrán abordarlo.

Pero *nosotros* sí lo conseguimos.

—¡Lo logramos! —Pulga grita por encima del repiqueteo de las vías férreas. Chico pasa su brazo por los hombros de Pulga, gira la cabeza hacia el cielo y suelta un largo aullido de lobo. Pulga se muere de risa y comienza a aullar también.

Sé que siempre recordaré esta imagen precisa. No recuerdo cuándo fue la última vez que los vi tan felices, tan libres. No puedo recordar la última vez que yo también me sentí así.

Todos a nuestro alrededor se ríen y levantan los brazos en el aire. Juntos, aullamos, gritamos y chillamos por el triunfo. Y con tantas voces, tantos de nosotros agrupados, ni siquiera el tren puede silenciar nuestra celebración.

Lo logramos.

No somos esos que se ven a la distancia, que han dejado de correr y tendrán que esperar el próximo tren. No somos los que están de vuelta en nuestros barrios, despertándose otro día y otro y otro, sea cual sea la amenaza que haya trepado por nuestras ventanas para susurrarnos nuestro horrible destino en los oídos.

Somos luchadores. Somos los que se atreven a intentarlo contra viento y marea.

Decidimos nuestro propio destino.

El tren acelera aún más y el viento caliente nos azota la cara. El sol nos cae a plomo, tan radiante que apenas parece real. Nos acomodamos, entrelazando nuestros dedos en los pequeños agujeros de las rejillas en la parte superior del tren, y sujetándonos, muy fuerte.

Y a pesar de que tenemos miedo, aunque el miedo esté justo debajo de la superficie, es un tipo de miedo diferente.

Es miedo con esperanza.

Y la esperanza importa cuando nos adentramos en un futuro desconocido.

TERCERA PARTE

El viaje

Pulga

Han pasado horas. Pienso. Parece que dejamos Barrios hace años, pero solo han pasado tres días. Pienso. Parece que el tiempo se desplaza debajo de mis pies, algo que se dobla y se mueve y se agrieta como el suelo durante un terremoto.

La emoción que todos sentimos cuando el tren salió por primera vez de la estación de Arriaga se ha ido apagando poco a poco a medida que avanzamos, las ramas de los árboles nos azotan por ambos costados, el sol nos quema la piel.

Miro a Chico, apoyado en Pequeña, tienen los brazos entrelazados. Ella me mira, sus ojos cansados, pero intenta sonreír.

El incesante calor y el balanceo del tren también me cansan, pero no quiero dormirme. Mi cuerpo se mece de un lado a otro, al sonido del acero y las vías férreas, al ritmo de la Bestia. Y de repente recuerdo la promesa que me hice si lograba subirme al tren. A las prisas busco mi mochila, la sujeto con fuerza mientras la abro y palpo el walkman. Los audífonos.

Me los pongo. Subo el volumen por completo. El tren se remece y me agarro más fuerte; el verde oscuro de los árboles, el resplandor amarillo del mundo bajo el intenso sol pasa delante de mí. Presiono *play*, pongo la música.

El sonido de un fuerte clic suena en mis oídos. Una puerta se cierra de golpe. Y un colchón que rechina cuando alguien se sienta en él.

Enseguida, la voz de mi padre.

Bueno, así que escucha, la siguiente canción, Consuelo, siempre me ha gustado, ¿eh? Pero en este momento que la escucho, pienso en ti y nos veo bailando. Pero veo que bailamos en el patio de mamá con mucha gente a nuestro alrededor el día de nuestra boda. Ah, ¡no puedo creer lo que acabo de decir! Me tienes pensando en cursilerías, ¿eh? Jaja, te veo sonreír. Ahora mismo veo cómo sonríes. Veo a detalle cómo estás sonriendo en este momento. Te casaste conmigo, ¿cierto? Ese es el futuro que veo. Porque te quiero tanto. Ah, me siento tan cursi al decir esta estupidez. Te estás riendo en este momento. En fin, esa boda en el patio trasero, mi madre invitará a toda la familia y a la banda. Los muchachos tocarán esta canción aquí mero, y tú y yo vamos a bailar, Consuelo.

Los buenos tiempos ya vienen para nosotros.

Muchos buenos momentos.

Y tu dolor, ya puedes irlo olvidando.

Bien, entonces esto es para ti.

Regreso la cinta. Y escucho de nuevo su mensaje. Mis labios pronuncian en silencio cada palabra que Juan Eduardo Rivera García grabó hace tanto tiempo. He escuchado esta cinta cientos de veces. Reconozco las palabras de mi padre. Me sé la letra de cada canción. Conozco el nombre de cada grupo musical. Puedo dar cuenta de todo.

He escuchado la cinta infinidad de veces, desde el momento en que Mamá me la dio y me dijo que, aunque pensar en mi padre la entristecía, yo merecía tener algo de él. Pero a ella le preocupaba que la cinta también me entristeciera a mí.

—Siempre quiero protegerte, Pulga —argumentó—. Pero *quiero* que lo conozcas. Aunque sea solo mínimamente.

Todavía puedo ver su rostro cuando se levantó de donde había estado sentada en mi cama y salió de mi cuarto, cerrando la puerta tras ella, sabiendo que yo iba a llorar como nunca en toda mi vida.

Pero conocer el dolor también iba a valer la pena por la alegría que me trajo.

Regreso de nuevo la cinta cuando el calor, espeso y húmedo, me da en la cara y la Bestia chirría fuertemente en una ligera curva en las vías férreas. Me pregunto si así se oía el carro que destrozó el cuerpo de mi padre y el corazón de Mamá y mi futuro.

No te pongas sentimental, me digo. Hay un motivo por el que no escuché antes la cinta: necesitaba ocuparme de que llegáramos al tren. Pero ahora, me permito que estas palabras alimenten mis sueños, sueños de convertirme en un músico en California, como él. También de algún día llevar a Mamá allá otra vez. *No te pongas sentimental*, le digo a mi corazón que se hincha ahora con cada emoción. Es solo una pequeña recompensa.

Sé que no debería seguir escuchando. Hemos llegado hasta aquí por pensar con la cabeza, no con el corazón. Tengo que mantenerme alerta para que sobrevivamos el resto del viaje.

Pero dejo que las palabras de mi padre me llenen los oídos una vez más, y aunque sé que son para Mamá, que no había forma de que mi padre supiera de mí o de lo que le deparaba el futuro, siento que siempre han sido también para mí.

Nos veo bailando.

Y nos veo, saltando con el contrabajo de estas canciones. Tú, todo genial y joven, tus brazos tatuados alzándome en un salón que hubiera existido, si tan solo hubieras sabido que no debías salir aquella noche. Si tan solo hubieras vivido lo suficiente como para saber que Mamá estaba embarazada.

Jaja, te veo sonreír.

También puedo verlo sonreír a él. Hasta he estudiado esa foto de él y Mamá. He memorizado su sonrisa. He tratado de igualar mi sonrisa a la de él. A veces, creo que lo consigo. Mamá se queda mirando, y se extravía por un momento, antes de que su sonrisa se desvanezca y mire a otra parte.

Ese es el futuro que veo.

¿Qué futuro vio él realmente? ¿Toda la vida, la de Mamá y la de él, viajando en su carro, a lo largo del océano Pacífico? ¿El sol reflejándose en el agua? ¿Me vio, en aquel entonces, sentado en la parte de atrás? ¿Vio al hijo que tendría algún día? ¿Sabía que lo extrañaría, un padre que nunca tuve la oportunidad de conocer? El único que podría haberme salvado, Mamá, de *todo* esto. Si tan solo no hubiera muerto. ¿Por qué tuvo que morir?

Te quiero tanto.

¿Podría él quererme aunque nunca me conociera? En la forma en que yo lo quiero.

Y tu dolor, ya puedes irlo olvidando.

Voy hacia allí, hacia el futuro, al lugar donde él creció. Pero ahora hay un dolor distinto. Porque no solo estoy olvidándome del dolor. También estoy dejando todo lo que amaba.

Dejo correr el resto de la cinta. Mi padre habla como gringo, como los turistas y los misioneros que a veces van a Barrios. Su boca tropieza con palabras en español, como si su lengua no quisiera colaborar cuando las dice. La primera vez que escuché la cinta, corrí a la habitación de Mamá y le pregunté cómo es que nunca me lo había dicho. Ella se rió y dijo que nunca se le había ocurrido. *Tu padre era mexicano, pero nació y creció en California,* dijo. *Así que entendía español pero apenas lo hablaba. Era gracioso para mí, su acento. Le hacía bromas por eso.*

Tal vez no te acuerdas, pero esta canción, esta canción la estaban tocando en el radio cuando te vi la primera vez. Él ríe. *Tal vez no fue tan importante para ti,* balbucea en inglés. *Pero era un momento muy,* otra risa, *muy bonito para mí. Es una de mis favoritas. Y tú, tú eres mi favorita.* Se ríe de nuevo. *Carajo, mujer, no puedo creer que me tengas recopilando música.*

El sonido de una guitarra me llena los oídos y la mente.

Tras escuchar esta cinta por primera vez, fui a la escuela al día siguiente y me quedé después de salir de clases, busqué en Google las letras y le pedí a mi maestro de inglés que me ayudara a entenderlas para *guglear* las canciones, los títulos y los grupos que las interpretaban. Me tardé, pero parecía que iba encontrando fragmentos de mi padre. Y cada canción me ayudó a conocer mejor alguna parte de él.

Y ahora que viajo por estos rumbos siento que él también anda por aquí. De alguna manera, sé que esta tierra está en su sangre. Y en la mía.

Escucho las canciones, muchas de ellas con un sonido de guitarra vibrante y playero, como si pudieras estar relajándote junto al mar, disfrutando del sol en lugar de que el sol te acribille. Como esa guitarra, así es California, me imagino. Donde el sol es compasivo con los americanos, donde les besa la piel y les da el bronceado correcto.

No como aquí. No como nuestro sol.

Cuando eres de por aquí, el mundo piensa menos en ti. El mundo piensa que somos hormigas. Pulgas.

Los demás piensan que ellos son dioses.

Mi padre era un dios.

Algún día, yo también seré un dios.

Me duelen los brazos y las piernas por estar sentado e ir agarrado al techo del tren. Alguien se incorpora y apenas tengo suficiente espacio para acostarme a un lado de Pequeña. Solo por un ratito.

—No dejes que me duerma —le susurro. Ella me ve con los ojos adormilados, pero dice que sí con la cabeza.

Miro ese cielo, todo ese cielo. Y subo el volumen lo más alto posible.

Una imagen de mi madre sola en su cuarto flota en mi mente. *Lo lamento*, le digo. Mi corazón tiembla, suelta las emociones que he estado tratando de contener.

No te pongas sentimental.

Me llevo la mano al pecho y me lo aprieto con fuerza. Sigo apretándomelo, hasta que la imagen se desvanece en la oscuridad.

Abro los ojos a franjas de color rosa, púrpura, anaranjado y a un estruendo cada vez más fuerte.

Me incorporo de golpe, dándome cuenta de que debo haberme quedado dormido. En mi pecho hay miedo y terror, así es como muere la gente. Al quedarse dormida sin darse cuenta. Olvidando dónde están.

Miro por encima a Pequeña. Tiene los ojos cerrados. Junto a ella, Chico también duerme, muy quieto, acurrucado a su lado y agarrándole el brazo.

Miro a un hombre con el brazo sobre la espalda de una mujer. Él me devuelve la mirada, una mirada penetrante. Su mirada, una señal para ni siquiera pensar en meterse con él o con su novia. El tipo podría echarme bronca.

Abro el reproductor de casete y volteo la cinta.

Esta aquí es muy buena, Consuelo. Buena a morir, cariño.

Miro otra vez el cielo, los colores arden y se intensifican con cada segundo que pasa, es tan hermoso, que parece casi imposible pensar que no llegaremos a Estados Unidos.

Me concentro en el rojo brillante mientras vamos rumbo a Ixtepec, un rojo que, en un cielo como este, no me recuerda a la sangre. Y veo cuando el cielo se oscurece, pasando del púrpura al añil profundo.

Observo cómo los vivos colores se consumen y la noche se abre paso.

Pequeña

El cielo de terciopelo negro está salpicado de estrellitas.

Nos acurrucamos juntos, encorvados, quietos, dejando que el viento nos azote...

Con cada vuelta, con cada tirón, el tren hace que muchos de los que estamos en las orillas nos empujemos hacia el centro por miedo a caer, apiñándonos todos en el medio. Nos empujamos unos a otros cada tantos minutos y siento el apretujón del grupo, nuestro desesperado latido.

Chico sigue el rastro de las estrellas en el cielo con la punta de su dedo, conectando azarosamente una con otra. Lo hace una y otra vez mientras el traqueteo continúa.

El tren va muy rápido: me duelen los dedos por ir agarrada, siento el cuerpo pinchado por agujas. Tengo comezón en la cabeza y me arden los ojos por el viento, la mugre y el polvo.

La Bestia vira levemente, serpentea a través de la noche, y rechina y aúlla como un alma en pena mientras Chico me abraza con fuerza. La Bestia se endereza y nos adormece nuevamente con su balanceo hacia adelante y hacia atrás, con el rítmico sonido de las vías férreas. Chico se zafa.

—¿Estás bien?

Asiente, pero se ve muy asustado. Respira hondo y otra vez mira al cielo. Comienza a seguir las estrellas nuevamente. Creo que les está pidiendo deseos.

Las veo entre la dispersión del polvo, no a las más brillantes o a las más grandes. Veo las estrellas que a nadie le importan, que no se pegan a la mirada de nadie y nadie se molesta en pedirles deseos.

Si pudieran conceder deseos, ¿qué les pediría? ¿Por dónde empezaría?

¿Por mi nacimiento? ¿En esta tierra en lugar de aquella? ¿Ser niña en vez de niño? ¿Pobre en vez de rica? ¿Cuando Papi se fue y no regresó? ¿Cuando nació Rey? ¿Cuando levanté la cabeza hacia el sol? ¿Cuando Rey me vio? ¿Cuando entró por mi ventana? ¿Cuando el niño era ese montón de estrellas adentro de mí? Cuando me tiré del autobús, esperando que se perdiera una vida, sin importarme que fuera la mía o la de ese bebé.

Había hecho mucho calor. Ni siquiera sé si estaba en mi sano juicio. No había pensado en ir a ver a Leticia. Ni siquiera pensé en hacer lo que hice hasta que vi pasar el autobús, tan lleno de gente que sacaba los brazos por las ventanillas y la puerta, que desde hacía tiempo habían despegado para que la gente pudiera entrar y salir más rápido y más fácilmente.

Durante seis meses guardé ese secreto. Durante seis meses, Rey siguió buscándome. Esa mañana, también, mientras caminaba entre tomates, pimientos verdes y berenjenas en el mercado.

Sonreía con su terrible sonrisa y ya estaba en mi casa antes que yo, a la espera. Yo no podía soportar más su olor. Impregnaba el aire, mi cuarto, con el olor a azufre, a podredumbre y a maldad, un olor que había traído pegado a mi nariz desde la primera vez.

Cuando se fue, anduve por nuestro barrio de punta a punta, subiendo colinas y rocas. Caminé y caminé, ordenándole a mi cuerpo que se rindiera.

Y luego el autobús, con esos brazos, luminoso y acercándose bajo el sol. Y el conductor, que se detuvo cuando le hice la parada y me dejó subir. Estaba tan lleno el autobús, tan apiñado, tan abarrotado de gente. El día ardía. Y el olor de Rey me *seguía* a todas partes.

¿Lo huelen?, quería preguntarle a la gente, pero sus caras apáticas, morenas y cansadas. Grasa con sudor.

Quizás morí y me fui al infierno. Tal vez esto sea el infierno, eso es lo que recuerdo haber pensado. Y luego me aterroricé, porque el infierno pudiera ser el barrio donde crecí, con mi gente, yendo en una camioneta blanca rumbo al mercado.

Tenía que salir. Tenía que escapar. Me asomé a la puerta y me dejé caer.

Pero ahora, en este tren lleno con toda esta gente, me sujeto.

Viajo y espero y miro el cielo nocturno constantemente, durante horas, hasta que las estrellas encima de mí se desdibujan y giran como un caleidoscopio. Hasta que siento que estoy fuera de mi cuerpo y me doy cuenta de que una parte de mí lo está.

Miro hacia abajo, a Pulga y a Chico y a mí. Veo las vías férreas, como si destellaran, y el rastro de cosas que deja el tren tras de sí a medida que avanza en la noche.

El camino está lleno de extremidades ensangrentadas; de rodajas de pies y piernas y manos y brazos. De rostros manchados de lágrimas. De fotografías aplastadas y flores que revolotean. De billetes de dólar manchados de sangre, con todo y los huesos rotos.

Una sensación de temor me invade y siento que caigo, pero a la distancia un brillo tenue me llama la atención y cuando me concentro en él, el brillo se vuelve más grande, más brillante. Hasta que veo que es mi casa, iluminada por el sol.

En el patio veo a mi madre. Y siento un dolor agudo en el pecho, un dolor que baja hasta el abdomen. Un dolor que machaca y aplasta y me rompe el cuerpo. El dolor de la vida que sale de mí. Llamo a mi madre y, de vuelta en esa tierra, la veo extendiéndome sus manos. Y veo a ese niño volar hacia ella, el largo cordón umbilical nos une todavía.

Ella sostiene su pequeño cuerpo ensangrentado y mira a la distancia, en la oscuridad, buscándome.

Siento que vuelvo a mi cuerpo, a la parte superior del tren otra vez, a su dentado metal y a su violento traqueteo.

Los ojos se me abren de golpe porque alguien me agarra del hombro y se incorpora bruscamente. La cara de un hombre extraño está a centímetros de la mía.

—¡Quédate despierto! —me dice.

La persona que estaba cerca de la orilla se ha movido, y poco a poco, yo me he acercado al borde. Mis pies casi cuelgan.

Los levanto y los retiro. Pulga y Chico se despiertan sobresaltados cuando La Bestia chirría y aúlla. Le han metido freno y grita en medio de la noche. El hombre que me dijo que me quedara despierta de repente mira hacia la parte delantera del tren mientras oímos más y más voces, que se gritan entre sí.

De súbito aparecen unos carros, a toda velocidad por un lado del tren.

El destello de los faros delanteros interrumpen la noche.

Los gritos y los alaridos.

La desesperación y el temor.

Pulga

¡*Narcos! ¡Secuestradores! ¡La Migra!* Se gritan unos a otros.

—¡Tenemos que saltar ahora! —grita un hombre, es al que vi antes con su novia. Se apresura hacia ella y lo veo vociferar, decirle que no se asuste, pero que tienen que saltar.

—¿Qué pasa? —grita Chico.

—No sé —le digo a él y a Pequeña.

El ruido que hace la Bestia cuando le meten los frenos interrumpe nuestras voces cuando los carros se emparejan con el tren por el lado derecho.

Los faros y las luces traseras. Carros. Sean de narcos o de agentes, van a toda velocidad a un costado del tren. No hay nada a la vista, ni un edificio ni luces de un pueblo. Nada más que un campo que parece interminable. Al final, trátese de quien se trate, lo que quieren no puede ser bueno.

La mujer baja por la escalera, y el hombre le sigue diciendo ¡*Salta ahora!, ¡salta ya!* El tren todavía se mueve demasiado rápido y el solo hecho de pensar en saltar resulta aterrador.

—Vamos —le digo a Chico y a Pequeña. Tenemos que hacer lo mismo o quienes estén en esos carros nos harán algo a los que estemos en este tren, tan pronto como se detenga—. ¡Tenemos que saltar!

Veo que más adelante otros migrantes saltan, como cuerpos de un edificio en llamas, y corren hacia los campos.

Entonces la mujer se suelta. Vemos desde arriba cómo se tambalea y cae al suelo, el hombre salta enseguida, cae de pie y corre hacia ella. A pesar de que el tren ha disminuido la velocidad, todavía va rápido. Pero ellos se encuentran bien.

Estaremos bien.

—¡Vamos! —le digo a Chico, porque por la forma en que se está agarrando a la parte superior del tren, mirando aterrorizado mientras más cuerpos caen al suelo, sé que no saltará a menos que lo obligue.

—¡Ni loco! ¡No puedo!

—¡Tienes que!

Sacude la cabeza.

—¡No!

El tren y los carros disminuyen ahora la marcha, el chirrido es más agudo a medida que satura la noche. Si esperamos demasiado, esos carros, sean de quienes sean, se detendrán y recogerán a todas las personas que saltan.

Tenemos que irnos ya.

—¡Puta madre, Chico, salta! ¡Salta ahora o harás que nos maten! —siento que me asfixio de terror. Siento que mi pecho va a explotar.

—¡No puedo! ¡No lo lograré! —está al pie de la escalera.

Todo lo que tiene que hacer es saltar. Solo un pequeño salto. Una parte horrible de mí, la parte que está tratando de sobrevivir, piensa en pisarle los dedos, apachurrárselos para que se suelte.

—¡Por favor! —le ruego—. ¡Por favor, Chico, por favor!

—¡Chico, sí puedes! ¡Vamos, Chiquito! —grita Pequeña por encima de mí.

—Ay, Dios —dice Chico, y oigo sus chillidos, mezclándose con los de la Bestia.

—¡Ahora! —grito—. ¡*Ahora*, joder!

Y entonces veo su mano soltarse.

Escucho un terrible golpe y volteo para ver el cuerpo de Chico desplomarse y luego rodar, rodar, rodar en la oscuridad.

Se oye otro rechinido aterrador y siento que mis piernas están a punto de ceder. Las siento como si fueran de hule, por traerlas encogidas en el techo del tren, por estar en la misma posición durante tantas horas.

Mi corazón es un tambor furioso cuando me impulso y salto.

Por una milésima de segundo, no hay nada. No se oye traqueteo, no se siente otra cosa más que quietud, antes de que caiga sobre la grava, al igual que Chico, de que ruede y vea fragmentos borrosos del tren y de las vías férreas, y acero y ruedas, cielo y piedras. Hay hierba y tierra, pero no puedo saber hacia dónde me muevo ni de qué me estoy alejando. Me preparo para la sensación de que me partan; que las ruedas, afiladas como cuchillas, me rebanen.

No sé cómo, finalmente, mi cuerpo se detiene y me apresuro a ponerme de pie, justo cuando Pequeña avanza como una planta rodadora, lejos del tren. Pero es a Chico a quien no encuentro.

—¡Chico! —corro hacia donde saltó. No lo veo por ningún lado en la oscuridad y no me responde cuando grito su nombre.

Pero al poco rato lo veo, allí, en el suelo, bastante lejos de las vías, inmóvil. Corro más rápido y caigo a su lado.

—¡Chico, Chico! ¿Estás bien? Compruebo si no tiene alguna herida.

Está completamente inmóvil, los ojos le brillan y miran hacia lo alto. Está sin aliento y me da miedo voltearlo, verle un corte horrible en la espalda o sangre saliendo de debajo de él.

—Mano, ¡por favor, por favor! —imploro—. Aliviánate, Chico —me mira y parece aturdido—. ¡Di algo!

Jadea sin aliento, como la vez que corríamos rumbo a la escuela y se tropezó con un bloque de concreto y dio vueltas en el aire, como un pinche ninja cayendo de espalda, el viento lo noqueó.

—Chiquito —Pequeña está al otro lado de él, con la boca llena de sangre, se lleva la mano a la boca y escupe en su palma. Pero revisa a Chico, dándole palmadas e inspeccionándole el cuerpo.

Chico jadea y finalmente, finalmente, habla.

—¿Estoy vivo?

Me echo a reír y a llorar, porque estoy muy contento de oír su pinche voz.

—Sí, pendejo. ¡Estás vivo!

—¿Estás viva...? —pregunta, viendo a Pequeña. Ella afirma moviendo la cabeza—. Yo... creo que me rompí un par de dientes, Chiquito —parece aturdida pero sus palabras suenan serenas mientras se limpia la mano en el interior del bolsillo de la chaqueta—. Vamos —Pequeña se apresura a ponerse de pie, comienza a levantar a Chico—. Vamos, Chiquito, tenemos que escondernos. ¿Puedes caminar? ¿Estás bien?

—Sí, sí —dice él, tambaleándose al ponerse de pie.

Las tenues luces del tren y los carros ya van lejos a la distancia, pero aún son visibles. Oímos gritos y llanto. Vemos luces parpadeando y chocar entre sí en el techo del tren donde íbamos hace poco.

Siento pena por aquellos que no saltaron, que no *pudieron* saltar. Por las mujeres con bebés en brazos, o por la gente que estaba demasiado asustada. No quiero saber cuál será su destino.

Corremos hacia la oscuridad, Chico tropezando mientras lo agarramos de cada lado y le decimos que se apure entre los matorrales. No hay muchos árboles, y eso hace que el camino sea más fácil y rápido de transitar, pero también hace que sea más difícil esconderse.

—Vayan más despacio —dice Chico—. Siento como si se me estuviera abriendo la cabeza.

Es difícil ver en la oscuridad. Pero me imagino cómo nos veremos. Caminando por ese campo.

Chico extiende los brazos, de su cabeza gotea sangre.

—Alto, alto —dice Chico—. Me siento mareado.

Se apoya cada vez más en nosotros, dando traspiés.

—Solo un poco más —le susurro.

Pero se está convirtiendo en peso muerto en nuestras manos.

—Lo intento —dice—. Pero...

—Shhhh —le digo. Oigo un murmullo entre la hierba, alguien viene detrás de nosotros. Lo jalo hacia abajo, pero demasiado fuerte, y él cae entre Pequeña y yo, dejando escapar un gemido.

Detenemos la marcha.

Mi cuerpo quiere correr y también parece paralizarse. Mi cerebro trata de mantener la calma hasta cuando me grita una advertencia y una orden. Alguien, algo, anda por ahí.

Nos quedamos en el mismo lugar y el murmullo empieza a oírse de nuevo, más de cerca.

Algo me indica que grite. Algo me dice que no haga ruido. El murmullo está muy cerca de nosotros, y enseguida encarna.

Es el hombre del tren, aquel cuya novia saltó primero. Tiene una pistola en la mano, apunta en la oscuridad, en nuestra dirección.

Apenas puedo verlo gracias a un rayito de luna que le brilla en el rostro.

—Por favor, no dispare —susurro—. Por favor.

—Quién anda ahí —dice. Chico gime y Pequeña le habla quedito.

—Estábamos con usted en el tren —me apresuro a explicarle—. Saltamos después de usted.

Él da un paso más, nos mira y sacude la cabeza.

—Tuvieron suerte de que no les volé la cabeza —deja escapar un breve silbido y la novia que estaba con él emerge de la oscuridad. Ella se ve un par de años mayor que Pequeña.

—Son los tres niños del tren —le dice él.

—Oh... —dice ella—. ¿Están bien? —nos pregunta. Pero el hombre comienza a interpelarla, le dice que ya pueden seguir caminando.

—Vamos —la toma de la mano y la jala.

—Espera —contesta ella—. ¿Qué le pasó a él? —señala a Chico, que yace en el suelo—, ¿y a ti? —dice cuando ve a Pequeña.

—Se golpeó fuerte en la cabeza cuando saltó. Está mareado, tiene problemas para caminar. Creo que necesita descansar —le digo.

—Me golpeé la boca con algunas rocas cuando salté —dice Pequeña.

El hombre tira del brazo de su novia, pero ella se aparta de él.

—Levántenlo —ordena la mujer, acercándose a nosotros—. Necesita seguir adelante. Vamos —dice, ayudándonos a que Pequeña y yo volvamos a poner a Chico de pie—. Si no vuelven al tren, se quedarán atrapados aquí por quién sabe cuánto tiempo.

Le grita al hombre.

—Ven a ayudar —le dice—. Deja que se apoye en ti.

—No —dice él—, no tenemos tiempo para cuidar a estos tres. Te lo dije. Antes de irnos, ¿no? No podemos cargar con nadie. Ya los desperté en el tren cuando me lo pediste.

—Ayúdame —dice ella ignorándolo—. O sigue sin mí.

Él truena los dientes y suspira, pero se acerca y me empuja a un lado, luego pone el brazo de Chico alrededor de su cuello. La mujer va del otro lado.

—Gracias —le susurro a ella mientras caminamos en la oscuridad.

Al principio ella no dice nada, pero, de repente, varios minutos después dice:

—Ustedes tres me recordaron a mis hermanos menores. ¿Son ustedes hermanos?

—Sí —digo. Es una mentira solo a medias.

—Me di cuenta. Dejé a mis hermanos en El Salvador.

De repente su voz se carga de añoranza y culpa.

—Yo dejé a mi mamá —le digo—. En Guatemala.

—Yo también dejé a mi mamá y a mi papá —dice ella—. No les avisé que me iba...

—Yo tampoco. Solo le dejé a la mía una carta.

Mi corazón late con pesar y vergüenza. Mamá merecía más que una simple carta. Me aprieto el pecho, alejo esos sentimientos.

En los ojos de ella se refleja la poca luz de la luna y en ellos veo perfectamente cómo me siento.

—Dejen de hablar —susurra el hombre—. No sabemos quién ande por ahí. Todo lo que sé es que no podemos alejarnos del tren —continúa—. Tenemos que tomarlo cuando se ponga en marcha de nuevo.

No necesita decir qué podría pasar si no lo hacemos.

Nos callamos, seguimos caminando, arrastrando a Chico por la noche hasta que el hombre nos dice que nos recostemos en la hierba y nos quedemos quietos.

Seguimos sus instrucciones porque parece que sabe lo que hace. Cada tantos minutos, miro a Chico, tiene los ojos cerrados. No sé si es agotamiento o su cabeza, pero sé que ahora no debe dormirse.

—Despierta, Chico —le doy un codazo. Mueve los párpados.

—Estoy despierto —susurra.

Y enseguida miro hacia el tren, tratando de distinguir lo que sucede en la oscuridad, solo vislumbro a personas junto a los faros de los carros. Tres carros.

Desde aquí parece que a algunas de las gentes que van en el techo del tren se les ordena bajar. Se les pone en fila. Mi corazón se acelera al pensar en las historias que escuché afuera de la tienda de don Feli, de personas a las que ejecutaban.

Miro a Chico. Tiene otra vez los ojos cerrados. Pequeña le da de codazos y yo le digo de nuevo:

—Chico, despierta.

—¡Estoy despierto! —dice en voz alta, rascándose la cabeza.

—Cállense —espeta el hombre.

Las luces en la parte superior del tren saltan a la tierra. Creo que quien sea que hizo que se detuviera obtuvo un pago de los que están arriba. Después de un rato, veo a los que estaban en fila obligados a subir a los carros en la carretera. Enseguida, los carros dan vuelta y retroceden a lo largo del tren. Los faros se vuelven más y más brillantes a medida que avanzan en dirección nuestra, mientras sus motores rugen en la tranquila noche, y finalmente pasan delante de nosotros.

Veo cómo las rojas luces traseras se vuelven más pequeñas y más tenues, desaparecen en la noche, y me alivia que el sonido de las balas no rompieran el silencio.

Aun así, mis nervios no dejarán de sacudirse, y tengo ganas de vomitar. Pero no hay tiempo.

—Tenemos que acercarnos ya —dice el hombre—. El tren podría arrancar e irse en cualquier momento.

Chico gime cuando lo movemos.

—Estoy despierto —dice.

—Ya sé, pero tienes que caminar —le digo—. Vamos, Chico. Sigue caminando.

Lo intenta pero aún necesita ayuda. Si el hombre no estuviera aquí, no sé qué habríamos hecho. Su novia y yo vamos a un costado de Chico y el hombre del otro lado. Pequeña nos sigue y se frota la mandíbula.

La ropa se me pega al cuerpo y el olor que sale de las axilas de Chico flota en el aire. Siento que el sudor me escurre por el cráneo, por la frente, me cae en los ojos y hace que me ardan mientras sostengo a Chico por la cintura. Me limpio la cara en su camiseta.

El tren hace un ruido metálico y vuelve a la vida.

—¡De prisa! —grita el hombre—. El tren se alista para salir.

Él acelera el paso y yo corro para emparejármele, pero las piernas de Chico son como de hule. Si lo soltáramos, se caería. Lo arrastramos.

—Estoy despierto —dice Chico, con los ojos medio cerrados.

—Solo un poco más —le digo.

El hombre se mueve más rápido, entonces corremos, y damos de empujones a Chico en todas direcciones, mientras él llora y gime.

El tren pita y se menea. La gente sale de todos lados, corre delante de nosotros mientras el hombre maldice y le dice a su novia que se olvide de nosotros. Pero ella no soltará a Chico. La gente grita, se sube al tren y se apuran unos a otros. Cuando estamos a solo unos metros de distancia, el tren sisea y se cimbra y las ruedas comienzan a moverse.

El hombre maldice y corre más rápido. Pequeña corre por delante, hacia uno de los vagones, que tiene la puerta ligeramente abierta, apenas visible en la oscuridad.

—¡Por aquí! —grita—. ¡Por aquí! —tratando de abrir más la puerta.

El tren está despertando, se mueve lentamente.

—¡Agárralo! —le grita el hombre, y Pequeña abraza a Chico

mientras el tipo trepa. En cuestión de segundos empuja más la puerta para abrirla y sube a bordo. Alcanza a Chico y lo jala mientras nosotros lo empujamos hacia arriba.

Luego jala a su novia para que suba. Luego, a Pequeña. Y finalmente a mí.

El tren rueda más rápido en estos momentos, pero más personas ven la puerta abierta del carguero y saltan hacia adentro con nosotros. Más y más, hasta que el vagón se llena. Algunos intentan bajar del techo, pero se ven obligados a regresarse por dos tipos en la abertura que se encargan de no dejar que se llene demasiado porque no podremos respirar con tantos cuerpos en el vagón.

Veo que una mujer desde el suelo le pasa a su hijo a alguien del vagón antes de que ella pueda subir. Un hombre baja la mano para agarrar al bebé y se lo pone bajo el brazo. El niño cuelga en el aire, grita, antes de que lo levanten por completo.

Un movimiento en falso. Un tirón del tren. Un brazo demasiado debilitado como para sostenerlo, y el niño caería sobre las vías.

Una parte de mí, la parte que vive dentro de mi pecho y me duele todo el tiempo, me dice que salga. Que encuentre a la mujer y al bebé y que haga que tomen mi lugar en el vagón, donde es más seguro.

Pero mi mente me recuerda que si salgo de este vagón, otro cuerpo ocupará mi lugar antes de que yo pueda llegar hasta donde está la mujer.

El vagón está mal ventilado. Huele a sudor y a olor corporal. La comezón que he estado sintiendo en la cabeza durante días se vuelve más intensa, y me rasco con tanta fuerza que me queda sangre debajo de las uñas. Chico gime de vez en cuando, masculla que está despierto. El hombre que nos ayudó nos mira feo mientras abraza a su novia.

Cuando cierro los ojos, veo al bebé balanceándose en el aire.

Balanceándose así en el aire, enseguida cae.

Me despierto de golpe, lo busco a él y a su madre, antes de que mis ojos se cierren de nuevo.

Pequeña

El olor a orina, a heces y a sudor impregna el pequeño furgón. Hasta con la puerta abierta, el aire se enrarece y se estanca. El estómago se me revuelve cuando el calor de nuestros cuerpos hace que el olor sea aún más penetrante. Oigo a alguien teniendo arcadas, luego huelo el olor agrio del vómito.

Quiero cerrar los ojos, dormir, pero cuando lo hago, las caras de otros en este tren pasan por mi mente, veo sus vidas y de lo que están huyendo. Veo granjas estériles y familias sin nada para comer. Veo personas sostenidas a punta de cuchillo. Veo dinero pasando de unas manos a otras. Veo sangre y huelo miedo. Oigo amenazas y siento una intensa desesperación.

Así que mantengo los ojos abiertos, enfocados en la puerta del furgón.

Cuando contemplas la oscuridad durante horas, no es difícil concentrarse en los ruidos que oyes. Oyes sobre todo tu propia voz que te dice todo tipo de cosas. Como que tal vez estabas destinada a morir. Que quizás tu destino es tu destino y no hay forma de escapar de tu destino. Que quizá tu cuerpo está demasiado cansado, demasiado débil.

Oyes la voz de la derrota. De darse por vencido.

Pero también hay otra voz, que proviene de la boca del estómago.

Y es la voz que te dice *Mereces vivir*.

Repasas lo que harás, por lo que vas a pasar, solo como una *opción*.

Te aferras a esa voz y le das más y más volumen, hasta que se te mete en la cabeza. La escuchas todo el tiempo que puedes porque sabes cómo se irá apagando mientras viajas, sabes cómo la ahogan otras voces y el ruido del tren. Y luego tienes que encontrarla de nuevo.

Una y otra vez, encuentras esa voz.

Una y otra vez, se te pierde de nuevo.

Durante kilómetros y horas juegas este juego, hasta que ves que la oscuridad se desvanece y el sol sale y el cielo de alguna manera, como un milagro, arde otra vez.

Miro al hombre con su novia. Ella duerme. Él no.

Él también está viendo amanecer. Y su rostro se le ilumina de una manera en que, por un minuto, veo sus esperanzas y sus sueños. Por un minuto, oigo su voz, sus pensamientos, cómo quiere poner a la novia a salvo. Cómo se casarán. Cómo tendrán hijos. Solo tienen que llegar hasta allá sin percances.

Posa su mirada en mí y yo volteo a otro lado.

El tren rechina. Chico pestañea. Sostengo su cabeza en mi regazo, tratando de minimizar el ajetreo del tren cuando traquetea y chilla.

Los árboles y los maltrechos edificios se desdibujan al pasar por la abertura. Más personas en el tren se despiertan, y ahora a la luz del día, veo que somos aún más de los que yo pensaba. Quizá más de cien. Y eso sin contar a los pequeños que la multitud absorbe, a quienes no veo pero puedo oír que lloran y piden comida. Alguien cerca de la abertura grita que debemos estar en Ixtepec, y después de un rato, grita que estamos cerca de la estación del tren. Y los almacenes industriales, feos y solitarios, aparecen a la vista cuando en un traqueteo, jadeante y en vaivén el tren se detiene.

Todos comienzan a bajar. Los veo caminar bajo la luz del sol, cubiertos con los vestigios del polvo y los residuos de todo lo que este furgón transporta. Se ven lívidos. Parecen cadáveres.

Me miro la ropa, las manos, y sé que luzco como ellos.

Pulga y yo ayudamos a Chico a levantarse mientras el hombre ayuda a su novia a bajar del tren.

—Vamos a seguirlos —me susurra Pulga, apuntando con la cabeza hacia el hombre y la chica—. Ese tipo sabe lo que está haciendo.

Asiento con la cabeza y nos apresuramos a la salida, ayudando a Chico que está despierto pero se ve aturdido y sigue agarrándose la cabeza y apoyándose en nosotros.

El sol brilla y enceguece, Chico se protege los ojos. La gente se tambalea en el campo, echa un vistazo a su alrededor, y ahí es cuando Pulga ve a la pareja.

—De ninguna manera, hermanos —dice el hombre tan pronto se da cuenta de que los seguimos—. Ustedes son el lado flaco de mi novia, pero no pueden seguirnos. No soy pollero ni nada parecido. Y no quiero ser responsable de ustedes tres.

Miro a su novia. Me recuerda a Leticia hace años, bonita hasta entre toda esta mugre, polvo y calor. Nos mira como si quisiera ayudarnos, pero es todo lo que puede hacer.

—Vamos —le ruega Pulga al hombre—, no los molestaremos. Se los aseguro. No les vamos a estorbar. Por favor.

Chico se deja caer, como si sus piernas se hubieran rendido y se sienta en la tierra.

—Chico —le digo, inclinándome a su lado—. Levántate, Chico. Vamos.

—Shhh —dice el hombre, llevándose un dedo a los labios—. No quiero saber su nombre. O el tuyo. O el tuyo —nos dice a cada uno de nosotros.

—Por favor —suplica Pulga, mirándolo, luego a la novia.

El hombre respira hondo.

—Voy a decirlo solo una vez más. Así que escúchenme, ¿eh? —pone su mano sobre el hombro de Pulga—. Su hermano no puede seguir así, por ahora.

—Pero tenemos que... —dice Pulga. Pero sé que el hombre tiene razón. Chico no puede seguir así.

—Dije: *escúchenme*. Él necesita descansar unos días. No puede andar corriendo para subirse a esa cosa, o viajar en ella, estar ahí tirado durante horas.

La piel de Chico es de un color gris pálido y, aunque está ahí sentado, escuchándonos, en sus ojos, cuando los abre, hay una mirada vacía.

—Estás bien, ¿verdad, Chico? —dice Pulga—. Puedes seguir, ¿verdad? Dile que estás bien —dice señalando al hombre.

Chico dice que sí con la cabeza.

—Sí, sí... es solo el sol, está muy fuerte —se agarra la cabeza—. Me duele la cabeza.

—Pulga —le digo, al darme cuenta de que no hay forma de que este hombre nos permita que sigamos detrás de él. Al darme cuenta de que Chico necesita ayuda.

—Él puede seguir —le insiste Pulga al hombre. Habla como cuando éramos pequeños y le pedía algo a su Mamá—. Descansará aquí mientras esperamos que el tren se ponga en marcha otra vez. Ese, ¿verdad? —Pulga hace un gesto hacia un tren en la siguiente vía férrea—. Hacia... un momento... —sacude su mochila, busca su libreta.

El hombre mira a Pulga, luego señala al tren que está en la vía de al lado.

—Ese. *Ese* va a *Matías Romero*. *Ese* es el que ustedes quieren abordar —el hombre suspira—. Solo sigan a los demás hasta llegar a Lechería, ¿entienden? Entonces tienen que decidir qué ruta... Mano, olvídalo. No puedo estarles explicando todo a ustedes tres. Deberían haberlo averiguado.

—Lo hice —espeta Pulga, levantando su libreta—. Estudié los mapas, hice caso de las anécdotas.

El tipo se ríe.

—Párale. Eso es exactamente por lo que no puedo ayudarles. Saben que no van a llegar, ¿verdad? Esta vez no. Ni siquiera con tus apuntitos. Este viaje requiere más de un intento. Hay cosas que no se prevén, errores que no pueden evitar, hasta que realmente los estén cometiendo. Entonces inténtenlo de nuevo. Joder, esta es como mi cuarta vez. Casi me muero en estos viajes. No vine hasta aquí para *ayudarlos*. Tengo que ocuparme de mí y de mi novia. ¿Entienden? En *llegar* hasta allá. No puedo ocuparme de nadie más que de ella y de mí.

Mira a su novia. Ella tiene los ojos anegados de lágrimas.

—Ahora vean, están haciendo que mi novia se ponga toda sentimental —sacude la cabeza y nos mira de nuevo. Luego se aparta de Pulga y me mira a mí. Suspiros—. Miren, por allá abajo hay un albergue. Casi nadie lo sabe o va ahí porque tienen que retroceder, solo aquellos que no pueden continuar de inmediato llegan ahí —nos mira—. Ustedes necesitan quedarse. Sigan las vías férreas. Pero estén atentos para ver una pequeña casa azul, a unos pasos de las vías. Allí conseguirán ayuda. Quédense unos días. Tomen el próximo tren que sale desde aquí. ¿Entendido? Se acabó. Eso es todo lo que puedo hacer por ustedes.

—Por favor, señor. Por favor... —dice Pulga.

Miro su rostro suplicante y juraría que puedo sentir el miedo en su corazón. Anoche estaba atemorizado. Quizás tenga miedo de que si no continuamos, moriremos.

Quizás tenga razón.

—*Escúchame*, hermano. Confíen en mí. Es lo mejor que pueden hacer. Haz que revisen a tu hermanito, ¿entiendes?

Nos da la espalda y agarra a su novia de la mano, llevándola al otro lado del tren a la otra vía férrea.

Ella voltea hacia atrás una vez, pero el hombre no.

—Perdón —susurra Chico mientras aprieta los ojos—. Es mi culpa. Lo siento.

Pulga niega con la cabeza.

—Olvídalo —dice—, pero su voz suena severa. Enfadada.

Chico comienza a llorar y veo cómo Pulga aprieta los labios, como si estuviera luchando por decir algo terrible.

—Vámonos —le digo, tocando a Chico en un brazo, ligeramente—. Vamos a llevarte a donde puedas descansar y te sientas mejor, ¿de acuerdo?

Lo guío de regreso por la vía férrea en la dirección opuesta a la de todos los demás. Lejos de donde tenemos que ir.

Somos los únicos que nos quedamos. Pulga voltea de vez en cuando, como si esperara que el hombre hubiera cambiado de opinión. Sacudiendo la cabeza como si estuviéramos cometiendo un error atroz.

Finalmente, se pone del otro lado de Chico y me ayuda a sostenerlo mientras caminamos. Da miedo corroborar lo muerto que ya se ve. Los ojos se le ven vacíos, y pienso en cómo la gente dice que quienes viajan en el tren se vuelven momias durante el viaje.

—¿Estás bien? —le pregunto.

Él asienta, luego se tambalea y mantiene la cabeza en alto.

—Ya casi llegamos, Chiquito —le digo, pero de repente se dobla y le empiezan a dar arcadas. Le restriego la espalda mientras a él le siguen dando arcadas, su cuerpo tiembla.

—Oye... oye, Chico. Está bien. Te recuperarás —dice Pulga, corriendo hacia Chico.

Intento evitar que el terror se apodere de él. Me digo que solo está deshidratado. O es solo la resolana que distorsiona las cosas y lo hace sentirse enfermo.

—Estarás bien —repite Pulga mientras lo ayudamos a que se enderece y seguimos hacia el albergue.

—No te preocupes, Chico —le digo, pero las palabras se me secan en la boca.

El albergue no está tan lejos, pero con Chico debilitándose a cada segundo que pasa, nos lleva una eternidad caminar por entre la espesa hierba seca, el calor que agota. Identificamos la casa solo porque el hombre nos lo dijo. Su pintura azul está desteñida hasta casi hacerse de color blanco y no es muy visible entre los matorrales. La angustia crece cuando me pregunto si hay alguien allí.

Parece que el lugar está a punto de venirse abajo, pero a medida que nos acercamos, veo que hay algunas personas sentadas afuera. Y luego una mujer corre hacia nosotros tan pronto como nos ve.

—¿Qué pasó? —dice, mirando a Chico de arriba abajo.

—Se cayó muy fuerte del tren —le digo.

Le revisa el cuerpo como para asegurarse de que esté completo.

—Vengan. Él necesita sentarse.

Nos hace a un lado a Pulga y a mí, y agarra a Chico con una fuerza impresionante y lo ayuda el resto del camino al albergue.

En el interior del albergue, lo sienta, nos da agua, le dice a Chico que la beba poco a poco. Le hace preguntas sencillas: su edad, su nombre, de dónde es, pero él solo la mira a la cara fijamente.

—Tiene una contusión cerebral grave —dice finalmente—. Necesitarán quedarse aquí, darle tiempo para recuperarse.

—¿Por cuánto tiempo? —pregunta Pulga de inmediato.

Ella suspira.

—Lleva semanas recuperarse de las contusiones. La estadía aquí está limitada a tres días, pero lo pasaremos por alto ya que no hemos estado saturados últimamente.

Ella mira a su alrededor en la estancia casi vacía.

—No podemos esperar ni tres días —me dice Pulga—. *Tenemos* que seguir.

—Si no esperan, más se le va a *mover* ese cerebro —dice la mujer—. Y se arriesgan a que se le inflame más.

—No tenemos otra opción —le digo a Pulga—. No puede seguir así.

—Estoy tan cansado —susurra Chico.

—Quiero que te sientes aquí, háblame un ratito —le dice la mujer a Chico—. Entonces, te dejaré dormir. ¿De acuerdo, niño?

Chico asiente con un movimiento de cabeza.

La mujer nos mira a Pulga y a mí. Su cara es luminosa y sus pómulos, redondos y alzados. Huele a crema facial Ponds y, por un momento, el aroma me lleva de vuelta a la habitación que yo compartía con Mami después de que Papi se fue. Cómo se embarraba esa crema en la cara noche tras noche antes de acostarse y se veía al espejo, y en él yo veía desde mi cama mi imagen reflejada.

Estaremos bien, me decía Mami esas noches cuando Papi se fue por primera vez, cuando ambas estábamos asustadas y solas. Y luego se metía en la cama, el olor de ella me llenaba la nariz, mientras nos dormíamos.

La mujer nos mira y dice:

—Ustedes dos, consigan algo de comer. Allá en la cocina. Tráiganle algo también a él. Lávense las manos primero.

La oigo hablar con Chico, asegurándose de que él le responda. Cuando queda satisfecha, lo lleva a una habitación para que pueda dormir. Pulga y yo comemos pan, bebemos vasos de Gatorade, pero ella calienta algunos frijoles y los deja en nuestros platos.

Nos observa mientras comemos, cuando nos rascamos la cabeza.

—Vengan aquí —nos dice—. Coge un delgado mango de madera de un cajón, y lo pasa por mi cabello, separándolo y examinándolo.

—Lo sé —le digo antes de que ella diga algo. He tenido la sospecha durante días de que tengo piojos.

También le revisa la cabeza a Pulga y luego suspira.

—Es mejor que los rape. Luego usen un poco de champú para matar lo que queda. Tengo un poco.

Sonríe.

Agarra una esquiladora y nos señala una silla, le dice a Pulga que se siente primero él. Ella comienza a canturrear mientras el cabello de él cae en mechones. Ahí sentado, con los ojos cerrados, se ve muy pequeño. Cuando la mujer termina, me señala.

—Tu turno —dice. Una de las personas que estaba sentada afuera entra y se ríe.

Es un hombre chaparro, que trae puestos unos pantalones cortos demasiado grandes y una delgada camiseta blanca.

—Este es un récord, Soledad. Llevan aquí menos de quince minutos y ya los estás rapando. Esta Soledad —dice, sacudiendo la cabeza—. Usará la esquiladora mientras duermes si es necesario.

Él se ríe y ella se ríe, y sus risas llenan la habitación.

—Es que no puedo soportar la idea de que anden así —su risa se apaga—. No son animales, después de todo. Anda, ayúdame. Barre ese cabello —le dice al hombre y él asiente, agarrando una escoba y un recogedor.

—¿Así se llama? —le pregunto—. ¿Soledad?

Ella mueve la cabeza afirmativamente mientras me pasa la esquiladora por el cabello.

—¿Tú crees?

—¿No le gusta?

—¡No! —dice de inmediato—. ¿Cómo podría gustarme un nombre como Soledad? Es muy triste que le pongan a uno Soledad. Cuando era pequeña, lo odiaba porque parecía un nombre para un adulto. Y ahora, lo odio porque sentenció mi destino.

Sé que se refiere a que está sola. Pero no quiero entrometerme, así que me guardo mis comentarios.

—Incluso aquí, estoy sola —dice, mirando a todos lados del albergue—. Este pequeño albergue se está desmoronando, solo los más desesperados vienen aquí. La mayoría de las veces, los migrantes continúan porque se sienten lo bastante fuertes como para llegar al siguiente. Pero me gusta estar aquí. Estoy aquí para los más desesperados. Para los más necesitados. Y la gente, gente generosa con corazones generosos, nos ayuda a que mantengamos abierto este albergue. Nos ayudan a sobrevivir.

Pulga la mira y luego voltea hacia otro lado.

Algo en su forma de hablar me hace sentir cercana a ella. De repente, ella me mira fijamente, me observa de muy cerca la cara.

—¿Y cómo te llamas? —pregunta.

Sé que lo sabe, así que no miento.

—Pequeña.

—Pequeña —mueve la cabeza—. No suena bien. Te mantendrá pequeña. ¿Cuál es tu verdadero nombre?

Mi nombre verdadero. Ya siento que no tengo uno. Ya siento que la persona que caminaba por las calles de mi barrio, que vivía en aquella casa y dormía en aquella cama, siento que esa persona ya no existe. Y no sé si la abandonaron, o si desapareció, como el agua que se evapora, en autobuses, campos y trenes.

¿Quién había sido yo cuando mi madre me miró a la cara el día que nací?

—Flor —le digo a Soledad.

En su luminoso rostro surge una sonrisa.

—Ah, Flor —repite—. *Está* mucho mejor.

Sonrío, pero la sonrisa se me desvanece cuando de repente recuerdo al niño al que me negué a ponerle un nombre. El que es parte de mí, pero cuyo nombre, si Mami le dio uno, desconozco.

Soledad se levanta de la silla y desenchufa el cordón de la esquiladora. La limpia con alcohol y la guarda en un cajón. Mete la mano en un mueble, saca una toalla vieja y andrajosa y me la da.

—Ve, date un baño y lávate el cabello con ese champú, Flor.

La veo andar, solo ahora noto la forma en que camina con una leve cojera, que la hace ladearse del lado derecho.

—¿Cuánto tiempo lleva aquí? —pregunto.

—Cinco años —dice, respirando hondo. Se da la vuelta y me mira de nuevo y no puedo evitar preguntarme si está buscando a alguien en mi cara—. Siempre debes recordar tu nombre. Dítelo a ti misma. No puedes olvidar quién eres. La Bestia, el viento, mucha gente en el otro lado, intentarán hacer que se te olvide. Intentarán borrarte. Pero siempre debes recordar. Eres Flor.

Asiento con la cabeza. Así era yo. Eso es lo que puedo volver a ser, aunque ya no soy Pequeña.

Camino hacia el baño, cierro la puerta tras de mí. Me reviso para ver qué tanto estoy sangrando, casi nada.

Quizá mi cuerpo es mágico.

Quizá mi cuerpo sabe lo que necesita hacer ahora.

Quizá no soy quien era.

Veo mi imagen deformada en el espejo de plástico en el baño, mi cabeza rapada. Ya no me parezco a Pequeña. Meto la mano en el bolsillo, recojo los trocitos de dientes que se me habían pegado en la boca como tierra cortante y granulosa, y los echo por el lavabo.

Aquí dejo más que solo mi cabello.

Aquí dejo pedazos de mis dientes.

Aquí dejo más de lo que yo era.

Y allí, en algún lugar en el espejo, la cara reflejada de la persona en quien me convertiré una vez que cruce la frontera.

En algún lugar dentro de mí, Flor espera nacer.

Cada noche que estamos allí, Soledad se sienta en un sofá junto a la ventana. Ahí es donde duerme, como una especie de centinela para los que podrían llegar tropezándose en medio de la noche.

Durante siete días, la vemos cuidar de que Chico recupere la salud, haciéndole comidas especiales. Cortándole el pelo con esmero y lavándole el cuero cabelludo en el lavabo. Durante siete días, él duerme y duerme, y Soledad nos dice que es la mejor manera de que su cerebro descanse. Un tren viene y se va. Luego otro, su pitido se hace un aullido conforme pasa delante de nosotros.

—Pronto tenemos que volver a tomarlo —dice Pulga con ansiedad cuando nos sentamos afuera. Mientras contemplamos a los que van en la parte superior del tren rumbo al norte y nosotros seguimos en el mismo lugar—. No podemos quedarnos aquí para siempre. *Tenemos* que irnos.

—Lo sé —le digo, ansiosa por irme también.

Cuando el hombre que entrega comida al albergue le dice a Soledad que se supone que el tren que se dirige a Matías Romero debe partir al día siguiente, Pulga y yo le decimos a ella que nos iremos.

—¿Pero por qué? —dice Chico—. Le ha vuelto el color a las mejillas. Sus ojos han perdido la mirada vacía, y se inclina hacia Soledad mientras nos mira. Ella sonríe y le pone el brazo encima—. Podemos quedarnos unos días más, ¿no?

Pulga niega con la cabeza.

—Tenemos que irnos, Chico. O nunca llegaremos.

Chico se encoge de hombros.

—¿Y...? Me quedaré aquí, con Soledad —dice, viendo a Soledad, que sonríe con sus rozagantes mejillas. Un gesto contrariado en el rostro de Pulga y sé que esto es exactamente por lo que quiere irse.

Soledad mira a Chico.

—*Puedes* quedarte aquí. Pero... esta es mi vida. Solo esto, día tras día. Aquí no hay futuro.

—Además —dice Pulga de repente—. No eres de aquí. No tienes papeles. México ya no nos quiere, igual que Estados Unidos. Aquí serías un migrante, Chico. Si intentas trabajar aquí, vives aquí, lo que sea, México también te deportará. Te regresará con Rey.

El sonido de su nombre nuevamente, dicho por accidente, me recuerda los alcances de *él*. ¿Adivinaría lo que hemos hecho? ¿Enviaría a alguien a buscarme? ¿Vendría él mismo?

—Tenemos que irnos —le digo a Chico.

Se le desencaja el rostro.

—Lo sé... Yo solo...

La habitación se queda en silencio, roto solo cuando Soledad respira hondo y dice:

—¿Saben qué? Les voy a hacer un banquete antes de que se vayan, ¿eh? ¿Qué les parece? —mira a Chico y él le sonríe.

Y en ese mismo momento, Soledad se va corriendo a la cocina y empieza a cocinar.

Cuece pollo y quién sabe cómo con muy poco hace cien flautas.

Usa el caldo para hacer fideos.

Hace una salsa roja, y el olor a jalapeños y tomates impregnan el aire.

Hace una salsa verde; el sabor de los tomatillos y del cilantro lo siento en la lengua incluso antes de probarlos.

Hace frijoles, agregándoles un extra de queso.

Bate crema fresca.

La observo todo el tiempo y juraría que le veo un resplandor. Como si la luz la delineara. Y empiezo a preguntarme si no estaremos muertos y Soledad es un fantasma. Empiezo a preguntarme si ella es la encarnación de mi bruja. O si estoy soñando. Si algo de esto es real, pues comemos alimentos demasiado buenos como para que los preparen manos humanas. Al irnos quedando dormidos tan profundamente, todo parece un hechizo.

Pero irrumpe el día siguiente, y temprano en la mañana nos dirigimos de regreso a las vías férreas donde esperaremos. Soledad nos encamina hasta la salida del albergue.

—Los acompañaría hasta allá, pero tengo que quedarme aquí por si llega alguien —no quiere dejar el lugar ni por un momento.

Así que nos despedimos allí mismo. Y hago todo lo que puedo para no chillar mientras ella me sostiene la cara muy tiernamente, como lo haría una madre con su hija:

—Cuídate, mija. Y cuando lleguen, avísame. Aquí estaré. Pero estaré esperando saber de ti. No me falles. ¿Me oyes?

Muevo la cabeza para decir que sí, y cuando nos unimos en un apretado abrazo, solo por un momento, finjo que somos madre e hija. Y solo por un momento, lo somos.

Abraza a Pulga.

Y a Chico.

La Bestia nos llama.

Y en respuesta nos damos la vuelta para marcharnos.

Pulga

El tren no llega sino hasta en la noche, casi doce horas después de que nos despedimos de Soledad. Disminuye la velocidad a medida que se acerca, la disminuye un poco más cuando ingresa a la estación, pero no parece que vaya a detenerse, así que tenemos que darnos prisa.

Aparece gente, corriendo hacia el tren y apartando su lugar junto a las vías cuando aparece a la vista.

—¡Busquen los travesaños de los lados! —un hombre les grita a los que están con él—. ¡Por ahí pueden subirse! —su voz es apenas audible entre el largo y estruendoso silbido del tren.

El primer vagón pasa con un bullicio que me zumba en los oídos.

Luego el segundo, el tercero, el cuarto...

Corro, Chico corre a mi lado, más lento de lo habitual. Miro al tipo que creo que es un pollero, uno que guía a un grupo, mientras señala a uno de los vagones del tren y a las tres personas con las que está tratando de abordar. Lo hacen, y él se pone detrás de ellos.

Escucho voces, que gritan, aúllan, se dicen entre sí: *¡Agárrense!, ¡agárrense!, ¡agárrense fuerte!*

Corremos, el tren nos succiona los pies, el sonido de sus ruedas como el de los cuchillos cuando les sacan filo. El mismo terror de antes me atenaza, pero lo ignoro. Seguimos corriendo, acercándonos, esperanzados, abalanzándonos a un travesaño de donde agarrarnos.

Tengo miedo de que me empuje a la vía alguien que quiera subirse tan desesperadamente como yo. O de tropezar y morir. O de que me abandonen aquí, lejos de mi casa, sin extremidades. En pedazos.

No hago caso del dolor en mis piernas, la sensación de ardor en mis muslos, el temor de mi corazón.

Y entonces Pequeña se agarra del travesaño, se empuja hacia arriba, nos mira desde el techo del tren y nos dice que *corramos*, que *corramos*.

Cuando volteo hacia arriba, es como si el mundo se hiciera más lento. La boca abierta de Pequeña, su rostro desesperado, su callada voz, el cielo azul oscuro a su alrededor.

Bajo la vista y el mundo es una mancha y una algarabía de sonidos.

—¡Más rápido! —le grito a Chico, cuando otro vagón pasa delante de nosotros y Pequeña se aleja. La distancia entre nosotros crece y la veo mirándonos desesperadamente.

Ella ve el paisaje y creo que está considerando saltar de regreso si no nos subimos pronto.

Pero no subiré sino hasta que Chico lo haga.

—¡Sube! —le digo—, ¡anda, sube!

Miro hacia atrás por un momento, y ya quedan pocos vagones. Pronto el tren terminará de pasar delante de nosotros.

Es solo un momento, pero escucho un grito que viene de atrás. Y lo veo, el hombre, al que las ruedas del tren rebana.

Me orino en los pantalones e instintivamente, cierro los ojos por una fracción de segundo mientras mi cerebro continúa gritando *¡sigue! ¡sigue!*

Chico voltea y grito:

—¡No mires para atrás! —porque si lo hace, verá las piernas del hombre, cómo se le separaron del cuerpo, cómo sus brazos todavía se movían violentamente mientras la otra mitad de su cuerpo era expulsada por el tren.

Chico corre más rápido y yo muevo con fuerza las piernas.

El último vagón pasa frente a nosotros y vemos la cola del tren.

Chico llega hasta los travesaños traseros, y de ellos se agarra. Le sigo a las prisas y también me sujeto. Y nos empujamos cada quien hacia arriba, el tren succiona nuestros pies como hacia un agujero en la tierra.

Me tiemblan los brazos y las piernas y me afianzo al travesaño, temeroso de que mi cuerpo ceda.

—¡Sube hasta arriba! —le grito a Chico. El tren tiene una especie de escalera en la parte trasera que conduce al techo. Chico me hace caso y nos trepamos como arañas.

En el techo del vagón, busco entre el paisaje en movimiento a Pequeña, asegurándome de que no saltó.

Miro hacia los otros vagones y veo el contorno de una persona que creo que es ella, saluda moviendo una gorra. Le devuelvo el saludo, aliviado, antes de sentarme de nuevo junto a Chico.

—¿Te sientes bien? —le pregunto mientras nos acomodamos. Dice que sí con la cabeza. Miro hacia atrás y todavía veo a la multitud reunida alrededor del hombre expulsado por el tren.

Incluso ahora, puedo verlo claramente, su camisa de mezclilla, su cara morena, agitando los brazos como loco cuando se partía en dos.

Siento que el corazón me sube a la garganta, y que allí se queda.

Miro a los que van a nuestro alrededor, que ya estaban en el tren mientras nosotros corríamos para subir. O no vieron ni se dieron cuenta de lo que sucedió, o lo hicieron, pero apenas lo registraron. Otra imagen horrible, encima de un tren en el que tus pestañas se te cubren de polvo, donde el cuerpo te arde hasta que ya no sientes nada. El tren que te convierte en un zombi, insensible, indiferente. Medio muerto.

Quizás *tengamos* que convertirnos en zombis para sobrevivir a todo esto. Quizás parte de nosotros tenga que morir para soportarlo.

—¿Oíste ese grito? ¿Viste lo que ocurrió? —pregunta Chico.

Meneo la cabeza y me recuesto.

Él menea la cabeza.

—Yo creo que... Pulga, creo que ese hombre... —se queda sin habla.

—No —le digo—. No pasó nada allá atrás. Ni lo pienses. No sientas nada —le digo.

Chico asiente, pero veo cómo se le retuerce la cara, tratando de contener las lágrimas, tratando de no pensar en ello.

Nos adentramos en la negra noche. Mi corazón quiere llorar, pero le pongo la mano encima, lo aprieto, lo mantengo en silencio. Aunque la verdad se reproduzca una y otra vez en mi cabeza.

Viajamos durante horas, el ruido incesante de las vías férreas perfora nuestras cabezas.

Saltamos de este tren y luego subimos a otro.

Luego a otro.

Cada trasbordo me debilita el cuerpo pero fortalece mi decisión. Lo estamos logrando. Nos acercamos cada vez más y más con cada tren. Y hasta cuando los trenes, los amaneceres y las noches se mezclan entre sí, no quiero detenerme. Quiero seguir adelante. Cada vez que Chico y Pequeña quieren detenerse, encontrar un albergue, les recuerdo, un tren más, un tramo más del viaje. Solo uno más. Sé que podemos avanzar, si simplemente seguimos adelante. Tenemos que acercarnos más y más.

—Deberíamos detenernos y descansar —me dice Pequeña,

después de saltar al tercer tren... no, al cuarto desde que nos despedimos de Soledad—. No creo que podamos seguir así, Pulga.

—Tenemos que ganar tiempo —le digo—. Tenemos que continuar.

Cuando vamos en marcha, trato de mirar solo la línea donde se junta el cielo y la tierra, porque cuando miro hacia un lado, el mundo se desvanece tan rápido que siento que la cabeza me va a estallar. Se siente chistoso, y mis ojos no pueden enfocar y luego me duele la cabeza, es como si un machete sin filo se me hubiera incrustado en el cráneo.

Un día vamos por las vías que corren a lo largo de la parte trasera de algunas casas ruinosas, y mientras avanzamos, veo a mujeres colgando ropa recién lavada. Una de las mujeres saluda, luego levanta el puño en el aire como si nos estuviera animando, infundiéndonos fuerza. El pequeño a su lado comienza a correr con el tren. Nos ve maravillado, y la madre lo observa mientras él disminuye la marcha, los árboles le obstruyen el camino.

Me pregunto cómo nos verá, me pregunto qué imagina de nosotros su mente de niño. Sé que su madre debe haberle explicado quiénes son las personas que van en el tren que pasa frente a su casa. Y sé que debe ver el tren lleno de gente una y otra vez, yéndose.

Y sé, incluso a esa edad, que él ya piensa en irse también. Que ya se está imaginando arriba de ese tren.

Y me pregunto si alguna vez se marchará. En busca de alguien que se fue hace mucho tiempo.

O si lo matarán cuando tenga cuatro años con balas destinadas a otra persona.

O a los ocho porque un hermano mayor se niega a unirse a una pandilla.

O a los doce porque él mismo se niega a unirse a una pandilla.

O si morirá debajo de las ruedas de este tren, por querer salvar su vida.

Antes de que quede completamente fuera de mi vista, lo saludo con un movimiento de mano. No sé por qué. Como si mi mano tuviera una mente propia. Como si se hubiera vuelto blandengue, como mi corazón. Y miro hacia otro lado, pero no antes de verlo devolverme el saludo.

Siento un poco de agitación en el corazón y algunas lágrimas me brotan de los ojos antes de que pueda detenerlas.

Sentir demasiado me matará, le digo a mi corazón.

No sentir nada, también, me responde.

Miro en la dirección en que viajamos, dejo que el viento me seque las lágrimas no derramadas y dejo que el chucu chucu del tren me adormezca de nuevo. Horas y horas de entumecimiento. Kilómetros y kilómetros de entumecimiento.

Una eternidad de entumecimiento.

Miro a Chico y se ve fatal.

¿Por qué lo hacemos?

Miro su cara polvorienta y ajada. Tiene los labios resecos y le sangran. Se los lame, y se le secan otra vez, y se le agrietan más. Palpo mi cara, la sensación curtida de mis mejillas resecas por el viento.

¿Por qué?

Me acuerdo de Rey. Mi mente se enrojece con la sangre de don Felicio.

Trato de no hacer caso del hambre que siento, pero no se me quita. Está tan vacío mi estómago. Tan hueco. Mis tripas son mi propio enemigo, se me retuercen, una y otra vez. Me aprieto la panza tratando de sofocar a la pequeña bestia que sigue gimiendo, golpeando y luchando adentro de mí, recordándome el hambre.

Hambre implacable.

No puedo pensar en otra cosa que no sea comida. Por poco y me distrae del dolor en la espalda, en las piernas. Tengo las manos permanentemente acalambradas; tensas por un dolor que las hace juntarse, que hace que sea imposible desapartarlas y tengo que concentrarme para estirarlas. Intento mover cada parte de mí, solo un poco para evitar que mis articulaciones se atasquen, pero hasta eso me duele.

La pequeña bestia en mi estómago erupciona y erupciona. Trato de dejar que la saliva en mi boca se me acumule, para fingir que es un sorbo de agua y tragármelo. Pero ni siquiera tengo suficiente saliva.

Los ojos se me cierran. Ábranse, les digo. Ábranse. Me obedecen solo por un momento antes de comenzar a cerrarse de nuevo.

Son ya tantas horas. Tantos kilómetros. A través de Medias Aguas. Y Tierra Blanca.

El peligro detrás nuestro.

El peligro delante de nosotros.

El peligro a nuestro alrededor.

Es difícil darle sentido a todo. Y cuando pienso demasiado, mi mente se confunde de nuevo. O se pone gelatinosa. Y luego se estremece cuando la cabeza me late con fuerza.

Las montañas parecen falsas. Siento que no soy de a de veras y que esto no es cierto y que las montañas no son de verdad.

Como esta vida, que no es real.

Y es entonces cuando me invade el terror: me abofeteo y sacudo la cabeza. Porque sentir eso es peligroso.

La sensación de irrealidad hace pensar que puedes hacer todo tipo de cosas. Como acostarse. Como dormir. Como cerrar los ojos y no preocuparte.

Te hace olvidar que tienes un cuerpo que puede caerse, romperse y ser aplastado.

Pequeña

La niña se sienta entre su madre y su padre. No puede tener más de siete años. Incluso en este viaje en el que nos vemos obligados al estado más primitivo y elemental de lo que somos: dientes podridos, sudoración, cuerpos malolientes, su madre le ha arreglado el cabello en dos largas trenzas a los lados de la cabeza, cada una atada en las puntas con un listón rojo pequeño y sucio.

La madre fija la mirada en mí y cuando yo la miro, sé que se ha dado cuenta de que soy mujer. Porque no me mira de mal modo. No me impide ver a su hija, que me recuerda a mí, a quien era yo hace mucho tiempo: una niñita amada por una madre y un padre.

Una forma de comprensión aparece en sus ojos, y contengo las lágrimas. Me ofrece una suave y reconfortante sonrisa justo cuando el tren rechina y se sacude y pierde velocidad.

Veo cómo frunce el ceño, mientras sujeta fuerte a la niña, habla con su esposo.

Hay un sujeto a nuestro lado, que Pulga está seguro de que debe ser un pollero, por la forma en que dirige a los tres niños que están con él y porque está constantemente alerta. Se pone de pie, mira hacia la parte delantera del tren, donde pequeñas franjas de luz salpican la noche, y luego hace una señal y dice algo a quienes tiene a su cargo, quienes poco a poco van hacia la escalera más cercana.

¿Qué es? ¿Qué pasa? la gente se pregunta entre sí, mientras el tren chirría y disminuye más la velocidad, hasta que casi se detiene.

—Vamos —dice Pulga, sin perder de vista al pollero, abriéndose paso con cuidado detrás de los tres niños al cuidado del sujeto.

La gente se agolpa tras de nosotros cuando llegamos a la escalera, nos empujan hacia adelante hasta casi hacernos caer; bajamos tan rápido como podemos. Otros brincan en grupo y saltan al suelo, caen y ruedan antes de levantarse y correr. Oigo a alguien gritar y mirar a su alrededor para ver a un hombre que ha caído y ha sido casi aplastado cuando la gente le pasa por encima.

Los niños empiezan a llorar.

El sonido de disparos en rápida sucesión atraviesa la noche, y luego el pánico, gritos apremiantes, el ruido de pies golpeando el suelo, corriendo en todas direcciones.

Mis ojos buscan en la multitud a Pulga y a Chico.

Cuando los encuentro, me abro paso entre cuerpos y mochilas y me agarro al hombro de Pulga justo cuando él se da vuelta, buscándome. Echamos a correr en la misma dirección que el pollero, hacia la oscuridad de los campos, corremos con la cabeza gacha mientras suenan más disparos y las balas nos pasan por delante, nuestros hombros se tensan al esperar que exploten contra nosotros en cualquier momento.

La desesperación y el rugido de los motores y las puertas que se cierran de golpe y las órdenes y las amenazas que se profieren llenan el aire. *¡Por favor! ¡No! ¡Mamá! ¡Papá!*

Las palabras reverberan en mi mente mientras seguimos al pollero, corriendo, corriendo, corriendo más lejos hacia la maleza bajo la tenue luz de la luna.

El pollero y los niños se acuestan entre los matorrales y nosotros hacemos lo mismo.

Los gritos y las súplicas perforan la noche, una y otra vez, por encima del martilleo de mi corazón latiendo en mis oídos, tamborilea a través de mi cuerpo, que retumba, retumba, retumba.

Trato de recuperar el aliento. Creo que he olvidado cómo respirar. Intento meter oxígeno en mis pulmones, pero se me atora en algún lugar de mi cuello. Lo intento una y otra vez, tratando de evitar que el terror se apodere de mí.

Pulga y Chico también respiran con dificultad, me preocupa que puedan morir, y el suelo parece temblar y creo sentir sus corazones latir a través de la tierra.

Pulga mira en dirección de donde vinimos, con los ojos muy abiertos y pestañeando rápidamente, mientras busca cualquier cosa que se interponga en nuestro camino. Chico se hace bola, con las manos sobre las orejas y los ojos bien cerrados.

La adrenalina que atraviesa nuestros cuerpos lentamente comienza a drenarse y veo como los brazos temblorosos de Pulga se rinden y él se deja caer por completo, con la cara contra el suelo.

Y luego oigo susurros y gritos acercándose, y sé, *sé* que nos van a encontrar. El sudor y el aroma del miedo salen de cada poro de mi cuerpo y los murmullos se aproximan, más y más.

—Los encontraremos —grita un hombre con voz burlona y cantarina—. Este no es momento para jugar a las escondidas —dice otro.

Una bala rompe el silencio y se ríen. Y en algún lugar, el grito de una niña. Y corren hacia ese grito.

Luego se escucha la voz de un hombre suplicando, y una mujer que llora, y la niña que grita. Más fuerte.

Y lo sé, *sé* que son ellos.

Las trenzas de la niña destellan en mi mente, la amable sonrisa de su madre cuando me miró, el hombre con su brazo alrededor de ambas, en el techo de ese tren hace solo unos momentos.

Algo en mí se sobresalta, se desprende, y siento que una parte de mí viaja a través de la noche para mirar desde lo alto ese campo. Intento devolverme, no quiero ver. No quiero saber. Quiero alejarme.

Pero no puedo.

Y entonces veo.

Veo al padre de rodillas, un tipo le apunta con una pistola en la cabeza. Y veo a la madre a quien manosea y sujeta el otro hombre. Y la niña, con los ojos bien cerrados, su boca tan abierta para pegar un grito que no sale, mientras su madre le dice: *Cierra los ojos, hija.*

El padre se lanza hacia adelante y lo golpean en la cabeza con el arma. La mujer no grita. No llora. Solo mira hacia el cielo. A mí, como si yo fuera su ángel. Le sostengo la mirada y oigo el pensamiento que culebrea por su mente.

Ayúdame.

Pero no sé cómo.

Ayúdame.

Pero no me puedo mover.

Ayúdame.

Ni siquiera puedo mirar hacia otro lado.

Abro la boca, pero las palabras no me salen. Solo silencio, y algo parecido al aire, una brisa mueve la hierba abajo en el campo.

La hierba cruje y cuando miro, creo que veo algo borroso. Fantasmas. Espíritus olvidados que buscan una salida. Siento lo cansados que están de vagar.

Ayúdame.

Mi mirada vuelve hacia la mujer y cuando sus ojos se cruzan con los míos, algo se apodera de mi cuerpo. Algo que me rompe en un millón de pedacitos que se disgregan y caen al suelo.

Entonces lo veo, un ejército de arañas emerge en ese campo.

Observo como se les suben a los hombres, por las piernas debajo de sus pantalones, por la espalda y la cara, hasta su cabello. Cientos y cientos de arañas. Racimos y racimos de arañas.

Oigo a los hombres gritarse unos a otros. Los oigo preguntarse qué está pasando, si sienten eso, mientras se golpetean la piel, sin aplastar nada, a las arañas solo pueden sentirlas cuando los muerden con sus tenazas, les corren por el cuerpo.

Llegan más y más. Marchan alrededor de la niña, alrededor de su madre, alrededor de su padre. Se les pegan a los dos hombres, que corren a trompicones por el campo, corren hacia las vías férreas donde se suben a un carro y se alejan rápidamente, las arañas los siguen, los siguen.

Y luego regreso, junto a Pulga y a Chico.

No nos movemos. No hacemos ruido. Lágrimas ardientes me queman los ojos.

El arma del pollero brilla a la luz de la luna, y veo una araña en el revólver. Algunas se dispersaron alrededor de Pulga y de Chico. Pero ninguno de los dos se mueve, no dicen una palabra, no las ven ni las sienten.

Siento cómo una repta hacia mi oído, susurra *Quédate quieta, Pequeña*.

Miro el cielo iluminado por la luna mientras el sonido de chasquidos y de algo que gira llenan mi oído. Enseguida oigo un golpeteo, tap, tap, mientras la araña camina por mi mejilla, mi nariz, hasta mi otra oreja, donde teje una red con la que la cubre.

La araña tamborilea en uno de mis ojos: teje una red encima de él y luego encima del otro. Hasta que todo lo que veo es una membrana de gaza blanca.

Por un momento, el mundo está en silencio y no hay más oscuridad.

Por un momento, siento algún tipo de paz.

Pulga

Silencio. Lo dejamos que nos empape.

El corazón se me encoge en el pecho mientras seguimos al pollero de regreso al tren. Cuando buscamos un furgón abierto y los encontramos todos cerrados. Cuando subimos a la parte superior y contemplamos la noche mientras la Bestia se queda inactiva en las vías. Cuando escuchamos las conversaciones de quienes nos rodean.

Ya somos menos.

—Esos no eran simples policías buscando dinero —dice alguien.

—Secuestradores —dice alguien más.

—Pobres —dice alguien refiriéndose a las personas que se llevaron. Quién sabe dónde estén ahora. Esos hombres, mujeres y niños que solo querían progresar, que son como nosotros, cuyas vidas dependerán de si sus familias pueden reunir dinero para liberarlos.

—Nos escapamos por un pelito —me susurra Chico—. Los tuvimos muy cerca.

El tren despierta y su vibración retumba debajo de nosotros. Resistimos, esperamos continuar una vez más. Al final, el tren se mueve hacia adelante, se aleja otra vez.

—Pulga... —susurra Chico—. Estoy asustado. Solo quiero descansar.

Lo escucho, lo hago. Pero no puedo librarme de la sensación de lo que casi ocurrió. Qué cerca estuvimos de que nos llevaran. Quizás, probablemente, de que nos mataran. Como si hubiéramos burlado algo. Y sé que nos está llegando la hora; sé que estamos retando nuestra suerte si no continuamos.

Pero cuando Chico me mira, sus ojos están vacíos, como si le hubieran arrancado el alma. Y se ve tan cansado.

—Está bien —le susurro—. En el próximo albergue, ¿vale? Lo prometo.

Chico se apoya en mí.

—Está bien —dice. Sonríe, hay saliva seca en las comisuras de su boca.

Cierra los ojos.

Siento los primeros rayos del sol de la mañana cayendo sobre nosotros. Son sus colores los que me despiertan. Sus colores tan vivos detrás de los párpados cerrados.

En esos colores hay recuerdos. De Puerto Barrios y de Mamá. De un lugar conocido y un anhelo que sé que es añoranza porque surge de mi corazón, pero que parece hambre. Un hambre profunda e interminable.

Me aferro a las rejillas en la parte superior del tren, me agarro con más fuerza cuando nos mecemos, de un lado a otro. Estoy despierto pero no, soy consciente pero no. Debido al vaivén siento como si estuviera en la hamaca de nuestro patio y si me quedo con estos colores y con este movimiento, si bloqueo el ruido, casi creo que estoy en casa. Casi puedo ver a mi madre a través de la malla de la hamaca, de pie en la puerta, mirando a la calle y luego a mí. Los manchones de rosa, amarillo y rojo se vuelven más vivos. Se vuelven negros y verde bosque y luego se hacen naranja neón. Se vuelven blancos.

Quiero quedarme en este momento.

No quiero abrir los ojos a la realidad del tren, al polvo, la mugre y las caras cansadas de todos en este viaje. No quiero ver a los desesperanzados o a los desesperados. El hambre en sus estómagos y corazones que les brota de los ojos.

—Pulga —oigo la voz de Chico que me llama, muy débilmente mientras duermo—, Pulga —dice de nuevo.

El tren se mece, se balancea. Cuando abro los ojos un poco, el sol brilla en el cielo y estoy cegado. Si mi cuerpo me respondiera, si no sintiera como si estuviera hecho de plomo, podría incorporarme. Pero siento que apenas puedo moverme.

El tren chilla en esta ardiente mañana, como si cortaran a un gigantesco ciempiés en pedazos.

Siento a Chico a mi lado batallando para levantarse. Uso toda la fuerza que tengo para incorporarme, entrecerrando los ojos frente al sol mientras trato de adaptarme a la luz cegadora. Escucho a Pequeña balbuceando que necesitamos agua.

—Tranquilo —le digo a Chico cuando se balancea hacia adelante como si su cabeza pesara una tonelada. Tiene la cara cubierta de polvo, pero mueve la cabeza para decir que sí.

Más chirridos y frenazos y espero que donde sea que nos estemos deteniendo, haya un albergue cerca.

—Aguanta, Chico —le digo.

Se sienta, tiene los ojos cerrados.

Veo su boca abrirse, al decir algo, y se da vuelta para verme, tiene los ojos inyectados de sangre y cansados. Pero el tren deja escapar un chillido horrible, y no puedo oír nada de lo que dijo y las palabras de Chico se pierden en el viento cuando el peso de todo su cuerpo lo empuja hacia adelante. Y veo cómo se derrumba, se derrumba, se derrumba. Veo mi mano, demasiado lenta, que se estira para agarrarlo de la camiseta y no lo consigue. Lo veo desaparecer.

A un lado del tren.

Lo que sucede es que tu cerebro se niega a creer lo que acaba de ver. Lo que sucede es que te dice que estás alucinando y tus oídos recuerdan lo que Pequeña acaba de decir: que necesitan agua. Hasta con el grito atrapado en tu garganta. Hasta cuando tratas de gritar y a tus gritos se los traga los de la Bestia, a la que no vencerás.

Entonces los gritos forman en ti mil burbujas, multiplicándose, encimándose una en la otra, te atiborran el pecho y la garganta. Ahí es donde se quedan y te asfixian.

Y te das cuenta de que te estás ahogando de gritos.

Y de que no puedes respirar.

Y de que no puedes oír porque hasta los chirridos suenan muy lejos.

Y tu cabeza, tu cabeza no funciona. Porque se niega a darse cuenta de lo sucedido.

Aunque hay una parte de ti, la parte más profunda, que sabe exactamente qué sucedió.

Y ves a Pequeña, recostada en el techo del tren, con los brazos extendidos sobre el borde, gritando. Y estás seguro de que está gritando a pesar de que no puedes oír nada.

Y sabes.

Sabes.

Sabes.

A medida que el tren disminuye la velocidad y rechina y pita y aúlla y ruge y *grita* un grito tan penetrante que sientes que te destroza por completo.

Y ahí es cuando saltas, saltas antes de que se detenga y ya estás en el suelo, el mundo se vuelve una mancha al rodar y arañar la tierra e intentas levantarte.

Y corres.

Corres, puta madre.

Corres aunque no puedas respirar.

Corres mientras tu mente relampaguea con imágenes horribles.

Corres a pesar de que son kilómetros, ¿verdad? ¿Miles? ¿O días? ¿Fueron días?

¿O ya rebasaste a Chico?

Te detienes, porque tal vez ya lo rebasaste.

Y caes de rodillas y sientes que los mocos y las lágrimas escurren de tu jodida nariz porque, Dios mío, hace un momento, tus oídos y tu cabeza no te respondían, así que quizás tus ojos no te obedezcan y quizás ya lo rebasaste.

Y gritas, gritas, gritas su nombre bajo ese ardiente blanco cielo.

Empiezas a correr de nuevo, a pesar de que tu cuerpo apenas te responde y tienes que seguir diciéndole que siga. Sigue adelante. Y tú lo haces, sigues corriendo, sigues corriendo, sigues corriendo, hasta que de repente hay un carro acercándose a ti y te preguntas cómo llegó ese carro, y hay alguien que te grita que entres y ves que Pequeña ya está allí también y entras y el carro avanza hacia donde fuera que corrías.

Y mantienes tus ojos en la ventanilla llena de insectos destrozados, tratando de ver.

Y luego ves.

Ves el bulto en el suelo.

Y piensas, no *puede* ser él, no *será* él.

Pero es.

Su camiseta. Es la que se puso en el último sitio donde nos quedamos, la de color azul que era su favorita.

Salgo del carro y corro hacia él, su pinche cuerpo estrujado, su pierna destrozada como si se la hubiera comido una manada de lobos, carne y venas expuestas, y mucha sangre. Una cantidad increíble de sangre.

Como don Felicio.

—¡Estás bien, estás bien! Te recuperarás, Chico. ¡Lo prometo! —pero apenas puedo pronunciar las palabras porque estoy llorando un jodido montón.

Y él me está mirando y sonríe. Él sonríe a pesar de que sus ojos se están cerrando y se está poniendo lívido y pegajoso *en mis manos, en mis brazos, ¡oh Dios, no!,* cuando le digo que *por favor, por favor, espere.*

El silbido del tren suena y ahoga mis palabras, pero lo sujeto más cerca de mí y le susurro al oído y le digo: *No te preocupes, ¿me oyes? No te preocupes.*

Él mira al cielo, el cielo infinito encima de nosotros, y sus ojos vuelven a sus cuencas.

—¡No, no, no, mírame! —le grito—. ¡Chico! ¡Chico!

—Pulga... no te preocupes... —dice—. Estoy bien... no llores... Está bien.

Pero él no está bien. Estoy viendo cómo se le escapa la vida, como vi que se le escapaba a don Felicio, y no sé cómo detenérsela. No sé cómo pararla. Toda esta vida, siempre vaciándose. Y a nadie le importa.

—Estoy bien... Yo... llegamos. Lo veo... —mira hacia delante de mí, de vuelta al cielo.

—¡No! ¡Quédate conmigo, Chico! Por favor... Por favor...

Pero no lo hace. Allí, en el suelo, en mis brazos, deja de respirar. Sus ojos se le vacían, su mirada se fija en algo lejano.

Su cuerpo se afloja.

Y justo ahí, Chico muere.

Mi hermano, mi mejor amigo.

Y lo estrecho contra mi pecho y le digo que lo quiero y le digo que se suponía que lo protegería y le digo que es la mejor persona que he conocido y, por favor, no te vayas y no me dejes aquí solo.

Le digo que por favor regrese,
No te vayas, cabrón,
Lo lamento,
Lo siento mucho,
Perdóname,
Chico.

Pequeña

Hay un hombre y una mujer al lado de Chico. Hablan rápido, se mueven rápido, están atando algo alrededor de lo que queda de su pierna. Quiero salir del carro y correr hacia ellos, pero no puedo. Ni siquiera puedo sostenerme en pie. Abro la portezuela y caigo al suelo, me arrastro. Mi cuerpo quiere vomitar pero ya no tengo nada más que expulsar.

El hombre y la mujer están empujando a Pulga fuera del camino.

Pulga da manotazos, patea, grita en el suelo. Avanzo gateando hacia él, alargo la mano y lo agarro.

El hombre le está dando a Chico, *Chiquito*, los primeros auxilios. La mujer corre hacia el carro, regresa trayendo una caja roja que tiene un corazón pintado. Y luego entre los dos le desgarran la camiseta que tanto le gustaba y le ponen un dispositivo en el pecho y le dan descargas eléctricas, una y otra vez, una y otra vez, tratando de devolverlo a la vida.

Cada descarga hace que su cuerpo se desguace como un pez fuera del agua. Cada descarga hace que mi cerebro relampaguee. Cada descarga es un cuchillo que corta, rebana y despiadadamente me hace trizas el corazón.

Y enseguida se detienen.

¡Inténtelo de nuevo! ¡Inténtelo de nuevo! —grita Pulga.

—Ya se fue —dice el hombre.

Pulga se aparta de mí y gatea para abrazar a Chico otra vez. Abrazo mi cuerpo porque siento que me estoy desmoronando.

Sollozo y estoy tratando de decir *no, no, no*, porque no puedo creerlo. No puede ser cierto.

Pero las palabras no me salen.

Las entrañas se me deslizan hacia la garganta, fuera de mi boca. Y allí me quedo, sentada, expulsando mi corazón, mi estómago, mi bazo. Me asfixio con pedazos de costillas rotas, un trozo tras otro de mí misma. Junto a Chico. Junto a toda esa sangre derramada, junto a los *pedazos de él*.

El hombre y la mujer algo se dicen.

—Ven, ya no mires más. Ven —dice ella mientras me ayuda a levantarme y me lleva a la camioneta.

El hombre trata de ayudar a Pulga, pero Pulga no se mueve. No dejará a Chico ahí solo.

El hombre se acuclilla a su lado, habla con él por lo que parece una eternidad. Pero Pulga solo sacude la cabeza. Dice algo que no puedo oír, algo que hace que el hombre respire hondo y mueva la cabeza.

Luego, los dos levantan a Chico, lo que queda de él, y lo llevan al carro. Lo ponen en la parte trasera y me preocupa que Chico se golpee la cabeza, eso es lo que me preocupa, y le digo a la mujer: *Su cabeza, por favor, cuidado con su cabeza,* pero cuando volteo, Pulga ya está ahí junto a él, sosteniéndole la cabeza en el regazo.

El hombre ocupa el asiento del conductor.

Veo el mundo exterior pasar como una mancha, hasta que estamos en un albergue y el hombre y las mujeres nos dicen que nos ayudarán.

Hay muchas personas paradas afuera del albergue; creo que son las que iban en el tren con nosotros. Se quedan de pie mirando.

Unos hombres salen del interior para ayudar al hombre que nos trajo aquí. Lo llaman *padre*. Es un cura.

La mujer que estaba en la escena entra al albergue y luego

regresa, cargando unas sábanas que le da al cura. Las tienden en el suelo. Unos hombres salen del albergue y sacan a Chico del carro, lo acuestan en las sábanas.

La mujer lo envuelve, como a un niño. Envuelve todo su cuerpo, pero le deja la cara al descubierto. Luego le dice a algunos de los hombres que están de pie que lo lleven adentro, y ellos lo hacen.

Miro, la sangre de Chico ya está filtrándose a través de la sábana.

Y me siento *caer,*

caer,

caer.

A través de la oscuridad, a través de mundos imaginarios con agua, arañas y estrellas, donde las brujas que también son ángeles velan por ti.

Sus ojos deslumbrantes y su largo cabello plateado me vienen a la mente. *Ven y dime que todo esto es una pesadilla,* le digo. *Ven, despiértame. Por favor.*

Tal vez ella aparezca en la parte más alta del tren, tal vez me susurrará al oído que nada de esto es cierto.

Pero antes de que la imagen de ella se desvanezca lentamente, sé que no vendrá.

Y sé que todo esto es real, dolorosamente cierto.

Pulga

El tiempo no tiene sentido.

El cielo era anaranjado y luego azul y ahora es negro. En segundos se transformó. ¿Cómo puede Chico haber estado vivo esta mañana y luego muerto esta misma mañana? ¿Cómo puedo haber vivido toda una vida en solo unas horas, y cómo las horas pueden parecer segundos y cómo los segundos pueden parecer eternidad? Y cómo puede el día de hoy no parecer realmente un día, así que quizás el hoy nunca sucedió. Chico no está muerto.

Pero estoy atrapado en el hoy. Solo existe hoy. Lo que significa que sí sucedió.

Él realmente está muerto.

Lo está.

Porque lo estoy mirando, allí en la mesa donde lo han tendido. En el patio trasero. Miro su cuerpo, envuelto en sábanas. Como una momia. Pienso en que yo ya sabía que la Bestia, este viaje, te convierte en momia.

Chico tenía mucha hambre. Estaba muy cansado.

Lo forcé demasiado. Lo forcé hasta hacerlo trizas. Mi mente se colma con su sonrisa. Con su voz. Con las pesadillas que lo hacían llorar mientras dormía.

Mi mente vuelve al día en que nació el bebé de Pequeña. Esa pinche camiseta que él usaba, la camiseta que todavía trae puesta ahora, ya muerto.

Cierra el pico, cerote. Es mi favorita, ¿oíste?

Qué loco, ¿no? Que Pequeña tenga un bebé.

Pienso en cómo aquel día él corría, bajo el sol, corría para conocer al bebé de Pequeña que tardó tanto en llegar. ¿Era este mismo cuerpo? ¿Es este realmente él?

Tal vez por eso la mujer le dejó el rostro al descubierto. Así puedo seguir mirándolo y acordarme que sí, realmente es él. Realmente es él.

Pero ni su cara es su cara. Esta cara es grisácea y sucia. Esta cara no me sonríe ni me mira.

Cierro los ojos porque ya no puedo seguir mirando. Mi mente vuelve a Barrios, a nuestras calles. Cómo corrimos aquel día, cómo el polvo giraba a nuestro alrededor como si tratara de ocultarnos. Veo a Chico y a mí yendo a la tienda. Chico con aquella tonta sonrisa en su rostro, la que ni siquiera la muerte de su madre pudo borrar por completo. Y yo, arrojando piedras a su lado. Veo cuando nos acercamos al mostrador. Veo, como un dios triste, los últimos momentos en que fuimos niños.

Cuando abro los ojos de nuevo, hay un resplandor de velas por todas partes. Y hay velas en todo el patio. Y hay personas detrás de mí, saturando la sala con oraciones tan dulces como esa luz.

Y hay una mujer, allí, lavándole delicadamente la cara.

Y es Chico.

Es Chico.

Mi pecho se raja por un dolor demasiado grande para que mi corazón lo soporte. Las lágrimas me queman los ojos y las mejillas, y lloro por él. Por la persona que nunca tuvo la oportunidad de ser. También lloro por mí. Por todos nosotros.

Las velas se consumen.

El sol se pone.

Y cierro los ojos al día de hoy.

Cuando los vuelvo a abrir, es de mañana y Pequeña está sentada a mi lado, me sostiene la mano, mira fijamente a Chico.

Miro todo el patio vacío; la única otra persona aquí es el cura, el padre Jiménez, que intentó salvar a Chico. Se acerca a nosotros después de unos momentos.

—Sé que esto es difícil —dice—. Pero necesito hablar con ustedes acerca de... —señala a Chico— ¿tu amigo?

—Mi hermano —le digo—. Chico.

—Chico —murmura.

—Lamento tener que hablar con ustedes acerca de esto en estos momentos. Pero necesito saber qué quieren que hagamos con Chico. Enviarlo de vuelta será difícil. Tomará mucho tiempo.

El padre habla despacio, bajando la voz. Para que mi cerebro tenga tiempo de procesar sus palabras.

—Las autoridades vendrán a buscarlo si les llamo, pero... —elige sus palabras con cuidado—. Posteriormente él estará en la morgue por quién sabe cuánto tiempo. Es difícil, en este momento, hacer un seguimiento de... personas. He sabido de algunos que no les fueron entregados a sus seres queridos para que tuvieran el debido entierro.

Me imagino al cuerpo de Chico cruzando las fronteras de regreso a donde huimos, todo esto, todo nuestro viaje, en vano. Que termina exactamente donde empezamos.

No soporto la idea de enviarlo de vuelta. Y no soporto pensar en él en una morgue como alguien olvidado y abandonado.

Miro a Pequeña.

—No quiero enviarlo de regreso —le digo.

Ella asiente y el padre Jiménez continúa.

—Hemos enterrado gente aquí... —dice, señalando a un campo en la distancia—. Por ahí hay un cementerio, para aquellos como Chico que encontraron su destino en este viaje.

Miro las cruces en la lejanía. Pienso en Chico, aquí, por toda una eternidad. En un cementerio lejos de casa, tan lejos de donde él soñaba estar. Pienso en él atrapado para siempre en un tiempo intermedio.

—No sé... —digo.

—Lo haremos como es debido. Y me ocuparé de él una vez que ustedes se vayan de aquí. Visito el cementerio todos los días y rezo por todos ellos. Chico no estará solo.

El padre Jiménez mira el campo detrás del albergue donde reposan los otros que han caído, aquellos cuyos sueños y corazones se detuvieron aquí, destrozados y aplastados en los rieles de la Bestia.

Al igual que sus cuerpos.

Igual que Chico.

Pequeña mira a lo lejos.

—Parece que es lo mejor —dice en voz baja.

Pero, de repente, la idea de abandonarlo me resulta insoportable. No puedo imaginar dejarlo aquí. No puedo imaginar seguir sin él.

Muevo la cabeza.

—No, no, nosotros... tenemos que volver —le digo—. Tenemos que llevarlo a su país.

—No podemos regresar... —dice ella.

—Entonces lo haré yo —le digo—. Lo llevaré a casa, a Barrios, y lo enterraré junto a su Mamita. Es lo que él hubiera querido. Tengo que... No puedo dejarlo aquí, solo.

Pequeña me mira fijamente, se le llenan los ojos de lágrimas.

—Ya no está aquí, Pulga —susurra—. Ya se fue.

—Está aquí mismo —le digo—. Y voy a llevarlo a casa.

—Escúchame —dice ella, agarrándome suavemente por los hombros. La aparto, pero ella se aferra—, ¿crees que él iba a querer que tú regreses? ¿Crees que iba a querer que volvieras a poner un pie en Barrios ahora? ¿Te gustaría que *él* regresara si fueras tú el que estuviera en esa mesa?

—Suéltame —le digo, pero no lo hace. No lo hará.

—*Tienes* que seguir adelante.

Cierro los ojos y sacudo la cabeza. No. Lo que *tengo* que hacer es recoger a Chico. Tengo que alzar su cuerpo destrozado, echármelo en la espalda y llevármelo a casa, pasar fronteras, a través de campos con narcos y policías y trenes que rechinan. Volver a ese lugar que amamos y odiamos, que nos amaba y odiaba.

—Vas a seguir adelante —me dice—. Vamos a seguir adelante. Y vamos a lograrlo, por Chico, ¿de acuerdo?

Meneo la cabeza, pero enseguida lloro porque me oigo prometerle lo mismo a Chico, solo unos días antes: *Lo lograremos*.

¿Qué sabías?, me digo a mí mismo, mirando su cuerpo que luego abrazo, aunque huele a muerte, y aunque su rostro no es el suyo y le digo que lo lamento, lo siento mucho. Y Pequeña me jalonea y luego me abraza. Y me dice *él ya no está, Pulga*.

—Él está aquí —dice ella poniendo su mano sobre mi corazón—. Siempre estará aquí.

Pero ya no tengo corazón. Está destruido.

Pequeña no lo entiende. Nunca podría entender. Ella no quería a Chico como yo. Y ella no es la razón por la que él está muerto.

Yo soy.

Algunos hombres del albergue comienzan a construir un ataúd. El padre Jiménez se queda conmigo y con Pequeña.

Nos sentamos afuera por el resto del día. Pequeña está quieta e imperturbable, sigo olvidando que ella está allí hasta que lloro y siento el ligero toque de su mano en mi brazo o en mi hombro cuando se me acerca.

Pienso en el destello de la última sonrisa de Chico.

En algún lugar a la distancia, en algún lugar lejos de donde estamos Pequeña y yo, las mujeres entran y salen del albergue, nos ponen en las manos vasos de agua, tazas de café, pan.

El sol se desplaza por el cielo y de repente el padre Jiménez se pone de pie y habla. Su voz llena la habitación mientras miro a Chico.

Ni siquiera recuerdo haber entrado.

Él les dice a todos, a todos los extraños que no son extraños porque también han estado aquí llorando a Chico, que en la tierra lloramos por los muertos, pero que ellos están en un lugar mejor. Habla sobre la gloria de Dios y de cómo Chico ahora se ha reunido con su creador.

Pero yo pienso en cómo se reencuentra con su madre. Lo imagino corriendo hacia los brazos de su mamita.

El padre Jiménez habla de cómo Chico ya no deseará nada y no sentirá dolor, ni hambre ni sed.

Cómo ahora está a salvo, seguro en las manos de Dios.

Sé que estas son las cosas que el padre Jiménez tiene que decir. Estas son las cosas que toda la gente religiosa tiene que decir. Y aunque hay una parte de mí que no quiere escucharlo, hay otra parte de mí que permite que las palabras del padre me cubran como el agua, aferrándome a la esperanza que ofrecen.

Pero ya no sé lo que creo. No sé si creo en Dios. Porque si Dios existe, y si lo ve todo, ¿por qué no nos ve?

¿Por qué?

¿Y por qué tenemos que morir para finalmente, *finalmente*, estar a salvo?

¿Y cómo puede el mundo odiarnos por tratar de sobrevivir?

¿Y cómo solo nos reunimos con nuestras madres en la muerte?

Pero estas son preguntas que nadie quiere responder. O tal vez no haya respuestas. No de verdad.

Cuando el padre Jiménez termina, todo lo que queda en la habitación es el murmullo de las oraciones y el parpadeo de las velas.

Y Chico.

Al poco tiempo lo levantan y lo ponen en una caja.

Una caja.

Lo alzan sobre sus hombros.

Y caminamos hacia el campo.

Y lo bajan a un hoyo que alguien ha cavado.

Y el padre dice más palabras, pero lo único en lo que yo puedo pensar es en su tonta sonrisa de oreja a oreja. Luego arrojo tierra en un hoyo en el suelo, y cada partícula que cae me pesa en el corazón.

¿Cómo puedo dejarlo aquí?

Pero lo hago, lo hacemos. Le arrojo más y más tierra. La amontonamos más y más.

Todo ese escombro.

Hasta que él esté en lo profundo de la tierra, como si nunca hubiera existido.

Pero existió. Existió.

Aunque al mundo no le importaba.

CUARTA PARTE

Despedidas

Pequeña

Siento que alguien me mira mientras lavo mi ropa de repuesto en el lavadero que está en la parte trasera del albergue. Cuando levanto la vista, al principio no estoy segura de que sea real. Pero es ella, la mujer del campo. Aquella cuyos ojos se clavaron en mí cuando yo flotaba en el cielo, y cuyos pensamientos, súplicas, pude oír.

Está de pie junto a la puerta, con la cabeza ladeada. Mira de modo intenso mientras se aferra a los hombros de su hijita.

—¿Cómo está tu hermano? —pregunta, refiriéndose a Pulga—. ¿Se recuperará?

Cuando los vi por primera vez aquí, a la niña, a la madre, al padre, pensé que eran fantasmas. No sabía que habían logrado volver al tren aquella noche. No sabía que también se habían detenido aquí. Pero ahí estaba ella, una de las mujeres que le lavó la cara a Chico. Allí estaba él, el padre, uno de los hombres que ayudó a construir y cargar su ataúd.

Aparto la vista de los jeans que estoy lavando.

—No lo sé... —le contesto.

Ella inclina la cabeza. Y no sé cómo puede uno sentirse conectado con una extraña, sentir que nos hemos conocido en otra vida, pero así es como me siento con ella.

—Hay un tren que sale mañana —me mira con esa mirada intensa, como si estuviera tratando de ubicarme—. Debes asegurarte de estar ahí. Necesitas convencer a tu hermano de que siga adelante.

Sé que tiene razón. Pulga no ha dicho una palabra desde el funeral hace tres días. Me preocupa que, si no consigo que nos vayamos pronto, se hundirá más y más en su dolor y el dolor lo anclará aquí para siempre. Me preocupa que no se vaya, que no pueda dejar a Chico.

Desde aquí puedo ver el cementerio. Y cuando pienso en que dejo a Chico, me invade el remordimiento y se me anegan los ojos de lágrimas, que me corren por las mejillas.

La mujer se me acerca, me quita con cuidado el jabón de la mano y comienza a tallar mi ropa.

—Sé que puede parecer imposible continuar después de que algo tan terrible ha sucedido. Pero... es la única forma —dice, agarrándome la mano, apretándomela con fuerza.

Y cuando lo hace, sé que la conozco de antes. Sé que nuestra conexión es de las que no mueren: que se ha tejido a través de los siglos, el pasado y el futuro. Me ha amado y yo la he amado y nuestros caminos se han cruzado antes de esta vida.

—Me recuerdas a alguien —sonríe.

—¿A quién?

Se encoge de hombros, sigue tallando mi ropa, el olor a jabón de limón impregna el aire.

—No sé —suspira—. Pero así es.

La veo y me pregunto si ella fue mi madre en otra vida, o mi hermana o mi tía, mi prima o mi mejor amiga.

Me entrega un lado de mi pantalón y sostiene el otro y lo exprimimos como lo hemos hecho antes miles de veces. Toma la prenda, coge unos broches de madera y la cuelga en el tendedero en el patio trasero del albergue.

Y luego me ayuda con el resto de mi ropa. Y la de Pulga. Y hacemos lo mismo con cada pieza, acompasadamente.

La niña la jalonea y le dice que tiene hambre.

—Bueno, mañana vamos a estar en ese tren. Asegúrate de llegar y también él —me dice otra vez.

Digo que sí con un movimiento de la cabeza.

—Ahí estaré.

Entra al albergue con su pequeña, y yo me quedo, obligándome a recordar esa otra vida cuando debí haberla conocido, pero no puedo acordarme.

Así que me siento encima de una cubeta y miro fijamente hacia el cementerio.

Pienso en Chico.

Y en mi madre.

Sueño en cuándo los veré de nuevo.

Y lloro, derramo las lágrimas que necesito derramar para seguir adelante.

Esa noche, me acuesto de lado en el suelo y miro a Pulga mientras él mira fijamente el techo.

—Hay un tren mañana —no voltea a verme, pero sé que me oye—. Tenemos que estar ahí, Pulga.

Advierto que se le acelera la respiración, cuando su pecho sube y baja más rápido. Cuando su garganta pasa la saliva, conteniendo sollozos. Pero se queda callado.

—Sé que no quieres. Sé que es horrible dejarlo, pero... no nos podemos quedar aquí para siempre.

Las lágrimas le ruedan de los ojos y se le deslizan hasta la línea del cabello. Miro hacia otro lado como si yo misma fuera a llorar otra vez.

—Tenemos que —insisto—. Es lo que él hubiera querido.

Así es como tenemos que honrarlo. Es por eso que tenemos que seguir adelante.

Nos quedamos en silencio por un rato, hasta que Pulga finalmente habla.

—Lo sé —susurra—. Lo sé. Aunque el tren nos mate.

Pulga

Esperamos, pero el tren se queda parado en las vías. Siento la mirada de Pequeña sobre mí a cada rato.

—Toma —susurra, ofreciéndome algo de comida. Miro hacia otro lado. No quiero comida. No quiero nada—. Deberías comer algo —insiste, pero no le hago caso. No quiero escuchar su voz, ni comer el pan, ni esperar a esa bestia que no quiere irse.

Me ofrece el pan otra vez, y aparto su mano.

—Párale.

—No estés enojado conmigo, Pulga.

Me quedo viendo las vías férreas. Quiero decirle que no estoy enojado. Pero no puedo. No sé lo que soy.

Quiero decirle que no quiero estar enojado. Y no quiero estar triste. Y que lo que intento hacer es no sentir nada, dejar de prestar atención a las palabras que mi corazón sigue gritando, las palabras que oigo a Chico susurrar allí, debajo de toda esa tierra, desde la oscuridad de su ataúd.

¿Por qué te vas? ¿Cómo puedes irte?

Ahora mismo podría irme corriendo de vuelta al albergue, dejar que se suba sola al tren, quedarme en la tumba de Chico. Solo que no tengo la energía para volver. Y sé que él no querría que lo hiciera. Así que me siento aquí y espero con Pequeña, que está comiendo pan y mirando ese tren como si el mundo no se hubiera ya terminado.

—¿Acaso te importa? ¿Que esté muerto? —las palabras me

salen antes de darme cuenta de que las he pensado. Y mi mano toma el pan de la suya y lo tira al suelo.

¡Le digo a mi corazón que se *detenga*! Pero ya es muy tarde. Ha derramado ira y tristeza por todas partes y espero que Pequeña me responda, que me lastime, que me insulte o que me gritonee.

Pero ella solo recoge el pan, sigue comiéndolo, con mugre y todo. Me mira un rato, hasta que me alejo de su rostro tan compasivo, tan comprensivo, y hace que mi corazón quiera llorar.

—No importa cuánto tiempo nos quedemos aquí, no importa cuánto tiempo esperemos, él no volverá —dice.

Las lágrimas me anegan los ojos y las veo caer, penetrando y oscureciendo el concreto.

¡*Basta! ¡Basta! ¡Basta!*

Pero no se detienen.

Toda la tarde nos sentamos y nos quedamos mirando ese tren, esperando a que cobre vida. Esperando el viaje de catorce horas que nos llevará de Lechería a Guadalajara. Pero solo cuando cae la noche es que se despierta esa bestia, retumbando y traqueteando.

Agarramos nuestras mochilas y nos apresuramos hacia el tren, antes de que comience a moverse, antes de que se aleje. Son solo unos cuantos a los que reconozco del albergue, y solo unos cuantos de los que ya estaban aquí esperando cuando llegamos.

Quizás en este punto la gente solo necesite descansar más en los albergues. O tal vez han cambiado de opinión. O se han dado por vencidos. O han muerto.

Como Chico.

El tren arranca, ganando velocidad y Pequeña me mira con expresión triste y preocupada. Creo que lamenta forzarme a continuar. Creo que sabe que si no lo hiciera, me quedaría aquí.

Bajo la cabeza al partir, porque estoy cansado de ver desde lo alto de este tren. Cansado de aferrarme a la querida vida. Estoy cansado de tanta basura y tierra alrededor, debajo de nuestros pies y encima de nuestros seres queridos. Bajo la cabeza porque no puedo mirar, no soporto ver este lugar donde murió mi mejor amigo. Donde la tierra devorará su carne, donde convertirá sus huesos en polvo.

No quiero recordar este momento en que lo abandono.

Cierro los ojos, pero no me duermo. Y de repente escucho la voz de mi padre en mis oídos, *lo lograremos*.

Miro mi mochila. No sé si quiero escuchar la cinta, pero estoy cansado del sonido del viento en mis oídos, del traqueteo de las vías. Así que meto la mano en la mochila y saco mi walkman. Me pongo los audífonos y presiono *play*. Espero a que termine una canción para escuchar la voz de él.

Algún día, Consuelo, la banda la va a hacer, cariño. Lo juro, lo lograremos. Y te voy a dar todo lo que quieras. Todo lo que siempre has querido. Solo estás tú. Tú y yo. Ahora escucha esta, aquí mismo. Escucha ese bajo.

Escucho sus palabras nuevamente.

Y otra vez.

Pero mi mente comienza a divagar, y piensa en los estúpidos sueños que mi padre tuvo, y en los sueños que tenía Mamá, y en los que yo perseguí antes de que pudiera devolverlos de nuevo a su lugar. Y me pregunto, si mi padre hubiera vivido, si *realmente* la habría hecho en grande como músico. Antes pensaba: *Mano, cómo el mundo se lo había perdido. Cómo se perdía de su música. Cómo la muerte le robó algo más que la vida.* Pero ahora, no tiene sentido. ¿Por qué alguna vez creí eso? No mucha gente la hace en grande. Difícilmente *alguien* lo logra. Y probablemente, mi papá *nunca* lo habría conseguido. Y tal vez eso lo habría hecho enojar, y quizá nos habría culpado a Mamá y a mí, y tal vez le habría roto el corazón a Mamá al igual que el papi de Pequeña le rompió el suyo a la Tía. Y tal vez todos los sueños que pensé que podrían haber sido reales estuvieron siempre, *siempre*, destinados a ser aplastados.

Regreso la cinta y escucho otra vez la voz de él.

Todo lo que escucho son mentiras.

Como las mentiras que le dije a don Felicio de que Gallo vendría pronto a verlo. Como las mentiras que le dije a Chico mientras se desangraba. Y las que le conté a Mamá cuando insistí en que todo estaba bien.

Como las mentiras que me dije, sobre el futuro que *yo* iba a tener.

Quizás mis sueños siempre estuvieron destinados a ser aplastados también. Tal vez no estaba destinado a soñar.

Tocaré el contrabajo en una banda chingona, mano —le dije a Chico—. Viajando por la costa oeste, en un carro igual al de mi papá, iré a conciertos nocturnos con los cuates.

¿Qué cuates?

Los otros músicos de mi banda.

—Ah, claro —dijo Chico con aquella tonta sonrisa.

Andan por ahí ahora mismo, caminando en algún lugar de Estados Unidos, ni siquiera saben lo grandiosos que seremos. Como que soy esa pieza faltante del rompecabezas. Pero aguanta, tú nomás espera. Algún día.

—Yo también, ¿verdad?

—Carajo, sí, Chico. Tú también. Vas a estar ahí conmigo.

Ni siquiera le pedí que fuera parte de mi pisada banda imaginaria. Era mi mejor jodido amigo y ni siquiera le pregunté qué instrumento tocaría. Y esos sueños eran *mis* estúpidos sueños, estúpidos sueños con los que lo alimenté, con los que soñé para él y le hice creer. No sé qué sueños tuvo para sí mismo. Porque nunca me molesté en preguntarle.

Perdón, le digo. Aprieto bien los ojos, la vergüenza y el egoísmo invaden mi cuerpo. Me aferro al tren con más fuerza mientras comienza a llover.

Cae la lluvia pausadamente, al principio, unos cuantos goterones. Pero luego se vuelve más fuerte, más fina, azota nuestros cuerpos. Me pincha los brazos y me empapa la ropa. Observo a la gente voltear la cara hacia lo alto, abrir la boca.

En poco tiempo la lluvia cambia de dirección con el viento y nos llega de un costado, luego se da la vuelta y viene hacia nosotros desde el otro, atacándonos desde donde puede. Rociándonos con agujas. Pequeña se acerca un poco más a mí, los dos nos aferramos lo más fuerte posible al techo del tren, tratando de no resbalarnos mientras el cielo se llena de relámpagos.

No lo sé, pero creo que estoy llorando. No puedo distinguirlo por la lluvia. No puedo darme cuenta porque he llorado tanto por Chico que tal vez no he dejado de hacerlo, tal vez estaré llorando por siempre. Quizás hasta cuando yo ya no tenga lágrimas que derramar, aún seguiré llorando.

Nos resbalamos con el balanceo del tren, de un lado a otro. Los relámpagos agrietan la noche, como si quisieran partir el mundo por la mitad, y la Bestia chilla, recordándonos su fuerza, recordándonos las cuchillas de acero que tiene por debajo, listas para rebanarnos si nos caemos. Pequeña y yo nos sujetamos.

Parece el fin del mundo.

Tal vez lo sea. Casi deseo que lo fuera.

Mis manos sienten que no van a poder aguantar estarse sujetando, y mi cuerpo se va entumeciendo por la lluvia y el frío. Y me pregunto si es Chico con tanta furia, con esa lluvia, viento y electricidad, con tanto enojo porque lo abandonamos.

No estés enojado conmigo, quiero decirle.

Pero tiene todas los motivos para estar enojado. Yo, que le hice creer, que le dije que estaríamos bien, que lo hice salvarme de una pelea en el patio de la escuela y luego lo conduje a la muerte.

La Bestia chilla, como cerditos asustados que son conducidos al matadero.

Lo maté. Yo maté a Chico.

Es mi culpa.

Perdón.

Mantengo los ojos cerrados.

Finalmente, me rindo al sueño.

Me rindo a la oscuridad.

La tormenta sigue bramando. La Bestia también.

Pequeña

La madre y el padre se sientan con su pequeñita en medio de los dos, todos nosotros en lo más alto del mismo furgón. Veo el contorno de sus siluetas contra el resplandor del cielo, y de vez en cuando, sus rostros, como relampagueos.

Y entonces, en uno de esos relampagueos, creo ver a Dios.

Es una mano morena ahuecada en el mentón de una niña, donde se acumula agua de lluvia para que ella pueda beberla.

Viaja por el desierto en una travesía conocida como la ruta del infierno.

Lágrimas ardientes me queman los ojos. Una luz blanca satura el cielo, es tan brillante que casi me ciega. Y entonces mis lágrimas se mezclan con la lluvia fría que nos cae encima, y vuelvo la cabeza hacia arriba, bebo de los resplandecientes cielos.

No es que no creyera en Él antes. Solo que es difícil verlo en el mundo que he conocido, un mundo donde las madrecitas le dicen a sus hijos que caminen de prisa y que vean para abajo. Donde los viejos y las viejas caminan con las espaldas encorvadas y sobreviven solo porque los pobres se compadecen de ellos. Donde los jóvenes mueren más jóvenes cada día.

No. No es que no creyera en Él.

Es solo que cada vez que la gente le ha pedido a Dios que esté con nosotros, que nos acompañe, que nos proteja, nunca creí que Él escuchara.

Me volteo para ver a Pulga; tiene los ojos bien cerrados, esos audífonos en los oídos. Lo sacudo por el hombro, intento que me mire, que beba la lluvia, pero no me hace caso. Saco mis botellas de agua vacías y las suyas, y las relleno de lluvia.

Toda la noche viajamos, empapados y helándonos. La lluvia cae como pequeños picos de hielo en mi espalda y el viento se vuelve más y más frío a cada hora. Me acurruco junto a Pulga, me obligo a pensar en el calor, a imaginar el ardiente sol. Me lo imagino en el cielo, su calor sobre mi piel.

Pienso en el sol.

Solo en el sol.

Se convierte en un portal color naranja que me absorbe, que me rodea de calor y fuego. Siento que mi cuerpo se relaja mientras viajo a través de su calidez. Entonces, de repente, caigo del sol, me estoy deslizando hacia una calle bordeada de casas.

Mis pies descalzos arriban sobre el negro pavimento. Y camino por en medio, mirando las aceras de ambos lados, los pequeños árboles con ramas sobrecargadas de flores rosadas y blancas. La luz del sol se refleja en los carros estacionados.

Camino despacio, observando las casas una por una. Una casa blanca, una casa gris, una pequeña casa azul con rosales rojos.

Luego llego a una casa de color amarillo pálido. Tres peldaños conducen a un porche donde está sentada una anciana en una silla de madera, se me queda viendo mientras camino por la calle.

Tiene el cabello largo, salpicado de mechones grises que parecen resplandecer. Sus ojos son oscuros pero destellan. Lleva un vestido blanco. Me observa.

Cuando me acerco, se para, llega al borde del porche pero no da otro paso. Me hace una seña para que me acerque a ella, pero mis pies son piedras inamovibles.

La puerta de la casa está cerrada, pero desde una ventana ligeramente abierta salen voces y risas. Voces y risas que reconozco pero que no puedo ubicar. Sé que las amo, pertenezcan a quien pertenezcan, incluso si no sé de quiénes son.

La anciana trata de decir algo, de gritarme algo. Sus labios se mueven, su rostro está lleno de amor y compasión, y de desesperación por decirme algo, pero no le sale la voz.

Quiero subir corriendo esos peldaños y verla de cerca; necesito saber qué está tratando de decir.

Quiero abrir la puerta y ver a los que están adentro.

Quiero escuchar la voz de la anciana.

Pero en cambio el mundo se vuelve más brillante, y cuando miro al cielo, el sol se hace más y más grande. Crece tanto que cubre todo el cielo, y siento que todo lo que acabo de ver desaparece debajo de mí. Pero hasta cuando me elevo, *siento* que estoy de vuelta en ese porche.

La mano fantasma de alguien en la mía.

Creo que es la mano de alguien que amo. O alguien a quien pueda amar. Alguien que no existe pero podría existir. Algún día.

Y me pregunto si esa casa está llena de fantasmas.

El sol me absorbe y me devuelve al tren donde aún puedo sentir la reverberación de la mano de alguien encima de la mía. Abro los ojos y veo a Pulga a mi lado, mirando la tierra borroneada. Los rayos del sol de la mañana son tibios; secan lo que el viento no pudo hacer con mi ropa mojada por la tormenta de anoche.

Pero luego el sol se intensifica y se pone cada vez más ardiente. Nos quema la espalda, el cuello, la cabeza, hasta que estamos hechos de fuego.

Durante horas, después de tanta lluvia y frío, viajamos envueltos por la luz.

—Estoy cansado —dice Pulga. Su cabeza está vuelta hacia mí,

sus ojos apenas abiertos entre el calor y la luminosidad. Se ve cansado. Se ve más que cansado.

Parece que se está dando por vencido. Como si se estuviera convirtiendo en la momia que todo el mundo dice que te conviertes en este viaje. Alguien cuya alma está muriendo, poco a poco, cuyo corazón está perdiendo la fe.

—Lo sé —le digo.

Le entrego el agua que recogí, y toma un sorbo, hace una mueca por lo caliente que está.

—Todo esto no tiene sentido, todo esto —dice, el viento caliente sopla en nuestras caras, aúlla en nuestros oídos, por lo que casi no oigo lo que dice Pulga.

Veo la forma en que mira al mundo, a la madre y al padre que se ciernen sobre su hija, cuyo rostro, incluso cuando duerme, parece agotado y adolorido.

Pulga tiene razón. No tiene sentido.

—Nunca tuvo sentido —le digo. Mirando a la niña que, aún con este calorón, tiembla.

Me ve por un segundo, como si entendiera, pero luego sus ojos se vuelven sombríos y mira hacia otro lado.

Veo a la niña, temblando más violentamente con cada hora que pasa, ahora su madre la abraza tan fuerte que hace que los temblores cesen. Y me preocupo por ella.

Me preocupo por Pulga.

Me preocupa que, aunque consigamos llegar, no quede nada de él.

Pulga

Esperamos otro tren en un pequeño pueblo cerca de las vías férreas que parece estar formado por almas perdidas, por gente en las calles durmiendo con los brazos sobre la cara. Gente en posición fetal, de espaldas a muros de hormigón sucios, grafiteados. Gente que mira continuamente la oscuridad del mundo desde una ciudad que parece no tener nombre.

Esta es la ruta del infierno, me digo. Mis anotaciones destellan en mi mente.

Y esto debe ser el purgatorio.

De repente me pregunto si también hemos muerto. Pequeña y yo.

—¿Estamos vivos? —le pregunto, sentada a mi lado en el sucio suelo. Sus ojos se abren de par en par mientras mira a todas esas almas perdidas.

—Sí —me dice—. Estamos vivos. Vamos a lograrlo.

La familia que estaba en el albergue, que estaba con nosotros en el tren, no aparece por ningún lado. No sé en dónde desaparecieron, pero se han ido y cuando le pregunto a Pequeña si eran reales, ella dice que sí.

—Llevan a la niña a un hospital —dice ella. Y ahora recuerdo que los vimos alejarse cuando bajamos del tren, con el cuerpo entumecido y la mente embotada. Ellos se fueron al hospital y nosotros nos quedamos aquí, para esperar otro tren.

—¿Crees que se recuperará? —le pregunto a Pequeña, pero ella solo cierra los ojos y se encoge de hombros—. Hasta aquí llegan tus anotaciones —me dice, sacando mi libreta de su chaqueta.

Miro mis apuntes en su mano y me encojo de hombros. Los tomo y hojeo las páginas. Veo las pequeñas figuras de palitos que dibujé en los márgenes, Chico y yo, en la parte más alta de un tren. Recuerdo haber pensado que bastaría con esos apuntes. Me recuerdo sentado en mi cama, para estudiar esas anotaciones la noche antes de que nos marcháramos con una linterna debajo de las sábanas mientras Chico vigilaba, y recuerdo haber creído en ellas como en la biblia.

El nombre Lechería se me queda mirando. Está encerrado en un círculo de tinta negra, como si el futuro ya estuviera escrito incluso desde antes. Si tuviera un bolígrafo, dibujaría una figura de palo en el suelo. Le pondría pequeñas *equis* de color negro en lugar de ojos. Escribiría: *Aquí es donde murió mi mejor amigo.*

Le devuelvo la pequeña libreta de notas a Pequeña.

—Subiremos al próximo tren, y después, debe haber otro que nos lleve a Altar. Ahí es adonde el padre de la niña dijo que se dirigían antes de que se tuvieran que bajar. Supongo que los migrantes pueden descansar allí y conseguir provisiones para cruzar el desierto. ¿Te suena? —pregunta ella.

Altar.

Me encojo de hombros. No me acuerdo. No me importa.

Miro hacia la oscuridad.

Me recojo en la mía.

Pequeña

Esperamos el tren.

De repente, un zumbido lejano rompe el siniestro silencio de la noche.

—¡Aquí viene! —grita alguien, luego un coro de personas sigue gritando que ya llegó el tren, ya llegó el tren. La gente corre hacia las vías férreas, mirando hacia el fanal apenas visible que brilla un poco en la distancia.

La gente se ajusta sus mochilas. Se revisan dos veces las agujetas de los zapatos. Se desanudan las camisas y los suéteres que traen alrededor de la cintura y los meten en las mochilas para no quedar atrapados en las ruedas del tren. Así no serán arrastrados hacia abajo.

La luz se vuelve más brillante cuando el tren se precipita hacia nosotros. El estómago me chancletea, mis piernas tiemblan de miedo y por la adrenalina; y chilla, grita y llora cuando agarro a Pulga y lo jalo hacia las vías.

—Dentro de poco tenemos que correr, Pulga. Corres, ¿oíste? Cuando se acerque, ¡corre tan rápido como puedas! ¡Agárrate a algo tan pronto como puedas! —grito. Pero él se queda allí, mirando el tren que viene hacia nosotros, y no se mueve ni una pulgada.

—¿Estás bien, Pulga?

No responde y luego a mis palabras las interrumpe el ruido del tren, un ruido metálico y su rugir.

—¡No está bajando nada la velocidad! —grita una voz, que apenas se oye cuando pasan los primeros vagones.

Agarro a Pulga de su delgado brazo, tan flaco y frágil que me preocupa que si lo agarro demasiado fuerte se romperá. Pero lo jalo conmigo cuando empiezo a correr, y no tiene otra opción más que seguirme el paso. Y ya estamos corriendo, tratando de no chocar con nadie, rezando para no tropezar con algo en la oscuridad, cuando el viento que surge por la velocidad del tren azota caliente y recio a nuestro alrededor.

Estoy tirando de Pulga a mi lado, pero el tren va muy rápido, como si quisiera matarnos. Como si quisiera recordarnos que es una bestia, un demonio, una cosa que atraviesa por el infierno.

Veo a otros corriendo delante de nosotros, corriendo tan rápido como pueden, apenas capaces de alcanzar el tren. Es una mancha negra. Pasa tan rápido, se va antes de que nos demos cuenta, dejándonos con nada más que efluvios y polvo.

Y al final somos solo sombras, recuperando el aliento, mirando en la dirección en que el tren se fue, doblándonos, cayendo al suelo.

—Sigue pasando muy rápido por aquí —dice un anciano, moviendo la cabeza. Un hombre más joven está con él. Ambos me ponen nerviosa, pero el viejo mira al más joven y dice:

—Vamos, hijo, tenemos que seguir adelante. Como a una hora de aquí, hay una curva. Allí el tren baja de velocidad. Iremos hasta allí y esperaremos a que llegue el próximo.

Comienzan a caminar, y los que han alcanzado a oír al viejo comienzan a andar en la misma dirección.

—¿Qué piensas? —le pregunto a Pulga.

Pero él está sentado en el suelo, ni siquiera me mira. Ni siquiera oye.

—¿Pulga?

—¿Viste lo rápido que venía? —susurra. Tiene los ojos cerrados, como si estuviera tratando de no ver algo. Tal vez está tratando de olvidar cómo se veía Chico en el suelo después de que el tren lo dejó morir, como yo.

—Lo sé, lo sé —le digo, pero él sacude la cabeza, se la golpea con las manos como si pudiera eliminar sus pensamientos. Le tomo las manos, detengo los golpes que se está dando él mismo.

—No hagas eso, Pulga. Por favor, por favor, basta...

Se detiene, y luego se incorpora, embotado y sin vida, mientras el viejo y su hijo y el grupo con el que veníamos se alejan.

Levanto a Pulga.

—Tenemos que caminar —le digo—. Tienes que levantarte y tienes que caminar y tenemos que tomar el próximo tren, ¿entiendes? Por favor, ¿de acuerdo? —mi corazón se acelera y mi cuerpo suda. Toco su rostro, lo obligo a mirarme a los ojos.

Ahí es cuando veo cuánto de él ha muerto.

Entonces hablo con lo que queda de él.

—Quédate conmigo, Pulga. Quédate y pelea, ¿de acuerdo?

Algo en él se despierta de golpe y me mira, realmente me mira y asiente.

Le sonrío, al Pulga que siempre he conocido, a la parte de Pulga que todavía está allí.

—Bueno —dice, agarrando su mochila.

—Bueno —repito. Y un alivio fluye a través de mí, por un momento, mientras nos apresuramos entre la oscuridad, por las vías férreas, para seguir a la Bestia.

Pulga

Horas más tarde estamos en un campo cerca de las vías férreas que se tuercen bruscamente a la derecha. Esperamos aquí con el anciano y su hijo y un pequeño grupo disperso. Todos están tan cansados como nosotros, todos demasiado cansados como para hacernos daño si alguna vez fue la intención.

Vemos al sol finalmente salir. Nos sentamos allí todo el día. A esperar. Ya ni siquiera sé lo que estoy haciendo, o si me importa si la Bestia llega de nuevo.

—Mira —dice Pequeña cuando se pone el sol. Miro la forma en que ella lo mira mientras se oculta. Como si viera algo allí.

—¿Crees que es una estupidez? ¿Imaginar un futuro? —pregunta.

Me encojo de hombros.

—¿Cuáles son tus sueños, Pulga?

Algo como una punzada golpea mi corazón. Quiero decirle que mis sueños están muertos, que todo lo que queda de ellos es un sombrío dolor fantasma. A eso se parecen los sueños muertos. Quiero decirle que ya no sueño, como ella cree, porque mi cabeza está llena de pesadillas. Pero en cambio sacudo la cabeza.

Vemos salir el sol de nuevo.

—¿Qué soñaste? —le susurro entre horas de silencio, horas de contemplación y espera. Gira la cabeza hacia el cielo y se encoge de hombros.

—Todo tipo de cosas, supongo. ¿Podré ir a la escuela? ¿Tal vez? Aprenderé a ayudar a la gente, a las mujeres, de alguna manera. Tal vez sueño con ser... sicóloga, o terapeuta, o algo así.

Me imagino ese futuro para Pequeña mientras esperamos. También intento ver mi futuro, pero no puedo.

Entonces quizá por eso cuando el tren finalmente llega de nuevo, rodando por las vías y rechinando con ese horrible chillido que se ha arrastrado debajo de mi piel y me ataca cada nervio, me dan ganas de rendirme, y no lo hago.

Corro.

Corro por Chico y por Pequeña. Porque por dos amaneceres y dos puestas de sol, ella se ha llenado la cabeza de sueños. Corro porque este campo está oscuro y porque parece que la oscuridad me está consumiendo.

Corro por todas esas cosas.

Y tal vez una pequeña parte de mí corre porque *no* correr se parece a la muerte.

Corremos y la alcanzamos y subimos a la Bestia, domesticada por una curva en el camino. Pequeña me sonríe, como si quisiera decirme algo, que nos subimos muy rápido, fácilmente. Pero sé que la buena suerte que tengamos, a la larga, la pagaremos de alguna manera.

Viajamos durante horas y horas. Viajamos hasta que nuestros cuerpos se nos entumecen por ir sentados, acostados, sujetados. Intento recordar cuántos trenes hemos abordado desde el último albergue. ¿Cuántos días desde que el hombre y su novia no nos dejaron seguir con ellos? ¿Cuántos días desde que Chico murió? Cuántos días desde que salimos de Barrios, desde la última vez que vi a Mamá.

¿Han pasado tres semanas? Quizá más.

No lo sé, en realidad no lo sé. Es un día interminable.

Y ahora otra vez. Seguimos aquí. Viajando por entre tanta campiña y lugares que parecen sacados de un sueño extraño. Un sueño donde flotamos por encima de los árboles y de las montañas, encima de árboles que *brotan* de los cerros.

Hasta que veo todo ese verde, había olvidado que existía un color así. Más tarde cruzamos túneles, hace tiempo que el mundo se vuelve negro, y me sorprende cuando volvemos a ser expulsados entre tanto verde.

Pequeña se maravilla, me dice que *vea*. Y lo hago. Pero no creo ver lo que ella ve, lo que hace que su rostro luzca tan tranquilo.

Cuando no reacciono, Pequeña se inclina más cerca, tiene la cara polvorienta y sucia. Contempla la mía, como si estuviera buscando algo. No estoy seguro qué. Luego desliza su cara muy cerca de mí y coloca su mano sobre mi pecho.

—Tengo que contarte una historia —dice—. Una que Mami me contó de una mujer en la ciudad de Guatemala, prima de una de las mujeres con las que trabajaba.

—No quiero escuchar ninguna historia —le digo, apartando su mano. Pero ella la vuelve a colocar allí, y continúa.

—Cierra los ojos —me susurra al oído, su mano firme sobre mi corazón. Me niego, pero el viento a nuestro alrededor arrecia, obligándome a cerrarlos por tanto polvo y calor.

Y de repente, siento que algo eléctrico me atraviesa y la imagen de un niño pequeño que monta un triciclo relampaguea en mi mente. Pasea por la tierra frente a su casa, desteñida de rosa, protegido detrás de una descarapelada cerca blanca.

Lleva una camisa blanca y pantalones cortos azules y anda en círculos. Luego llegan sonidos de estallidos y su camisa florece de rojo.

Quiero abrir los ojos. Quiero borrar la imagen, pero parece que estoy atrapado en un sueño del que no puedo despertar.

Veo a su madre salir corriendo de la casa y levantarlo en brazos.

La voz de Pequeña me llena los oídos. *La prima de ella dijo que durante toda la noche en vela y sobre la tumba, la mujer no dejó de llorar. Durante toda la noche, sus lamentos impregnaron nuestras calles, como un coyote que aúlla. Como un animal al que le falta un miembro.*

Oigo el lamento, tan fuerte, tan claro, que creo que es el tren que se detiene. O que alguien llora a mi lado.

Ella no podía dejar de llorar, ni por un segundo. En el funeral de él...

Veo un pequeño ataúd, su madre junto a él, con la boca abierta, emitiendo ese horrible sonido.

...justo cuando el cura estaba entregándole el cuerpo de su hijo a la tierra, ella dejó de llorar. Y cuando el cura dijo que su hijo viviría para siempre en el reino de Dios, ella se arrojó al hoyo.

Veo el vestido negro de la mujer ondear a su alrededor mientras desaparece entre la tierra. Escucho el ruido sordo de su cuerpo cuando cae, y luego el alboroto cuando los hombres saltan detrás de ella, la sujetan, la sacan con fuerza, mientras ella les rasguña la cara y ruega que la entierren con su hijo.

Se la llevaron a casa. Pero al día siguiente encontraron su cuerpo sin vida encima de la tumba de su hijo. Entonces abrieron otra vez la tierra. Abrieron el ataúd. Sacaron al niño y lo colocaron en los brazos de su madre. Los colocaron en un ataúd más grande. Y los devolvieron a la tierra. Juntos.

Cuando trato de abrir los ojos esta vez, se me abren de golpe, mi vista se vuelve borrosa. Me pican y me arden y me doy cuenta de que estoy llorando. Aparto de mi corazón la mano de Pequeña, y cuando lo hago, siento una sacudida.

Ella trata de abrazarme pero no se lo permito.

—No me toques —le digo—. ¿Por qué? ¿Por qué me contaste eso?

Miro su cara, enojado porque me ha llenado los oídos, la mente y el corazón con esas imágenes. Ella me devuelve la mirada.

—Porque si no vas hacia algo, Pulga, al menos recuerda de qué estás huyendo.

Sacudo la cabeza, tratando de olvidar.

Pero no puedo. Y no dejo de llorar.

Y mi corazón sigue latiendo, latiendo, latiendo en mi pecho.

Cuando desaparecen los exuberantes paisajes, siento una especie de satisfacción rencorosa. Vamos por un territorio que es feo, seco y sin ningún color, miro a Pequeña y quiero decir *sí, los sueños son estúpidos*. Pero no lo digo. Porque hasta cuando llegamos a una estación que no es más que polvo, hasta cuando nos bajamos de nuevo, Pequeña parece creer en ellos.

Y así nos subimos a otro tren. Uno con menos gente. Pequeña habla con uno de los que están a bordo y se inclina y me susurra:

—Creo que este es el que nos llevará a Altar. Espera una reacción mía, me escudriña el rostro mientras entramos en el desierto, hacia un paisaje arenoso y de ardiente cielo anaranjado. Hacia el infierno de la ruta del infierno.

—Este es el último —dice de nuevo.

Veo el desierto esperando sentir *algo*. Emoción. Alivio. Alegría. Pero no siento nada. Entonces digo que sí.

Nos sentamos por horas, horas y horas que no tienen sentido. Que se prolongan y avanzan a toda velocidad. Que reverberan como ondas de calor. Horas de viento caliente azotándome la cara, agrietándome la piel, haciéndome sangrar las mejillas. Horas que me hacen imaginar que estoy en medio de una batalla entre Dios y el diablo.

Pero si lo estoy, nunca entenderé por qué Él hizo lo que hizo.

Sé que debí haber sido yo. Debí haber sido *yo* quien se cayera del tren, cuya sangre se derramara. Debí haber sido yo al que Dios se llevara para que Chico y Pequeña pudieran continuar. Quizás entonces entendería el sacrificio. Tal vez entonces no estaría tan confundido y enojado con Dios.

Quizás de esa manera aún podría creer en Él.

Pero fue Chico. Fue su sangre la que se derramó, y para qué. ¿Qué pensaría él si supiera...?

Que no quiero seguir.

Que no quiero huir.

Que solo quiero detenerme. Quiero que todo se detenga.

Y finalmente, *finalmente*, ocurre.

Pequeña

El tren llega a la estación.

Estamos sucios, empolvados. Parecemos insectos que cavan una madriguera en la tierra durante años, antes de emerger finalmente.

Parecemos cadáveres, cosas del inframundo, que se han abierto camino hacia la superficie de la tierra.

Nos vemos exactamente como las momias que la Bestia hace de todos, cuando a trompicones bajamos del tren, nos alejamos vacilantes y cojeando, con estupor entre la bruma del desierto.

Así es como nos vemos.

Pero por dentro me lleno de alivio y esperanza. Por dentro no me siento muerta.

Me siento *viva*.

Volteo a ver a la Bestia, esa bestia, ese monstruo, el transbordador del diablo. La miro fijamente. Miro a esa cosa terrible que le arrebató la vida a Chico, pero que nos trajo a Pulga y a mí hasta aquí. Y algo me llena el pecho y quiero murmurar gracias y arrojar piedras a esa insensible cosa asesina. Tengo miedo de abrir la boca, miedo de los sonidos que podrían escapárseme, las emociones que podrían estallar y brotar de mí como una lava feroz.

Pero Pulga está sin vida.

—Ya no tenemos que abordarlo —le digo, ahogada en sollozos.

Pero es como si no se diera cuenta. Porque Pulga, con los hombros encorvados y las pestañas recubiertas de polvo, mantiene la mirada fija hacia el frente y se niega a mirar hacia atrás. Y ni una lágrima, ni una palabra, ni un destello de emoción cruza por su rostro.

Seguimos a los del tren hasta el pueblo de Altar, por donde caminamos mientras algo en el aire se vuelve más denso. Primero, creo que es por el polvo que hemos respirado, que nos ha penetrado la garganta, la nariz y los pulmones. Pero entre más avanzamos, más me doy cuenta de que no es polvo. Es un *sentimiento*. Una sensación de peligro que traspasa a este pueblo de nombre sagrado.

Altar. Donde nos ponemos de rodillas. Y rezamos.

Es pequeño y siniestro. Es silencioso. No hay gente en las calles, solo uno que otro vehículo pasa delante de nosotros, disminuyendo la velocidad, las caras en el interior nos miran detenidamente. Y sé qué imagen se formarán de nosotros.

Cada mirada es una mirada de recelo. Cada mirada se deja llevar por nuestra apariencia.

—Hay algo horrible aquí —le digo a Pulga. Me mira, pero tiene los ojos apagados—. ¿Lo sientes?

Él no lo percibe.

Miro a los demás con los que caminamos, los que han hecho este viaje igual que nosotros, y veo que parecen perdidos, aturdidos. Se ven como Pulga.

Pero por aquí algo anda mal. Algo que me hace querer correr aunque no sé de lo que estaría huyendo. Que me dan ganas de esconderme. Como cuando los animales intuyen la llegada de una tormenta.

—Busquemos un lugar, para no estar a la intemperie —le digo.

Ya quedan solo unas cuantas personas de las que venían en el tren, todas se dispersan en direcciones distintas.

Más adelante, hay un puesto en donde venden mochilas, cantimploras, botiquines de primeros auxilios. El hombre del puesto usa un sombrero de vaquero y nos mira con recelo.

—¿Sabe de un albergue cercano? —le pregunto.

—¿No van a comprar nada? Mira, necesitarás estos zapatos. ¿Ves cómo están forrados con moqueta en las suelas? Para que no dejes huellas. Los que llevas se te van a deshacer en cuanto empieces a caminar —el hombre nos mira y sacude la cabeza—. Camisas de camuflaje... sombreros... cantimploras. Tengo todo lo que necesitas aquí mismo. Si tienes dinero.

—No... —digo—. Pensar en todo lo que necesitamos, en lo poco preparados que estamos, me agobia de miedo.

Él frunce el ceño y me mira con mirada asesina.

—Quiero decir, gracias, pero ahora no. Solo estamos buscando un albergue.

—Ah, un albergue. De a gratis, supongo, ¿verdad?

Inclino la cabeza.

—Sí, señor.

El hombre tuerce los labios.

—Bueno, nada es gratis. Crees que todo es gratis, ¿eh? —vuelve al conteo de su mercancía.

Volteo a ver a Pulga.

—Gracias, señor —le digo, alejándonos.

—Si necesitan un lugar donde quedarse, tienen que pagar.

No respondo. El hombre nos mira cuando ve que nos apresuramos. Y luego habla por su celular cuando veo hacia atrás, su mirada aún sobre nosotros mientras habla.

—¡Oigan! ¡Muchachos! —nos grita, pero yo jalo a Pulga.

—No voltees —le digo, acelerando el paso. Se está quedando atrás pero veo un pequeño y sucio letrero blanco que anuncia un motel por cuarenta pesos la noche afuera de un edificio en ruinas.

No hay ningún otro anuncio, ni nadie a quien preguntar. Una

camioneta pasa delante de nosotros y el conductor disminuye la velocidad, nos mira antes de acelerar un poco, más despacio que antes.

—Vamos, echemos un vistazo a este lugar —miro arriba y abajo de la calle, preguntándome quién tiene puestos sus ojos en nosotros y por qué—. Saca tu dinero con cuidado.

Pulga hurga en uno de sus calcetines y me pone algo de dinero en la mano. Separo cuarenta pesos para no tener que sacar más delante de nadie, y luego seguimos por un pasillo hacia una choza con casas destartaladas detrás.

Cuando entramos en el pequeño patio de enfrente, el olor a heces de perro es inmediato. Un gran perro negro encadenado se levanta al instante y nos gruñe. El lugar parece vacío, de no ser por una ruidosa televisión en un escritorio justo a la entrada de la casa.

Un hombre se levanta de un asiento escondido detrás de la televisión.

—Bueno —nos mira y luego va al grano—. Ochenta pesos por noche.

—Hay un letrero que dice cuarenta —le digo.

—El anuncio está mal. Son ochenta —repite—. Por cada uno. Eso incluye una manta, un catre y seguridad.

El perro se abalanza en nuestra dirección y ladra muy fuerte, sus ladridos hacen eco en las paredes.

Pulga mira como hipnotizado al perro.

—Solo tenemos cuarenta... —le digo al tipo. Mira a Pulga, de arriba abajo, como si estuviera sopesando qué tan frágil se ve. Qué tan cansado. Lo fácil que podría ser como presa.

—¿De verdad, carnal? Qué casualidad que tengas *justo* cuarenta pinches pesos —el tipo se ríe—. Has de pensar que nací ayer. No he vivido aquí en balde. Pero bueno, que tengan suerte.

—Solo queremos un lugar para descansar... —digo.

Me mira, ahora de cerca. Me observa la cara aunque agacho la cabeza y me bajo la gorra.

—Sé que tienes más —dice, su voz adquiere un tono burlón—. El precio aumenta entre más me hagas perder el tiempo. Ahora son cien pesos. Y sé que realmente *necesitan* un lugar donde quedarse, ¿cierto? Un chico... guapo, como tú, no debe andar de noche por las calles.

Levanto despacio la vista hacia él, y cuando mis ojos se encuentran con los suyos, un destello de satisfacción relampaguea en ellos. Luego mueve la cabeza, sonriente, confirmando lo que él pensaba.

—Sí, confía en mí. No *querrás* andar afuera esta noche.

El miedo que inunda mi cuerpo se intensifica, y de repente sé que fue una mala idea venir aquí. Que no importa lo que le demos a este tipo, no será suficiente para mantenernos a salvo. Miro atrás hacia el patio, hacia la calle.

—Está bien —le digo—, ahorita volvemos. Voy a conseguirle un refresco a mi hermano.

El tipo me mira con suspicacia

—No es necesario, hombre. Aquí tengo agua.

—Creo que un Gatorade le caería mejor en este momento.

—También tengo de eso. Al mejor precio del pueblo.

—Volveremos —repito, haciéndome un poco hacia atrás, jalando a Pulga conmigo.

—Como dije, no es necesario...

—De veras, ahorita regresamos —grito, nos damos la vuelta y cruzamos el patio lo más rápido posible.

Pero ahora el tipo nos grita, nos sigue.

—Apúrate, Pulga, por favor... —digo, y algo en mi voz, el miedo, lo saca de su trance y acelera el paso. Pero el tipo también. Entonces comenzamos a correr, y luego él comienza a correr detrás de nosotros también.

—Oigan, oigan —grita—. Anda, carnal... no seas así.

Corremos más rápido, y cuando veo hacia atrás, veo que se ha detenido a la distancia. Nos mira un momento más y luego se da la vuelta y regresa al motel.

—Se ha ido —le digo a Pulga, que ahora me mira con los ojos desorbitados por el miedo que lo ha despabilado.

Nos agachamos cerca de un pequeño restaurante, donde los que están adentro nos miran por la ventana. Me siento como un perro callejero. Una cosa sin valor que será ahuyentada. Pero desde ahí veo una iglesia, y el alivio me reaviva. Estoy a punto de decirle a Pulga que iremos ahí, cuando vuelvo a ver al tipo, esta vez con el perro, buscando por arriba y abajo en las calles.

Pulga me agarra del brazo justo cuando el perro nos ve y comienza a ladrar. El tipo voltea, nos mira, cuando echamos a correr. Mis piernas están débiles, a pesar de que les ordeno que corran más rápido. Pero avanzo en cámara lenta, y cuanto más rápido trato de correr, más lento pasa el mundo delante de mí. Tomo respiraciones cortas y estoy mareada. Siento que me divido en dos, como si mi alma se estuviera separando de mi cuerpo y floto un poco, y mi cuerpo se vuelve pesado y mis piernas no quieren responderme. Y luego vuelvo a mi cuerpo y corro más rápido, pero sigo flotando, como un globo de helio.

Pero ahí está la iglesia, ahí está la iglesia, y la señalo porque ya no puedo hablar. Porque hablar podría costarme el aliento, necesito correr un poco más rápido que ese perro cuyos ladridos son tan fuertes, tan hostiles, que me arañan los tímpanos y resuenan en mi cabeza. Me doy la vuelta y veo a Pulga, con los ojos muy abiertos por el miedo, el tipo y el perro detrás de él mientras a trompicones sube uno, dos, tres escalones, y ese ladrido, ese ladrido cuando el perro se le va encima a Pulga y le clava los dientes en el hombro.

Y enseguida Pulga pega un alarido y grita.

Jalo a Pulga y le grito ¡*Deténte*! al perro. Pero vuelve a atacar a Pulga y no le saca los dientes del hombro, aunque yo lo patee y le siga gritando. Ahora el tipo está ahí, también, sujetando al perro por el collar. Pero el perro no suelta a Pulga.

La puerta de la iglesia se abre y sale una monja gritando, con un arma en la mano.

—¡Llévate a ese perro de aquí, ahora! —el tipo tira del collar del perro, vocifera y le da una orden que lo obliga a liberar a Pulga—. Y deja de hacer que ataque a la gente. ¡Desgraciado! —le dice la monja al tipo, que chasquea los dientes frente a ella, pero agarra a su perro y se lo lleva a rastras.

La monja corre hacia Pulga, que gime, la sangre se filtra por su camisa.

—Vamos, niño. Toma esto —y me pone el arma en la mano—. No es de verdad —me dice mientras me ayuda a poner a Pulga de pie y llevarlo al santuario.

Pulga camina por cuenta propia, pero gime de dolor mientras vamos hacia la iglesia. Me aferro a él cuando caminamos hacia el frente. Un crucifijo de bronce brilla intensamente y los santos nos miran cuando entramos.

La monja nos conduce a través de una habitación trasera, bajamos por unas escaleras y a un laberinto de cuartos ocultos debajo de la iglesia. Hay un cura sentado en una oficina, que levanta la vista cuando pasamos cerca de él.

La monja nos lleva a una habitación repleta de artículos de primeros auxilios. Hace que Pulga se recueste sobre una mesa y reúne sus implementos. Parece que Pulga va a desmayarse.

—No te me desmayes, niño —dice la monja mientras le desgarra la camiseta y le mira la mordida. Los ojos de Pulga giran hacia atrás y ella rompe algo en su mano, lo pasa por debajo de la nariz de él, y de repente los ojos de Pulga se abren de par en par.

El cura entra.

—¿Qué pasó?

—Otra vez ese perro —dice la monja—. El dueño lo hace atacar a estas pobres personas para robarles su dinero.

Pulga tiene la carne desgarrada, en rojo y rosa, y las heridas en el hombro donde el perro le clavó los dientes son profundas. La monja le coloca una toalla debajo del hombro y vierte alcohol sobre las heridas. Él grita de dolor.

—Perdón, criatura, pero tenemos que asegurarnos de limpiarla de inmediato o contraerás una infección.

Es entonces cuando me doy cuenta de lo delgado que está Pulga. El contorno de sus costillas se le ven a través de la piel, su piel llena de moretones. Y hace que se me salgan las lágrimas.

—Necesitaremos suturar un poco —dice la monja y el sacerdote recoge los instrumentos que ella necesitará.

Me quedo cerca, le digo a Pulga que se recuperará. Sus ojos se le cierran de dolor cuando la monja aplica algo en la herida antes de que comience a suturar. Pulga chasquea los dientes cada vez que la aguja penetra en su carne y grita de agonía. Toda el área está en carne viva, está abierta y roja y se ve horrible.

Veo cuando la aguja perfora la carne de Pulga, entra y sale y entra y sale de nuevo, veo los pequeños pinchazos rojos y las enguantadas manos azules de la monja. El acto de volver a unir la carne.

Y me digo que estas son manos santas, que curan a Pulga y lo remiendan. Lo resucitan. Y tal vez eso signifique que estará bien. Tal vez no quedará tan maltrecho como parece. Quizás todo en él pueda volver a unirse.

Veo a la monja terminar su labor. Cuando se quita los guantes azules y los tira a la basura.

—Los llevaré al albergue —dice el cura—. Después de que coman un poco de pan y jugo.

Abandonan la habitación y dicen que volverán enseguida.

—¿Estás bien? —le pregunto a Pulga.

Él dice que sí con la cabeza, pero sus ojos me dicen que no. Ahora que ya no lo pinchan con la aguja, está recostado, apagado y entumecido nuevamente en esa habitación que huele a desinfectante.

La monja regresa con una camisa limpia para Pulga, un plato de galletas, dos vasos de papel y una botella de jugo. La escena me conmueve hasta las lágrimas: mirar sus manos mientras nos sirve el jugo y nos da los pequeños vasos de papel. La forma en que nos susurra, sus ojos cerrados, cómo le pide a Dios en nuestro nombre.

—Despacio —dice con dulzura cuando bebemos, cuando comemos.

Cierro los ojos y trato de comer poco a poquito mientras el néctar del jugo de manzana me llena la boca y juraría que puedo ver las manzanas de las que proviene y saborear el sudor del trabajador que las cosechó. Y me hace llorar y escucho el llanto y sé que soy yo, sé que soy yo quien llora así, pero su sonido, el de mi voz, no parece que fuera mío. Me pregunto si, como Pulga, también me he convertido en otra persona.

Y luego la monja me pone sus manos en los hombros y susurra, pero no puedo dejar de comer, beber y llorar. Hasta cuando un sabor metálico me impregna la boca, y hasta cuando las galletas me saben a polvo y crujen ruidosamente, con aspereza, en mi mente veo sangre y huesos.

—Criatura, criatura —susurra ella, como una oración. Una

oración en la que me pierdo por un momento, antes de abrir los ojos y ver la mirada de Pulga puesta en mí. Y el cura ya está en la habitación y nos dice que nos llevará al albergue que dirige.

Pulga se levanta de la mesa, con las heridas vendadas y la camisa limpia puesta.

La monja hace la señal de la cruz enfrente de mí, luego frente a Pulga. Y seguimos al cura hacia afuera, de regreso a través del laberinto de oficinas subterráneas, subiendo por las escaleras, hacia el santuario, en donde Pulga se queda viendo al altar con unas velas que reverberan. Me detengo y enciendo una para Chico.

Le pongo algunos pesos en la mano a Pulga para que él pueda hacer lo mismo.

Pero no lo hace.

Pulga

El trayecto al albergue es corto. Hace calor y está lleno de baches. Viajamos con las ventanillas abiertas y el viento caliente azotándonos la cara. Entierro la mía en el hombro de Pequeña porque cada golpe nos zarandea y cada rechinido me hace sentir que estoy de vuelta en el tren.

Ya no tenemos que viajar en esa Bestia chirriante. Eso es lo que dice Pequeña. Pero está equivocada.

El cura que se presentó como el padre González habla pero no sé lo que está diciendo, y después de un rato se calla y viajamos en silencio, de no ser por el viento, el zangoloteo, el tintineo de unas llaves en un llavero.

En lo que estoy pensando es en el resplandor de la vela en el altar. Y cómo yo acostumbraba a ir con Chico a encender una para su madre en la iglesia cercana a mi casa. Él siempre se quedaba muy callado cuando nos marchábamos, pero no hace mucho, o quizás fue hace cien años, cuando pasamos cerca de unos patojos que pateaban una pelota de futbol en la cancha junto a la iglesia, donde encontraron un cuerpo, Chico susurraba muy quedo: *Ojalá pudiera volver a verla.*

Parpadeaba como loco, tratando de contener las lágrimas, tratando de ser fuerte como le dije que lo fuera. *Chico, tienes que ser fuerte, o el mundo te va a comer, mano.*

¿Por qué siempre le decía que el mundo se lo iba a comer? Pienso en su estropeado cuerpo a un lado de las vías, la forma en que la Bestia lo destrozó.

Sellé su destino de muchas maneras.

El hombro me punza; quizás este sea mi castigo. Quizás no debí haber opuesto resistencia. Tal vez debí haber dejado que ese perro me hiciera trizas.

Pero yo quise *vivir*. Y me da vergüenza que, aunque me diga a mí mismo que no tengo derecho a vivir, después de que este viaje le costó la vida a Chico, aun así, todavía quiero vivir.

Ese día Chico se limpiaba las lágrimas de la cara bajo el sol de la tarde en Barrios, cuando no pega tan fuerte. Cuando el cielo es tan lindo que puede entristecerte, sobre todo cuando tu amigo llora por su madre. Fue lo más triste que me había yo sentido en mucho tiempo, y no sabía qué demonios decirle, así que no dije nada y seguimos caminando.

Ese es la clase de amigo que yo era.

La clase de amigo que lo hirió. Que lo empujó. A quién él no le podía decir que estaba demasiado cansado para continuar, porque sabía que yo solo le contestaría que tenía que ser *fuerte*. Entonces siguió. Y siguió. Hasta que se cayó del tren, como si mi mano lo hubiera empujado.

Cierro los ojos. La vela en la iglesia destella en mi mente.

—¿Te duele mucho? —susurra Pequeña a mi lado. Abro los ojos, siento en mis mejillas lágrimas que no recuerdo haber llorado.

—No lo sé —le digo, porque hasta el punzante dolor me parece nada en estos momentos. ¿Cómo es que puedo sentir ambas cosas?

Y entonces recuerdo lo que había oído acerca de la gente que cae del tren y vive para contarlo, de la gente a la que la Bestia tasajea con sus ruedas pero que no las sienten incluso cuando se miran sus desmembrados cuerpos. Al principio, no lo sienten. El dolor viene después. Quizá Chico no lo sintió. Espero que no lo haya sentido. Espero que no haya habido dolor.

Pequeña respira hondo y me mira con expresión preocupada,

justo cuando la camioneta se detiene y llegamos al pequeño albergue.

Salimos sin prisas del carro, el edificio de color arena se confunde con la tierra y el paisaje. El padre González nos insta a seguirlo al albergue, donde nos presenta a una mujer llamada Carlita, que tiene las mejillas regordetas y es muy risueña.

—Bienvenidos, m'ijos —dice.

Ella escucha atentamente mientras el padre González le cuenta lo que sucedió y cómo tendremos que quedarnos aquí un tiempo. La camiseta de Carlita es azul.

Es American Eagle.

Una American Eagle azul. Si tuviera una caja de crayones, tendría los crayones rojo sangre de Chico. Almacén amarillo de Rey. Ruta del infierno anaranjado.

—Necesitan comer algo. Una ducha. Descansar un poco —dice Carlita mientras el padre González va y saluda a otras personas en el albergue—. Necesitan sentirse humanos de nuevo.

No deseo volver a sentirme humano. Deseo sentirme humano otra vez. Quiero vivir. Quiero morir. Deseo que Chico vuelva. Deseo un millón de cosas imposibles y contradictorias, quiero decirles. *¿Cómo es posible cualquiera de esas cosas?* Pero me quedo callado y sigo a Carlita cuando nos muestra dónde están los baños. Y dónde descansaremos, literas alineadas en dos cuartos traseros: el cuarto izquierdo para las mujeres, el derecho para los hombres. Nos muestra los dormitorios de los hombres y señala una litera vacía. Luego hurga en algunas cajas en un rincón de la habitación, saca camisetas y jeans que podemos usar.

—Ahorita vuelvo —dice cuando se va y regresa momentos después con una toalla pequeña y delgada para cada uno—. Báñense ahora y les traeré algo que comer. Por lo general, la hora de la cena es a las cinco, pero ahora les caliento comida para los dos y vengan a la cocina cuando estén listos.

Sonríe y su sonrisa, su amabilidad, casi no tiene sentido. ¿Cómo puede existir el bien cuando hay tanto mal?

Tan pronto como se ha ido otra vez, el mundo parece callarse. Un par de muchachos en el otro extremo de la sala juega a las cartas y nos miran. Algo en su aspecto me hace pensar de inmediato que también han estado en la Bestia. Algo en sus ojos. Hacen una breve inclinación con la cabeza en dirección mía, como si reconocieran algo en mí también, pero yo me acuesto en la litera superior y miro al techo.

—¿Quieres bañarte tú primero? —pregunta Pequeña, de pie junto a mí.

Niego con la cabeza. Dice algo más, pero yo no contesto y de repente se va.

—El viaje es muy feo —oigo que dice uno de los muchachos al otro lado de la habitación—. Pero te recuperarás, paisano. Estarás bien.

Es todo lo que dice y oigo que barajea las cartas cuando vuelven a su juego.

Cierro los ojos y me desconecto del mundo.

Le dije que llegaríamos.

Le dije que confiara en mí.

Le dije que si no huíamos, moriríamos.

Abro los ojos al olor a jabón y a tierra cálida; es Pequeña de pie a mi lado.

—Tu turno —dice.

En la ducha, el agua está helada. Evito que la mordedura del perro se me moje, pero me miro las puntadas y me pregunto si cuando el perro me mordió me robó lo que quedaba de mi alma. Porque no siento nada más que frío.

Cuando termino, voy a la cocina, siguiendo el olor a comida que no quiero pero mi cuerpo sí. Allí está Pequeña, platicando con Carlita. Me siento frente a ellas, donde hay un plato de comida: frijoles, tortillas, huevos. Balbuceo un gracias antes de comer.

La comida no me sabe a nada. Veo a Pequeña terminarse los últimos bocados. Mientras acepta un segundo plato que le ofrece Carlita, con los ojos cerrados, y me pregunto si le parecerá sabroso. La miro y ella parece culposa.

—Estaremos bien, Pulga —dice Pequeña.

—Claro que sí —dice Carlita—. Con la ayuda de Diosito, los dos van a estar bien.

Pero no digo nada. No les digo que estaba pensando en esa mentira y que no estoy seguro de si Dios existe, ni siquiera cuando miro la pared detrás de ellas y veo las palabras DIOS ESTA AQUÍ pintadas en blanco y en gran tamaño. Unas líneas que parecen rayos de luz dorada las rodean y a ambos lados, rosas rojas.

¿Dónde? ¿Dónde esta Él?

Me llevo otro bocado a la boca y lo mastico.

Esa noche sueño con la Bestia. Está furiosa porque me negué a despedirme. Cabalga entre mis sueños, rugiendo como sabía yo que lo haría.

Y entonces me arrojan hacia un recorrido nocturno, el dolor me recorre los hombros y veo que me caí de la parte más alta del tren y las ruedas me han cortado el brazo. Y lloro y grito en la oscura boca de la noche, pero nadie sabe que me caí. Y me abandonan a un lado de las vías férreas.

De repente, la luz reemplaza a la oscuridad y Pequeña aparece a mi lado, me grita: *Despierta, ¡despierta!* Y vuelvo a la habitación del albergue, Pequeña me dice que estoy bien, *no pasa nada*, mientras los dos muchachos se incorporan y me miran desde sus literas al otro lado del cuarto.

—Estoy bien —le digo a Pequeña, jalando la delgada sábana encima de mí, apartándome de ella y de la cegadora luz del techo.

—¿Seguro?

Cuando no contesto, siento que se aparta, apaga las luces del cuarto.

Miro la oscuridad, tratando de no quedarme dormido. Lucho para permanecer despierto, para no tener malos sueños. Pero luchar contra el sueño me recuerda a estar en el tren.

Todo me recuerda a la Bestia.

Me pregunto si alguna vez realmente escaparé de ella.

Por la mañana, mis ojos se abren de golpe al oír un ruido metálico.

Advierto las grietas y puntos marrones en el techo manchado de agua, las voces de otros, el aroma agridulce del café, el sonido del agua corriente y más barullo. El corazón se me acelera y tengo que agarrarme el pecho para calmarlo.

—El desayuno —dice Pequeña desde la puerta, trae puesta una gorra nueva, pero también la sucia chaqueta.

Estoy sudando y la cara de Chico relampaguea en mi mente. Oigo el eco de su voz; creo que estuve soñando con él.

Me quiero volver a dormir.

—Necesitas levantarte —dice Pequeña, su voz interrumpe el delgado hilo de mi sueño, mi frágil conexión con Chico.

Me incorporo rápidamente, demasiado rápido, y la sangre se

me agolpa en la cabeza haciendo que toda la habitación dé vueltas. Pero de todos modos me levanto y sigo a Pequeña a la cocina.

Sentados a la mesa están los muchachos de ayer y Carlita. También hay una mujer, un hombre y un chiquillo. La mujer le está dando de comer en la boca al niño.

—Este es mi hermano Pulga —dice Pequeña, y todos hacen una leve inclinación de cabeza y me saludan con un coro de buenos días y mucho gusto.

—Estos dos también son hermanos —Carlita señala a los dos muchachos con quienes compartimos la habitación—, José y Tonio.

Los dos muchachos asienten.

—Soy Nilsa —dice la mujer que le está dando de comer al niño—. Este es mi esposo, Álvaro. Y este es nuestro hijo, le decimos Nene —dice, sonriéndole al pequeño. El niño me mira y me ofrece un saludo. Volteo hacia otro lado.

Carlita pone un plato de comida frente a mí: pollo desmenuzado y principalmente papas guisadas en salsa de tomate. Le agradezco en voz baja y me toca el hombro sano con la mano y no puedo evitar encogerlo. Todos continúan hablando mientras mis manos recogen la cuchara y me llevo la comida a la boca. Mi mandíbula mastica y mi lengua empuja el bolo hacia mi garganta. Pero no lo saboreo. Todo lo que puedo hacer es mirar mi plato y recordar lo hambrientos que estuvimos durante todo el viaje.

Podría comerme una montaña de chuchitos.

No lo quiero pero no lo desperdiciaré.

—¿Cómo va tu brazo? —me pregunta Carlita. Su voz me llega desde algún lugar lejano y, cuando la miro, me encojo de hombros—. Hoy te cambiaré el vendaje. Y tú —le dice a Álvaro. Al principio no me había dado cuenta, pero ahora, entre más lo veo, noto los moretones en su rostro—, ¿te sientes más fuerte?

Él mueve la cabeza afirmativamente.

—Sí, sí, me siento más fuerte —sonríe como si intentara convencernos, pero su esposa y los muchachos parecen preocupados—. ¿Sabes?, a veces tienes mala suerte en este viaje, eso es todo. No puedes esperar salir ileso. Pero tienes que seguir adelante.

—Así es —dice Carlita, suspirando y bajando la vista a la mesa.

—¿Qué pasó? —le pregunta Pequeña a Álvaro.

—Nos asaltaron en el camino —responde Nilsa—. Nos quitaron nuestro dinero y golpearon a Álvaro.

—Pero Dios estaba con nosotros —dice Álvaro, mirando a Nilsa—. Nada más nos quitaron el dinero y me golpearon. No te hicieron daño a ti ni a los chicos.

Ella asiente y deja escapar un suspiro.

Las palabras de Álvaro —que Dios estaba con ellos—, se repiten en mis oídos. Pienso en Dios allí, junto a Álvaro mientras lo golpeaban. Mientras Nilsa y Nene miraban horrorizados.

Me pregunto dónde estaba Él cuando Chico se estaba muriendo. ¿En el tren? ¿Observando?

—De todos modos, ya estamos cerca —los ojos de Álvaro se iluminan un poco—. Pudimos conseguir suficiente dinero de un primo que tengo en Estados Unidos y de la familia de Nilsa. Y ahora nos alcanza para que el coyote nos guíe el resto del camino. Y luego, estaremos allá.

—Oh, sí... así como así —dice Nilsa, sacudiendo la cabeza y respirando profundamente. Ella y Álvaro intercambian una mirada que me hace pensar que este viaje fue más idea de Álvaro—. ¿Cuántos mueren, Álvaro? ¿Cuántos mueren en el desierto? —pregunta ella.

Álvaro la mira fijamente.

—¿Cuántos mueren allá, en Honduras?

Nilsa no responde y vuelve a alimentar a Nene.

—¿Qué con ustedes dos? —nos pregunta Álvaro a mí y a Pequeña—. ¿Cómo van a cruzar?

Miro mi plato. Con lo último de mi tortilla lo limpio tanto como puedo y me empujo la comida en la boca.

—Bueno —dice Pequeña—, también nos salieron mal las cosas.

No lo digas, no hables, no lo hagas...

Pero ella empieza, y oigo el nombre de Chico, y veo la forma en que falta el aire en la estancia mientras les cuenta, y el gentil horror de las respuestas de ellos.

No lo hagas.

Y veo cómo Carlita y Nilsa se enjugan la cara, cómo Alvaro y los hermanos bajan la vista.

No lo hagas.

Cuando la voz de Pequeña se apaga y ella les dice que realmente solo pensamos en cómo llegaríamos hasta aquí y que no sabemos cuál será nuestro siguiente paso. Quizás encontrando un coyote.

No, no lo hagas. No, no lo hagas.

No le cuentes a nadie nuestros planes, recuerdo haberle dicho a Chico. Cuando pensé que lo tenía todo resuelto.

Me aprieto el corazón, tratando de que deje de recordar.

Supongo que donde estamos ahora, tan desesperados, no importa. Tan desesperados que no podemos ser tan cautelosos con los planes que, de todos modos, se han disuelto en la nada.

Álvaro respira hondo.

—Puedes haber planeado el viaje, pero nunca sale —dice despacio, sacudiendo la cabeza—. Y sé que es difícil confiar en alguien, pero si pueden reunir el dinero, llamar a sus familias y consultarles, le preguntaré al coyote con el que estamos cruzando si él también los guiaría a ustedes. Él es muy bueno, según he escuchado.

Álvaro se encoge de hombros, como si no quisiera comprometerse.

Los dos hermanos en la mesa asienten.

—Nosotros también pensamos que el coyote es bueno. Mi amigo cruzó con él hace unos meses y ahora vive en El Paso. Trabaja, y le manda dinero a su madre.

Pequeña mira a Álvaro, limpiándose las lágrimas de los ojos, pero yo se las veo. Alguna chispa ha vuelto a encenderse en ellos.

—¿De verdad? ¿Lo haría? ¿Cree que realmente él nos ayudará?

—Si tienen dinero, lo hará.

Ella asiente.

—Conseguiremos el dinero... Sí, por favor, pregúntele.

Él asiente.

—Le preguntaré. Se supone que debemos salir de aquí en tres días.

—Tres días —susurra Pequeña, con un gesto extraño en su rostro.

No sé de dónde piensa Pequeña que conseguiremos dinero. Ni siquiera le pregunto.

—Vete sin mí —le susurro. Porque no creo que me importe llegar. Porque ya no me siento una persona. Tal vez no lo soy.

—No —dice ella—. No lo haré, Pulga, así que por favor...

Me pongo la mano sobre el corazón, preguntándome si todavía está allí, si todavía bombea sangre.

—¿Estás bien? —pregunta Pequeña. Creo mover la cabeza afirmativamente. Creo que Pequeña me agarra la mano.

No lo sé.

Ya no siento que soy de a de veras.

Quizá solo soy un fantasma. Un fantasma que ha perdido a su mejor amigo, su hogar, su fe. Todo.

QUINTA PARTE

Al borde de tantas cosas

Pequeña

Tres días.

Saco el anillo de mi chaqueta. Podía haberlo extraviado por el constante traqueteo de la Bestia, se me podía haber caído a las vías férreas y perdido para siempre. Podía haber terminado en una mano que se introdujo en mi bolsillo en una de esas ocasiones en que dormí como muerta porque casi lo estaba. Podía haberse escondido en el bolsillo de mi chaqueta, en una mochila llena con la ropa y las pertenencias de otros migrantes, si nos hubieran robado y despojado en el camino.

Pero no fue así. No nos robaron.

La cara de Rey ocupa mi mente una vez más, su aliento caliente en mi oído susurra la única verdad que pronunció.

Este anillo es tu destino.

Miro fijamente el diamante, brillante, nítido, indestructible, que me llevará por el resto del camino. Nos dará una oportunidad a Pulga y a mí.

Casi me río de cómo brilla con el rayito de sol que entra en la habitación, como las letras plateadas del carro de Rey. Los prismas blancos bailan en el suelo mientras lo muevo de un lado a otro, y me veo, caminando sobre luz blanca, hacia ese lugar de sueños.

Álvaro aparece en la puerta y aprieto el anillo en mi mano, ocultándolo.

—Hablé con el coyote —se mete las manos en los bolsillos y sacude la cabeza mientras da la noticia—. Quiere cinco mil dólares americanos por los dos.

—Cinco mil dólares... —balbuceo, apretando el anillo con más fuerza, hasta que se me clava en la palma de la mano.

Respira hondo y asiente.

—¿Tienen ustedes gente en Estados Unidos que pueda hacer una colecta?

Sacudo la cabeza.

El rostro se le llena de compasión.

—Lo lamento —dice, y creo que es verdad. Creo que lamenta la imposibilidad de disponer de cinco mil dólares.

—Pero dígale que sí.

Álvaro me mira extrañado.

—¿Sí? ¿Seguro que pueden pagar? Estos no son hombres a los que se les pueda mentir...

—Lo sé, pero... le pagaré —le digo, cuidando de no hacerle saber lo que tengo en la palma de mi mano; dejándolo que piense que tal vez nuestra familia pueda reunir el dinero de alguna manera—. Puedo conseguirlo.

Sus ojos oscuros dudan, pero asiente.

—Bueno..., está bien, le avisaré. Pero si dices que sí, es mejor que te asegures de poder conseguirlo.

—Estoy seguro.

Sé que el anillo vale al menos eso o más. Quizás hasta el doble. Estoy segura de que lo vale. Lo intuyo. Porque es mi destino. Este anillo siempre fue mi futuro.

—Gracias —le digo a Álvaro, y él asiente y retrocede, yendo a la otra habitación donde puedo oír que Nilsa le cuenta a Nene un cuento antes de dormir.

Esa noche duermo con el anillo metido en un calcetín, cerca de los dedos de los pies y con los zapatos puestos.

———

Los dos días siguientes nos ocupamos del albergue para ayudar a Carlita. Nos ayudamos unos a otros. Los hermanos limpian los baños y los pisos. Yo juego a la pelota con Nene mientras Nilsa lava la ropa. Arrastro a Pulga para que juegue con nosotros, y lo hace por un rato, apenas patea la pelota antes de desaparecer y luego lo encuentro mirando al techo. Álvaro reza. Día y noche, reza en un pequeño altar en un rincón de la cocina.

Cuando entramos, no puedo evitar verlo y preguntarme sobre la oración y Dios y las cosas que son santas. Me pregunto qué pensaría Álvaro de una bruja que también es un ángel.

Cuando abre los ojos y me sorprende viéndolo, volteo hacia otro lado.

Nos llama a todos a la sala, y cuando estamos allí reunidos, sé por qué rezaba tanto.

—El joven que dirige este pequeño grupo de coyotes estará aquí esta noche —le dice a su familia, a los dos hermanos, a Pulga y a mí—. Nos llevará a los siete en este cruce. Recogerá el dinero cuando llegue y luego nos llevará a Nogales, donde caminaremos de noche a través del desierto, al otro lado.

Los ojos de Nilsa se agrandan y abraza a Nene con más fuerza.

—¿Esta noche? Dios, Álvaro... esta noche.

Comienza a alisarse el cabello con la cara llena de preocupación. Álvaro asiente.

—Esta noche. Así que asegurémonos de tener todo listo —dice mirándonos a todos—. Es luna nueva, por lo que el desierto estará completamente oscuro, será más fácil pasar desapercibido.

Nos miramos unos a otros, procesando las noticias.

Esta noche, cuando el cielo esté más oscuro, saldremos. El estómago se me convulsiona de miedo, de impaciencia e indecisión. Pulga y yo conseguimos abordar la Bestia, pero perdimos a Chico. Y Pulga apenas está completo. ¿Qué más perderemos?

Tan pronto como este pensamiento me pasa por la mente, desearía no haberlo pensado. Desearía no haber tentado al destino. Porque a pesar de todo lo que ya hemos pasado, todo lo que hemos perdido hasta ahora, aún falta mucho.

Mucho más que soportar y mucho más que perder.

Pero también, la posibilidad de algo nuevo.

Nos dispersamos lentamente y comenzamos a prepararnos. Carlita nos da latas de atún, barritas energéticas y botellas vacías para rellenar con agua. Álvaro reza de nuevo. Y Nilsa prepara sus mochilas.

De vuelta en la habitación, Pulga y yo empacamos la ropa que Nilsa nos lavó y puso a secar.

—¿Tienes miedo? —le pregunto.

Se encoge de hombros y se pone la mano en el corazón. Por un momento, creo que está rezando como Álvaro. Pero Pulga tiene los ojos abiertos y sus labios no se mueven y no hace promesas.

—Tengo miedo —le digo, esperando que él diga algo más, pero mueve la cabeza y cierra la cremallera de su mochila sin decir una palabra.

Pulga, como solía ser, en Barrios, me viene a la mente. Cómo él y Chico acostumbraban correr, bromear, reír. Cómo siempre tenían una tonta canción inventada para compartir conmigo. Qué hermosos eran.

Pulga ya no es ese niño.

Miro hacia otro lado para ya no recordar nada. Antes de que la esperanza que ha comenzado a arder dentro de mí se extinga por completo.

Carlita nos llama a todos al comedor. Y nos sentamos para nuestra última comida juntos.

Y parece la última comida, aunque Carlita hable y bromee, tratando de aligerar los ánimos.

Nos sirve sopa en tazones. Frijoles charros los llama. Frijoles y rodajas de salchichas y cebolla en un rico caldo de tomate. Cada tazón lo cubre con chicharrones tostados y un poco de cebolla picada, cilantro, jalapeño y tomates frescos. A un lado, un poco de arroz amarillo con vegetales y un poco de aguacate en rodajas.

Es el tipo de comida con la que te dan ganas de llorar mientras te la comes. Quizá porque es así de deliciosa. Quizá porque sabemos que Carlita la ha estado preparando desde que Álvaro dijo que había recibido noticias. Quizá porque sabemos que ella lo hizo con cuidado, con delicadeza, con el tipo de amor y humanidad que olvidamos que existe cuando uno huye para salvar el pellejo.

Quizá porque podría ser nuestra última comida.

No hago contacto visual con nadie mientras como a cucharadas. Cuando imagino cada cucharada llenando mi cuerpo de alimento, fuerza y algo espiritual. Y luego solo queda un tazón vacío y un silencio a nuestro alrededor.

Carlita se levanta y trae un tazón lleno de fruta enlatada. Vierte leche condensada sobre él, le pide a Nene que la ayude a ponerle crema batida, lo que él hace con la sonrisa más grande que he visto desde no recuerdo cuándo.

—Esto es todo lo que puedo hacer por ustedes —dice Carlita, repentinamente melancólica cuando la luz de la estancia cambia, y llega el atardecer—. Espero que te lleven por el resto de tu viaje. Se enjuga las lágrimas.

—Podemos venir de diferentes países, pero todos somos hermanos y hermanas. Y te damos las gracias, hermana —le dice Álvaro a Carlita.

Justo antes del anochecer, una camioneta blanca llega al albergue y sabemos que ya es hora. Carlita y el padre González nos acompañan afuera.

El conductor nos pide su pago a cada uno, y cuando llega a mí y a Pulga, coloco el anillo en su mano.

Siento sobre mí las miradas de los demás, cómo pasan de mí a la mano y a la cara del hombre. Los ojos de Pulga parpadean con preguntas cuando me ve, pero no dice una sola palabra.

—¿Qué demonios es esto? —me pregunta el hombre. Es chaparro y corpulento y su voz suena tensa, como si se le hubiera atorado en su carnoso cuello.

—Vale más de cinco mil dólares. Le juro...

Él sacude la cabeza.

—No, no, no, muchacho —se ríe—. Estás muy loco por jugar a esta mierda conmigo.

Voltea a ver a Álvaro, con las cejas arqueadas como si esperara algún tipo de explicación, pero Álvaro se encoge de hombros con impotencia mientras Nilsa se agarra a su brazo.

—Esta no es la forma en que hago tratos... —dice, pero el anillo apresa el último de los rayos solares y destella de manera impresionante, y los ojos del hombre se entrecierran mientras lo revisa por un momento.

—Un narco estaba enamorado de mi hermana, él le dio ese anillo. Vale una fortuna. Si lo toma, puede venderlo por *más* de cinco mil dólares americanos. Yo podría conseguir más por él, pero no tengo tiempo.

Todos se quedan callados mientras él mira el anillo.

El hombre se frota la barbilla y finalmente deja caer el anillo en el bolsillo de su camisa y asiente. Mi cuerpo se me desguaza de alivio. Siento la mano de Pulga sobre mi hombro, un mínimo apretón, creo, de agradecimiento. Me dan ganas de llorar.

Lo logramos juntos, quiero decirle. Pero no hay forma. E incluso si la hubiera, no confío en mí misma para hablar. Un vistazo rápido mutuo es todo lo que compartimos.

De alguna manera, es suficiente.

El padre González reza por nosotros. Nos bendice, haciéndonos a cada quien la señal de la cruz en la frente, y Carlita nos abraza a uno por uno mientras subimos a la camioneta.

—Vayan con Dios —dice ella, cuando nos alejamos del albergue.

Y veo cómo ella y el padre se hacen más pequeños y nos despiden mientras nos dirigimos a Nogales, donde cruzaremos por el desierto.

Es un largo viaje, por una sola carretera, saliendo de Altar. Las ventanillas de la camioneta están abiertas y el viento azota y zumba. Nadie habla, solo Nene y su madre. Su dulce voz, apenas audible por el sonido del viento, le hace preguntas a su madre de vez en cuando.

¿Cuándo llegaremos allí?

¿Mi Tío nos estará esperando en el desierto?

¿Me llevará caramelos? ¿Me enseñará a hablar inglés?

¿Viviré en una casa grande?

Nilsa le ruega que se duerma y descanse porque pronto no podrá hacerlo.

Yo sé cómo se siente él. Yo también estoy demasiado asustada, demasiado ansiosa como para dormir. Así que mejor veo a Pulga, que se ha acurrucado a mi lado, sin mirar por la ventanilla ni una sola vez. Veo cómo parece dormir profundamente, pero su cuerpo se retuerce y su respiración se acelera como si estuviera luchando contra algo en sus sueños.

El conductor disminuye la velocidad.

—Este es un retén, pero no se asusten —dice.

Cuando nos detenemos, mi pecho se tensa cuando algunos hombres con pistolas nos observan y nos cuentan a los siete que estamos adentro. El conductor le da dinero a uno de ellos y este le da al conductor una especie de recibo. A cada segundo espero que estos hombres armados nos ordenen salir. A cada segundo espero que sea nuestro último. Pero se nos permite continuar y suspiro de alivio.

Hay otro retén tal vez veinte minutos después, más adelante, donde otro hombre con una pistola recoge el recibo que nos dieron en el último retén. De nuevo, otro recuento. De nuevo, otro recibo. De nuevo, un suspiro de alivio.

Viajamos así todo el tiempo, pasando por varios retenes donde el conductor paga y nos cuentan y confirman cuando el rojizo sol se esconde por debajo del horizonte.

Y luego, después de lo que parecen un par de horas, el conductor se sale de la carretera y se detiene entre matas de arbustos secos del desierto.

—Bueno —dice—. Llegamos. Todos salimos de la camioneta y agarramos nuestras mochilas. Pulga hace una mueca de dolor mientras se cuelga la suya. La mordida del perro. Le ha de doler por el peso de la mochila, el roce del tirante.

—¿Estás bien? —le pregunto. Él asiente con la cabeza, pero se cuelga la mochila en el hombro sano.

Afuera de la camioneta hay un hombre increíblemente delgado que lleva un sombrero vaquero y una camisa a cuadros.

—Este es Gancho, él es quien realmente los guiará por el desierto. Hasta aquí llego, amigos —dice el conductor con orgullo—, que les vaya bien.

Se despide perezosamente con un movimiento de la mano antes de subirse a la camioneta y salir a la carretera principal.

Gancho comienza a darnos instrucciones. Cuando abre la boca para hablar, noto que uno de sus dientes frontales está torcido y le falta otro.

—Este viaje nos tomará tres noches. Noche a noche, desde que se oculta el sol y hasta el amanecer, caminaremos. Durante el día los llevaré a donde haya sombra y descansarán para que puedan seguir caminando por la noche. Deben seguirme y hacerme caso, o morirán. No se queden atrás o morirán. No esperaré a nadie. Es así de simple. ¿Entienden?

Algo en la forma en que lo dice me provoca un nuevo temor en el corazón, y también cómo mira a Pulga y luego a Nilsa, que agarra de la mano a Nene.

Nene mira a su madre con los ojos bien abiertos.

—¿Vamos a morir, mamá? —pregunta. Nilsa sacude la cabeza.

—No, Nene, por supuesto que no, hijo. No te preocupes —dice ella sin mirarlo.

Pero advierto la angustia en su voz.

Y cuando veo a Pulga, con esa mirada distante en su rostro y su cuerpo que parece que se le doblará debajo de su mochila, también me preocupo.

—Bueno —dice Gancho, apenas volteando a vernos—. Vámonos. El tiempo es dinero y cuanto antes regrese, antes recibiré el resto de mi comisión.

Se ajusta su mochila y comienza a llevarnos al desierto a medida que cae la noche.

Caminamos, siguiéndonos unos a otros, en un silencio que parece íntimo, en un lugar que parece sagrado. Donde casi podemos escuchar los pensamientos, sueños, miedos y oraciones de los demás. Donde somos una parte muy pequeña de algo más grande, algo tan grande que nos puede consumir. Esta vasta tierra que debemos cruzar.

Miro a Pulga, que apenas levanta la vista de sus pies.

—Somos tan pequeños —susurro, pero él no me oye.

Al cabo de un rato, nuestros sigilosos pasos se hacen más fuertes en mis oídos. Nuestros corazones laten como tambores y resuenan en ese desierto vacío mientras la noche se vuelve fría.

Y caminamos.

Caminamos.

Caminamos.

Pulga

El frío de la noche en el desierto me entumece los dedos de las manos y los pies. Me adormece la ardiente punzada en mi hombro. Respiro hondo y a soplos para que se me entumezca todo: mis pulmones, mis vísceras, mi corazón.

Pero el frío aún no ha llegado a mi cerebro, ese lugar donde aún vive la memoria. Entonces aparece Chico. Y Mamá. Y mi padre, a quien nunca conocí pero a quien convertí en un dios.

Quizás Chico está a su lado, y los dos me están mirando. Ojalá que esto fuera un consuelo, pero en cambio me preocupa lo que ven, a quién ven, cuando me miran.

Oigo a Nilsa decir algo sobre todas las estrellas en el cielo: *Tantas estrellas, Nene. Mira todas las estrellas.*

Oigo cómo el niño jadea, cómo le dice a su madre que son muy bonitas. Me pregunto cómo pueden hablar de estrellas. Parece que hemos caminado ya durante horas. Me arden las piernas y me duelen los pies. Y pienso en cómo me miró Gancho cuando nos pusimos en marcha.

Pero mantengo la cabeza hacia abajo. Miro mis estúpidos pies dando un paso tras otro, pero lo que quiero hacer es extender la mano para taparle los ojos a Nene. Quiero decirle: *No mires. No hay nada hermoso aquí. El mundo es feo y terrible. Y un día tendrás un mejor amigo, alguien demasiado bueno y demasiado puro para el mundo, por eso el mundo se deshará de él. Y entonces lo sabrás.*

Pero no lo digo...

Así que camino, aunque podría tenderme por aquí y no importarme.

Camino porque Pequeña no me deja detenerme, todavía no.

Camino, esperando que mi cuerpo se rinda.

Camino porque ya no tengo miedo de morir.

Camino; mi mochila se vuelve más pesada con cada paso, cargada de todas las cosas que llevamos.

Camino porque ya estoy muerto.

Pequeña

Caminamos, a cada paso se agudizan los calambres en mis costados, los dolores en mis piernas.

Caminamos, tomamos sorbitos de agua para racionarla, tratando de no beber más, hasta que la tentación es tanta que bebo una gran cantidad, siento que me baja por la garganta y se sumerge en el vacío de mi estómago.

Caminamos, con ampollas formándosenos y ardiéndonos con cada paso.

Caminamos, caminamos y caminamos, hasta que se nos traba la lengua, y el cerebro nos dice solo *un paso más*.

Ahora uno más.

Y uno más.

Caminamos kilómetros, caminamos durante horas, caminamos por la noche mintiéndonos, engañándonos, amañándonos.

Un paso más.

Ahora uno más.

Y uno más.

Uno más y uno más y uno más y uno más.

Hasta que el cielo comienza a clarear.

Gancho encabeza la marcha con los dos hermanos, José y Tonio, detrás de él. Luego Nilsa, que lleva a Nene en la espalda, usa un chal para atárselo. Está tan cansado que ni siquiera puede agarrarse a ella. Los brazos le cuelgan de lado y su cabeza sobre la espalda de Nilsa. Álvaro los sigue, cargando las mochilas. Y Pulga y yo detrás de Álvaro.

Parece increíble cuando veo que la noche comienza a clarear. Le echo un vistazo a Pulga y le digo:

—Llegamos.

Me mira y sacude la cabeza.

—¿Qué te pasa? —pregunto.

—Nada —balbucea, apartándose de mí.

Quiero decirle: *Estamos así de cerca. Así de cerca.* ¿Por qué se da por vencido cuanto más nos acercamos? Pero no puedo hablar con él estando los demás alrededor nuestro. Cuando Gancho nos conduce más cerca de las montañas, impera el silencio. Podemos oír las respiraciones de unos y otros. Podemos oír las pisadas y jadeos de unos y otros cuando el cielo se vuelve más brillante y vemos los primeros rayos de sol que resplandecen en el horizonte. Subimos por un terreno rocoso, y luego por entre más rocas, hasta que finalmente llegamos a un pequeño hueco en la ladera de una montaña. Una pequeña guarida durante el día.

—Descansaremos aquí hasta que el sol se ponga de nuevo —nos dice Gancho—. Después le seguimos. Les aconsejo a todos comer, tomar agua y dormir mucho. Tenemos por delante otra larga noche que caminar y tienen que seguirme el paso.

Miro a Nilsa, que parece agotada y como con ganas de vomitar. Los labios se le están poniendo descoloridos y tiene los ojos entrecerrados. Álvaro le susurra, y le lleva una barra de proteína a la boca, hasta que ella le da una mordida y la mastica mecánicamente. Nene, que ha estado durmiendo en la espalda de su madre, ahora está completamente despierto y con ganas de jugar.

—Deja que mamá descanse —le dice Álvaro, y luego, aunque parece agotado, saca una pequeña pelota de hule de su mochila.

Nene sonríe mientras su padre juega con él a atraparla. Me

distraigo con las idas y vueltas de la pelota, y casi me quedo dormida antes de recordar que primero hay que comer.

José y Tonio están en un rincón, terminando de comer cada uno una lata de atún. Colocan sus mochilas como almohadas y se acomodan. Gancho se pone el sombrero sobre la cara, cruza las piernas al nivel de los tobillos y trata de dormir.

Abro una lata de atún y saco una barra de proteína, luego miro a Pulga que no se ha movido desde que llegamos aquí.

—¿Estás bien?

No responde.

—¿Qué? ¿De repente ya no me hablas? —se queda viendo a la entrada de la diminuta cueva, al sol cada vez más y más fuerte. Puedo sentir que calienta la tierra, las rocas, que suelta su calor y nos alcanza hasta aquí. Pero Pulga mira hacia afuera como si estuviera pensando en algo.

—Di algo, Pulga. ¿Qué pasa?

—Yo solo... Ya no me importa, Pequeña.

Por el rabillo del ojo, veo a Gancho levantar su sombrero y mirar por un momento hacia Pulga antes de volverse a poner el sombrero sobre el rostro y quedarse dormido.

Me acerco a Pulga.

—No digas eso —le susurro—. Ya casi llegamos. Estamos muy cerca. ¿Cómo puede no importarte?

Se encoge de hombros.

—Estoy muy cansado —dice.

Estoy demasiado agotada para decirle palabras que le levanten el ánimo, mi mente está demasiado embotada para pensar con claridad. Así que saco otra lata de atún, la abro y se la entrego.

—Toma, come esto y descansa —le digo—. Te sentirás mejor.

Él toma la lata y yo empiezo a comer. El sabor tibio a pescado en mi boca me da ganas de vomitar, pero sé que me proveerá de energía. Así que sigo comiéndolo, y enseguida también me como la barra de proteína. Miro a Pulga; él solo mira.

—Come —le digo. Pero pone la lata en el suelo y se acurruca.

—Más tarde —me dice.

Pienso en agarrar esa comida, en metérsela en la boca y obligarlo a que se la coma. Pero en cambio, lo dejo descansar.

Y yo también me rindo para dormir.

Pulga

Todos duermen menos yo. Y Nene. Está sentado entre los agotados cuerpos de sus padres, quienes enlazando sus manos le han formado una barrera protectora por si él se levanta, se aleja.

Lo miro cuando echa un vistazo a la cueva. Mientras observa a José y Tonio que están en el otro extremo del lugar. El siguiente es Gancho. Enseguida ve a sus padres, acerca su rostro al de su padre para ver si de veras está durmiendo. Hace lo mismo con el rostro de su madre y le acaricia la cabeza.

Luego me ve y me saluda, pero yo no le devuelvo el saludo. Me saluda otra vez, pero yo no le devuelvo el saludo. Busca detrás de su padre y saca una pequeña pelota de hule. La señala, luego a mí.

—¿Quieres jugar? —susurra. Cuando no contesto, me mira como si estuviera tratando de decidir algo.

Tal vez se pregunte si estoy muerto.

Pone la pelota en el suelo frente a él y me la rueda.

Veo cómo la sucia pelota rosa, del color de una lengua, rueda lentamente hacia mí. Veo cómo se detiene justo frente a mí. Nene me mira expectante, esperando que la alcance y se la devuelva. Pero no lo hago.

Me sonríe, señala la pelota por si acaso yo no la hubiera visto. Como todavía no me muevo, susurra:

—Ándale, ahí está.

Como no hago nada, comienza a levantarse para recuperarla, pero hasta cuando duerme, el brazo de su madre lo oprime y evita que se levante.

Frunce el ceño. Y pienso: *Bien, está bien que sepa que hay personas malas en este mundo.*

Pero entonces, entre más lo miro, más me imagino a Chico y a mi padre bajando la vista para verme. Y las lágrimas me brotan de los ojos. ¿Ese era el que yo era? Era el que siempre había sido. ¿O era en quien me estaba convirtiendo?

No lo sé.

No me acuerdo quién era yo. O quién soy ahora. El viaje ha borrado tanto de mi memoria y todo lo que queda allí es la Bestia y el cansancio y las voces fantasmas y la muerte de Chico.

Miro fijamente a Nene, veo la forma en que él mira la pelota. Y veo como mi sucia mano se extiende, la agarra y se la devuelve.

Su rostro se transforma. Y se ve tan feliz que me duele el corazón.

Mi corazón, esa cosa palpitante que siente demasiado, ese corazón de artista que es una maldición, y antes de que la pelota llegue a Nene, me cambio de lugar, le doy la espalda y miro el sombrío color gris de la cueva.

—Gracias —dice. Y trato de desoír su dulce voz. Intento ordenarles a mis oídos, a todo, que dejen de funcionar.

El color gris se vuelve más y más oscuro, hasta que todo el amarillo del sol ha desaparecido y la noche comienza a caer.

—Vámonos —dice Gancho a todos—. Dense prisa, levántense, tenemos que caminar toda la noche—.

Los ojos de Pequeña me miran:

—Dos noches más, Pulga. Es todo. Solo dos noches más.

¿Para qué?, Quiero preguntarle. ¿Qué improbable futuro hay al otro lado de dos noches? Pero en lugar de eso, solo muevo la cabeza, me cuelgo la mochila y sigo a todos hacia afuera de la cueva, pateando la lata de atún a un lado, con la poca fuerza que me queda.

Pequeña

Baja la temperatura y el desierto se pone frío. Al caminar, oigo a Nene quejarse de lo cansado que está, y a Nilsa diciéndole que siga caminando mientras ella lucha por mantener el ritmo de Gancho. ¿Soy yo o él hoy camina más rápido que anoche? Álvaro levanta a Nene y lo carga, lo baja, lo carga de nuevo, su respiración se agita y se hace más rápida.

Escucho a Nilsa decirle a Álvaro que no fuerce su corazón, que caminar ya es demasiado esfuerzo. Y luego veo a Nene subirse de nuevo a la espalda de ella, y a Nilsa ajustándose el chal. Mi mente relampaguea con el recuerdo del bebé que vivía adentro de mí.

Casi puedo sentir su peso en mis brazos.

Gancho camina un poquito más despacio cuando Nilsa se ajusta el chal y luego tienen que darse prisa para ir al mismo paso otra vez. Y a pesar de todo esto, Nilsa, Álvaro y Nene van delante de nosotros.

—Tienes que caminar más rápido —apuro a Pulga. Estamos al final del grupo. Otra vez—. Por favor, Pulga —le suplico mientras él da pasos lentos, apenas levanta la vista, sin darse cuenta de la brecha que crece entre ellos y nosotros—, no nos esperarán.

—Échenle ganas —nos grita Álvaro, tratando de motivarnos a caminar más rápido. Pero Pulga no parece oír a nadie ni a nada.

Caminamos, y mantengo la vista en Nilsa y en Álvaro, y le insisto a Pulga que camine más rápido una y otra vez.

La piel del pie se me roza contra el interior del zapato, lleno de tierra, haciendo que se me formen más ampollas. Me duele la espalda por las botellas de agua que cargo en la mochila. Me duele la cabeza de estar esforzándome para ver en la oscuridad las figuras de Nilsa, Álvaro y Nene. Ya van más adelante y yo empujo a Pulga hasta que nos emparejamos a ellos.

Una y otra vez.

Durante diez horas, luego ocho, cuatro, una hora más. Hasta que el cielo comience clarear. Hasta que otra noche parezca otro milagro, y la fatiga y el enfado sean reemplazados una vez más por la esperanza.

Gancho nos mira a mí y a Pulga al deslizarnos hacia el pequeño albergue artificial en el que apenas cabemos, construido con matas y rocas, oculto en un desnivel.

—Están caminando muy despacio —mirando a Pulga—, tu hermanito no se ve muy bien.

Ninguno de nosotros se ve muy bien. Álvaro tiene la cara enrojecida y excesivamente brillosa, con todo y la mugre que la cubre, y parece que le va a estallar. Nilsa se ve medio muerta. Y los dos muchachos, los más fuertes de nosotros, también parecen agotados.

—Él se pondrá bien —le digo a Gancho, mientras este moja una camiseta con un poco de agua y se la pone en la cabeza.

Pulga tiene los ojos semiabiertos, y se ve lívido y plomizo. Casi tan plomizo como Chico en su ataúd. La imagen me asusta tanto que rápidamente saco una barra de proteína de mi mochila.

—Toma —le digo, rompiendo la barra en pedacitos y dándole de comer a pesar de que a duras penas abre la boca. El olor a atún y a hierro en polvo y a metal satura el pequeño espacio y me dan náuseas. Pero yo también me como una barra de proteína y me obligo a comer una lata de atún.

Saco un poco de atún con los dedos y se lo pongo en la boca. Le dan arcadas y luego vomita la barra de proteína y el poco de agua que había bebido. Gancho nos mira, me dice que recoja el vómito y lo saque de la pequeña guarida.

Me acerco al tibio vómito, lo recojo, tratando de no verlo, y lo arrojo hacia afuera. Me limpio las manos con tierra, y luego en mis encostrados pantalones, pero el olor persiste. En el aire. En Pulga. Y en mí.

Este espacio es demasiado pequeño para albergarnos a todos. Podemos olernos unos a otros, y nuestro cálido aliento hace que sea aún más difícil respirar cuando el aire se calienta más y más con el sol encima de nosotros. Nene se queja del olor, pero ni siquiera él tiene fuerzas para nada más. Se deja caer como un pequeño muñeco de trapo moreno entre sus padres.

Le doy a Pulga otra barrita de proteína, aunque él solo mueva la cabeza. Le sigo poniendo pequeños trozos en la boca, uno tras otro, hasta que se la acaba.

—Una noche más —le susurro—. Aguanta. Solo una noche más.

La mala ventilación en la guarida se vuelve insoportable conforme avanza el día. Nos dormimos. Y no creo que nos sorprenda si uno de nosotros no despierta. Parece que estuviéramos en un horno, y con cada minuto que pasa, hasta respirar requiere de un gran esfuerzo.

—Descansen —dice Gancho—. Esta noche vamos a caminar más.

Cierro los ojos y trato de dormir, pero a los minutos me despierto con el ruido de la respiración de Pulga. Está tomando respiraciones profundas y espasmódicas que se oyen horrible, ominosas y ruidosas en este pequeño espacio.

Suena a muerte.

Me duermo y me despierto con esos sonidos. Cuando cesan, abro los ojos y me aseguro de que Pulga esté vivo. Cuando comienzan de nuevo, me preocupa que sean sus últimas respiraciones. Hasta que, finalmente, el calor amaina, y la noche comienza a caer.

Gancho se asoma hacia afuera de la guarida.

—Prepárense —dice, tirando de su mochila.

—Bueno, Pulga. Vámonos —pero él no abre los ojos. Lo toco y su piel la siento húmeda—. No hagas esto —le susurro cuando todos comienzan a salir—. Vamos, vamos —lo sacudo y sus ojos se abren, y respiro—. Ya es hora —le digo, agarrando su mochila. Pero Pulga no se mueve.

—Dije que nos vamos —dice Gancho, viéndonos por encima. Todo el grupo nos mira. Nilsa ya se ve mejor, los hermanos se ven mejor, hasta Álvaro se ve menos ceboso y sin tanto brillo.

—¡Ya vamos! —grito—. Pulga, ¡vámonos! —intento mantener la voz firme, intento sonar decidida. Me mira y luego, muy levemente, lo veo sacudir la cabeza.

—*No.*

—Tenemos que irnos. Ya —agarro mi botella de agua y le echo un poco en la boca. Él deja que se le escurra—. Por favor, Pulga, no hagas esto...

Gancho sacude la cabeza, vuelve a la pequeña entrada de la guarida. La mitad de mi cuerpo está afuera y la otra mitad está agarrando a Pulga, tratando de arrastrarlo. Pero siento la forma en que se jala hacia atrás, resistiéndose. Lo miro fijamente.

—¿Por qué haces esto? —susurro, pero hasta cuando me mira directamente a los ojos es como si no estuviera allí.

Pulga se ha ido.

Gancho se inclina, mira a Pulga.

—¿Bien? ¿Qué pasa? ¿Vas a venir, o qué?

De nuevo, Pulga sacude la cabeza muy ligeramente. No, él no irá.

—Está bien, muchacho, es tu elección —Gancho se encoge de hombros y me mira— y la tuya, amigo. Porque no vamos a esperarlos, te vas con nosotros o te quedas.

Álvaro se inclina y trata de persuadir a Pulga, luego Nilsa a su lado. Pero nada registra Pulga, ni una palabra, ni una súplica. Solo se queda mirando.

—Solo tengo que darle un poco de agua, eso es todo —digo, agarrando otra botella.

Gancho se quita el sombrero, se limpia la frente y vuelve a sacudir la cabeza.

—No, amigo. No es solo deshidratación lo que ves allí —dice Gancho—. Es él, que se está dando por vencido.

—¿Qué dice? —pregunto, sentada ahora afuera de la guarida viendo a Gancho, a todo el grupo. Los dos hermanos me miran con compasión pero no dicen nada. Nilsa mantiene muy cerca de sí a Nene. Álvaro mira a Pulga, le sigue hablando muy quedo.

Gancho niega con la cabeza.

—Te estoy diciendo que tu hermano no va a llegar. Y tienes que tomar una decisión difícil.

Sacudo la cabeza y el mundo parece girar, como si la cabeza me fuera a estallar.

—No —le digo—. Podemos... podemos cargarlo —miro a los dos hermanos, a Álvaro—. Entre todos podemos hacerlo, por favor...

—Quien sea que lo cargue perderá tiempo —interrumpe Gancho—. Y fuerza, y se deshidratará más rápido. Mira, lo siento, pero así son las cosas —dice volteando a ver a los hermanos, a Álvaro—. Cada quien cuida de sí mismo. Así son las cosas.

—¡Pero no puedo dejarlo aquí! Por favor... ¡Se los ruego, por favor, no nos dejen! —veo a cada uno, tratando de hacer contacto con sus ojos. Pero todos bajan la vista o voltean a otro lado. Siento el corazón como en caída libre. Un nuevo tipo de miedo y desesperación me invade cuando me doy cuenta de que nos van a dejar aquí—. Por favor...

A Nilsa los ojos se le llenan de lágrimas. Los dos hermanos miran hacia otra parte. Álvaro se limpia los ojos.

—Por favor, por favor... No puedo dejarlo. No nos dejen —sollozo.

El coyote parece arrepentido, pero aún así las siguientes palabras que salen de su boca me desarman.

—Vámonos —le dice al grupo. Y comienza a caminar.

—Ay Dios... —dice Nilsa clavándome la vista, tratando de no llorar—. Perdóname, por favor. Mira... mira a mi hijo.

Entre lágrimas veo a Nene. Me devuelve la mirada con ojos tristes y cansados.

—Tengo que seguir adelante —dice Nilsa—. Por *él.* ¿Entiendes? Perdóname... perdóname —dice y se vuelve hacia Álvaro—. Vámonos.

Álvaro respira hondo y asiente. Cierra los ojos y reza una oración antes de hacer la señal de la cruz en mi frente.

—Que Dios los guarde —dice.

—Por favor —les digo mientras empiezan a alejarse uno tras otro—. *Por favor...*

Los hermanos me miran.

—Toma —dice uno de ellos, abriendo su mochila y agarrando algunas barras energéticas y su botella de agua—. Toma esto... rezaremos por ustedes.

Me pone la mano en el hombro.

—Perdón, hermano —dice. Su hermano no dice nada, pero parece lamentarse mientras se apresuran a alcanzar a Gancho.

Pulga está sentado en la pequeña guarida.

Me aferro a él, lo jalo con todas mis fuerzas, pero él no se mueve.

El grupo se aleja cada vez más y más, se hace cada vez más pequeño a medida que cae la noche. Y con cada paso que dan, me lleno de más y más miedo.

Esto no puede estar pasando. No es así como se suponía que debía ser. Por favor, por favor...

Uno de los hermanos mira hacia atrás, creo. En estos momentos apenas puedo verlos. Y finalmente, de pronto, desaparecen y ya no puedo ver ninguna de sus siluetas.

—Por favor —le susurro a Pulga, las lágrimas me brotan más rápido, la nariz me moquea—. ¡Tenemos que llegar! —le grito. Incluso cuando me doy cuenta de que no, no lo conseguiremos.

No, no lo conseguiremos.

Y nos llegó la hora.

Nos llegó la hora.

Así es como vamos a morir.

Pulga

Oigo un llanto desesperado. Pequeña. Su voz está en algún lugar distante, y ella sigue suplicándome.

Pero hay tanta oscuridad que no sé si tengo los ojos abiertos o cerrados.

Tenemos que llegar, la oigo decir. Y de repente me acuerdo de mi casa. Recuerdo mi cuarto. Casi puedo oír el ventilador. Y ver a Chico, cómo se veía cuando nos conocimos.

Fue justo después de que venció a Néstor de un puñetazo, y Rey vino y nos abofeteó, y la Mamita de Chico todavía estaba viva, y empezábamos a conocer los secretos del uno y el otro.

Lo había traído a mi cuarto, y levanté mi colchón y le mostré todas mis estúpidas anotaciones sobre cómo llegar a Estados Unidos. Todos los apuntes que había estado guardando y acumulando y de los que nadie sabía. Y le conté sobre mi padre y California. Y cómo iba yo a ir por allá algún día.

Hasta entonces, había sido un sueño que nunca tuvo voz. Un sueño que no había aceptado ni siquiera para mí.

Ese día, lo dije en voz alta. Parecía el destino. Aunque le mentí a Mamá todos los días a partir de ese momento prometiéndole que nunca me iría.

Pero esto es lo que sucede cuando cuentas tus sueños: te persiguen. Incluso si los descartas, se niegan a dejarte ir.

Te susurran al oído mientras caminas por las calles, cuando te desplazas por tus entornos, cuando tu barrio se salpica de rojo sangre y negro muerte.

Y no importa si nunca vuelves a contar tus sueños, porque están dentro de ti.

Y se incrustaron en tu corazón y crecieron.

Y tú les creíste.

Aunque fueran sueños imposibles.

¡Me iré contigo!, había dicho Chico, con aquella tonta sonrisa en el rostro.

Porque tus palabras también plantaron esa semilla en *su* corazón.

Y pensaste: *¡Lo vamos a lograr!*

Pero entonces no sabías que los sueños no bastaban.

Y aunque una parte de ti siente pena por Pequeña porque todavía cree en todo ello, no sientes lo suficiente como para ayudarla.

No sientes bastante como para prolongar el dolor. Así te saque a rastras de un agujero en la tierra y te ponga de pie. Así te pase el brazo por los hombros y te haga caminar.

No colaboras. No lo intentas.

—Vamos a llegar —susurra Pequeña. Pero no lo haremos.

Porque ahora lo sé, esos sueños nunca fueron para nosotros.

Pequeña

Caminaron hacia esa otra cadena de montañas. Seguiré en esa dirección. Lo arrastraré por todo el camino si es necesario. Porque no puedo meterme en un agujero y esperar la muerte. No puedo entrar viva a mi tumba. No pudimos haber recorrido todo este trayecto para nada.

Mantengo la mirada en dirección a las montañas. Arrastro el peso muerto de Pulga a mi lado, tropezamos y caemos.

—Ya basta —le digo con los dientes apretados—. ¿Por qué haces esto? Basta. ¡Basta, pisado! —le grito cuando su cuerpo se vuelve más pesado, cuando mi cuerpo se agota más rápido, muy fácilmente. Oigo los sonidos del desierto, los coyotes y los murmullos, y la sensación de que estamos muy solos y no tan solos. De que algo anda por ahí afuera.

Y es cuando escucho una especie de viento ahogado. Y ese sonido se vuelve más fuerte, y de repente puedo distinguir *palabras*, como si el desierto estuviera lleno de gente susurrando. Por un momento, creo que quizás haya alguien por ahí que pueda ayudarnos. Pero cuando miro, solo hay oscuridad, hasta cuando las voces se hacen más fuertes. Hasta cuando oigo a gente rezar, pidiendo ayuda a todos los santos, personas hablando entre sí, personas pidiendo auxilio.

Entonces los veo, caminando frente a nosotros, a nuestro lado, a nuestro alrededor.

Fantasmas.

—¿Pulga? —lo miro, preguntándome si él los verá. Pero él solo se ve los pies.

No nos ven, no nos advierten. Caminan despacio y encorvados. Y veo cómo caen. Oigo el graznido de los buitres, y cuando alzo la vista, veo pájaros como brillantes sombras blancas, en círculos en el cielo. Los oigo picotear y arrojarse sobre los cuerpos que han caído. Los veo picotear y comerse la carne fantasmal. Huelo muerte y podredumbre.

Y luego, las figuras vuelven a la vida. Los cuerpos se levantan. Se echan a andar de nuevo. No tienen descanso.

Eso vamos a ser nosotros.

Si morimos aquí, aquí es donde siempre estaremos.

—Por favor —le digo a Pulga—. Por favor, camina.

Y lo hace. Por un rato lo hace. Hasta que ya no lo hace y tengo que jalarlo.

Poco a poco recorremos un tramo, a medida que los fantasmas mueren y reviven a nuestro alrededor, mientras el desierto me recuerda una y otra vez a todos los muertos que hay por aquí.

Caminamos. Y nos tambaleamos. Y nos caemos y nos cansamos.

Tan cansados de todo.

Cuando abro los ojos, el sol me mira desde lo alto como el ojo de un dios enojado. Busco a Pulga y lo veo justo detrás de mí. Y me doy cuenta de que nos rendimos, nos desvanecimos en algún momento de la noche.

Apuro a Pulga. *Por favor, no te mueras, por favor, tú no también. Por favor sigue vivo.*

Le hablo y él parece muerto.

—Despierta —le digo—. Despierta, Pulga, por favor... —le digo una y otra vez. Le golpeo levemente la cara y sus ojos giran y digo su nombre más fuerte hasta que se le estabilizan.

—¡Levántate! —le digo—. Levántate.

Lentamente se tambalea sobre sus pies y comenzamos a caminar. Pero el sol, ya parece fuego, arrecia. Miro hacia las montañas en la dirección a la que estamos tratando de llegar y se ve todavía tan increíblemente lejos conforme el día se pone cada vez más caluroso.

Imágenes de mí calcinada, de mi piel humeando y asándose como carne de animal, me pasan por la cabeza mientras caminamos.

Con cada segundo que pasa, nuestros cuerpos parece que se estuvieran marchitando, como si el sol nos estuviera chupando el agua. Siento los labios partidos, secos y ásperos cada vez que me paso por ellos la lengua.

Si estuviera sudando, me lo limpiaría; lamería la sal húmeda de mis manos y la bebería. Pero ya ni siquiera sudamos. El sol brama, quemando nuestro interior, nuestros órganos, músculos y sangre.

Tengo mucha sed. Una extraña imagen en la que me perforo la piel y bebo mi propia sangre me pasa por la cabeza. Y sé que el sol me está afectando el cerebro.

Una resplandeciente blancura relampaguea en mi mente y hace que mi cabeza me punce de dolor. Los pensamientos entran y salen más rápido de lo que puedo atraparlos, y sigo caminando.

Siento que voy en cámara lenta; a veces pienso que solo estoy dando vueltas en el mismo lugar. Cada arbusto del desierto se ve igual, agreste, seco y feo. Como nosotros.

—Chico —oigo a Pulga susurrar. Su voz suena irreal. Su voz es polvo.

—No —le digo. No quiero que vea a Chico, no quiero que camine hacia él. *Dile que se devuelva*, le digo a Chico. Y quiero llorar, pero no puedo. Y quiero decirle a mi mente que se calle porque lo que me sigue diciendo es que *nos estamos muriendo, de veras nos estamos muriendo aquí.*

Creo escuchar una especie de graznido y levanto la vista hacia el cielo. Veo puntos negros, o tal vez son buitres. Tal vez ya tienen la vista puesta en nosotros, listos para deleitarse con nuestros cuerpos.

No.

—Estamos bien —me digo. Y luego la veo. Veo *agua.*

Agua.

Agua hermosa y cristalina.

—Agua —le digo a Pulga, levantando mi mano para mostrarle, a pesar de que no puede ver—. ¡Mira! ¡Mira! ¡Ahí está!

Agua para saltar en ella, para despertar a todo nuestro cuerpo.

—¡Oigan! —alguien grita desde lejos, desde donde el agua brilla a la distancia—. ¡Oigan, vengan! Y miro y soy *yo.* Soy *yo*, todo el camino hasta allá, sobre un colchón ensangrentado, usado como una balsa en toda esa agua. Soy yo, con el largo cabello negro que solía tener, que solía amar, que Mami peinaba en dos largas trenzas cuando yo era niña. Soy yo, agitando los brazos mientras se queda de pie a un lado del colchón, mirándome a mí y a Pulga.

Nada de esto es cierto, me digo a mí misma. *Estás alucinando.*

Siento el cosquilleo de mi nariz, la forma en que mi respiración se acelera y el calor detrás de mis ojos, prestos para llorar.

Pero las lágrimas no me salen.

Es solo la *sensación* de llorar. Es la forma en que lloras cuando no tienes más lágrimas. Parpadeo una y otra vez mientras me veo a mí misma, y luego Pulga también está sobre el colchón. Y Chico.

Chico.

Y todos sonreímos, saltamos y nos saludamos. Estoy viendo una película de los tres, cómo fuimos alguna vez. No somos de verdad, *¿alguna vez fuimos así?* Pero no me importa. Nos amo.

Me río y saludo de vuelta. Veo el blanco de los dientes de Chico cuando sonríe, y el brillo anaranjado de sus mejillas cuando pasa un brazo alrededor de Pulga. Y a Pulga, riendo, aplaudiendo como si estuviera muy orgulloso de que llegáramos tan lejos, y allí estoy, con un vestido blanco, tan limpio, bonito y brillante, de pie junto a ellos y los miro como si fueran dos mitades de mi corazón.

Miren cómo brillamos, con la vida.

Pulga gime pero no quiero apartar la vista de nosotros tres.

—Mira —le digo—, míranos. Camino más rápido, zafándome del peso de Pulga. Camino hacia toda esa agua—. ¡Pulga! —grito. Pero luego miro hacia atrás; veo que ha caído de rodillas. Me tropiezo con él. *Vamos, vamos,* le digo, *no te mueras.* Pero él no me oye. No *me* oye. Mi voz es menos que un susurro, no existe.

Levanto su cuerpo nuevamente, lo jalo a mi lado otra vez.

Vamos... por favor... vamos. Por favor. Por favor.

Lo sostengo y le ruego a Dios, por favor, por favor, por favor. Nos miro a los tres en el colchón, la forma en que hemos dejado de reír. La forma en que nos vemos Pulga y yo aquí en el desierto. Pero luego, por ahí, Chico comienza a convulsionarse, y le sale sangre de la boca cuando cae. Pulga, cae de rodillas. Y bajo la vista para ver mi vestido, lo veo cómo pasa de ser de color blanco a rojo sangre.

—*Nos estamos muriendo* —me dice mi mente.

Morimos.

La imagen se funde.

—Estamos bien —le digo a Pulga, para que se quede aquí, en

este mundo. Pero mis palabras son apenas un susurro. Ni siquiera sé si las digo en voz alta. O si se oyen.

Más adelante, veo tierra que se levanta hacia el cielo. Y luego una camioneta blanca, a gran velocidad hacia nosotros. Y no sé si es real o no cuando se acerca.

Se acerca. Se acerca.

Muy cerca, tan increíblemente rápido, hasta que derrapa a centímetros de nosotros, una nube de polvo nos rodea.

Luego el portazo de un vehículo. Un hombre vestido de verde viene hacia nosotros. Patrulla Fronteriza.

Estamos del otro lado. Llegamos.

Mi cuerpo vibra con energía renovada al darme cuenta. Empiezo a llorar mientras trato de decirle a Pulga que *lo logramos, ¡llegamos al otro lado!* pero el agente nos grita antes de que yo pueda decir algo.

—Vengan aquí —dice en español a pesar de que parece gringo. Nos empuja hacia la camioneta. Pulga se balancea de un lado a otro mientras el hombre le da palmaditas. Luego el agente me empuja contra la camioneta, me palmea el hombro, el torso y luego los senos, donde se detiene. Donde sus manos se demoran, y sé que ya sabe.

—Oh... bueno —dice, riéndose mientras me aprieta los senos. Salto hacia atrás y él me empuja más fuerte contra el carro, se me arrepega mientras dice algo en inglés que no entiendo.

La superficie del carro está ardiendo, pero la sangre se me hiela. Hasta cuando se aparta, aún puedo sentir sus manos sobre mí, su boca cerca de mi oreja al palpar mis senos. Dice cosas en inglés que no entiendo y algunas palabras en español.

—No mueva. No mueva —dice que nos quedemos quietos mientras camina hacia la parte trasera de la camioneta.

Cuando pasa delante de mí me mira fijamente. Tiene la cara

rojiza y correosa. Sus ojos son fríos y enjuiciadores. Y me mira como si pudiera hacer lo que quisiera conmigo, con mi cuerpo. Y puede hacerlo.

Escucho un ruido sordo cuando Pulga cae repentinamente, cuando sus brazos y cabeza golpean el metal del carro al desvanecerse. Y entonces oigo al agente de la patrulla fronteriza gritar algo cuando viene a ver qué sucedió, con un galón de agua en la mano que comienza a verter directamente sobre Pulga.

Y ahí es cuando algo en mí me dice que... ¡corra!

Miro hacia Pulga. Solo tengo segundos, no, menos de segundos para decidir.

Él está a salvo. Se lo llevarán. Estará bien, me digo.

¡Corre! ¡Corre! ¡Corre! Grita mi mente. ¡Ahora!

Y eso hago.

Corro para salvar mi vida.

O hacia mi muerte. No lo sé.

Pero en ese momento, es todo lo que puedo hacer.

Corro.

Pulga

Oigo que alguien vocifera, gritos y órdenes, pero no sé contra quién. Veo neumáticos, una camioneta. Y luego agua salpicándome la cara.

Una violenta sacudida atraviesa mi oscuridad como un grito, dejando pasar el sol por arriba de mi cabeza, dolorosamente luminoso ante la vista. Me llevo un brazo a la cara, protegiéndome los ojos, pero aún así el sol relampaguea en mi cabeza.

Alguien me pregunta algo, la voz suena distorsionada y gruesa. En un principio mis oídos se quedan en silencio y luego vuelven a estar a todo volumen cuando la borrosa figura habla de forma distorsionada. Luego bebo agua y él me pone de pie a pesar de que apenas me puedo sostener. Me empuja al asiento trasero de la camioneta, donde se siente fresco y está oscuro y la estática de una radio rompe el silencio. Y a pesar de todo esto, el alivio de lo bien que se siente estar en el carro con aire acondicionado y finalmente estar fuera de ese desierto abrasador, es inmediato.

Él se mira borroso y su figura entra y sale de foco. Y busco a Pequeña y no la veo en ninguna parte. La recuerdo parada junto a mí cuando el tipo me dio unas palmaditas.

Y luego desapareció.

Ella anda por ahí. Y nosotros nos alejamos. Y él está diciendo algo sobre la muerte. Muerte.

Miro hacia el desierto, busco la manija de la portezuela, pero no veo ninguna. Pongo mi mano en la ventanilla, buscando a Pequeña.

Se me anegan los ojos de lágrimas, tengo la visión borrosa y mi corazón, lo que queda de él, se estremece en mi pecho.

Pequeña

¡Morirás!

¡No hay nada, nada por ahí!

¡No hay nadie que te ayude!

¡Te extraviarás!

¡Para siempre!

¡Deja de correr!

¡Devuélvete!

¡Devuélvete!

Mi mente relampaguea con advertencias, con la promesa de la muerte. Pero mis piernas me empujan hacia adelante. Cuando miro por encima de mi hombro, creo que veré el horrible rostro de él, su horrible boca, su aliento pesado en mi oído. *Oh... ¿Qué tenemos aquí?*

Pero no hay nada, nadie. Aún así, corro. Corro más rápido: sobre matorrales y arbustos secos y sobre cantos rodados y piedras. Paso delante de altas rocas apiladas. Mis pies corren, tropiezan, se tambalean, me levantan. He pasado días, semanas corriendo. No creo que pueda detenerme.

No lo haré.

Pienso correr hasta morir, hasta que mi cuerpo se rinda.

Pero quiero vivir.

Así que me detengo, porque el pecho me arde y me quiere explotar. Porque los pies los siento en llamas y el cuerpo, como de hule. La sangre y el corazón me laten furiosamente, es todo lo que puedo oír.

Veo hacia todas direcciones en busca de la camioneta, esperando que aparezca en el horizonte, en dirección mía. No hay nada más que una delgada línea blanca. Una línea blanca brillante, una frontera, entre la tierra y el cielo. Entre la gloria y el infierno.

El terror se apodera de mí cuando me doy cuenta de lo que he hecho. Cuando me doy cuenta de que voy a morir.

Siento los sollozos en mi garganta. *¿Cómo? Después de todo, ¿cómo puede ser que termine así?* Busco la camioneta que estaba allí, que vino y se llevó a Pulga. Fue hace unos momentos que dejé a Pulga allí en el suelo.

¿Cómo pude haberlo dejado solo, así como así? Tengo que volver a su lado. Tengo que encontrar esa camioneta. Giro en el inmenso vacío, en busca de alguna señal, algún movimiento, alguna cosa.

No hay nada.

Nada.

La cabeza se me embota y el mundo se inclina de un lado, luego del otro. Ya no puedo decir de dónde vengo o hacia dónde iba. El mundo se vuelve borroso. El cielo y el suelo son uno. Y mi cuerpo no seguirá adelante.

Pierdo energía sollozando sollozos sin lágrimas, y me deslizo por debajo de un árbol que huele a quemado. Las espinas de pequeños nopales ocultos me cortan la cara y el cuello, me dejan pequeños cortes que me punzan y arden mientras mi mente me sigue diciendo la horrible verdad.

Aquí vas a morir.

Pulga

Las puertas de metal negro se cierran detrás de nosotros, y estamos en una especie de estacionamiento, cerca de un edificio del color de la arena. Ahora tiemblo. Mi ropa está helada por la ráfaga de aire acondicionado del carro.

—Vamos —dice el agente, abriendo su portezuela, luego la mía.

Intento salir, pero mis piernas no me responden y me tambaleo y caigo de bruces, mi cara derrapa sobre el asfalto. Todo lo que quiero es quedarme allí. Pero el agente me sujeta y me pone de pie, de vuelta al calor.

—Camina —me dice, la palabra suena feo en su boca. Camina. Todo lo que he estado haciendo es caminar. Murmura algo más en inglés, palabras que medio entiendo—. No me salgas con esa mierda. Sé que puedes caminar.

Pero siento las piernas como de papel cuando él me empuja.

Las puertas del edificio se abren y se cierran detrás de nosotros, de nuevo una ráfaga helada. Él me empuja por un pasillo hacia algo parecido a una oficina donde me siento en una silla, dura y rígida como el suelo, y me pregunta cosas que no entiendo mientras mi cuerpo comienza a temblar de nuevo. No le contesto.

Revisa mi mochila y se la da a otro agente.

Sonríe y mueve la cabeza.

—Está bien —dice, agarrando papel de aluminio enrollado al caminar de regreso por el pasillo a otra habitación. Cuando abre la puerta, sale un aire más frío y veo una habitación llena de gente acurrucada y cubierta con mantas de aluminio.

—Aquí tienes, amigo —dice, aventándome la manta a los brazos y empujándome hacia adentro—. Que te diviertas.

Cierra la puerta y varios muchachos que parecen de mi edad, más algunos hombres mayores, se sientan en bancas a lo largo de paredes de concreto. Me miran durante un minuto antes de acurrucarse nuevamente debajo de sus sábanas de aluminio.

La habitación está helada, lo mismo que entrar en un refrigerador. Ráfagas de aire frío salen de un conducto en un rincón vacío de la habitación, sobre un escusado que se ve sucio, apenas oculto por una media pared. La habitación es gris y de fluorescente blanco y plateado, sin calor en absoluto.

Me envuelvo con la arrugada manta, me siento en el piso de cemento donde lo helado penetra mi cuerpo y me humedece la ropa al instante. Me cala en los huesos, y me duelen de frío. Pero estoy demasiado cansado y débil para levantarme.

Todos aquí parecen muertos, o perdidos en el sueño, o medio inconscientes. Me envuelvo con la delgada manta plateada con más fuerza, plata como el hielo, el acero y las cuchillas.

Siento que mi sangre fluye más despacio, mi corazón apenas late. Siento que mi cuerpo se mueve más lento, se cierra. Siento que me congelo.

Quizás esto sea morir.

Tal vez mi cuerpo finalmente ha decidido rendirse.

Pensar en ello es casi un consuelo. Y por primera vez en mucho tiempo, me permito pensar en Mamá y en Barrios. Me espanto el miedo, la sangre, los gritos y las balas, y mi cabeza se llena de colores. Tonalidades de margarita y de mandarina y siena quemado. Recuerdos de calor en mi piel mientras caminábamos bajo aquel sol. Pienso en el rojo rosado del lápiz labial de mamá, el rubor de sus mejillas y el aroma a vainilla de su perfume.

Y luego aparecen otros pensamientos. Pequeña. Allá afuera, sola. Asándose en el desierto. Me pregunto si está viva.

La puerta se abre y alguien nos da unas galletas, que mi mano toma y se lleva a la boca, no importa cuánto le diga que no lo haga. No quiero comer. No quiero seguir. Pero mi cuerpo ha luchado por sobrevivir demasiado tiempo como para que escuche a mi mente. Esto sucede una y otra vez, hasta que me pregunto si estoy imaginando cosas.

La puerta se abre y empujan a alguien más hacia el frío cuarto.

—*Cuánto tiempo has estado aquí* —susurra. Lo miro. Intento hablar. Pero no me sale nada. Él me mira y me toca el brazo.

—Oye, ¿estás bien? —dice, pero ya no oigo nada más cuando me arropo con el papel de aluminio, helado como la carne en un congelador. Me quedo viendo fijamente la luz fluorescente. Aquí no hay día ni noche. Solo esa luz.

Siento como si mi sangre ya no me bombeara en el cerebro. Solo puedo pensar en el frío y en cómo mi corazón se ha convertido en un bulto congelado con bordes afilados.

Eso es todo lo que puedo sentir, la puntas filosas de agujas heladas cada vez que respiro.

De veras creo que lo lograremos, la voz de Chico suena fuerte y clara en mi mente. Levanto la vista y allí está, envuelto en una manta plateada sobre su cabeza, como la Virgen María. Su cara y sus labios, azules. Sus ojos, mirándome fijamente.

Es aterrador y hermoso a la vez.

No te rindas ahora, Pulga. Cuando pestañeo, su fantasma se ha ido. Pero lo oí. Sé que lo oí.

—¿Cuánto tiempo nos tendrán aquí? —dice alguien, interrumpiendo mis pensamientos. Lo veo, es el tipo que me preguntó si estaba bien, tiene la cara cansada, los labios resecos y partidos.

Miro el foco que hay encima de nosotros. Pienso en Chico. Y a través de temblorosos susurros le digo al fulano las palabras que me han estado dando vueltas en la mente:

—Aquí no hay día ni noche.

No sé cuánto tiempo me tardo en pronunciarlas.

Pero lo hago, las expulso.

E imagino la tonta sonrisa de Chico.

Una luz brillante me ilumina los ojos haciéndolos latir y punzar. No puedo ver nada pero oigo a alguien gritar que nos movamos. Y alguien más se ríe. Y el olor a aire, polvo y gasolina me satura la nariz. Un calor repentino penetra mi piel.

Al principio, creo que he vuelto a la ciudad de Guatemala con Pequeña y Chico.

Entonces los recuerdo. Recuerdo que los perdí.

Luego creo que tal vez estoy otra vez en el desierto, mochila en mano.

Pero cuando finalmente puedo abrir los ojos lo suficiente contra el sol cegador, veo que estoy afuera y hay un autobús delante de mí. Un agente carga una bolsa de manzanas y nos dice a mí y a los otros muchachos de mi edad, y a las chicas que parecen haber salido de la nada, que tomemos una cuando subimos al autobús.

La que cojo está magullada y la mitad está blanda y ennegrecida y no la quiero. Estoy a punto de tirarla al piso del autobús, cuando oigo la voz de Chico.

Cómete la manzana, Pulga, dice.

Lo busco, pero solo veo rostros cansados. El estómago me gruñe con más hambre cuanto más trato de resistirme.

No quiero hacerlo pero mis dientes la muerden. Sigo comiéndomela, hasta cuando el estómago me duele con cada trozo de la manzana. Me hace sentir enfermo, pero me como cada parte, incluso las semillas y el corazón. Y cuando solo queda el tallo, lo retuerzo entre mis manos llenas de mugre, esperando que Chico me vea.

El autobús está caluroso y parece que no hay suficiente oxígeno para todos. El sol arde a través de la ventanilla. Avanzamos y siento los ojos pesados. Si los cierro, podría no abrirlos nunca más.

Poco a poco, el mundo se desmorona.

Y yo con él.

Nos detenemos en otro edificio, también de color arena, con bordes redondeados que parecen erosionados por el viento. Matorrales del desierto y grandes rocas y una cerca de alambre rodean los cuatro costados. No veo ningún otro edificio, solo tierra y montañas lejanas. Estamos en medio de la nada.

Pasamos por una puerta de metal que se cierra lentamente detrás de nosotros.

Uno de los agentes se levanta y nos grita que bajemos del autobús, y nos separan en dos filas diferentes mientras nos registran. Las mujeres a la izquierda. Los hombres a la derecha.

Me pregunto si nos trajeron aquí para morir.

Miro a las mujeres que se alejan y de repente recuerdo a Pequeña. Y ojalá pudiera verles las caras, ver si ella está aquí, si por algún motivo no la vi.

Pero entonces me acuerdo de que Pequeña tiene el cabello corto, y que se ha convertido en otra persona, y que la dejé en el desierto. Y luego pienso en que a lo mejor ya esté muerta y algo me duele en el pecho y quiere salírseme por la garganta.

Así que me desconecto y, en cambio, sigo al muchacho que va delante de mí mientras un agente nos dice que nos movamos.

Nos conducen más adelante del edificio principal, a un galerón de metal que hay detrás.

Un guardia abre la puerta y entramos.

En el interior hay una sala muy grande con jaulas metálicas. Estamos formados contra la pared y nos instruyen para desanudarnos los zapatos y ponerlos en nuestras mochilas. Un guardia toma las mochilas, las etiqueta y las arroja a una montañita de mochilas antes de entregarnos un número.

Miro el trozo de papel. 8640.

Otro guardia abre la puerta a una de las tres jaulas de metal, las tres están llenas de más muchachos, y la cierra detrás de nosotros.

Siento las piernas débiles y una viscosidad en todo el cuerpo que me humedece la ropa.

Algunos de los muchachos hablan entre ellos, pero de mis labios no saldrían palabras, aunque lo intentara.

Entonces me siento en el suelo, con la espalda recargada en la jaula de metal.

Y trato de olvidar cómo llegué aquí.

Me despierto cuando un guardia me golpea el hombro con un burrito envuelto en una servilleta.

—Toma, come esto.

Lo cojo y miro el blando bulto de comida. Oigo a algunos muchachos quejarse.

—Cómanselo y cállense —grita el guardia.

Mi estómago gruñe y le doy un mordisco al burrito: la tortilla está tibia, pero el interior está frío. Y cuanto más mordidas le doy, más frío y más duro se pone. Mastico los fríos pedacitos y me los trago. Otro guardia nos da vasos de agua. Y luego se llevan la basura y vuelven a cerrar la puerta de la jaula.

Me doy la vuelta.

Levanto las rodillas.

Y vuelvo a caer en una oscuridad tan profunda, tan vasta, que no creo que salga de ella.

Pequeña

M e quedo viendo la noche hasta que todo se oscurece, hasta que todo lo que puedo hacer es oír mi aliento. Cada respiro raspa, pero me calma escuchar la inhalación. La exhalación. Hasta cuando me pregunto cual será la última.

Miro los blancos alfilerazos de luz que aparecen en el oscuro cielo nocturno y siento que mi cuerpo se enfría. Busco a Pulga, pero él no está allí.

Me acuerdo de la camioneta. El agente. El roce de sus manos. Me acuerdo que corro.

Y luego abandono mi cuerpo.

Floto hacia arriba, desde debajo de ese mezquite, hacia la fresca brisa nocturna del desierto, y más alto aún hacia el cielo. Rondo por las alturas y todo el dolor, toda la sed, toda la angustia que sentí desaparecen. Ni siquiera me importa estar muerta. Ni siquiera me lamento de que mi vida haya terminado, y en algún lugar allá abajo, los buitres se comerán mi cuerpo.

Miro las estrellas y me acerco a ellas, y de inmediato siento su calor y cuando alargo la mano para tocarlas, corrientes eléctricas atraviesan mi cuerpo sin forma. Me siento como un trozo de tela delgada y delicada cuando la brisa nocturna me penetra, cuando miro todo ese desierto abajo. Y puedo ver y oír *todo*.

Veo a gente caminando por allí, bajo una capa de oscuridad.

Veo las camionetas de la patrulla fronteriza, desplazándose lentamente, grandes reflectores blancos montados en sus vehículos que brillan en lo oscuro. Escucho el crujir de pisadas, los cuchicheos de las madres que les dicen a los niños que se callen. Escucho la radio en la camioneta. Y la risa de los agentes fronterizos. Veo una carretera a la distancia.

Oigo a alguien tratando de no llorar.

Y a alguien que llora. Y a alguien que muere.

¿Soy yo?

Y entonces la veo, a la bruja, con sus ojos deslumbrantes y su largo cabello.

—Pequeña —susurra, y de pronto ya está junto a mí. Sonríe con labios trémulos. Su cabello plateado se le ondula como olas. Sus ojos destellan e hipnotizan. Me toma la mano y de repente mi cuerpo se aligera.

Creo que vino por mí, finalmente. Para llevarme.

Oigo voces de mujeres, cantan, ríen, con música que sé que no puede existir. Me hacen señas y parece que las sigo. Siento la gelidez de la bruja, ese frío que se le desprende como una brisa.

No sé quién es ella, sin embargo sí lo sé.

Y luego me convierto en ella.

Y soy todas las mujeres que me guían por la tierra de los muertos. Siento sus espíritus todos adentro de mí. Oigo sus voces, desde el interior de mi cabeza. Veo sus caras titilando en mi mente, todas sus caras.

Siento sus espíritus entrando en mi cuerpo. Llenándome con algún tipo de fuerza, con algún tipo de voluntad.

Miro fijamente el resplandor azul-blanco que sale de mi cuerpo, iluminando el desierto, la noche. Y espero la muerte.

Al morir, sale el sol. Y las montañas se mueven durante la noche. Al morir, te encuentras cerca de una carretera que apareció de la noche a la mañana. Al morir, sales de entre un árbol demasiado grande para estar en el desierto.

Cuando abro los ojos, mi cuerpo se estremece y palpita, como si estuviera en llamas.

Camino y camino, el fuego en mis pies y mi cuerpo arde, pero me rehúso a extinguirme. Es un ardor que me mueve las piernas y me hace tambalear, corro a un lado de la carretera. Es un ardor que me llena los pulmones y libera un grito que reverbera del interior de mi cuerpo hacia el desierto.

Siento la cabeza como si me fuera a estallar con el sonido de mi propio grito (ese ruido, trueno, rugido, lamento) que se me escapa. Es tan largo, tan absorbente, que no puedo creer que lo trajera conmigo. Llena el cielo y, al hacerlo, sé que ha estado floreciendo dentro de mí desde el día de mi nacimiento.

No soy la única que escucha mi grito.

Un carro a baja velocidad pasa delante de mí.

Las luces traseras destellan en rojo.

Las luces traseras destellan en rojo.

Las luces traseras destellan en rojo.

Las puertas del copiloto y del conductor se abren.

Salen dos mujeres y me gritan. Comienzan a caminar hacia mí, mientras siento que mis rodillas ceden. Soy una flor que brota de las cenizas. Soy *vida* en el desierto, y me recogen y me llevan al carro.

En el carro apoyo la cabeza en la ventanilla mientras ellas continúan hablando y clamando a Diosito Santo. Mis ojos apenas se abren, pero mi sentido del olfato es intenso.

El olor a quemado persiste en el aire.

La persona que yo era muere.

Pero en mi corazón queda algo de esperanza por aquella en la que me he de convertir.

Pulga

Al principio creo estar viendo cosas, pero cuando parpadeo él todavía está allí.

Parpadeo de nuevo, y él todavía está allí.

En un rincón, mirando atento la habitación. Tiene los ojos vidriosos, pero se ve asustado. Me acerco a él en silencio.

—¿Nene? —susurro. Nene, el de cuatro años, el del albergue antes de que cruzáramos. Nene, a quien su madre cargaba en la espalda por el desierto. A menos que no sea él. Quizá sea otro niño de cuatro años que solo me lo recuerda.

Me devuelve la mirada y estoy casi seguro de que mi mente está jugando conmigo nuevamente cuando dice:

—Te conozco.

Digo que sí moviendo la cabeza.

Los ojos se le llenan de lágrimas.

—Aquí no conozco a nadie. Me llevaron lejos de mi mamá.

Su voz es fuerte, y aunque intenta no llorar, le corren las lágrimas y baja la cabeza y comienza a sollozar.

—¡Oye! —alguien me grita—. Deja de hacer llorar a ese niño.

Veo de soslayo a un hombre uniformado en la sala. Pero se ocupa y se distrae con otro niño que comenzó a gritar y patear en el piso. Patalea, furioso. Se levanta y se tira de nuevo al suelo.

El guardia agarra al pequeño, que grita más recio. Lo levanta bruscamente con el brazo, arrastrándolo por las puertas donde sus gritos se hacen más fuertes y agudos, incluso cuando se alejan.

Nene se traga sus sollozos, mientras más lágrimas corren por su rostro.

—Quiero a mi mamá —susurra. Su aliento es agrio y tiene la cara sucia. Todavía lleva puesta la ropa que le vi por última vez, ahora más mugrosa. Pequeñas costras de polvo se le pegan a las pestañas cuando se enjuga las lágrimas que no dejan de brotar—. ¿Sabes dónde está ella?

Niego con la cabeza.

Me siento a su lado y lo oigo llorar por su mamá, por su papá. Y quiero alejarme de él, pero no puedo.

—Estaba con mi mamá, juntos, en una jaula —me dice—. Y luego me preguntaron si quería comer unas galletas y dije que sí, y me llevaron y nunca me dieron nada de comer y nunca me llevaron de vuelta con ella —sus lágrimas le fluyen más rápido, sus palabras se vuelven más difíciles de pronunciar—. Me trajeron aquí. Es mi culpa.

Sé que debería apartarme, pero no puedo.

—No —le digo—. Te engañaron para alejarte de tu mamá y de tu papá.

Él sacude la cabeza.

—Mi papá... se durmió en el desierto. Tenía que quedarse allá... —me dice, con la voz quebrada—. Mi mamá dijo que solo estaba descansando, que nos reuniremos en los Estados Unidos, pero... no creo que me estuviera diciendo la verdad.

Agacha la cabeza y llora más recio, su pequeño cuerpo tiembla con los sollozos que intenta tragarse de nuevo. Y lo miro, deseando poder entrar en su pequeño pecho y separar su corazón del resto de él para que ya no sienta nada más.

Somos tan pequeños, Pulga.

La voz de Pequeña, de toda una vida ya distante, aparece en

estos momentos. Y me acuerdo de ella. Y de su bebé. Y de Chico. Y cómo tenía razón. Somos muy pequeños.

Somos pelusas que no le importan a este mundo. Nuestras vidas, nuestros sueños, nuestras familias no le importan a este mundo. Nuestros corazones, nuestras almas, nuestros cuerpos no le importan a este mundo. Todo lo que quiere el mundo es aplastarnos.

Aplastó a Chico.

Aplastó a Pequeña.

Está aplastando a Nene.

Y también me aplastará a mí.

Repliego las piernas y me las abrazo. Me acerco un poco más a Nene y él se acerca un poco más a mí. Y nos sentamos así, pequeños, juntos.

Con la esperanza de que tal vez los guardias se olvidarán de nosotros.

Con la esperanza de que tal vez podamos ser lo bastante pequeños como para desaparecer, pero no tan pequeños para que nos olviden.

—Solo trata de no pensar en eso —le susurro—. Intenta borrarlo todo de tu mente.

Él dice que sí con la cabeza, cierra los ojos. La cara se le ve adolorida como si estuviera tratando de borrar cada imagen. Pero cuando llora otra vez, sé que no puede.

Esa noche sueño con Chico.

Lo estoy alcanzando, y esta vez, me agarro a su brazo. Lo aprieto tan fuerte, justo antes de que se caiga. Pero se desprende de su cuerpo, como una prótesis, y se vuelve liviano en mi mano cuando el resto de él, el peso de él, cae al suelo. Y lo oigo gritar mientras el tren se lo traga, mientras sostengo ese brazo sin cuerpo en mis manos.

Sus gritos me despiertan. Pero son mis propios gritos. Y la noche se llena con el barullo de niñitos llorando. Llaman a sus padres, a su hermana o hermano, a sus tías y abuelas.

Lloran porque les duele el estómago.

Nene le llama a su mamá, a su papá.

Le aprieto la mano y le digo que todo estará bien. Mi pecho se encoge ante sus gemidos.

Cuando se vuelve a dormir, me golpeo con fuerza el pecho. Más fuerte. Espero acabar de romper lo que me queda adentro.

Pequeña

Veo la cara de Pulga. Y la de Chico. Veo los rostros de personas en la Bestia que pensé que nunca volvería a ver, pero aquí están, en mis sueños. En mis pesadillas. Flotando en la oscuridad cuando abro los ojos. El rostro de una mujer que no conozco aparece y desaparece con frecuencia.

Tengo que acordarme que se trata de Marta, la mujer que me salvó la vida.

Estoy limpia, pero solo tengo recuerdos de agua. Estoy vestida, pero no sé cómo. No tengo hambre, pero no recuerdo haber comido.

—¿Estás bien? —pregunta Marta—. Pone una taza de café frente a mí, y yo digo que sí moviendo la cabeza. Marta parece ser una mujer nerviosa. No puedo creer que ella me haya recogido.

—¿Cuánto tiempo he estado aquí? —le pregunto.

Me mira fijamente.

—Solo una noche, m'ija. Te recogí ayer por la mañana.

—¿Por qué...?

Levanta las cejas, se inclina.

—Pues, porque... —dice, meneando la cabeza— ¿cómo podría no haberlo hecho? —me mira como si yo pudiera dudar de que fuera su única opción.

—Mucha gente no lo haría —le digo.

Asiente.

—Lo sé. Pero... —mueve otra vez la cabeza—. La verdad es que tengo motivos egoístas, supongo.

Va a un lado y a otro de la cocina, grande y llena de luz, agarrando galletas y colocándolas frente a mí. Luego calienta tortillas en el comal. Revuelve huevos en un sartén.

—Tengo una hermana, ella vive en México. Su hija, mi sobrina, falleció tratando de llegar a los Estados Unidos. Esto fue hace años. Mi hermana casi se muere. Era su única hija —Marta se pierde en los recuerdos por un momento—. Creí que mi hermana iba a morir de pena. Pero luego ella me llama. Me dice que está en México, trabajando en un albergue cerca de las vías del tren. Le digo que está loca. Me dice que quiere ocuparse de la gente, de la forma en que ojalá alguien se hubiera ocupado de su hija. Está sola allá afuera, pero bueno... Creo que es su destino.

La imagen de Soledad me viene de inmediato a la cabeza.

—Soledad... —susurro.

Marta deja de hacer lo que está haciendo y me mira.

—¿Qué dijiste?

—Soledad.

—¡Así se llama! —los ojos de Marta se agrandan—. ¿Cómo lo supiste?

—Nos quedamos en ese albergue una noche. Me afeitó la cabeza.

Nos miramos fijamente la una a la otra, e incluso después de aquel viaje, viendo, escuchando y dando testimonio de las cosas que he visto, estoy asombrada.

Marta mueve la cabeza y comienza a reír.

—Dios mío, sí, ella le afeita la cabeza a todos. Es increíble, pero... —me mira con ojos luminosos.

Es increíble viajar tantos kilómetros, en la frontera de los sueños y de la realidad, de la vida y la muerte, y venir a encontrar la bondad, el amor y la humanidad de dos hermanas. Increíble.

Y sin embargo.

Marta pone el plato de comida delante de mí, me hace preguntas sobre Soledad y nos reímos ante lo increíble, el triunfo de las probabilidades.

Me río.

Increíble.

Y sin embargo.

Me río.

Hablamos hasta entrada la noche. Me hace un atole, un poco de té para beber, y luego otro té en el que empapa unos trapos y me los pone sobre la piel reseca y arañada. Dice que el té me ayudará a sanar.

Nos sentamos en el sofá y me hace compañía, como si supiera que tengo miedo de dormir, de enfrentar la oscuridad que el sueño y la noche traen consigo.

—Entonces, ¿por qué te viniste? —me pregunta.

—Por la misma razón por la que todos vienen —le digo.

—¿Hiciste el viaje tú sola?

Muevo la cabeza. Y miro por la ventana, hacia la espesa oscuridad. Pienso en Pulga y en Chico. Y en toda la gente que sigue ahí afuera, *en estos momentos*, esta noche. Los ojos se me anegan de lágrimas, que se desbordan antes de que pueda contenerlas.

—Vine con otros dos.

Le cuento de Chico. Y de Pulga. Le digo que sé dónde está Chico, dónde estará para siempre. Pero que no sé qué le pasó a Pulga después de que la patrulla fronteriza lo recogió.

—Si él tiene familia aquí, ¡tienes que ponerte en contacto con ellos para que traten de sacarlo de allí! Los centros... —mueve la cabeza— están muy mal, m'ija.

—Tendría que llamar a mi casa para averiguarlo. Tendría que

hablar con mi madre y no he... hablado con ella desde que nos fuimos.

Los ojos de Marta se agrandan. Se levanta rápido, repentinamente llena de urgencia, busca su teléfono celular.

—Dios, m'ija. ¿Tu gente no sabe que estás viva? Llámales. Llámales ahora.

Me da su teléfono y yo lo miro, paralizada.

No estoy lista para escuchar a Mami. No estoy lista para saber si contestará o no el teléfono. Si ella está bien, o si Rey se desquitó con ella. Cosas en las que no me permitía pensar cuando huía, pero ahora son las cosas que me pasan por la cabeza.

Marta me pregunta el número, sus dedos presionan cada dígito mientras los pronuncio lentamente, uno por uno, pone el altavoz para que ambas escuchemos el primer largo pitido. Luego otro. Y otro.

—¿Bueno?

Mi mano tiembla cuando agarro el teléfono.

—¿Bueno?

Hay un largo silencio antes de que pueda hablar, antes de que pueda decir algo. Ella se oye muy distante. Es como un sueño, como un croquis o un recuerdo.

—¿Mami?

—¿Pequeña? —ahora su voz se oye desesperada. Es la de alguien trepando por paredes de madera, con astillas perforándole la piel debajo de las uñas sangrantes. Es la de alguien que escapa del peligro en la tierra hacia una esplendorosa luz en las alturas. Es un gemido de dolor y de alivio insoportables. Es el sonido del dolor y de la felicidad.

—Hija... hija... hija...

Mami llora.

—Estoy bien, Mami —le digo, entre sollozos. Entre emociones que parecen más filosas que las ruedas de acero de la Bestia, que atraviesan el cuerpo, el corazón y la laringe, así que todo lo que brota son palabras rotas y lágrimas.

Marta se pone al teléfono y le explica a Mami quién es ella, dónde estoy y cómo llegué aquí.

Mami pregunta si Pulga y Chico están conmigo y miro a Marta, temerosa de ese teléfono, temerosa de hacer las cosas más reales. Miedo de la voz de Mami.

Entierro la cara en las manos mientras Marta dice las palabras que yo no puedo decir. Cuando escucho a Mami llorar por Chico, me tapo los oídos y cierro los ojos con fuerza.

Mantengo la vista en el piso, en las flores, en la alfombra de Marta. Y escucho la voz de Soledad que me dice que soy una flor.

Marta me quita suavemente mi mano de mis oídos y me dice que Mami quiere volver a hablarme.

—¿Pequeña? ¿Hija? Háblame, hija —una y otra vez, Mami me ruega que hable. Parece que cree que podía haberme muerto mientras ella hablaba con Marta.

—Aquí estoy —le digo.

—Voy a llamarle a tu tía, hija. Para hacerle saber que Pulga está vivo. Voy a llamarte de vuelta, hija, ¿de acuerdo? Tengo el número de Marta. Yo... no te preocupes, hija.

—Está bien, Mami.

—Ahorita te vuelvo a llamar. En unos momentos. Te quiero, hija. Te quiero tanto.

—Yo también te quiero, Mami —le digo.

Y luego el silencio. Solo Marta y yo y este sofá y el fantasma de la voz de Mami en mis oídos y las palabras suspendidas en el aire.

—Todo va a salir bien —me dice Marta—. Encontraremos a tu primo y lo sacaremos de donde está y se pondrá bien, ya lo verás.

Muevo la cabeza afirmativamente, aunque no sé si sea cierto.

—Y puedes quedarte aquí todo el tiempo que necesites —dice, poniendo su mano sobre la mía. Me mira a los ojos y no sé qué ve en ellos, pero de repente me dice:

—Te ayudaré. Sé que has visto mucho mal. Pero en el mundo existe el bien, Pequeña.

—Flor —susurro. Frunce el ceño con confusión—. Mi nombre es Flor —le digo—. No Pequeña. No quiero que me llamen Pequeña nunca más.

Ella mueve la cabeza.

—Flor.

Y siento un poco de alivio en el pecho, como un respiro largamente contenido y finalmente liberado. Y veo dentro de él, oscuro y vacío, veo un resplandor proveniente de un pequeño espacio interior que se vuelve más y más brillante. Es el botón de una flor y veo cómo se abre, mientras despliega pétalos luminosos. Más y más pétalos, cada vez más grandes, ocupando más espacio, llenando todo mi pecho.

Con vida.

Con esperanza.

Pulga

Cuento los días por las comidas que nos dan. Avena y agua tibia para el desayuno. Sopas empaquetadas para el almuerzo. Sándwiches con una rodaja de queso para la cena. A veces un pedazo de fruta pasada. Pero luego pierdo la noción de las comidas que se repiten todos los días hasta que no sé cuánto tiempo he estado aquí.

Algunos de los muchachos intentan robarse la comida de otros. Le doy a Nene algo de la mía.

—¿Sabes cuánto tiempo llevas aquí? —le pregunto un día. Sé que ha estado más tiempo que yo, pero sacude la cabeza y comienza a rascarse el cuero cabelludo por una picazón familiar.

Nos quedamos con nuestra ropa sucia, dormimos en pisos sucios, respiramos aire podrido.

Pero somos nosotros los que nos podrimos. Somos como frutas maduras olvidadas, abandonadas para que se ablanden y se llenen de moho y agujeros. Hasta que queda la pura cáscara y se convierte en nada. Si pudieran, creo que nos tirarían en bolsas de plástico.

Por la noche, el bullicio de los gemidos y de los llantos, el ruido de las puertas, los gritos de las pesadillas, impregnan el aire. Pero mis oídos están sordos, como si les hubiera bajado el volumen. Y lo único que realmente oigo, lo único en lo que me concentro, es el ruido sordo, sordo, sordo de mi puño golpeándome el pecho. Golpeando mi propio corazón hasta la muerte. *Basta*, le digo, *detente ya.*

Le ordeno a mi cerebro que no piense, y finalmente ya no lo hace. No pienso. Hay algo como un interruptor que se ha averiado dentro de mí y me mueve y hago lo que me dice.

—Ven aquí —me dice un guardia un día. Y yo voy.

Me lleva fuera del dormitorio, adonde hace días me hicieron preguntas que apenas recuerdo haber respondido. Me lleva a un cubículo trasero donde hace días una mujer de cara amable dijo que era mi abogada y me explicó que me había encontrado por Pequeña. Pequeña, que quién sabe cómo sobrevivió, que se puso en contacto con Mamá, que contactó a mi Tía, que la contactó a ella.

—Toma —dice el guardia entregándome un poco de jabón. Me entrega una muda de ropa limpia—. Aséate, hoy te dejarán salir.

Lo miro, pero su rostro se pone serio cuando señala una puerta que conduce a un cuarto con dos duchas.

Tomo el jabón y la ropa limpia y hago lo que me dicen.

El agua azota mi piel desnuda y no recuerdo la última vez que vi mi cuerpo. Mis pies no se parecen a los míos. Tengo las piernas tan delgadas y magulladas que no puedo creer que sean las mías. Una parte de mí se pregunta si todavía estoy hecho de carne y hueso o si mi cuerpo se desprendería a pedacitos si lo jalara.

Cuando me miro el pecho, veo la profunda piel negra, azul y púrpura sobre mi corazón, sobre mi pecho. Me lo aprieto, está suave y tierno al tacto, y sé que debe ser la putrefacción de mi corazón que se extiende por debajo, atravesándome la carne.

Cierro los ojos, lo bloqueo todo.

Poco a poco hago espuma, el jabón se vuelve marrón en mis manos mientras me quito tanta mugre. Ese pequeño jabón huele tan bien que me lo quiero comer. Le paso por encima la lengua y sabe a loción, a rosas y a cosas hermosas que olvidé que existían.

Lo froto sobre mi cabeza. Las orejas se me llenan de burbujas, que disperso por arriba y abajo de los brazos, sobre mi pecho, sobre todo mi cuerpo, una y otra vez.

Y aun así siento que nunca más volveré a estar limpio. Como si no hubiera suficiente jabón para eliminar todo este dolor, esta podredumbre. Pienso en cómo las cosas que una vez se pudrieron no tienen compostura.

—Date prisa —me gritan desde el otro lado de la puerta y hago lo que me dicen. Me apuro. Me enjuago, me seco y me visto.

La ropa me queda muy grande, pero al menos no apesta. Salgo del baño con mi ropa sucia en la mano, y me siento raro, demasiado al descubierto sin las capas de polvo y mugre. Mientras caminamos por el laberinto de pasillos, el guardia señala un bote de basura y me dice que puedo tirar mi ropa si quiero. Me aferro a ella con fuerza.

Me lleva a otra estancia, donde un hombre grita: ¡*Número!*, y señala una mochila. Sacudo la cabeza, sin saber dónde quedó el papelito, tratando de dar una explicación. Me mira feo, pero me da un papel para anotar el número.

8640.

Lo mira y luego desaparece hacia otra sala. Cuando regresa, tiene mi mochila en su mano enguantada. Parece una vieja reliquia. Un artefacto desenterrado, sacado de otra vida.

—Aquí tienes —dice el hombre, aventándomela—. Toda tu vida, ¿verdad? —Una mirada un tanto divertida le ilumina el rostro—. Qué vida.

Miro mi mochila. Si la abro, ¿surgirá Rey con el arma levantada en dirección mía?

¿O Mamá? Quizás mi padre. Quizás Chico y Pequeña.

Quizás el sol en Guatemala y la hamaca en nuestro patio.

Tal vez don Feli, con las manos en el cuello, mientras agoniza.

Todo lo bueno. Y todo lo malo.

Muevo la cabeza y agarro mi mochila, mi vida entera.

Sí.

El guardia me lleva a otra parte de este edificio, a un lugar que no conozco. Y aquí, en un cubículo, la abogada espera. Y otra mujer.

—Hola, Pulga —dice la abogada.

La otra mujer parece nerviosa. Pero tal vez, también, conocida. Me mira, tiene los ojos llenos de lágrimas.

—¿Te acuerdas? —dice.

Me tardo un momento en ubicar la cara de hace tantos años. Verla en la vida real en lugar de en un álbum de fotos.

Pero es ella, la hermana de mi padre. Mi tía. Las lágrimas le corren por el rostro, pero mi mente y mi corazón están entumecidos. Incluso cuando me doy cuenta que sus rasgos se asemejan a los de mi padre, a quien solo he visto en fotos.

Digo que sí con la cabeza y ella se me aproxima, me abraza con fuerza. Pero aún así, no siento nada más que su dolor contra la podredumbre en mi pecho. A una parte de mí le preocupa contagiarla y me aparto.

—Vas a quedarte conmigo mientras esperamos que los tribunales revisen tu caso. Ya no tienes que estar aquí, ¿de acuerdo?

Asiento mientras ella le agradece a la abogada una y otra vez, quien mueve la cabeza y me promete que hará todo lo que pueda, pero sus palabras me suenan vacías.

Salimos y de repente recuerdo a Nene. Pienso en él esperando a que yo regrese de la ducha. Esperándome esta noche. Esperándome mañana. Va a pasar hambre porque no estaré ahí para darle de mi comida.

Mi corazón se estremece un poco, y luego caminamos hacia afuera, donde mis ojos me punzan por la claridad. Cuando subimos al carro, la hermana de mi padre me pregunta si estoy bien y yo afirmo: *Sí, gracias*. Mi voz no es mi voz. Es robótica y fría y no importa.

Miro por la ventanilla del carro al edificio que oprime a los que alberga, que muele la poca humanidad que nos queda a algunos de nosotros.

Luego mi tía habla por teléfono, en ese estacionamiento donde todavía puedo ver la cerca y las cadenas de donde estuve por no sé cuántos días. Y la oigo decir el nombre de mi madre y mi corazón se estremece un poco más. Y la oigo decir: *Sí, estoy con él. Lo estoy viendo, Consuelo. ¡Él está aquí! Está bien. Te lo aseguro. Él está justo aquí. Está vivo.*

Me pone el teléfono al oído, porque yo no puedo agarrarlo. Y por primera vez desde hace una eternidad, oigo la voz de Mamá.

—Pulga, Pulga, hijo... Está bien. Entiendo. No estoy enojada. Te quiero... ¿Me escuchas? Te quiero. Dios mío, ¡estás bien! ¡Y Pequeña también! Ay, gracias, Dios —solloza. Y su voz suena lejana. Como si estuviera fuera del universo, incluso. Me siento tan lejos de ella. Más que nunca—. Di algo, hijo. Por favor, hijito...

Agarro el teléfono, sin saber qué decir. Sin saber lo que se supone que debo hacer.

Me enderezo, escucho su voz, la escucho llorar, la escucho decir mi nombre una y otra vez. Como si estuviera tratando de recordarme quién soy. Pero no sé qué decir, qué sentir. Miro a la hermana de mi padre, cuyos ojos están muy abiertos, asustados. Y tengo que mirar hacia otro lado.

Me vuelvo hacia la ventanilla y la hermana de mi padre toma el teléfono. La oigo asegurarle a Mamá que estoy aquí. Que estoy en una especie de trauma. Que volveremos a llamar pronto.

Me pone de nuevo el teléfono en la oreja y mi madre me dice

que me quiere, una y otra vez, antes de que la hermana de mi padre retire el aparato.

Intento recordar sentirme amado. Sentirme real.

El carro está encendido, las ventilas están soplando aire frío. Vamos en reversa hacia fuera del estacionamiento. Y luego partimos.

Entonces es cuando se me agolpa. Todo, todos esos días de desesperación y de asirme con fuerza, de luchar y nunca detenerme, todas las noches de llorar, temer, de hambre y desánimo, todo el sacrificio y el morir. Realmente sucedió. Todo ello. A mí. A nosotros. A todos los que se encuentran encerrados en jaulas.

Ocurrió.

Y finalmente se acabó. Finalmente puedo dejarlo atrás.

Ahí es cuando lo siento, a mi corazón.

Explota.

Esa cosa que he estado golpeando, que no sé si he estado tratando de matar o revivir, se hace trizas. Se rompe en un millón de pedazos, el ruido es tan fuerte que oigo un gran estruendo en mis oídos, como de vidrio, mucho vidrio quebrándose. Y no puedo respirar.

Pero luego me lleno de aire los pulmones. Y lo escucho, a mi corazón. Lo siento, golpeando furiosamente en mi pecho, una cosa viva, sangrante, que latió tan fuerte que se hizo añicos y se liberó de todo lo que tenía encerrado, acero, metal, vidrio o cicatrices.

De mi pecho sale un grito más fuerte que el de la Bestia, tan prolongado, tan ruidoso, que asusta a mi tía y ella detiene el carro y se acerca y me abraza y me dice que todo estará bien. Que *yo* estaré bien.

—Te lo aseguro, Pulga. Vas a estar bien, te lo aseguro.

Ese grito viaja desde mi corazón y sale del carro y espero llegue hasta Nene. Espero que su corazón escuche el mío. Espero que todos los allí atrapados me oigan, y que todos griten un grito que también libere sus corazones. Un grito que despertará a nuestros ancestros y pondrá a sus espíritus a correr por el desierto para salvarnos. Un grito que llegará a nuestros padres, a través de las fronteras y atravesará cerrojos y puertas y jaulas. Un grito lo bastante fuerte como para romper las paredes de ese centro de detención y liberar a todos.

Un grito interminable.

Mi corazón late en mi pecho; tiembla, se estremece y toma una bocanada de aire.

Me recuerda que estoy vivo.

Me recuerda quién soy.

Me recuerda que quiero vivir.

Y que tal vez lo *consiga*.

Nota de la autora

Comencé a escribir este libro en 2015, cuando se difundió la noticia de que había niños que huían de sus países y llegaban sin compañía a Estados Unidos, muchos de ellos haciendo el viaje a bordo de la Bestia, un tren tan peligroso que se le conoce como el tren de la muerte.

Como madre, y como hija de inmigrantes, no podía dejar de pensar en los niños en ese tren. De cómo la suerte, las circunstancias, el país en el que di a luz, fueron la única diferencia entre ellos y mis hijos. No podía dejar de pensar en el peligro que había hecho que un viaje como este fuera su única opción. No podía dejar de pensar en su miedo o desesperación, o en los padres que dejaron atrás, a veces sin saber que sus hijos se habían ido. En las vidas y familias fracturadas, antes, durante y después del viaje.

Fue entonces cuando vi a Pulga viajando en ese tren. Y a Pequeña. Y a Chico. Y comencé a poner sus historias sobre el papel.

Pero este libro es la imaginación de una travesía inimaginable, uno que nunca podría retratar su brutal realidad. Procuré la veracidad, pero este es un viaje imposible de conocer verdaderamente, a menos que uno lo haya hecho en persona. De principio a fin. La historia de cada migrante es notoriamente distinta. Y la historia de cada migrante es también la misma.

La verdad es que un viaje como este quebranta a las personas, incluso cuando las conduce a una nueva vida. Es una travesía traumática, un trauma indecible que se sobrelleva con poco más que la fe y la esperanza.

Lo que lo hace más trágico es que los niños migrantes que lo realizan, que sobreviven a tan traicionero viaje, se encuentran con la crueldad del gobierno de Estados Unidos. En respuesta a sus súplicas de clemencia o ayuda, se les retiene en campos de detención, donde reciben tratos inhumanos, abusos y algunos incluso mueren. Que sean tratados de esta manera porque son pobres, morenos y estén desesperados, porque sus padres son pobres, morenos y estén desesperados, y que el gobierno de Estados Unidos vea poco o ningún valor en sus vidas es horroroso.

Este es el libro más difícil que he escrito. Es una historia que tenía miedo de escribir y, a veces, ese miedo me paralizaba. Dudaba de mí misma y me preguntaba: *¿Por qué creíste que podías hacerlo? ¿Por qué lo haces?*

Y vi a Pulga, a Pequeña y a Chico parados encima de ese tren, gritándome por encima de su traqueteo. Los vi agitando sus brazos hacia mí. *Por nosotros*, me dijeron. *Escríbelo por nosotros.*

Así que lo hice. Lo escribí por ellos, porque me lo pidieron y no podía fallarles. Y esta es *su* historia. Pero también lo escribí por niños como Pulga, Pequeña y Chico, cuyos rostros relampaguean por segundos en la televisión o destellan en las redes sociales. Que tienen historias similares, historias que quizás no vivan para contar o que no quieran revivir o a las que el mundo les dé la espalda.

He hecho todo lo posible para darles a sus historias un lugar en este libro. Sus historias no serán olvidadas.

Fuentes

Open Veins of Latin America de Eduardo Galeano

The Land of Open Graves de Jason De León

Tell Me How It Ends de Valeria Luiselli

The Beast de Óscar Martínez

A History of Violence de Óscar Martínez

Para más información sobre inmigrantes y para apoyar sus derechos, diríjase a:

The Refugee and Immigrant Center for Education and Legal Services (RAICES): raicestexas.org

Young Center for Immigrant Children's Rights: theyoungcenter.org

Kids in Need of Defense (KIND): supportkind.org

International Rescue Committee (IRC): rescue.org

Asylum Seeker Advocacy Project (ASAP): asylumadvocacy.org

Immigrant Families Together: immigrantfamiliestogether.com

Agradecimientos

Mil gracias a quienes han estado conmigo en este trayecto, especialmente:

A Kerry Sparks por su continuo apoyo y confianza, por saber lo importante que era para mí contar esta historia y por ayudarme a hacerlo realidad. A Liza Kaplan Montanino por creer firmemente en mi escritura y en mí. Por su paciencia y comprensión mientras buscaba, encontraba y juntaba todas las piezas del corazón de este libro.

A todos los periodistas que se niegan a dejar que la verdad muera en la oscuridad. Quienes arriesgan sus vidas buscando e informando lo que el mundo debe saber. Sin su trabajo, este libro no habría sido posible. Y a todos los activistas y las organizaciones que cumplen con su labor, que luchan y apoyan a los migrantes, que hacen sonar la alarma. Son ustedes una inspiración.

A toda mi familia. Para mí, son todo. Y sin ellos nada es posible. Mami, Papi, ustedes saben del dolor de dejar sus tierras, sus familias y del miedo de empezar de nuevo: sin dinero, sin saber el idioma, solitos. Sus sacrificios son mi impulso siempre. Ava, Mateo, Francesca, mis seres luminosos y bellos que me recuerdan que no todo en el mundo es oscuridad. Me apoyaron, me abrazaron mucho y me dijeron: *Tú puedes, mamá*. Soy tan afortunada. Los quiero tanto. Y Nando, te estoy siempre agradecida. Por tu amor, tu paciencia, tu apoyo siempre. Te amo.

Y a todos los migrantes e inmigrantes, los que han llegado, los que están de viaje, los que llegarán mañana y los que nunca lograron llegar. Que Dios los guarde siempre, y los ponga en las alas de los angelitos y los traiga con bien.